魅丽文化

百分百心动

战西野 著

百花洲文艺出版社
BAIHUAZHOU LITERATURE AND ART PRESS

图书在版编目（CIP）数据

百分百心动 / 战西野著. -- 南昌 : 百花洲文艺出版社，2021.9
ISBN 978-7-5500-4391-6

Ⅰ. ①百… Ⅱ. ①战… Ⅲ. ①长篇小说－中国－当代
Ⅳ. ① I247.5

中国版本图书馆 CIP 数据核字（2021）第 181951 号

百分百心动
Bai Fen Bai Xindong
战西野 著

出版统筹　曾英姿
责任编辑　蔡央扬
特约编辑　吴小波　艾　晨
封面设计　刘芳英
出版发行　百花洲文艺出版社
社　　址　南昌市红谷滩区世贸路 898 号博能中心 A 座 20 楼
邮　　编　330038
经　　销　全国新华书店
印　　刷　湖南凌宇纸品有限公司
开　　本　880mm×1230mm　1/32　印张 10
版　　次　2021 年 10 月第 1 版第 1 次印刷
字　　数　369 千字
书　　号　ISBN 978-7-5500-4391-6
定　　价　42.80 元

赣版权登字　05-2021-326

网址 http：//www.bhzwy.com
图书若有印装错误，影响阅读，可向承印厂联系调换。

楔　子
/001

第　一　章
归来 /005

第　二　章
新同学 /031

第　三　章
以后就打这个电话 /047

目　录
CONTENTS

第　四　章
我可没说就这么算了 /073

第　五　章
这是调查户口呢？ /099

第　六　章
他碰的你哪儿？
/121

第　七　章
你送的，我都要 /140

第　八　章
陪读 /159

第　九　章
考第一的小朋友有奖励 /179

第　十　章
家长会 /199

第 十 一 章
她不记笔记的啊 /219

第 十 二 章
相见 /240

第 十 三 章
你帮帮她吧 /263

第 十 四 章
早点回家 /283

楔子

八月底，盛城。

夏末的天气格外燥热，炽烈的阳光穿过繁茂的枝叶，在滚烫的地面上形成一块块明亮的光斑。

偶尔有风拂来，树叶簌簌作响，光影也随之摇晃。

蝉鸣声几乎要划破长空。

融越公馆顶层，宽敞明亮的书房内，一道挺拔的身影临窗而立。

黑衬衫，黑西裤，勾勒出男人完美的体型。

他的周身散发着一层清冷气质，连灿烂的阳光落在他肩上，也好似覆上一层凉气。

他左手夹着一根烟，手指骨节分明，白皙修长。

然而那根烟，他却没抽，只放任那一抹猩红随着时间的流逝燃到尽头，余下一截早已黯淡的烟灰。

而在他身后的沙发上，一个看起来三十岁左右的男人，正翻看着一份病历。

姓名：宁璃。

性别：女。

年龄：24 岁。

病史：因曾遭受重大精神打击，以及长期软禁，出现严重心理障碍。

“宁璃……”

他放下病历，看向站在窗边的男人，挑眉。

“陆二，这就是你要我立刻回国的原因？”

那男人终于转过身来。

一瞬间，似是连那阳光，都黯然失色。

那是一张清冷又带着禁欲气息，堪称绝色的脸。

尽管二人相识多年，但闻越每每见到这张脸，都还是会忍不住心中暗叹。

不愧是闻名盛城，引无数名媛趋之若鹜的陆家二公子——陆淮与。

不论显赫家世，不论商界地位，单单是这张脸，就足以让他成为整个盛城最不可攀的高岭之花。

然而现在，这个男人，第一次主动请他帮忙，居然是为了一个女孩。

还是一个重病的女孩。

陆淮与神色淡淡，因为这几日都未曾安睡，低沉的嗓音带上了一丝沙哑：

“你是最好的催眠师。”

要治好她，闻越是最合适，也最有希望的人选。

闻越眉心微蹙。

“你这是昨天晚上没睡觉吗？”

陆淮与弹了弹烟灰。

“睡不着。”

自从接到她从疗养院打来的那一通求助电话，自从带她回来，自从……知道了她之前所遭遇的种种。

连呼吸都疼，又怎么睡得着？

闻越眉心皱得更紧。

他回国之前，已经大概听过这件事，说前段时间，陆淮与从疗养院接了个女孩出来，带回了家。

没人知道那女孩的身份。

但陆淮与日夜守着，视若珍宝。

闻越本来不以为然，直到接到陆淮与的电话，直到——看到此时的陆淮与。

消瘦，沉郁，不安。

——都是为了那个女孩。

“催眠疗法，是指用催眠的方法，使求治者的意识范围变得极度狭窄，借助暗示性语言消除病理心理和躯体障碍的一种心理治疗方法。据我所知，这女孩出身临城，被她的继妹几次陷害，最终关到了疗养院，才成了现在这样。以她现在的精神状态以及身体状况，这的确是最合适的诊疗方案。”

闻越身体前倾，屈指敲了敲那份病例，

“但你与她素不相识，陆二，你为什么这么帮她？给我一个理由。”

房间内陷入寂静，细小的灰尘在阳光里飘浮。

良久，陆淮与抬眸看了过来，眼神深邃。

“理由。”他似是笑了声，笑意却未达眼底。

那根烟燃到尽头，灼痛了他的手，烫得他指尖微颤。

那股疼痛几乎要蔓延到他的心底。

他将烟掐灭在烟灰缸里，声音微哑。

“我暗恋她六年。这个理由，够吗？”

主卧。

一个女孩半靠在床上，正静静侧头看向窗外。

她的五官生得极为精致清丽——远山眉，桃花眼，鼻梁高挺，肌肤如雪。

黑色长发如瀑布垂落，阳光落在她的脸上，莹白的皮肤像是能透光一般。

浓密纤长的睫毛在她眼睛上投下两片淡淡的阴影，微微颤动的时候，便如蹁跹欲飞的黑蝶。

只是此时的她，唇瓣毫无血色，眉眼间带着深深的倦意，连呼吸都十分微弱，就像是一个透明而脆弱至极的玻璃娃娃，轻轻一碰，就会碎裂。

咔嗒。

房门被人打开。

脚步声传来，却不是她这段时间熟悉的那个。

她长睫微动，回头看去。

闻越刚一走进房间，便迎上宁璃望过来的目光。

他脚步一顿。

那双桃花眼，本该是极漂亮的，然而此时，却如同一潭死水，毫无波澜。

看不到半点生机。

不过，他毕竟是最顶尖的催眠师，纵然心中讶异，面上却是未曾显露出分毫。

他微笑道："你好，我是闻越。"

宁璃静静地看着他，好像没听到他的话，又好像听到了，但完全不在意。

直到望见门外那半道熟悉的挺拔身影，她的眼神才终于出现了一瞬的松动。

闻越回头看了眼来到他身后的陆淮与，若有所思。

片刻，他重新看向宁璃，声音温和："不用紧张，我是陆二的朋友。我们聊聊，可以吗？"

她的神色没有任何变化。过了好一会儿，才终于轻轻点了点头。

闻越这才继续向前走去。陆淮与并未跟着进来，只是站在门外。

催眠师进行催眠治疗的时候，需要绝对安静独立的空间。

所以，他只能在这里守着。

不过，这样也已经足够了。

他沉郁的眼神落在她身上，手掌微微收紧。

他生性骄傲不驯，散漫慵懒，这是第一次，他知道何为恐惧。

因爱生惧。

闻越在宁璃身前站定，阳光为他镀上一层金光，看起来很温暖。

"今天天气很好，阳光很暖，如果你很困的话，可以闭上眼睛休息。"

闻越的声调格外舒缓平和，带着安抚人心的力量。

她的确疲倦极了，于是靠在枕头上，慢慢闭上了眼睛。

嘀嗒、嘀嗒、嘀嗒。

闻越取出一只怀表，极具节奏与规律的"嘀嗒"声响在安静的房间内回荡，格外清晰。

浓浓的倦意涌上来，她的意识逐渐模糊。

半睡半醒间，她似是听到一个声音，从很远的地方传来。

"宁璃，如果有机会，你最想回到什么时候？"

她紧闭着眼，苍白的唇瓣微动，低声喃喃：

"十八岁……"

一颗晶莹的泪珠从她的眼角滚落，很快浸湿了枕头。

那是她遇到陆淮与的那一年。

第一章

归　来

临城。

夏末，乌云攒聚，空气潮湿闷热。

咖啡店里没什么生意，冷清得过分。一道纤细的身影立在吧台后，昏黄的灯光如月光轻洒而下，将她笼罩。

她半垂着头，一缕额发垂在眼前，隐约只见秀挺笔直的鼻梁，以及两片鸦羽般的睫毛。

莹白如玉的肌肤有些苍白，却依旧细腻清透得不可思议，整个人都像是泛着光般。

一个娃娃脸女生收完餐具，走了过来："小璃，听说你明天就要走了？"

宁璃愣了几秒，答道："嗯。"

"那我们再想见面就难了……"娃娃脸女生叹了口气，欲言又止。

大家都知道，宁璃是从小跟着奶奶长大的。但半个月前，宁璃的奶奶心脏病发去世了。

于是宁璃的监护权，便落到了她母亲那里。

半个月前，谁也不知道，她妈妈居然还在，还嫁入了豪门。而且，就在距离临城不过一个小时车程的云州。

"不过，这么多年没见，你妈妈肯定很想你的。"娃娃脸女生有些干巴巴地说道。

宁璃动作一顿，眼睫微抬。那是一双极漂亮的桃花眼，外勾内翘，干净又清亮，偏偏眼瞳极黑，沉沉如朦胧夜色，又添了几分清冷。

她的嘴角弯了弯，眼底深处似有细碎的滢光荡漾开，声音清淡："可能吧！"

但凡有一点想念，也不至于这么多年从未露过面。

她的父亲宁海舟出身普通，年轻时候仗着一副好容颜，哄得苏媛嫁给了他。

但好景不长，婚后宁海舟无所事事，不求上进，心高气傲的苏媛受不了这种穷苦日子，一气之下，在宁璃七岁那年离婚走人。

她走的当晚，宁海舟因酒后肇事逃逸致人死亡，被判了十年有期徒刑。

宁璃自此跟奶奶相依为命。

然而，现在她站在咖啡厅里，忽然觉得这个场景与对话似曾相识，仿佛已经发生过一次。

她的头忽然疼了起来，眼前迅速闪过一些支离破碎的片段。

她看到母亲接她去另一个家庭生活，一心渴求亲情的她，却被弟弟和继妹污蔑、失去一切、声名狼藉。

最后出现在她眼前的是一个暗无天日的疗养院。

宁璃眉头骤然锁紧，呼吸急促。

一个舒缓的男声在她脑海中响起："这就是你十八岁的时候对吗？你有什么未完成的心愿和遗憾吗？在这里，一切都可以重来，我会指引着你完成心愿，放下执念。"

"你……你没事吧？"娃娃脸女生察觉了宁璃的异样，关切地问道。

宁璃睁眼，那些一闪而过的画面戛然而止，她愣愣地看了看周围，并没有哪个男人在对她说话。

"我没事。"她定定神，或许是最近没有休息好吧。

兜里的手机振动起来，宁璃拿出来看了一眼，屏幕上是一串显示来自云州的电话号码。她目光微凝，而后利落地掐断了电话，并将手机设置为静音。

娃娃脸女生好奇道："谁呀？"

宁璃不以为意道："不认识，可能是骚扰电话。"

娃娃脸女生了然地点点头，转身去隔间换了衣服出来。

本来她这天是晚班，但家里有事，宁璃就主动和她换了班，她心里很感激。

"宁璃，那我走啦！你等会儿回家小心些。"

宁璃笑着跟她挥手再见。

天色越发暗沉。"轰隆"一声雷响，豆大的雨珠"噼里啪啦"地砸下来。

宁璃在店里又守了两小时，时针指向了十点。她坐在高脚凳上，撕下一张便笺纸，随意写着什么。

忽然，一道刺耳的汽车鸣笛声从门外传来。她抬眸看去，一辆黑色豪车正停在门外。

她缓缓坐直了身子。

司机下来，撑开一把伞，来到车后门的位置。一个打扮精致的女人从车中走出，随后走进咖啡厅。

光影交错，映出女人保养得极好的面容。只是此时，这张脸上的神情并不好看。

她拧着细眉盯着宁璃，先前她已看过宁璃的照片，这是十一年来，二人第一次正式见面。

面前的少女穿着简单的黑 T 恤，一截精致的锁骨若隐若现，烟灰色的铅笔裤勾勒出笔直修长的双腿。容貌清丽，眉眼之间又带着几分说不出的散漫恣意。

司机邹华站在一侧，看向宁璃的眼神，带上了几分轻蔑。

女人进来，宁璃连起身打招呼的意思都没有，浑身上下都透着股疏离冷漠的劲。

这是对待自己母亲的态度？真是毫无教养！

苏媛也感受到了这一点，更觉脸上无光。但多年的豪门生活已经让她习惯时刻保持姿态。

她顿了顿，尽量让自己的声音听起来平和：“宁璃，我刚刚去学校了，张主任说你最近几天都没去学校上课。你不上学，怎么来了这儿？”

多方打听，她才找到这地方，真是来回折腾了许久。

宁璃将笔盖合上，淡淡地道：“我发了三天烧，今天才好。另外，给奶奶办葬礼欠了债，我来这儿打工才还得起。”

苏媛一噎。

“刚才给你打了那么多电话，你也不接——”

宁璃挑眉，拿出手机，果然看到上面有十几个未接电话，恍然道：“原来如此，我还以为是骚扰电话。”

她的手机里当然是没有苏媛的手机号码的。

苏媛闭了闭眼。当年她头也不回地离开临城，就没想过再回来。曾经的婚姻，还有这个女儿，都是她不愿提起的过往。

叶家在云州有头有脸，她为了站稳脚跟，着实费了不少功夫。

好不容易让叶明的女儿叶瓷接受了她，又生了一个儿子叶晟，她本以为可以安心过自己的日子了，谁知又被宁璃横插一脚。

她是不愿来的，但又毫无办法。

而且，一看到宁璃，她就会无法克制地想起曾经难堪的过往，这让她无论如何都无法和宁璃亲近起来。

“这些事情你都不用操心了，回去收拾一下，今晚就和我回云州。”苏媛的语气不容置疑，说完转身便要往外走。

宁璃忽然道：“我的东西收拾不完，晚上走不了。”

苏媛回头，有些不耐烦道：“你那个家里有什么好收拾的？云州那边什么都给你准备好了，你……”

“用别人的东西不习惯。”宁璃打断她的话。

苏媛心里梗了一下。来之前，她已经和叶明说好晚上一定回去，要不是宁璃，也不会拖延到这个时候。

外面的雨越下越大。

邹华看了一眼手机，脸色微变道：“夫人，因为大雨，回云州的高速封了。”

“什么？”苏媛一惊。

这下怕是真的回不去了。

宁璃一只手托腮。东西的确是没什么好收拾的，她不过是不想晚上走罢了。

因为她知道，这一天，云州下大雨，高速上十几辆车连环追尾，三死七伤。

她无法解释为什么她知道将要发生车祸，这一切仿佛她早已经历过一次，深深地藏在她的脑海里。

她自己也是伤员中的一个。那次事故，邹华和苏媛都很幸运，只是擦伤，宁璃却直接右手骨折，养了足足三个月。

最关键的是，从那之后，她的右手便丧失了部分功能。

她觉得车有问题，本来想查查，却被告知车子已经报废，什么都无从查起。

“不要怀疑自己，未来将会发生什么事，你全都知道，因为这就是你自己的记忆，自己的人生，如果现在能重来一次，你难道不想改变点什么吗？”

那个舒缓的男声再度在她耳边响起，宁璃吃了一惊，但定定神又没看到任何人，而且这个声音总是让她觉得特别放松，不自觉地让人想要听他的话，跟随他的指示。

她发了一会呆，看向正在和邹华聊天的苏媛，暗暗地捏紧了拳头。

而苏媛并没有注意到宁璃的神色，她对邹华说道：“我给家里打个电话，今天晚上先留宿这里。邹华，你去订酒店。”

“是。”

宁璃道：“我回家住。”

苏媛正在打电话，听到这句话皱眉看了她一眼。

既然宁璃坚持，那苏媛也没什么好说的，只不过那破地方，她是绝不会再踏进去半步了。

她拢了拢披肩：“邹华，送她回去。”

半个小时后，黑色豪车开进了一片老城区。

这些年，临城城东因为挨着云州，发展很快。相较之下，城西就显得拥挤破旧了许多。

最终，车停在一个胡同前。

此时，雨已经小了许多。昏暗的路灯下，隐约可见狭窄的道路上一片坑洼，旁边的筒子楼斑驳破旧。

苏媛只看了一眼，便厌恶地收回了视线。她一动不动地坐在那儿：“明天早上八点来接你。”

宁璃背起自己的黑色背包，利落地下车，转身离开。

浓郁的夜色下，她一只手撑伞，背影纤细单薄，挺直孤傲。

一辆白色的车从旁边开过。

程西钺开着车，懒洋洋地问道：“真不知道这小小的临城有什么好的，值得你每个月来一次。来了以后也不做别的，就在这路上闲逛。这都快一年了，真把我当你的专职司机了？”

坐在副驾驶座的男人侧头看向窗外。

他的皮肤很白，黑发垂落，从眉骨到鼻梁的线条如雕塑般完美，下颌线干净利落。

他穿着黑衬衫，领口的扣子随意地解开两颗，露出性感的喉结。黑与白两种极致的颜色泾渭分明，却又融合得完美无缺。

分明是极慵懒随意的姿态，偏那眉眼清贵冷冽，透着极致的禁欲感。

他开口，因昨晚又没睡好，低沉的嗓音带上了几分沙哑：“嗯。”

程西钺：“……”

人是真绝色，可就这祖宗性子，也不知道谁能伺候得了。

程西钺想起来之前陆家老爷子的交代，咳嗽了一声，道：“要我说，你总这样也不是办法。那事都过去一年了，还是去看看心理医……”

程西钺话没说完，就发现那人略微坐直了身子，正凝目朝着外面看去。

他顺着看去，看见了一个熟悉的车牌。

“嗯？这不是叶家的车吗？看来，还是来接那小姑娘了。”

陆淮与看着那道隐没在巷子里的背影，好一会儿才回神。

“叶家？”

程西钺耸肩：“叶明现在那位夫人，有个和前夫生的女儿，如今还没成年，没人养了。叶家说要把她接回去，这不最近闹得厉害。那小姑娘以后日子估计不好过。”

陆淮与思索片刻，忽而问道：“过几天是程老爷子的七十大寿，给叶家的请柬送去了吗？”

程西钺摇头：“没呢！”

“明天我陪你去送。”

程西钺猛地一打方向盘，不可思议地看他：“一个叶家而已。等等，你该不会冲着人家小姑娘去的吧？”

灯火映照，他的脸半明半暗，似有流光氤氲，从那双如海的眼眸深处滑过。

他低笑了声：“你不是说小姑娘没人养？”

雨过天晴。

清晨的阳光照入房间，落在床上侧身躺着的少女脸上，那脸蛋肌肤细腻如瓷，睫毛浓密卷翘，水墨般的眉眼间带着几分刚起床的倦意。

她眼尾洇着几分红，带着点湿意。

“叮咚。”手机屏幕上方弹出一条推送消息。

她随意拿起来看了一眼。

"昨晚二十三时，在连云高速往云州方向，连续发生共计四辆车的连环追尾事故，造成两人重伤，三人轻伤……"

她清醒了些，点开往下滑了几下。

时间、地点都对上了，不过，和她记忆中的片段相比，伤亡人数却发生了变化。

没有了叶家的那辆车，似乎结果好了不少。

敲门声响起。

她看了一眼时间，八点二十分。

宁璃挑了挑眉，又把背包里的东西检查了一遍，这一次去往云州的她，必不会再在同样的地方跌倒第二次！

她抬头看了一眼临城的天空，默念："奶奶，保佑我。"

邹华站在门外，敲了三次门，心情逐渐不耐烦起来。终于，在他想着干脆撞门进去的时候，门开了。

一张素面朝天，却依然漂亮得不可思议的脸映入他的眼帘。

邹华怔了怔，很快回神，压着心中的火气，道："宁小姐，您迟到了。"

夫人昨天晚上交代的是八点，现在都快八点半了！她到底有没有点时间意识？

"夫人不喜欢不守时的人。"

宁璃笑了笑。她小时候倒是守时，也没见苏媛多喜欢她一分。

真要说等，她从七岁那年开始，一等就是十一年。对比之下，苏媛等的这点时间，又算得了什么？

"不好意思，这我还真的不太了解。"毕竟很多年没见了。

邹华胸口一堵。这说的什么话？！

宁璃一步走出，转身锁门："走吧！"

邹华看了她一眼，微微睁大了眼睛："宁小姐，您的行李呢？"

她这就背了个单肩包啊！

"这就是。"宁璃言简意赅。

邹华："……"

昨天晚上她背的不就是这个？还说什么东西没收拾完，搞半天就这么个破包？

这要谁呢？！

宁璃往楼梯走了两步，又回头看他："不走吗？让人久等就不好了。"

邹华嘴唇动了动，只得跟上。

这注定是一个无法让人愉悦的早晨。因为宁璃的迟到，苏媛十分不满。

邹华开车，苏媛和宁璃都坐在后排。车内的温度极低，气氛紧绷，但宁璃像是什么都没察觉般，自顾自地坐在一边，斜靠在椅背上，闭上眼睛休息。

苏媛看了她一眼，本想训斥两句，但想到这丫头连逃课的事情都做得出来，说这些估计也没什么用。

还是交代些更重要的事情吧。

“到了云州以后，你这些毛病都改改。小瓷比你小三个月，阿晟今年十岁。你去了以后就是当姐姐的，多让着、照顾着点他们，知道吗？”

宁璃的睫毛微颤，缓缓睁开了眼睛，眼底似笼了一层暗光。

她记得，她曾经听到过这些话。

她是姐姐，所以弟弟犯错要原谅。

她是姐姐，所以妹妹要什么她都要给。

从小和奶奶相依为命，她对父母的印象都很模糊了。但知道可以回到母亲身边生活的时候，她还是带着期盼的。

连带着对那所谓的弟弟、妹妹，也都带上了一百二十分的包容。

她曾经是真的希望能有一个属于自己的家的。

可惜……

苏媛看她的神色，以为她听进去了，才稍微放了些心。

“另外，我打算将你的学籍档案转到云州二中。现在那边的高三也都开学了——”

宁璃的嘴角弯了弯。

云州二中，是整个云州最好的高中。叶家将她塞进去，恐怕也是费了不少功夫。

以前宁璃在临城生活，双方井水不犯河水也就罢了。但现在，宁璃被接回叶家，就是叶明名义上的继女。

叶明这样做，一是为了表现自己的风度，二是为了展现自己的人脉资源，和宁璃本人是没半点关系的。

苏媛叹了口气。她之前已经打听过，宁璃在临城，成绩一直平平，属于最容易被人忽略的中下游。

若是在普通高中，这样混过去也没什么，可要进云州二中，却有些难的。

“入学流程还是要走的，不过你叶叔叔已经打了招呼，到时候你只要去做套卷子就行。二中竞争激烈，你进去以后争取好好学习，努力提升一下成绩。”

宁璃不置可否。

苏媛又径自说了些话，看她总是恹恹的冷淡模样，自觉无趣，也偏过头去，不再看她。

一个半小时后，一行人回到云州。

黑色轿车一路开进景悦墅院。半山之上，分布着十几座独栋别墅。

这是云州最贵的一个别墅区，住在这里的都是云州最有钱的世家。

邹华将车开到其中一栋别墅的门前，楠木雕花大门从两边缓缓打开。

宁璃朝着旁边看了一眼，发现前院已经停了一辆车。

车窗半开，隐约能看到里面坐着一个人。从她这里看过去，只能望见那人高挺的鼻梁，以及一抹冷白如玉的肌肤。

似乎在睡觉。

不过，这人也真是挺有意思，好端端的，在别人院子里坐在车里睡觉？

周围安安静静的，连用人过来迎接的时候都似乎刻意放缓了脚步。好像……生怕惊扰了那人一般。

苏媛盯着那辆车看了好几眼，总觉得有些眼熟，却想不起来在哪儿见过。她抬了抬下巴：“家里有客人？”

赵姨脸上带着难以掩饰的兴奋，压低了声音道：“夫人有所不知，今天，程大少爷来送请柬了！”

整个云州，只有一个程大少爷——程西钺。

不过二十三岁，便已经接手程家旗下三分之一的业务，实打实的程家继承人。

但，就算是程西钺来了，也不至于如此吧？而且，她见过程西钺，车里坐着的那个……

宁璃正听着，那人忽而察觉到了什么，缓缓睁开了眼睛。如有直觉般，他略微坐直了身子，直直地看了过来。

他的面容大半隐藏在车内阴影里，看不清晰，然而，哪怕只露出那双清冷深邃的眼，也足以胜过这四周盛景。

姿态慵懒放恣，却又透着骨子里的清冷禁欲，真真高不可攀。

四目相对，宁璃心里一跳。

怪不得叶家这么大阵仗，原来是这位爷来了。

陆淮与。

盛城陆家，世代勋贵。而这位陆二少，更是盛名在外。姿容清绝，高岭之花，哪怕性子懒散冷傲，恣意至极，也还是引得无数盛城名媛趋之若鹜。

但更为人盛传的，是他在商场上的雷霆手段。

不过，直到他成为陆家真正的掌权者，也未曾娶妻，甚至连半条绯闻都未曾传出过。

宁璃记得自己曾经和这位爷有过两面之缘。第一面，的确是在云州，不过并不是在叶家。

那时候她刚刚从旁人口中听说了他的身份，还曾好奇他好端端的，怎么从盛城来了云州。

后来她才知晓，他那次去云州，是去看病的。

其中内情，知道的人并不多，宁璃也是无意间听了个大概，还感慨即便是这样的天之骄子，也未必能事事完美。

只是没想到，这次居然会在叶家见到他。

叶家在云州虽有头有脸，但和盛城陆家相比，不值一提。

也不知他这次为何纡尊降贵，跟着程西钺来了。

不过……来了，却连车门都没下，也确实是半点面子没给了。

这样的傲性，寻常人还真伺候不起。偏偏这个人是陆淮与。

此时，苏媛已经从赵姨那里听到了陆淮与的身份，当即也吃了一惊。

“贵客莅临，怎么不请进去？”她微微拧着眉，道，“这也太失礼了。”

赵姨连忙解释：“夫人，这是程大少爷的意思，说陆二少最近休息不好，在车上才难得小憩了一会儿，让我们不要打扰。”

这是程西钺的话，但显然是陆淮与的意思。

苏媛听了，虽然心里也觉得奇怪，但也没多说什么。

人家是什么身份，想睡哪儿不行？若贸然吵醒得罪，更是不好。

“那我们先进去。”苏媛压低了声音，扭头催促宁璃。

宁璃收回视线，背起包跟着下了车。

一行人朝着大门走去。

车内，陆淮与目光微凝，忽而笑了一声。

昨天，程西钺把小姑娘的资料全部给了他，连说小姑娘命苦，再三警告他不要欺负人家。

可他看着，这小姑娘，可不是个任人欺负的主呢！小脾气藏得可不够好。

“妈妈，您回来啦！”

他们刚一跨进大门，一道欢快清脆的声音便从前厅传来。

这声音刺得宁璃的眼角一跳。她不动声色地抬眸看向前方。

一个身穿白色薄纱连衣裙的少女，正朝他们快速走来。剪裁得当的衣裙完美勾勒出她纤细的腰身曲线，一头及腰的黑发柔顺垂落，面容姣好，杏眼明亮。通身气质高贵、温婉，又带着点见到亲近之人才会显露的亲昵与活泼。

看到她，苏媛脸上的神色也瞬间温柔了许多，伸手将她抱入怀中，轻轻拍着她的肩。

“小瓷，你今天不是说要和湘湘去看画展吗，怎么在家？”

叶瓷在她怀中蹭了蹭，撒娇道：“我担心妈妈呀！”

她微微撤离苏媛的怀抱，眉眼间带着几分担忧：“新闻上说，昨晚连云高速上出车祸了，虽然知道妈妈你们留宿临城，但还是不放心，就想着还是在家里等着呢！”

苏媛摸了摸她的脸，看见她眼下似乎有着淡淡乌青，心疼道：“小瓷一晚上没睡？其实不用担心妈妈的……”

叶瓷抿唇一笑：“我想等着您啊！”

苏媛道：“下次妈妈一定不再让小瓷担心了。以后不要再这么等了，熬坏了身子也是妈妈心疼，知道吗？”

宁璃站在一旁冷眼旁观，眼里闪过一抹淡淡的嘲讽之意。

好一个母女情深。任谁看到这一幕，都会认为这两人是亲母女。

叶瓷等了苏媛一晚上，她就这么心疼。

自己等了十一年，也未曾听她说过一句抱歉。

叶瓷的目光一转，似乎这才看到宁璃一般。

当看清宁璃的模样，她嘴角噙着的笑意忽而凝固了一瞬。

眼前的少女穿着一件白色衬衣，下身是黑色牛仔裤，单肩背着一个黑色背包。分明是再简单不过的搭配，穿在她的身上，却好看得过分。

刚刚过肩的黑发垂落，衬得她的脖颈越发纤长白皙。最引人注意的，是那张脸，干净、漂亮。

那双桃花眼流光氤氲，眉宇间又带着几分漫不经心的洒脱放恣。往那儿一站，无须言语，便足以吸引所有人的目光。

叶瓷弯起眼睛笑：“妈妈，这就是宁璃姐姐吧？”

苏媛有些尴尬。这些年，她从没有在叶家提起过宁璃的存在。

“对。从今天起，宁璃也住在家里了。你爸爸呢？”

叶瓷指了指楼上：“爸爸正在二楼呢，西钺哥也在。”

叶家和程家虽然都是云州豪门，但双方交情算不上多深。

叶家在云州从事酒店业，以前只能算二流，前些年遇到机会，才一跃而上。和程家这样底蕴深厚的世家比起来，还是差了不少。

不过，叶瓷和程家的小小姐程湘湘是闺密，也就跟着喊一声“西钺哥”。

苏媛点点头，对赵姨道：“你先带宁璃去她的房间看看。”

程西钺来了，外面还有位陆二少，估计短时间内，叶明是没时间理会宁璃的事情的。

赵姨还没应，叶瓷便道：“妈妈，姐姐的房间和我的挨着，还是我去吧！”

眼看她如此懂事，苏媛心宽不少。

“行，看完你也早点去休息。”

叶瓷带着宁璃往楼上去。然而，宁璃刚刚走出一步，旁边便忽然飞来一阵冷风！

宁璃眸子微眯，脚下一动，就要闪躲开来。

忽而“叮”的一声，有什么东西被打飞，撞到了茶几上的青花瓷瓶。

“砰！”青花瓷瓶瞬间四分五裂！

一个十岁左右的男孩尖叫一声，从沙发后面冲了出来，指着宁璃骂道：“你打碎了爸爸最喜欢的青花瓷瓶！你赔！”

她一愣，回头看去。

陆淮与不知何时下了车，正斜斜地倚在门框上，似笑非笑地看着那小男孩：“巧了，你爸爸的青花瓷瓶撞坏了我的表，赔吗？”

叶晟从小娇生惯养，少爷脾气大得很，听到这话顿时不高兴了。

“你又是谁啊？！我们家的事，轮得到你来管？！”

听到这话，苏媛的心脏狠狠一跳。她连忙斥道：“叶晟，怎么说话的！”

这位陆二少，哪怕是叶明也不敢怠慢，叶晟这么说话，不是彻底把人得罪了嘛！

叶晟从未见过母亲这样严厉，一时愣怔住。

苏媛快步走过去，拉住叶晟：“还不快跟陆二少道歉！”

叶晟被苏媛抓得手腕有点疼，又听她用这样的语气和自己说话，顿时满心委屈涌了上来，一把甩开她的手。

“我才不道歉，我又没说错！”

他虽然才十岁，但体格健壮，站在那儿活生生就是一个肉墩子。

苏媛一直保持着少女时的身材，体量纤细，一时不注意，直接被他狠狠推开，踉跄几步，差点跌倒在地。

她蹬着黑色细高跟，如此一来，直接狠狠地崴了脚。

“嘶——”苏媛疼得倒抽一口冷气。

“妈！”叶瓷见状，连忙过去，扶住苏媛。

“妈，你怎么样？赵姨，快去拿药来！”

赵姨应了一声，赶忙去了。

叶晟红着眼睛喊道：“你有了新的女儿，果然对我和姐姐没有以前好了！你是不是要她，不要我们了？！”

苏媛一愣。

叶瓷略微抬高了声音：“小晟！”

叶晟扭头，恶狠狠地看着宁璃：“都怪你！我们一家人本来过得好好的，你为什么要来破坏我们？为什么抢走我妈妈！你走，这里不欢迎你！”

他的脸上满是被抢了心爱之物的愤怒，似乎宁璃若不走，他便要冲上去亲自将她赶出去。

苏媛看他哭，心疼得不行："妈妈怎么会不要你和姐姐？妈妈哪里舍得？"

叶瓷看了宁璃一眼，清纯温柔的脸庞上，神色焦急又羞愧："宁璃姐，小晟只是一时拗不过来，没有别的意思，你别放在心上啊！"

当然没有别的意思。

孩子的话，再直白不过。他说出的每一个字，都是他的真心话。这样年龄的小孩，能说出这种话，证明这也是叶家人的真心话。

陆淮与嘴角的笑意渐渐敛起，眼瞳之中似是覆盖了一层冷霜。他微微偏头，看向宁璃。

小姑娘站在原地，头顶华丽繁复的水晶吊灯闪烁着细碎的光芒，勾勒出她单薄纤细的身形。

这前厅富丽堂皇，她那一身简单朴素的白衬衫、黑牛仔，显得如此格格不入。对面那个女人，是她的生母，此时却也和一个陌生人无异。

苏媛能在她才七岁的时候决绝地离开，再不联系，也能当着她的面，和毫无血缘关系的继女亲昵搂抱，更能在她眼前，那般自然而然地对自己的小儿子说"妈妈怎么舍得"。

他们母子三人，才是一家人。

陆淮与的目光在宁璃的脸上停留片刻，却发现从头到尾，她都只是静静地站在那里，一只手拽着背包带子，一只手插兜，神色平静得过分，甚至显得冷淡。

好像这一切，都与她毫无瓜葛，她不过是这一场闹剧的看戏人。

而后，他听到她开口，声调清冷："不会。"

叶瓷反应了一瞬，才意识到宁璃的意思是：她不会将叶晟的话放在心上。

这本就是他们想要的答案，可不知为何，此时听到宁璃这么淡淡地开口，却又觉得好像有哪里不太对劲。

相较之下，他们倒是显得小气了。尤其，还是当着那个人的面……

叶瓷抬眼，飞快地看了一眼那站在门边的挺拔身影，又迅速收回视线。一颗心"怦怦"跳个不停，脸上也不受控制一阵发热。

陆二少的名号，她是听程湘湘提过的。本来还觉得传言不可信，然而此时亲眼见了，才知道什么叫名副其实。

她抿了抿唇，这才鼓足勇气说道："陆二少，您先进来坐吧！今天实在是对不起——"

陆淮与懒声道："进去就不必了，我本也没打算管你们叶家的事。只不过，没见过有人用飞镖往人脸上扔的，觉得有些稀奇罢了。"

叶瓷和苏媛闻言都是心中一沉，齐齐扭头看去，这才看到地上除了青花瓷大大小小的碎片，一只腕表，还有……一把飞镖！

飞镖尖端锋利无比，光泽冰冷。

若非陆淮与出手，这飞镖极有可能直接毁了宁璃的脸！

苏媛的脸色都白了。

叶晟也似乎终于有些心虚，低下了头。

想起他刚才的话，苏媛到底不舍得再训，只得深吸口气，扭头看向宁璃："宁璃，以前小瓷和小晟，都……都不知道你的存在。尤其是小晟，可能暂时还没办法接受你，一时冲动才做出这种事情来。他还小，不知轻重，你……"

忽然有人笑了声，嗓音低沉悦耳。

"十岁了，连飞镖伤人都不知道，叶家的家教，还真是别具一格，令人大开眼界啊！"

苏媛立刻闭嘴。

宁璃终于扭头，又看了陆淮与一眼。

他这是在帮她出头？可是无缘无故的……

"怎么了这是？"

一楼的动静终于惊动了二楼的叶明。

他从茶室推门而出，走到楼梯处，皱着眉头往下看，第一眼就看见他那碎了一地的青花瓷瓶。

他的脸色一变。

叶晟抬头看了过来，看到他，登时如同找到了靠山般："爸，他们打碎了你的青花瓷瓶！"

在他看来，宁璃和陆淮与是一伙的，说是他们打碎的也没错。

叶明觉出不对，先是看了宁璃一眼，而后又迅速看向大门。看见那位正站在那儿，顿觉不好。

叶晟却没所觉，扭头冷哼一声："你那只表值几个钱？我爸的那只青花瓷瓶，买的时候花了一百万元！你还是先想想怎么赔吧！"

叶明立刻喝止："叶晟，你给我闭嘴！"

叶晟直接被吼蒙了。

叶明却顾不得他，一边往楼下走，一边道："二少别在意，不过是一个摆件，碎了便碎了……"

此时，程西钺也走了出来。他靠在栏杆上，往下扫了一圈，登时猜了个七七八八。

听到叶明的话，他笑起来，颇有些幸灾乐祸："哟，陆二，那不是你上个月刚拍的那块表吗？成交价多少来着？三千七百万元，没错吧？"

话音落下，整个别墅安静得落针可闻。

空气有一瞬间的凝固。叶明的脸色从白转青，眼角狠狠地跳了跳。

上个月，一块收藏古董级别的名表在拍卖会上拍出了三千七百万元的天价。

买家身份神秘，至今是个谜。

他怎么也想不到，那个人居然就是陆淮与！更关键的是，这样的一块表，他居然说砸就砸了？！

相比之下，他那件粉青暗刻青花团寿大抱月瓶，连人家的零头都比不上！

这要怎么赔？！

叶晟也终于意识到自己闯了大祸，惨白着脸躲到了苏媛的身边，求助地道："妈……"

他怎么想得到，不过是一块表，竟然会那么贵？！

叶明深吸口气："陆二少，这件事，的确是犬子有错在先，实在是对不住……叶晟！"

叶晟身子抖了抖，眼中终于流露出一丝恐惧。

苏媛虽然心疼自己儿子，可也知道这次的事是不可能轻易罢休了。

得罪了陆淮与不说，那么贵的表，能直接赔掉他们这栋别墅了！

她咬着牙把叶晟往前一推："还不快跟陆二少道歉！"

叶晟先前的嚣张气焰此时全部不见了，手足无措地站在那儿，结结巴巴地开口："对……对不起……"

"跟你该道歉的人道歉。"陆淮与下巴轻抬，淡声开口。

宁璃眉心微动。

叶晟一愣，纵然心里万般不愿意，也不敢违抗，憋红了一张脸，冲着宁璃小声道："对不起，我不该……不该拿飞镖扔你……"

听到这儿，叶明还有什么不明白的。他早知道叶晟对宁璃的到来十分抗拒，却没想到叶晟居然干得出这种事！

现在还把陆淮与牵扯进来了！

宁璃的眸子微微眯起。这句道歉，在她的记忆中可从没听过。

回忆片段又在她脑海中不断闪现，那是她从医院回到叶家的第一天，叶晟就是用了同样的招数，在她脸上划了一道。

所以她进门之后，就已经做好准备。不过她没想到的是，陆淮与居然会出手帮她。

她眉头极轻地蹙了一下。又欠他一个人情。

看到她的表情，陆淮与眉梢微挑，当是小姑娘还在生气。

"大声点。"

他的语调低沉慵懒，却带着一股令人不敢违逆的气势。

叶晟只得提高了嗓门："对不起！"

宁璃没理会他，抬脚走过去，弯腰捡起了那块腕表。

幸好，表盘尚且完好，但表带上还是留下了一道浅浅的划痕。

她拿着表，朝着陆淮与走去，在他身前站定。

宁璃身高一米六八，在女生中绝对算是极高挑的身材了，可站在陆淮与面前的时候，却只到他肩膀的位置。

她微微仰头，把表递了过去，认真道："多谢！"

陆淮与垂眸，打量着眼前的小姑娘。细腻如瓷的肌肤清透至极，一双桃花眼生就得极漂亮，望过来的时候，那清澈而干净的眼瞳深处，似是氤氲着薄薄雾气，好看不已。

她眉眼清雅，眼角眉梢又噙着几分淡漠疏离，透着骨子里的张扬放恣。

一个念头流星般从他脑海划过。

她若笑起来，定是极甜的。

他的嘴角微弯，极轻地笑了一下："我这么帮你，两个字就谢过了？"

宁璃沉默了一下。

"那陆二少的意思是？"

陆淮与接过表，下巴轻抬："我看这个作为谢礼就不错。"

宁璃顺着他的视线低头，看向自己的手腕。

一根黑色发圈。批发价，一块钱三根。

程西钺在楼上看着，忍不住在心中"啧"了一声。

真是好生不要脸！明明有那么多办法能拦下叶晟那枚飞镖，偏偏砸最贵的这个。完了还管人家小姑娘要谢礼。他还真舍得，也是真好意思。

宁璃想了想，把发圈摘下，递了过去。

"我知道这个不够，今天的事，算我欠你一个人情。"

陆淮与有些诧异地挑眉，旋即笑了："行。"

他一贯清冷矜贵，高高在上，如今忽而这般笑起来，便如冰雪消融，越发显得风姿秀逸。

哪怕宁璃不是第一次看这张脸，也依旧被晃了一下神。

如此姿容，也难怪能引得盛城那么多名媛趋之若鹜了。

但二人这般交流，在旁人看来，却诡异至极。

向来精明如叶明，此时也有些回不过神来了。他看看宁璃，又看看陆淮与，心中惊疑不定。

可现在还有一件事没解决。

迟疑片刻，他终于还是硬着头皮开口："陆二少，您的表……"

要是寻常物件，他定然毫不犹豫地照价赔偿，但那可是三千多万啊！

陆淮与拿到小姑娘的发圈，上面还带着点她的体温。

熨帖的温度令他心情好了不少。他懒懒地应了一声。

叶明尴尬得不行，剩下的半句话，卡在喉咙里，怎么也吐不出来。

看了许久热闹的程西钺终于出来打圆场。他走下楼，看了一眼陆淮与的表，笑道："陆二，我看你这表只是表带被划了一道，而且那件青花瓷也是叶叔珍藏多年的心头好，不如看在我的面子上，大家各退一步，如何？"

陆淮与看了他一眼，颔首。

叶明终于松了口气。若只赔偿表带的钱，那还是可以接受的。

"真是给二少添麻烦了，我明日便命人将钱打到您的账户。"

"不必，转给他就是。"

陆淮与打断叶明的话。这个"他"，指的自然是程西钺。

忽然被提及的程西钺简直受宠若惊。

陆淮与言简意赅："司机费，结算。"

程西钺："……"

怎么感觉怪怪的？

陆淮与却懒得继续在这地方待下去，转身离开："回了。"

程西钺笑着和叶明等人告辞。

一场闹剧，总算收尾。

程西钺开车驶离叶家。直到开出一段距离，程西钺才忍不住看了他一眼。

陆淮与半靠在椅子里，一只手斜撑。他的另一只手里，正拿着那根黑色发圈。

他的手指修长，与这么一个小玩意格格不入。

程西钺挑眉问："就这么喜欢？"

陆淮与却没回答他的话，半垂着眸，眼底似有波澜涌动。

片刻，他笑道："她还是不扎头发更好看。"

叶家。整个别墅弥漫着令人窒息的尴尬与沉闷。

叶明目光复杂地看向宁璃，试探地问道："宁璃，你……以前和陆二少相识？"

剩下几人的目光都落在了宁璃身上。

宁璃淡淡地道："今天第一次见。"

叶明心中松了口气，却又更加疑惑。

传闻陆淮与性子矜贵冷淡，按理说不会插手这种事的，怎么……

但宁璃神色坦荡平静，也看不出什么。

他捏了捏眉心："算了，你们先上去休息吧！叶晟，你跟我过来。"

叶瓷带着宁璃上了二楼。经过一扇半开的门时，宁璃脚步微顿，往那边看了一眼。

宽阔明亮的房间内，白色的窗纱随风扬起，隐约可见画板一角。

叶瓷见状，笑着解释道："宁璃姐，这是画室。"

跟在后面的赵姨忍不住夸赞道："这是先生专门为大……二小姐准备的画室呢！二小姐下个星期就要参加'华清杯书画大赛'决赛，画协的展副主席说，二小姐很有可能夺得第一呢！"

叶瓷抿唇一笑："赵姨，比赛还没开始呢！何况这里面藏龙卧虎，结果还不好说呢！"

这是云州画协举办的两年一度的比赛，参赛者年龄不能超过二十岁，赢得第一名的人能开个人画展，还能成为西大的特招生，免高考入学。

叶瓷对此是志在必得。

宁璃听着，神色淡淡地点了点头，便继续朝前走去。

不知为何，赵姨有些尴尬。这个宁璃是十八线小城市来的，估计根本不知道"华清杯"代表着什么。

叶瓷目光闪动，追了上去，温声道："宁璃姐，比赛那天很热闹的，你也去吧？"

宁璃淡漠地道："我不一定有时间。"

叶瓷一愣。宁璃刚来云州，人生地不熟，还能有什么可忙的？估计是不想去。

但自己主动相邀，宁璃还这样拒绝，未免太不给面子。

她心里有些不舒服，却没表现出来，笑着将人带到了最里面的房间。

打开门，便是扑面而来的粉蓝色。

叶瓷笑着说道："这里的一切，都是妈妈提前按你的喜好布置的呢！"

宁璃似乎笑了一下，走了进去。

她将黑色背包放在书桌上，又看了站在门口的叶瓷一眼："还有事？"

赶人的意思再明显不过。

叶瓷也不是没眼色的，眼看自己不受欢迎，也就不打算多留。她自觉对宁璃已算是态度不错，谁知对方根本不领情。

"没什么，那我就不打扰宁璃姐休息了。"

说完，关门走人。

赵姨忍不住皱起眉，嫌弃地回头看了一眼，低声道："小姐，想不到这位宁小姐脾气还挺大。您好心邀请她去，她却如此不识抬举。"

叶瓷将碎发撩到耳后，脸上的笑意淡去许多。

"宁璃姐初来乍到，不适应也很正常。"

赵姨嘀咕道："这哪儿是不适应？分明就是没教养！"

叶瓷未再多说什么，而是去到苏媛的房间。

房间布置得精致，处处透出少女的气息，还充斥着淡淡的茉莉香。

宁璃扫视一圈，将桌上放的那瓶香熏精油拿起，走到卫生间，尽数倒入马桶，又走出来打开了房间的窗户。

夏末的空气还带着几分燥热。她深吸一口气，等那味道逐渐散去，这才渐渐舒展了眉心。

苏媛十一年没有打听过她的消息，怎么会知道她喜欢什么，不喜欢什么。

这摆设、这颜色、这味道，应该都是叶瓷喜欢的。

太阳穴隐隐刺痛，宁璃的脑海里再度闪现出一些回忆片段，那是她被软禁疗养院的那一年，叶瓷时不时会去找她，每一次，她都能嗅到叶瓷身上的茉莉香。总令她胃里翻涌，彻夜难眠。

“你看到了什么？是让你不开心的事情吗？”

安静的卧室里，闻越见宁璃一直皱着眉，便出声引导她。

“你现在很安全，很强大，不会再有人欺负你了，我会指引着你。”

站在一旁的陆淮与静静地走过来握住了宁璃的手，她的眉头渐渐舒展。

同时，在催眠梦境里的宁璃的意识也慢慢冷静下来，她环顾了一下这个令人不适的房间。好在这地方她也不会住很久。

这难得的清净很快被一连串手机消息提示音打破。

她拿出手机看了一眼，短短几秒钟，便收到了十几条消息：“啊啊啊，璃姐！猜猜我在地下室找到了什么？你两年前的一张画稿！

“这东西你不要了是不是？给我吧，给我吧，给我吧！”

宁璃头疼地揉了揉太阳穴，这才开始打字：“你卖了多少钱？”

对方瞬间安静，好一会儿，才小心翼翼地回：“对方开价八十万元。但是，我还没答应呢！毕竟是璃姐你的东西，嘿嘿嘿……”

宁璃没立刻回答，反而换了话题。

“我记得你要参加‘华清杯’的决赛？”

这次，对方沉默了更久，然后说：“璃姐，你别吓我，什么时候你也关心这种小破比赛了？你……没事吧？！”

宁璃给自己倒了杯水。她现在关心的事可多了去了。

“拿第一，画稿归你，钱归我。”

“啊！！！

“璃姐，你是认真的？”

宁璃没再回了，往下滑了一阵，找到一个备注“NULL”的号码。

她发了条消息过去。

“查下这辆车是不是被人动了手脚。”

下面附带了一串车牌号。

程西钺把陆淮与送回了云鼎风华。这是一年前，陆老爷子为了方便陆淮与养病特意买的。

处在市中心的独栋别墅，价格不菲。

即将下车的时候，陆淮与接到个电话。他顺手接起：“爷爷。”

陆老爷子浑厚有力的声音传来：“淮与，你宴叔帮你找了个专家，后天就回国了。你看是等你回来，还是让人去云州找你？”

程西钺看了他一眼。

陆淮与下车，关了车门，干脆利落：“都不用。”

这拒绝的意思再明显不过。

陆老爷子的声音沉了下来：“可你总这样拖着怎么能行？这都一年了，你——”

陆淮与略微站直了身子，笑了。

“我在这儿有正事。”

叶家。

叶瓷来到苏媛的房间。

“妈妈，你的脚怎么样了？”

苏媛正因为叶晟惹了祸而忐忑不安，听到她的声音回过头来，神色担忧。

“是小瓷啊，妈妈没事了，上了药过两天就能好。”

叶瓷走过去，坐在了她旁边：“妈妈还在担心阿晟？”

苏媛头疼地扶额：“这孩子平日从不这样，这次要不是因为宁璃，只怕也不会……”

她言语间，对叶晟并无过多责备，反而都怪在了宁璃的身上。她本来就觉得宁璃是个拖累，结果宁璃进叶家第一天，就闹出这样的事来。

说着，她往门外的方向看了一眼：“对了，宁璃那边怎么样？可是给你添麻烦了？”

叶瓷摇摇头：“姐姐进房间之后，就没出来了。不过——”她顿了顿，“刚才经过画室的时候，姐姐心情好像不是很好……”

苏媛拧眉，回想了一阵。

“画室？哦，是听说她之前在街边给人画素描赚……”她的声音戛然而止，神色尴尬。

宁璃的奶奶体弱多病，这些年就靠吃低保过活，宁璃很早之前就出去打工，做各种兼职赚钱养家了。

这些事情，苏媛也是不久前才知道。但当着叶瓷的面说这个，总让她觉得脸上无光。

“好像是随便跟着哪个老师学了一段，跟你是没法比的。”

叶瓷神色同情："这么说起来，宁璃姐这些年，过得也很辛苦呢！"

看她似乎并没有嘲讽轻视的意思，苏媛的脸色这才好了些，拍了拍她的手："小瓷，你放心，她只在家里住一年。"

等明年高考结束了，让宁璃报一个外地的大学就是。大专也行。

她那成绩，本来也没什么指望，大不了叶家这边花点钱，也就安排了。

"'华清杯'的决赛就快举行了，别因为这些小事影响你的心情。你爸爸可是还等着你拿第一回来呢！"

说起这个，叶瓷脸上的笑容真切了几分。

"嗯。"

中午，餐厅。餐桌上的气氛是透着古怪的死寂。

叶明破了财，脸色虽然说不上难看，但也透着股冷意。

叶晟红着眼，怯怯地坐在一旁，显然是被训怕了。只有偶尔看向宁璃的时候，眼底还带着怨气。

宁璃好似无所察觉，淡然坦荡地坐在那儿，自顾自地吃着。

终于，叶明率先打破了沉默。

"宁璃，明天就是周一，你和小瓷一起去上学。二中师资力量雄厚，但对成绩的要求也严格，所以明天上午会对你进行一场小测。你好好做。"

苏媛补充道："高三插班不容易，尤其是二中，你叶叔叔这次为你费了不少心思。"

叶瓷道："宁璃姐，你有什么不会的尽管问我。"

苏媛不赞同："你最近忙着比赛的事情，哪儿有这个时间？"

"没关系的，姐姐入学比较重要。"

叶瓷虽然打算走特招生的路子，但文化课的成绩也一直很好，基本排在年级前二十。

宁璃喝完最后一口汤，这才将勺子放下，抬头看向几人。

她的嘴角弯了弯："谢谢叶叔叔，我会尽量考好的。"

第二天一早，苏媛陪着宁璃和叶瓷一同前往二中。

叶瓷时不时看宁璃一眼。

昨天宁璃几乎一整天都待在自己的房间，也不知道是不是在临时突击。但二中自己出的卷子普遍偏难，她这么做也没什么意义。

估计是觉得有叶家，她一定能进去吧！

到了校门口附近，邹华停下车。

苏媛叮嘱了叶瓷几句，就带着宁璃去了教导处。

叶瓷转身朝着高三教学楼走去。她出身富贵，成绩好，长得漂亮，又画得一手好画，从高一入学就是校花，人气很高。

一个瓜子脸女生迎面走来，冲她打招呼。

“小瓷！”

她来到叶瓷面前，冲着她身后抬了抬下巴：“那就是你家新来的那个拖油瓶？”

叶瓷拉住她的手：“别这么说，宁璃姐也是妈妈的女儿。”

程湘湘翻了个白眼，又想起什么一般，神色兴奋：“算了，不说她了。我听说昨天我堂哥带陆二少去你们家了？你见了吧？”

叶瓷想起那道清冷挺拔的身影，脸微微一热。

“嗯。”

“怎么样，是不是和我说的一样？！这次爷爷过生日，他好像也打算过来呢！”

叶瓷心中一动。

“是吗？”

宁璃跟着苏媛来到教导处。

办公室里只有一个人。苏媛有些意外，敲了敲门：“孙主任在吗？”

那人从电脑后抬起头来，是一张极其年轻的男人的脸，看起来可能也就二十岁出头，清秀俊朗。看着倒像是个大学生，不像老师。

他退出了手机游戏，拔掉耳机，打量了门口的两人一眼，笑了。

“叶夫人吧？您好！我是周翡。孙主任临时开会去了，就让我负责……”

他一顿，看向宁璃。

宁璃道：“宁璃。”

“对、对！让我负责宁璃的入学测试！”

他招招手，从抽屉里翻出一张试卷，递给宁璃。

“来，坐这儿写吧！所有科目都在这张卷子上，综合考试，满分三百，够及格分就行！”

宁璃接过卷子，安静地坐下，开始写题。周翡就坐在她桌子对面，又拿起了手机玩游戏。

苏媛一开始还跟着一起等，但中间接了个电话，就离开了。

一个半小时以后，宁璃把笔合上。

做高中题目是很久之前的记忆了，一开始做的时候还有些不顺手，但适应了之后就好多了。

她把卷子递过去：“周老师，我写完了。”

周翡惊讶地抬头：“还挺快。”

他点点头，手上动作飞快：“放那儿吧，我打完这一局给你判分。”

宁璃：“……”

还真是够随性的。

她拿一本书压住了卷子，打算出去上卫生间。

周翡头也不抬地应了。

宁璃刚走到楼梯口，便听到身后传来充满恶意的刺耳的嘲讽声。

“看见没？就那个，听说她爸是杀人犯！”

宁璃的脚步一顿，缓缓转过身去。

此时正是课间，几个少男少女站在一处，对她指指点点。

看清宁璃的容貌后，几人不约而同地愣了一下。随即，其中一个少女撇撇嘴，眼神嘲讽而鄙夷。

“叶瓷真可怜，居然要和这种人住在一起。杀人犯的女儿，说不定将来也会是杀人犯！”

她并未压低声音，所以宁璃听得清清楚楚。

对方本来就是故意说给她听的。

“她爸爸杀了人的！万一她也和她爸爸一样怎么办？”

“老师！我不想跟她坐一起！”

“她妈妈也跑了！肯定是她和她爸爸都有问题！”

“哈哈！考第一名又怎么样？有人生没人养，没人要的小杂种！”

…………

混乱尖锐的声音充斥她的脑海，刺得她脑仁生疼。

这样的话，从她记事起，就听了不知多少遍。

最开始的时候，她茫然无措，不知自己究竟做错了什么，只能哭着跑回家。

奶奶抱着她，一遍遍地说着：“我们阿璃才不是没人要，阿璃是天底下最好的孩子。”

奶奶说她没错，可奶奶的声音太过微弱。

宁璃尝试了许多办法，却依然无法消解那些人的针对。

后来她便学会了沉默，让自己活成一个透明人。成绩中等，脾性内敛，沉默寡言。

渐渐地，那些人终于觉得没什么意思，也就各走各路了。

她还依稀记得，苏媛将她接回叶家时，他们说让她努力点，争点气。她以为自己出色些，便会赢得他们的接受。

可当她入学第一次月考，考过叶瓷的时候，迎接她的，却是勉强的笑容，和长达数年的嫉恨。

后来，她才终于明白，即便一个人什么都没做错，也依然可能会被刁难、被抹黑、被推入绝境。

有些恶意，本就没有来由。而沉默和退让，只会让他们更嚣张。

“你刚刚说什么？再说一遍。”宁璃冷声开口。

少女的声音平静清越，一双幽深的桃花眼透着沁骨的寒意，令人不寒而栗。

那几人脸上嘲讽和得意的笑容登时僵住。

说话的女生下意识地心生畏惧，恼羞成怒：“怎么，难道我说得不对？谁不知道你爸爸开车撞死了人，你现在又死皮赖脸地缠上叶家？！你——”

宁璃忽然抬脚走了过去。

那女生心里“咯噔”一下，剩下的话忽然就卡在喉咙，说不出来了。

旁边的一个男生察觉不对，立刻上前：“你想干什么？！”

这里是办公楼，她能怎样？

宁璃一脚踢在他的小腿上！

那男生痛呼一声，脸色立刻白了。

几个人都没想到宁璃居然二话不说就动手,而且就在教导处办公室门口!

她怎么这么嚣张?

宁璃一把抓住那女生的校服领子，把人推到了栏杆上。

“啊！”

周围几人齐齐傻在当场。

那女生心底一空，脸上的嚣张终于不见，只剩下满眼的恐惧。

“救命——”

“宁璃！”一道气急败坏的斥责声忽然从旁边传来。

苏媛临时去办了点事情，正好在回来的路上碰到孙主任，就一起上来了。

谁知道刚上楼，就看到这样的场景！看着那个浑身散发着冷意，好像随时都会把人从楼上推下去的少女，苏媛的太阳穴“突突”地跳着。

“你在干什么？！”

十年豪门生活养出来的气度，此时已烟消云散。苏媛气得浑身发抖。

宁璃却好似根本没听见她的声音一般，盯着那惊慌失措、满脸涨红的女生，眼底浮现一抹冰冷狠戾。

“道歉。”她命令道。

那女生被她这样吓傻了，眼泪不断涌出，惨白的唇瓣微微颤抖。

“对……对不起……”

宁璃并不意外他们知道自己的身世。

尽管她现在还未正式入学，但牵涉叶家叶瓷，学校里当然有的是人“帮忙”，将自己的事传得尽人皆知。

这些人，不过是来打头阵的。背地里不知还有多少人在等着在她头上踩上一脚。

她若一味忍让，只会让自己陷入更艰难的境地。

“什么话能说，什么话不能说，记住了吗？”

那女生连忙点头，满脸泪痕。

宁璃这才松开手。那女生腿一软，差点跌倒在地。

宁璃这才抬眼：“没什么，初来乍到，和同学交流交流。”

走廊上瞬间死寂。

孙泉和苏媛的脸色都变得极为精彩。

她刚才做了什么，他们都看得清清楚楚，她居然还敢这么说？

苏媛忍不住道：“考试还没结束，你就出来打架？这都是谁教你的！”

她的脸面算是被丢尽了！

宁璃纠正道：“我考完了。”

考完了？莫非交了白卷？！

孙泉走过来，神色严肃。

“叶夫人，这样的学生，我们二中怕是容不下。”

这还没入学呢，就和同学打架，谁知道以后她还会做出什么样的事来！

叶家就是面子再大也不行！

苏媛难堪不已。本来以宁璃的成绩，转学过来就很难了，结果她还闹这么一出！

她不能上二中倒是其次，叶家的名声也要受累。

“孙主任……”她想辩解两句，却也觉得根本没什么理由能找。

想起刚才宁璃那漠然而放肆的模样，她就感到无比陌生，甚至还有一丝后怕。

这真的是她的女儿？她怎么会有这样的女儿！

孙泉摇摇头：“叶夫人，这学生，我们不能收。”

正此时，教导处办公室的门忽然被人打开，周翡匆匆走出，似是在找人。

“宁璃？宁璃？”

他一扭头，看见宁璃，就连忙走了过来，边走边道歉：“哎哟，真是对不起，我刚刚给你拿错卷子了，你……”

察觉到走廊里的诡异氛围，他脚步一顿，这才后知后觉地问道：“这是怎么了？”

孙泉道：“拿错了卷子也没事，这学生，我们不收了。”

周翡的声音登时高了八度：“这怎么能行？！”

不等孙泉反驳，他一把将卷子递了过去，满脸都是压抑不住的兴奋：“孙主任，你看看这卷子！这是上届高三火箭班的冲刺卷，她的理、化、生都是满分啊！”

第二章

新 同 学

此话一出，走廊里登时更加寂静。

孙泉皱着眉头接过卷子，很快，神色微微一变。

二中的高三理科一共十二个班，成绩最好的都在(1)班，也就是火箭班。

这批学生全部是全国顶级学府的苗子，学校为了他们也是费尽心思，每个月都会进行一次单独的模拟考。

模拟考的卷子都是二中老师自己出的，难度很大。眼下他手里这张卷子，的确是刚刚毕业那届高三高考前最后一次模拟考的理综卷。

孙泉记得因为这张卷子特别难，学生之中成绩最好的，当时才考了二百九十一分。

那个男生后来拿了云州市的理科高考状元。

他怀疑地看了宁璃一眼，又低头仔细地浏览了一遍。整张卷子卷面整洁，字迹潇洒利落。

“确定是满分？”他迟疑着问道。

周翡“啧”了一声：“您还不信我？”

他刚才打完游戏，打算帮宁璃判分。

因为她只做了一个半小时，所以他还以为她只是选了一些自己会的写了。

然而一看卷面，他就惊了——他给人拿错卷子了啊！

但他很快就发现，宁璃居然把这卷子做完了！他来回翻看了两遍，最让他震惊的是，这竟然是一张满分试卷！

他正高兴来了这么个学霸，谁知一出来就听见孙泉说这学生不收了。

开什么玩笑？

“孙主任，您再考虑考虑，这孩子聪明得很，真不收？”

孙泉拿着卷子，很为难。

这是二中自己的卷子，连刚升上来的这届高三都没做过，更不用说宁璃。

也就是说，排除作弊嫌疑，她的确是自己考出了这个成绩！如果把她拒之门外，对他们而言，的确是极大的损失。

可刚刚发生的一切，又无不清楚地彰显，这就是个刺头。

何况刚才他话都说出口了……

周翡看他的脸色，知道他已经动摇了，又补充道：“其实现在孩子们正是叛逆期，偶尔冲动一些呢，也很正常。只要好好教，肯定没问题的！”

他总觉得这小姑娘不像是会无缘无故和同学闹矛盾的人。

想到这里，他回头看了宁璃一眼：“宁璃，你来说说，这到底怎么回事？”

宁璃目光平静，嘴角掀起一抹极淡的弧度，似讽似笑：“他们说我爸爸是杀人犯，所以我也会成为小杀人犯。”

周围一片死寂。

周翡脸上的笑容淡了几分，转而看向那几个学生。走廊有监控，真相如何一查便知，宁璃不会撒谎。

那几个学生心虚地低下头。

孙泉这才意识到自己误会了，思索片刻，道："这事是你们有错在先，但宁璃，你做事也有些出格了。念在你们都是高三，这次就暂且不记过处分了，回头每个人写份一千五百字的检讨书，明天早上交过来。"

说完，他让几个学生回去，又冲着苏媛抱歉道："叶夫人，实在是不好意思，学生的教育我们以后会多注意些，不会再发生类似的事情。不过，您这位女儿成绩这么好，之前怎么没听您提起过？"

之前叶家人的意思是，宁璃成绩不好，让他们多担待。

这还叫成绩不好？

苏媛笑容勉强。

"杀人犯"三个字让她心中非常硌硬，而宁璃这一系列的表现，又直接让她蒙了。

宁璃以前在临城，不都是中游成绩吗？怎么到了二中，忽然就考得这么好了？

"这……可能这孩子上了高三，忽然开窍了吧……不过，今天宁璃给你们添麻烦了，真是对不住。回去我们肯定会好好教的。"

周翡挑了挑眉。

这是什么家长？明明是对方有错在先，到她嘴里，怎么好像在怪宁璃惹了事？

而且，宁璃这都高三了，当父母的，居然对自己孩子的真实成绩都不知道？

孙泉又和苏媛寒暄了几句，让宁璃去（1）班报到。

宁璃刚要走，周翡跟了上来。

"下节课是我的，我带你去。"

宁璃脚步一顿，这才想起自己第一天来二中，应该是不知道高三（1）班怎么走的。

她冲着周翡点点头。

"谢谢周老师。"

高三（1）班。

一道身影火急火燎地冲进来："办公楼那边有人在教导处门口打起来了！"

原本颇为安静的教室内，登时一片哗然。

"谁这么大胆？在老孙的地盘动手，这是要喜提记过啊！"

林周扬一脚踩着椅子坐上桌子，灌了口水，平复了一下呼吸："好像是个转学生！我刚从篮球场回来路过，就看见那人一下把人按在栏杆上！”

转学生。

高三都开学两个星期了，这个时间来的转学生，只有一个人。

叶家，宁璃。

教室里不少人看向了叶瓷。

程湘湘的声调高了几分：“小瓷，那个宁璃居然打架？”

叶瓷抽出一本书，在桌上摊开，闻言顿了顿，摇头：“我也不太了解。”

“也是，生在那样的家庭，能有什么规矩教养？估计从小到大没少打架，还以为这里是临城，能让她随便撒野呢？”

宁璃要来的消息，早几天就传开了，而她的出身情况，当然也早就传得沸沸扬扬。

有人起哄着喊：“这么能打架，不会是个大力金刚吧？”

不少人跟着笑起来。

林周扬摇头：“我没看清，不过看那架势，估计也差不离。”

叶瓷想起那张脸，眉头飞快地皱了一下。

程湘湘靠在椅背上：“不管她什么样，就这种人，待在身边也太危险了。哎，小瓷，之前说她要去几班来着？”

叶瓷垂着眼睛看书，轻声道：“好像是（12）班吧！”

（12）班，平均成绩倒数第一。

“这种成绩，也好意思来二中？要不是叶叔叔，她怕是连二中的大门都进不来！”

程湘湘最看不上这种人，以为自己攀上了叶家就了不起了？

“不过，她来的第一天就这么闹，老孙肯定容不下她。我看，她能不能留下都是个问题。”

程湘湘的话音刚落，上课铃响。

周翡踩着铃声走进教室。他的身后，跟着一道纤细挺拔的身影。看到那张干净清丽的脸，整个教室瞬间安静下来。

林周扬瞪着眼，直接从桌子上摔了下来。

周翡拍拍手，笑道：“哟，看来大家都很欢迎新同学啊！来，宁璃，跟大家打个招呼！”

短暂的安静后，教室里响起了稀稀拉拉的掌声。

不少人悄悄往叶瓷那边看。刚才她不是还说宁璃要去（12）班吗？怎么现在成了他们班的学生？

周翡看向宁璃。

“来，宁璃，跟大家做个自我介绍吧。”

宁璃淡声道：“我是宁璃。”

周翡：“……”

这孩子，还挺沉默寡言的哈！

但想到她复杂的家庭背景，又觉得她会是这个脾气，好像也挺正常。

他环视一圈，指着角落里的一个空位，道：“你暂时先坐那儿吧？对了，班长——”

坐在后排的一个少年抬起头来。

他穿着校服，拉链拉到最上面，容貌清俊，挺直的鼻梁上架着一副无边框眼镜，隐藏在镜片后的眼睛冷淡疏离。

周翡抬了抬下巴：“回头帮宁璃领一套新教材过来。宁璃，你初来乍到，有什么不懂的，问裴颂就行。”

宁璃点点头，抬脚往角落的座位走去。

“我们班现在真是什么人都能随便进了。”程湘湘小声开口，满脸不悦。

周翡屈指敲了敲讲桌，程湘湘连忙噤声。

周翡很年轻，来二中也才一年时间，在学生中的威望却很高。

一方面是他的履历实在漂亮，二十一岁就已经拿下了西京大学物理学博士学位，听说当初校长费了好一番口舌，才说服他来的。

另一方面，则是因为他的身世背景也不简单。

对此，程湘湘他们了解不多，但从校长他们的客气态度，足以窥见一二。

周翡笑了笑，道：“宁璃的入学测试，是我亲自监考完成的，没有任何问题。如果大家以后在学习上有什么不懂的，可以多跟宁璃请教。”

这话一出，整个教室的氛围登时变得更加古怪。

跟宁璃请教？！她一个十八线小县城来的土包子，估计只知道打架混日子，跟她能请教个什么？

宁璃拉开椅子，将自己的背包塞入桌肚，坐了下来。

看起来安安静静的，和先前传闻里差点把人推下楼的角色大相径庭。唯独眉眼间的那几分淡漠冷清，让人看着觉得不太好接近。

周翡开始上课：“上次的卷子拿出来。”

教室里很快响起翻卷子的声音。

宁璃趴在了桌上，开始睡觉。

她这一系列操作，着实把其他人惊得无话可说。这未免……也太嚣张了吧？！

关键周翡也不管。在他的课上，只要学会了，想干什么都行。

叶瓷往那边看了一眼，就收回了视线，但看着卷子的眼睛，有些失焦。

她是真的没料到，宁璃居然会进（1）班。

孙主任怎么会同意？周老师那话又是什么意思？宁璃以前成绩不是很

差劲的吗？

林周扬艰难地从地上爬起来，刚坐好，就被人从后面狠狠地踹了一脚。

后桌的任谦压低了声音骂道：“林狗，你怎么回事？这就是你说的大力金刚？！你眼瞎了吧！”

林周扬一脸憋屈。

“我没这么说啊！而且当时隔得那么远，我怎么知道……”

剩下的话没有说出口，但大家都懂。

就算是校霸……那也是个太漂亮的校霸了啊！

“我看以后我们二中的校霸和校花的名号，得落到同一个人头上。”

任谦正说着，忽然被林周扬使了个眼色。

没看见旁边还坐着叶瓷呢！

任谦伸手在嘴上做了个拉拉链的动作。

其实叶瓷也是很好看的，但和宁璃比起来，五官忽然就显得寡淡了许多。

叶瓷握着笔的手缓缓收紧。她不是没注意到，那些男生看到宁璃的时候，眼中是难以遮掩的惊艳。

程湘湘听着，越发厌烦。

“这些人都什么眼神！”

叶瓷笑着点了点她的卷子：“好了，不要想这些了，还是先想想下次考试再考出这个成绩，你妈妈会怎么说你吧！”

程湘湘烦躁得不行。她上面有个堂哥程西钺，从小到大都优秀得不行，哪怕现在早已毕业，也依然被列为榜样中的榜样。

她妈妈时不时就要拿她和他做比较。

可她哪里比得过？

下课铃响，宁璃醒过来。低头拿出手机看了一眼，有两条消息。

“上次你让查的事有结果了，副驾驶座的安全带被人动过。人已经找到，证据也给你留着了。

有人来到她身边。她将屏幕按灭，抬头。

裴颂正站在她桌旁：“跟我去领书。”

宁璃起身，跟着他去拿书。

临城和云州相距不远，用的是同一套教材。

不过她觉得带书过来太麻烦，索性就没带。

反正那些书她也没记过什么笔记，来这里用新的也一样。

二人在校园里走着，实在是极显眼。不少人往这边看，眼神各异。

不到一上午，宁璃在教导处打架，又安然无恙进了（1）班的事迹，已经传遍整个二中。

宁璃对此视若无睹。

她要的就是这样的效果。虽然她也不太想动手，但如此一来，能省去不少麻烦。

跟着裴颂领完书，二人回了教室。

宁璃冲着他点点头："谢谢！"

裴颂看她直接将所有书规规矩矩地摆好，又准备趴下睡觉，清俊的脸上一片平静："不谢。"

但这样的安静，并没有持续很久。

宁璃这边刚准备休息，叶瓷就过来了。

她温温柔柔地开口："宁璃姐，原来你是转来（1）班呀，之前怎么没听你提过？早知道的话，我也方便多照顾你。"

班里不少人竖起耳朵。

这宁璃怎么回事？明知道叶瓷在（1）班，自己要转过来，也不提前说，搞得人叶瓷多尴尬。

宁璃头也没抬："我也不知道，孙主任临时安排的。"

叶瓷脸上有些挂不住，又笑了笑："没事，以后我们在一个班也方便。你第一天来，有什么需要我帮忙的尽管开口就是。"

宁璃想了想，挑眉："是有件事需要你帮忙。"

她抽出一张白纸递过去。

"一千五百字的检讨书，麻烦你帮忙写一下，孙主任明天要的。

"多谢了。"

叶瓷脸上的笑容有一瞬间的僵硬。

宁璃居然让她帮忙写检讨书？！这算什么！

"嗯？"宁璃眉梢微挑，"刚才不还说，什么忙都愿意帮吗？这点小事应该不会让你为难吧？"

周围安静得落针可闻。就在这时，旁边伸出一只手，接过了那张纸。

林周扬笑嘻嘻道："哎呀，写检讨书这种事我熟！我来、我来！"

叶瓷从小品学兼优，哪里会写这个。

"再说，叶瓷这双手就适合画画，哪儿能干这种事，是不是？"任谦在旁边看着，嗤笑一声。

林周扬喜欢叶瓷两年了，人家一眼没多看他，可他还是越挫越勇。

叶瓷抿了抿唇："谢谢！但这事还是……"

林周扬登时受宠若惊："不谢！小事！"

看样子，是说什么都要帮忙写了。

宁璃懒懒地收回视线。

从前，她怎么就没看出来，隐藏在那张笑脸后的鄙夷与嫉恨呢？

叶瓷其实和叶晟一样，都将她当成他们家庭的侵入者，只不过叶晟年龄尚小，还不懂得掩饰。

“还有事？”

宁璃的眉眼间沾染了几分不耐烦，傻子也看得出来她对叶瓷不欢迎。

叶瓷的脸色红一阵白一阵，最终还是轻轻摇了摇头，转身回了自己的位子。

她微微垂眼，神情有些失落，还带着点委屈，看着倒像是受了莫大的欺负。

班里不少人面面相觑。

这对“姐妹”，看起来关系可不怎么样。

程湘湘见叶瓷吃瘪，登时来了脾气：“小瓷，你就这么任她欺负你？！”

叶瓷拉了拉她的手，勉强笑了笑：“宁璃姐刚来，估计还不适应。”

程湘湘翻了个白眼。

“凶什么凶？！还不是寄人篱下！吃人家的、用人家的，反倒把自己当千金了！”

这声音尖锐，班里人都听得清清楚楚。

不少人去看宁璃，却发现她单手托腮，脸上非但没有难堪之色，反而嘴角微勾，直直地看了过去。

“吃你家大米了？”

程湘湘顿时一噎。

“叶家的事，还轮不到你来置喙吧？”

宁璃再是外人，好歹和苏媛有着不可否认的血缘关系。程湘湘又算什么？

程湘湘本想反驳两句，可撞上那双琉璃般清冷漠然的眼睛，又忽而心生不安，闭上了嘴。

半晌，她才凑到叶瓷身边，不甘心地说道：“叶瓷，你看到了吧？她太嚣张了！这种人以后你可要小心着点，别离她太近！”

叶瓷眉头轻蹙：“我也不知道做错了什么，宁璃姐好像很讨厌我。”

明明从宁璃来叶家，她一直表现得很热情周到，怎么……

宁璃看向窗外，九月的阳光灿烂耀眼。

一天时间很快过去。

除了中间有些慕名而来的人，隔着窗户偷偷看宁璃，宁璃过得还算清净。

傍晚六点，叶瓷就被接走了。

决赛在即，她这几天都会专门腾出时间去展老师家练习和准备。

宁璃直到晚上九点晚自习结束，才起身离开。

她之前已经和叶家说过，晚上会自己回去，叶家人也乐得省事。

华灯初上，宁璃随着放学的人流走出校门。前面忽然传来一阵引擎的轰鸣声，中间还夹杂着女生的惊呼。

宁璃似有所觉，抬眼看去。

前方不远处，一辆黑色的重型摩托正停在校门口。坐在车上的少年穿着黑皮夹克，身姿挺拔。

他摘下头盔，露出一张英俊又不羁的脸。一头银灰色短发，咖啡色眼瞳锐利放肆，浑身上下都透着骨子里天生的野性。浓墨重彩，与周围这些身穿校服规规矩矩的少男少女们格格不入。

他长腿支地，环视一圈，而后目光凝视在一点，勾唇一笑，吹了声口哨。

所有人齐刷刷地扭头，惊呆了。他找的人是……宁璃？！

宁璃："……"

她面无表情地走过去："你怎么来了？"

她不是说了自己会过去吗？

季抒笑着看她："您都开了尊口说要来了，我要不亲自来接，说得过去吗？"

宁璃上下打量他一眼："那倒也不必这么——"

风骚。

季抒知道她要说什么，也不介意，把头盔递了过去。

"上车，带你去。"

同一时刻，街对面一家书店。

陆淮与站在高三教辅资料的书架前，一边拿着手机低声说着什么，一边在书架上挑着。

"嗯，今年刚上高三，成绩……中等吧，物理成绩好像差一点。

"'五三'已经拿了。

"《云冈秘卷三十套》？是这个吧？会不会难了点？"

他挑得很仔细。

对面的周翡快疯了："陆二少，陆二爷！您这到底是要干什么？您自己上高中的时候挑资料都没这么用心！不对，你那时候根本没做过！"

陆淮与不为所动："就这些，够了？"

周翡暗暗咬牙："够了！"

——够给你拉一车仇恨值了！

"行。"

陆淮与看了一眼腕表："她应该下晚自习了，我把书送过去。挂了。"

周翡一愣，惊呆了："等等！晚自习？我们学校的学生？！你……"

陆淮与没理会他，挂了电话结账。

收银员多看了他好几眼，笑着问道："先生，您这是给家里孩子买资料的吧？"

这男人矜贵清冷，看着不过二十岁左右，会来买这东西，想也知道是送弟弟、妹妹、侄子、侄女的。

陆淮与思索片刻，笑了声："嗯。"

收银员把一摞书装起来，感叹道："那您可真是上心啊！"

她当初要有这种姿色的男人送教辅书，早就考上西京大学了啊！

陆淮与拎着一袋子书，推门而出。

然而刚一抬眸，凤眼微凝。

宁璃低眸看了一眼头盔，眉头飞快地拧了一下。

"换车。"她道。

季抒一愣。还没来得及开口，旁边忽而传来一道慵懒清冷的声音："小姑娘大晚上不回家好好做作业，怎么乱跑？"

那声音低沉悦耳如大提琴，落入耳中，带起细碎的酥麻感。

宁璃回头，映入眼帘的便是一张清俊无双的脸。

她眨眨眼："陆二少？"

陆淮与眼帘微垂，扫了小姑娘一眼，又看向季抒，眉梢微挑道："这是要去哪儿？"

不知为何，宁璃忽然就有种做错事被抓包的错觉。

季抒此时也后知后觉，隐约猜到了对方的身份。

如此姿容，又姓陆。陆淮与？！他怎么来这儿了？！

不是，关键是，他好像和宁璃还很熟悉的样子？之前也没听她提过啊！

宁璃顿了顿："有点私事。"

陆淮与微微眯起眼眸。

私事？刚上高三的小姑娘，能有什么私事，需要这么晚去处理？

他把手里的袋子递了过去："拿着。"

宁璃奇怪地接了过来："什么东——"

待看清那一摞教辅书和卷子，宁璃剩下的话登时咽了回去。

"高三了，心思就多放在学习上。"陆淮与淡声说道。

宁璃看着那崭新的厚厚的一沓书，心情复杂。

陆淮与到底是怎么想的？

"陆二少，您这么晚过来，不会就是专门来给我送这个的吧？"宁璃缓缓开口。

陆淮与散漫道："和程西钺约在这儿，他迟到了，随便逛了逛。"

宁璃将信将疑。这两位少爷约在哪儿不好，偏偏在二中门口？

她没记错的话，陆淮与高中只上了一年，大学更是只用一年半的时间，修完了两个学位。

他居然还知道高三要买什么书。

但，要说他是专门过来给她送书的，好像也有些异想天开。

陆淮与看了她一眼。

宁璃无奈地叹了口气，把那些书一本本地装进了背包里，原本空荡荡的背包立刻变得鼓鼓囊囊。

她已经记不清自己多久没拿过这么多书了。

旁边的季抒终于回过神来，笑着打招呼："陆二少？我是季抒。"

他眉眼英俊，浑身上下都透着不羁的野性，利落洒脱，朝气蓬勃。的确是潇洒少年，招人的惹眼模样。

陆淮与颔首，矜贵自持道："陆淮与。"

一辆车出现在街道拐角，往这边驶来，最终停在几人身边。

程西钺从车窗探出头来："哟，宁璃妹妹，好巧，你也在呢？"

宁璃默了一瞬："程大少，我是二中的学生。"

在这儿碰见她也算好巧？

陆淮与淡淡地瞥了他一眼："晚了五分钟。"

程西钺："……"

他刚刚还在饭局上呢，就接到陆淮与的电话，让他过来。他什么都没来得及问，撂下那一桌子人就马不停蹄地赶来了，结果还被说迟到了？！

奈何当着宁璃的面，他也不好说这些，只能默默在心里又记上一笔。

什么兄弟？工具人罢了！

陆淮与又看向宁璃："太晚了，有什么事明天去做也是一样，先送你回家。"

宁璃摇头："不行。"

陆淮与和她对视一眼，看到小姑娘眼里的坚持，眉心微动。

片刻，他妥协："上车，送你。"

宁璃原本是不想麻烦他们的，但想到季抒，这的确是眼下最合适的办法。

"多谢！"

她冲着季抒说道："你把车放这儿，叫人过来骑走，你跟我坐车过去。"

季抒皱起眉。

他倒不是对这事有什么抵触。季家和程家有些交情，他和程西钺虽然不熟，却也是认识的。

可晚上他们是过去……就这么贸然带着程西钺过去算怎么回事？更不

用说还有个盛城来的陆二少。

宁璃似乎很不希望他骑车，但他们认识的时候，她就知道他喜欢这个，也没说过什么。

现在到了云州，怎么……

程西钺眼神扫了一圈，笑了：“季抒，宁璃妹妹都发话了，你还愣着干什么？再说，我可不是人人都给当司机的。”

他比季抒年长几岁，这话说得季抒没法反驳。

季抒本也是个潇洒的性子，闻言笑了起来，甩了甩银灰色的头发。

“这有什么不能行的？”

说着，他利落地下车，打了个电话。不一会儿，就有人过来接车了。

一行人准备上车离开。陆淮与拉开后门，冲着宁璃抬了抬下巴。

宁璃走过去，刚走到车门处，要弯腰进去，就感觉肩上一松。她回头，便看见陆淮与一只手拉着她的背包。

那沉甸甸的背包在他手里跟没什么重量一般。

察觉到宁璃的视线，他垂眸看她，嘴角扬起一抹极淡的笑。

“这么沉，也不怕压矮了。”

身高一米六八的宁璃：“……”

——您开心就好。

季抒跟着宁璃就要钻到后排，然而还没动作，忽然觉得脊背一寒。他缓缓扭头，就撞上一双幽深清冷的凤眼。

一股无形的压力，沉沉地压在了他的肩上。

程西钺笑道：“季抒，我们有段时间没见了吧？坐这儿聊聊？”

季抒顿觉获救，立刻绕到了副驾驶座。

陆淮与这才上车。

程西钺这车的空间其实很大，但不知为何，陆淮与一坐在旁边，宁璃就感觉周围的空气似是变得黏稠了起来。清淡的冷香从他身上弥漫开来，如雪松般清冽。

程西钺发动车子，顺口问道：“宁璃妹妹，去哪儿？”

宁璃跟着程西钺、陆淮与一起离开，季抒和他们方向不一样，便自己开车走了。

车子一路驶入市区，晚高峰的时候非常堵。

陆淮与坐在副驾驶座，宁璃自己抱着书包坐在后排。

车内很安静，到叶家时已经很晚了。

宁璃正打算下车，忽然听到陆淮与说道：“送你的卷子，回头我会定期检查。”

宁璃难以置信地抬眼看他。

陆淮与却好像丝毫没意识到这有什么问题，又懒懒道："另外，小孩子家家，晚上不要乱跑，也不准早恋。"

宁璃在心中默念三遍：看在还欠他人情的分上，算了算了。

"知道。"

她应了一声，下车离开。

程西钺看她逐渐走远，这才重新看向陆淮与。

"啧，我看你是真的不要命了。"

深夜，叶家别墅依旧灯火通明。

宁璃推开门。

苏媛正坐在沙发上，脸色发青，抬高了声音，尖锐地质问道："你还知道回来？！"

云州二中的晚自习是九点结束。

可现在已经十点半了！

宁璃这才第一天入学，居然就敢这么晚回来，她怎么能不生气？

面对苏媛的怒火，宁璃却神色平静。

"临时有点事。"说完，她转身就要往楼上去。

苏媛猛地站起身："临时有事？和外面的野小子随便混，就是你说的有事？！"

宁璃的目光冷了下来，回头冷冷地看了她一眼。

那眼神令苏媛心里"咯噔"一下，不知怎的浑身发凉。但这一抹情绪很快被愤怒压下。

宁璃迟迟没有回来，叶家这边还以为她那边出了什么情况，结果叶瓷和同学打完电话后，他们才知道，宁璃一下晚自习，就跟着一个"骑摩托的不良少年"走了。

苏媛想不明白，宁璃才来云州几天，居然就和这种小混混搅和在一起了。她费尽心思把宁璃送到二中，可不是为了让她这么给叶家丢人现眼的！

"小小年纪，你这是想干什么？这些年，你奶奶就是这么教你的？！"

宁璃拽着背包带子的手瞬间收紧，漂亮的桃花眼底泛起一丝冷冽，带着无言的压迫力。

"你没有资格说这句话。"

全天下的人都能说她没教养，唯独苏媛不能！

苏媛一噎，被那双眼睛盯着，竟觉得脖子像是被什么掐住了般。

她指着宁璃，手指颤抖："你！"

楼上忽然传来一阵脚步声。叶瓷穿着纯白棉质睡裙走了出来。

她往楼下看了一眼，当看见宁璃的时候，似是终于松了口气般，软声开口：“宁璃姐，你可算回来了，妈妈都在客厅等你好久了。”

她说着，目光从宁璃身上扫过，又看向苏媛。

“妈妈，最重要的是宁璃姐没出什么事，您就别生气了。”

宁璃反问：“我能有什么事？”

不知道的，还以为她是出去杀人放火了呢！

“我和野小子出去混，这话是你说的？”

叶瓷被噎了一句，抿了抿唇。

“宁璃姐，我没这么说。”

“宁璃！这事既然你自己做了，就别怪别人说！”苏媛深吸口气，“要不是小瓷专门找人问了，你是不是就打算隐瞒到底？！”

宁璃觉得有些好笑。

“我没打算瞒着谁，不过看起来，倒是有些事情，叶瓷没说清楚。

“你们怎么说我都无所谓，不过，若是季家知道你们喊季抒是野小子，怕是不会高兴。”

苏媛和叶瓷的脸色齐齐僵住。

“你……你这话是什么意思？！”

苏媛一时蒙了。季抒？季家？

云州有名有姓的季家，就只有那一家。季抒是独子，更是出了名地嚣张放肆。宁璃怎么会和他扯上关系？

苏媛觉得宁璃在撒谎，气急反笑：“宁璃，你以为搬出季抒的名号，就能蒙混过关？他知道你是谁吗？！”

叶瓷一只手扶着栏杆，没说话。她之前只是听人说，宁璃一出校门，就有个骑着重型摩托的少年来接。

至于那人的具体身份，对方不清楚，她也就没问。

谁知宁璃现在居然说，那少年是季抒？

不过她记得，季抒的确是喜欢玩摩托的……而且，宁璃刚来，如果不是真的认识，怎么偏偏说出季抒的名字？

宁璃对她们的反应毫无兴趣。

她这天挺累的，没心思和她们争来吵去。

既然搬出季抒不信，她抬头看了面色紧绷的叶瓷一眼，漫不经心地开口：“除了季抒，在一起的还有程西钺和陆淮与。”

整个别墅内，一片安静。

若说季抒的名号，还不够让人信服，那程西钺和陆淮与这两个名字，绝对是重量级的。

更关键的是，这两人之前才来过叶家，且的确算是和宁璃认识的。

宁璃不会蠢到拿这两个人来撒谎。

苏媛张了张嘴。托叶晟的福，她现在听见“陆淮与”这个名字，心里就不自觉地发颤。

叶瓷忽然想起那天，那男人斜倚在门框上，容色清贵，姿态慵懒的模样。

高高在上，遥不可及。但宁璃居然说，他们刚才还在一起？

一股难言的酸涩涌上心头，令她不自觉地握紧了扶手。

片刻，她试探地开口：“宁璃姐，听说这两位平常都挺忙的，很多人排着队都约不上，你们这是碰巧遇到了吗？”

她神情单纯，仿佛真的只是好奇，随口一问。

宁璃眯了眯眸子，淡声开口：“不信的话，打电话一问就是。”

说着，她拿出手机，拨下一串号码。

“嘟——嘟——”

手机振动的声音响起。

陆淮与正靠在副驾驶座，闭着眼睛休息。

他英挺俊朗的眉微微皱着，眉眼间浮现一丝挣扎之色，似乎陷入了可怕的梦魇，睡得极不安稳。

听到这动静，他缓缓睁开眼睛。幽深的眼瞳深处，沁着几分红，似是暗夜中挣脱牢笼生长而出的蔷薇，危险至极，却又带着令人甘愿沉沦的致命吸引力。

他从兜里摸出手机，屏幕上是一个陌生号码。

程西钺侧头看了一眼，登时吃了一惊：“这谁？居然打到你的私人号码来了？”

陆淮与有两个手机号，一个对外，一个私密。只有和他关系最为密切的几个人，才知道他这个号码。

陆淮与都有备注。

而现在这个，显然是个新打来的。

陆淮与盯着那个号码看了两眼，似有某种直觉般，按下了接听。

下一秒，少女的声音从听筒传来。

“喂？陆二少？”

隔着电话，她的声色听起来莫名乖巧甜软了几分，像是一只柔软的猫爪在他心里轻轻地挠了一下。

陆淮与略微坐直了身子，眉眼间的躁郁与危险如积雪消融，眼底那抹红色也悄无声息地退去。

“嗯？”他低低地应了一声，带着几分慵懒沙哑，又有着极好的耐性。

宁璃将事情简单地说了一下。

陆淮与笑了声：“我知道了，把电话给她，我来说。”

宁璃把电话递给苏媛。

苏媛还有些将信将疑，结果拿过手机的时候，不小心点开了免提 。

陆淮与低沉慵懒的声音，便清晰地传出：“叶夫人，阿璃今天晚上的确一直与我在一起。”

第三章

以后就打这个电话

阿璃。这一声令几人齐齐愣住。

苏媛和叶瓷都下意识地看向宁璃。

不是说之前不认识？这才见了两面，陆淮与就这样喊她了？

熟稔得好似他们已认识许久。

宁璃也有些意外。

陆淮与这是？

“临时路过二中，正好遇上。想着这么晚了，她一个小姑娘自己回家不安全，就顺带送了一程。”

和苏媛说话，陆淮与的语调客气疏离了几分，带着一贯的矜贵清冷。

与他刚接电话时候，噙着笑意的低沉回应，完全不同。

苏媛拿着手机的手有些出汗。

按理说，陆淮与这年才二十一岁，是苏媛的晚辈，可不知为何，面对他的时候，她总觉得肩上似是多了一层无形的压力。

她勉强笑了笑，连忙解释道：“原来如此。既然是和陆二少在一起，那我们就放心了。主要这孩子才来云州没几天，这么晚都没回来，也没回个信，我们……”

“她初来乍到，叶夫人就放心她独自回家，想来叶家是太忙了，连接人的事都顾不得。”

陆淮与的声音淡淡的。

苏媛脸上红白交错。

宁璃是第一天入学，的确需要多照看，可司机不是先去接送叶瓷了吗？再说，是宁璃自己提出要独自回家的，这哪里能怪到他们头上？

陆淮与这话听着，反倒像是他们这做父母的错。

“陆二少，这……今天纯粹是意外，主要是小瓷……”苏媛抬眼看了宁璃一眼，眉头飞快地皱了一下，“以后会及时派人去接她回来。总之，今天实在是麻烦陆二少了。”

她实在是没那个胆量跟陆淮与叫板。

陆淮与笑了笑：“不麻烦。”

宁璃把手机拿回来，谢过陆淮与，这才挂掉电话。

她淡淡地看了苏媛一眼：“还有什么要问的吗？没有我就上楼了。”

苏媛胸口发闷。她发现，宁璃好像根本没有把她这个当母亲的放在眼里，事事都要跟她对着干。

宁璃问这一句，显然也不是真的咨询她的意见，没等她说话，就抬脚离开了。

宁璃来到楼上，与叶瓷擦肩而过。

忽然，宁璃脚步一顿，头也没回地淡声开口：“以后做事，还是先问清楚前因后果比较好，省得打脸，太疼。”

叶瓷脸色发白。

宁璃却已经回了自己的房间。

苏媛恼怒：“这脾气，也不知道像了谁！”

叶瓷没说话，盯着那紧闭的房门，心绪翻涌。

不知是不是错觉，陆淮与似乎……格外护着她这个半路冒出来的姐姐。

宁璃回了房，刚坐下，手机又振动起来。

她看了一眼，居然是陆淮与打回来了。

宁璃犹豫一瞬，接了电话。

“陆二少，还有什么事吗？”

陆淮与一只手拿着手机，侧头看向窗外。霓虹灯光映入他的眼底，令人捉摸不透。

他薄唇微勾：“没什么，就是有件事忘了问。”

“什么？”

宁璃有些奇怪，刚才事情不都解决了？

陆淮与轻笑了一声，那嗓音近得像是就在耳边，带起莫名的酥痒感。宁璃忍不住抬手，轻轻地揉了揉耳朵。

接着，便听到陆淮与漫不经心地问道：“我的手机号，你是怎么拿到的？”

宁璃的动作一顿，房间内越发安静。

她没有立刻回答，陆淮与好像也不急，就在对面耐心地等着。

听筒中，只能听到彼此的呼吸。

她自己也不知道这是怎么一回事，这个手机号似乎早就在她的记忆深处，她记得很清楚，所以自然而然就把电话打了出去。

现在该怎么向陆淮与解释？

陆淮与望着车窗外的景致。哪怕看不见人，此时也不难想象出小姑娘为难的神情。

他无声地弯了弯唇，眉眼间浮现几分笑意：“行了，以后有事，记得第一时间打这个电话就是。”

宁璃有些恍惚。

他真帮了她不少忙，哪怕他们只是萍水相逢。

宁璃觉得总这么麻烦人还是不太好，尤其她已经欠了陆淮与许多人情。

但陆淮与这么开口了，她还是应了一声。

“好。”

陆淮与满意地收起手机，刚一侧首，就撞上程西钺满是探究的眼神。

他挑眉：“怎么？”

程西铖抬了抬下巴：“所以呢？宁璃妹妹到底是怎么拿到你的手机号的？”

他刚才竖起耳朵听了半天也没听出来。

陆淮与长腿舒展，挑眉轻笑：“当然是我给的。”

程西铖：“……”

——你自己给的，你还问？！

以前怎么没发现这男人这么“狗”？！

他仔细回想了一圈：“不对啊，你跟宁璃妹妹见的这两面我都在，你什么时候给的？我怎么不知道？”

尤其，陆淮与居然还直接给了私人号。

陆淮与懒得理他。

程西铖看着他眼角眉梢噙着的散漫笑意，心中默默为盛城的那些名媛掬了一把同情泪。

想到陆淮与这天跟着跑了一趟小松山，他松了松领结：“陆老爷子可给我下命令了，说顾医生明天就到云州。无论如何，你跟我去见一面。”

之前陆淮与是拒绝了的，但陆老爷子也是个说一不二的性子，坚持让人来了，还让程西铖不管用什么手段，务必把人带过去。

程西铖本来打算蒙混过关，可这天陆淮与来了这么一手，他也担心得很。

万一病情再严重……

陆淮与闭上眼，修长匀停的手指在腕间的黑色发圈上点了点，极淡的甜香萦绕鼻端。

“我的病，我自己清楚。”

何况，他有药了。

因着陆淮与那一通电话，宁璃晚上又做梦了。梦中，无数记忆碎片交织，一片混乱，她梦见自己被关在一个阴森的疗养院，那感觉既陌生又熟悉，她在病房里强撑着病体，一遍遍的背诵着一个手机号。

早上醒来，她坐在床上好一会儿才回神。

她换上校服，顺手去拿背包。余光一瞥，看见昨天晚上她拿出来的那一摞教辅书，沉默了好一会儿，终于还是认命地重新装了进去。

宁璃和叶瓷一前一后来到教室，原本喧闹的教室登时安静。

宁璃来到自己的座位，刚要把背包塞进去，忽然在桌肚里摸到什么东西。

她一顿，顺手拿了出来。

一摞……情书。

宁璃神色平静地将那一摞粉蓝相间的情书拿出来，扔到了后面的垃圾桶里，又将背包放了进去，掏出书来依次在桌上摆好。

看见那一沓“五三”、《云冈秘卷三十套》《高考物理精选一千题》，众人纷纷嘴角抽搐。

转学生这么勤奋好学的吗？情书看都没看一眼就扔，全给这些腾地方了。

“看不出来啊……我们这位新同学，满脑子都是学习，半点不在意这些小情小爱的。”

任谦开玩笑道。

他看向身边坐着的裴颂：“哎，裴哥，昨天新同学跟你去领书，你们说上话了吗？”

裴颂神情冷淡，似乎对这话题并无兴趣。

任谦本来也没指望他回话，两手枕在脑后，慢悠悠地调侃：“嘿，校花、校草都在我们班，往后可真是热闹了。”

刚刚踩着铃声跑进来的林周扬一把拉开椅子，小心地看了前面坐着的叶瓷一眼：“说什么呢！校花不一直在我们班呢吗？！”

任谦笑而不语。

以前校花是叶瓷，现在却换成了宁璃，当然不一样。

虽说宁大美人来学校第一天，就差点把同学推下楼，“凶”名赫赫，奈何那张脸实在是清丽漂亮，依旧引得无数人追逐。

那一桌肚的情书，已经足够说明问题。

叶瓷？没法比。

林周扬拍了拍前面叶瓷的椅子。

“叶瓷？”

叶瓷回头，就见林周扬一脸殷切地递过来两张纸。

“检讨书写好了！”

一千五百字，他写得手都酸了！

叶瓷的脸色有一瞬间的僵硬。

任谦翻了个白眼。难怪喜欢人家这么多年，依旧没半点进展，就这情商，叶瓷没动手打他就是好的了！

叶瓷的神色恢复如常，浅浅地笑了一下，轻声道：“谢谢你，但这是你帮宁璃姐写的，你自己给她吧！”

林周扬后知后觉地发现她好像情绪不高，眼下也有着淡淡的乌青，无措地挠了挠头。

“行！不过，叶瓷，你昨天是不是没睡好啊？是不是快比赛了紧张的？”

叶瓷摇摇头：“没什么，就是有点失眠。”

林周扬“哦”了一声，没敢继续打扰，起身走到宁璃桌前，把那份检讨书递了过去。

“宁璃，给！”

宁璃接过，扫了一眼。

林周扬果然是写检讨写惯了的，洋洋洒洒一大篇。

宁璃点了点头：“不错。”

林周扬嘿嘿一笑，骄傲得眉飞色舞：“那可不，我干这个，熟！”

宁璃：“……”

任谦已经不忍再看，直接扭过头去。

宁璃起身去交检讨书。

教导处。

孙泉看着手里写得张牙舞爪的检讨书，再想到那天那张潇洒利落的满分卷子，眉心跳了跳，终于还是睁只眼闭只眼，收了起来。

“行了，意识到自己的错误就行，没有下次。”

宁璃点点头。

孙泉看着她，想起这天听到的那些传言，本来打算提点两句，但对上她那双澄澈干净的眼睛，又觉得那些话太多余。

这是个知道自己想要什么的聪明孩子。

他挥挥手：“回去吧，好好上课。”

上午第一节是数学课。任课老师是一个四十岁左右的中年女人，谭开兰。

这一节课依旧是讲上次考试的卷子。

宁璃昨天跟着裴颂领了一套，但还没做。

她想了想，还是从桌上抽了一本书出来。翻开书，她随手拿了一支黑色中性笔，写了起来。

这是一套物理精选题库，前面全是单选题。

宁璃从第一题开始看，是一道受力分析题。她迅速地读完题干后，就在括号里填了个“A”。

之后是第二题、第三题……

几乎没有任何卡顿，她很快做完了第一页，翻到了第二页。

谭开兰早就注意到了教室角落里坐着的那个转学生。

人刚来一天，就已经闹得沸沸扬扬。听说是个刺头，但因为是叶家塞进来的，所以还是进了（1）班。

她很看不惯这样的学生。（1）班都是要上顶级学府的好苗子，突然混进来这么个差生，以后平均成绩肯定要被拉低不少。

宁璃的那张卷子被孙泉压下，正打算这天和几个任课老师开个小会，但此时的谭开兰还不知道。

看到宁璃手中正在翻一本物理资料，她忽然停了下来：“宁璃，你来说说，这道题怎么写。”

班里瞬间安静，不少人朝宁璃这边看来。

宁璃抬头。

谭开兰冷冷一笑，把粉笔扔到了盒子里：“数学课学物理，那这些你应该都会了？来，你上来讲。”

空气凝固。

谁不知道谭开兰最讨厌学生上课不听讲，哪怕假装在听也行啊！宁璃这倒好，在她眼皮子底下写物理题，这不是顶风作案，自己给自己找不痛快嘛！

宁璃站起身：“您说第几题？”

她是真的不知道讲到哪一题了，才有此一问。

可在谭开兰听来，这就是对她的挑衅。

她的脸色有些发青。

任谦往后靠了靠，笑着道：“谭老师，宁璃刚转来，上次没参加考试，手里也没卷子呢！”

谭开兰火气不降反升。既然来了二中，就得有这个学习的觉悟。

“明知道这两天要讲卷子，没有不会去多要一套，自己先做一遍吗？难道还等着谁给你送过来？那干脆以后也别学了！”

周围更是寂静。任何一个女生被这么当众训斥，只怕面上都是过不去的吧……

任谦咳嗽一声，把桌上的卷子递了过去，小声道：“谭老师让你写第三十一题。”

他们中间隔着过道，这么递过来倒是也方便。

裴颂扭头，冷淡地看了他一眼。

刚才任谦拿走的，是他的卷子。

任谦使了个眼色。

新同学，要互帮互助嘛！给人家看一眼又怎么了？

宁璃低头，就看到那张卷面上干净有力的字迹。她很快收回视线，抬脚往讲台走去。

任谦一愣。

“哎！”

——卷子上有答案！你怎么不多看看就这么上去了？

宁璃已经拿起粉笔，开始在黑板上解题。她的动作流畅，写得很快，教室逐渐陷入诡异的死寂。

前两题很快写完，但她还没停。

任谦坐直身子，怀疑地凑到裴颂旁边，低声问道："等等，你第三小问不是没写吗？"

裴颂没说话，下颌轻抬，镜片后冷淡疏离的目光，第一次这么长久地落在那道纤细的身影之上。

宁璃停笔。

"谭老师，我写完了。"

谭开兰看着黑板上的板书，表情有了一瞬间的凝滞。

这道题是压轴题，整个高三全年级，只有裴颂做完了前面两小问。

而第三小问，一个做出来的都没有。宁璃是怎么做出来的？！

程湘湘凑到了叶瓷耳边："小瓷，她这是胡写的吧？听说班长就是因为这道题，才没拿到满分，她怎么可能写得出来？"

程湘湘虽然也是（1）班的学生，但成绩只是垫底，尤其数学糟糕得一塌糊涂。她的卷子上，这道题只列了一个公式。

叶瓷很想点头，但她现在还没看完宁璃的板书，卡在了中间的一步。

"原来这一问还能这么解？！"

任谦成绩也很好，常年排在年级前十。他发现宁璃的步骤写得简略而清晰，思维极其跳跃，对数学不敏感的人，估计单单是看这个答案，都要看上许久。

听到他这么说，叶瓷把喉咙里的话咽了回去。

谭开兰的嘴唇动了动："你以前做过这道题？"

这话一出，大家立刻明白——宁璃的确是解出来了这道题！

"偶然见到过一道类似的。"她说道。

谭开兰的脸色这才舒缓了些。她敲了敲桌子："学习最忌骄傲，就算你碰巧会做这道题，也不能不听课。难道高考的时候，你也指望着那些题都是你做过的？"

她当然看得出来，宁璃的数学成绩应该是不错的，否则这种程度的题，就算见过，也未必会解。

但宁璃下了她的面子，她从心里不喜。这种仗着自己有点小聪明，就不把老师放在眼里的学生，最后也往往学不到什么好。

谭开兰在二中教了十几年书，从来说一不二，个性严厉至极，哪怕宁璃写出了答案，她说要罚，也还是能罚的。

发泄了心里的火气，谭开兰终于松口："回去把卷子抄十遍。"

宁璃却没动。她抬眸看向谭开兰，目光清冷道："谭老师，您要罚我也可以，但总得有个理由吧？"

谭开兰没想到她居然会顶嘴，登时惊住。

她气急反笑："你自己上课不听讲，还有理了？"

宁璃淡声道：“我没有打扰到您上课，您让我来写，我也写出来了，不是吗？”

这算不上违背了任何校规班规。所以这卷子，她不会抄。

教室内一片死寂。

林周扬等人看着宁璃，都觉得她疯了。

“啪！”

谭开兰一巴掌拍在桌上，指向教室门外，声音沉厉：“你给我出去站着！还有，既然你这么厉害，以后我的课，你也别上了！”

本以为宁璃会服软，谁知她静静地看了谭开兰一会儿，竟一脸平静地点了点头。

“好。”

说完，她转身打开教室门，走了出去，临了还没忘把门关上。

事情的发展出乎所有人的预料。

谭开兰盯着那扇被关上的门，气得胸闷不已。

这都是什么学生！

“上课！”

她倒是要看看，宁璃能犟到什么时候！

程湘湘幸灾乐祸：“活该！让她那么傲！”

此时，叶瓷终于将黑板上的步骤理清，沉默着往外看了一眼。

不是说宁璃以前的成绩就是中下游吗？那种程度的学生，碰到这种题从来都是放弃，怎么偏偏宁璃会写？

高三所有班级都集中在这一栋教学楼，平日但凡有点风吹草动，立刻就会被所有人知道。

（1）班宁璃数学课被赶出来，在走廊里罚站的消息，很快就在整个年级传开了。

课间，不少学生三五成群地聚到一起，看向那道站在（1）班门外的纤细身影。

“哟，我们这位转学生，可真是够厉害的，师太的课也敢开小差。”

“我怎么听说她不是开小差，而是因为在数学课写物理题被罚了？”

“你们知道什么？师太当时让她写题，就我们全年级都没人做出来的那道，她写出来了！本来挺好的，师太让她把卷子抄十遍，这事就算过去了，谁知道，她不肯啊！师太能不生气？”

“我去，她会写那道题？不是说裴颂都没写完？”

“好像是以前见过，不过这都不重要了。重要的是，师太已经发话，以后她的课，都不准宁璃上了！”

…………

人声鼎沸，喧闹非常，各种议论声落入宁璃的耳中。

她斜靠在栏杆上，好似没听见，又好似根本不在意。

如今这样，倒是一身轻。

“宁璃？”

周翡刚来学校，就听说了这事，连忙赶了过来。

秋日的阳光明亮温暖，但落在那孑然而立的少女身上，好似总隔着什么。

她静静地站在那儿，微微垂着头，周身都散发着透骨的孤寂与冷意。好像周围这一切生气与热闹，都与她无关。

听到声音，宁璃抬头看了过去：“周老师？”

周翡招了招手：“跟我来一趟。”

教导处。

短短两天，宁璃已经是第三次来这里。

办公室内，孙泉和谭开兰都在，气压极低。

周翡却好像没看出来般，笑眯眯地开口：“哎，孙主任，我把宁璃带来了。”

孙泉头疼得很：“谭老师，宁璃这事，其实说大不大……”

谭开兰抬高了声音：“孙主任，您这话什么意思？她这要是开了头，以后学生们有样学样怎么办？”

没等孙泉说话，周翡便笑着接道：“哎哟，谭老师，您这可就言重了。说到底，宁璃没落下学习，也没打扰您上课不是？这孩子就是喜欢物理，难道这还错了？”

“你——”谭开兰脸色难看。

周翡咳嗽一声：“而且，我已经打算让宁璃参加全国物理竞赛，她最近就要开始准备了，这才在这方面多用了点心思。之前忘了和您说，但这也是情有可原不是？”

房间内的三人齐齐看向他，神色各异。

谭开兰冷笑一声：“要参加物理竞赛的学生，做《高考物理精选一千题》？周老师，你这标准，未免也太低了吧？”

周翡神色一僵，见鬼般地看向宁璃。

“你做这个？！”

——你是有多闲？！

宁璃：“打打基础。”

周翡匪夷所思。她是有什么想不开的，要去做那种程度的题？

但人在这儿，他无论如何都是要保住的。

孙泉沉吟着开口：“谭老师，你看宁璃刚来……这事就这么算了吧？”

谭开兰资历老，水准高。而宁璃，也是个难得的好苗子。

闹成这样算怎么回事？

谭开兰脸色冷厉："是她自己说，以后我的课都不再上了的。"

让她跟一个学生低头？绝不可能。

眼看她这边态度强硬，周翡也有点烦了。他挑了挑眉，笑呵呵道："正好物理竞赛需要不少时间和精力，既然谭老师愿意主动让出这段时间，那以后的数学课，宁璃正好能去我那边。谭老师，谢了啊！"

谭开兰脸色铁青，刚要发作，想起周翡的背景，又强行忍了下来。

她猛地起身："既然周老师开口了，那这事就这么定了。孙主任，我后面还有课，就先走了。"

说完，她目不斜视地离开了办公室。

等她的身影消失，孙泉这才一脸不赞同地看向周翡。

"胡闹！周翡，你这么做，未免太……"

周翡举起双手，做投降状："这事可不是我挑的，我不过是顺了她的意，这也有错？"

孙泉烦得要死。这也是个不省心的。

"宁璃要参加物理竞赛的事，之前怎么没听你说？"

"因为这是我刚刚才决定的啊！"周翡答得理所当然。

宁璃看了孙泉一眼，心中默默感慨，能做二中教导处主任的人的确不一般，这种情况下都能忍住没破口大骂。

孙泉深吸口气："那以后宁璃的数学"

她那张理综卷是满分，可不知道数学如何。真要是不学了……

周翡不以为然："高三数学就那点东西，我回头抽空给她补上就行。"

孙泉揉了揉太阳穴："行了，你们出去吧！"

宁璃和周翡离开办公室。

"周老师，谢谢你！"走出一段距离，宁璃开口。她的声音很轻，却很认真。

谁对她好，她是知道的。

周翡低头看了她一眼，双手插兜："想谢我？回头把你那些乱七八糟的教辅书给我扔了就行。"

《高考物理精选一千题》？什么东西！

宁璃沉默了一下，摇摇头："这个怕是不太方便。"

到底是陆淮与送的，她要是扔了……

周翡本来也就是随口一说。

"放那也行，不过没什么看的必要，回头去我那儿，给你拿点好的。对了，高三'物竞班'是晚上单独上课的，正好你上晚自习，以后直接过去就行，上课地点就在前面那栋楼，二楼最左边的教室。”

宁璃脑海中忽然闪过许多回忆片段，周翡这段话似曾相识，她想起她曾经报名参加了这一场竞赛，当时一起的，还有叶瓷。

叶瓷在物理上其实没什么天赋，平时靠着勤奋，还能在考试中拿下一个不错的分数，但放在竞赛中就远远不够看了。

有次她又做不出来题，抱着卷子哭了很久，正好被宁璃听见。

后来宁璃就开始辅导叶瓷。

最后决赛的时候，宁璃被人举报作弊，所有努力付诸东流，声名狼藉。

叶瓷却拿了奖，风光许久。

这些熟悉的记忆像巨浪一样冲刷进宁璃的脑海。

“有什么遗憾，就去弥补，有未完成的心愿，就去做吧。我希望你知道，你看到的所有片段，都是你曾经的经历，现在你可以重来一次，解开心结。”

她再度听见那个舒缓的男声说道。

宁璃嘴角微微弯起。

“好。

“您放心，我一定会努力，拿下一个好成绩的。”

宁璃回到班里，正看到任谦把那张卷子拿回去。而裴颂正往外走，两人好好打了个照面。

宁璃道：“刚才的事，谢了！”

任谦发现新同学好像也没想象中那么难相处。他单手托腮，中性笔在手上转得飞快，笑道：“哎，宁璃，刚才是我帮的忙，你谢裴哥做什么？”

裴颂的校服拉链依旧拉到最上面，少年身姿挺拔，眼镜后的神色依旧疏离。

“不用。”

一来不是他主动帮忙，二来……也没帮上。

宁璃从旁边走过，看向任谦。

“第三问的答案，不算道谢？”

任谦喜欢数学，在这上面一直很有钻劲。他看见答案后，定然是很高兴的。

他发现新同学还不是一般聪明。

他往前凑了凑：“那以后有不会的，我就都问你了，你可不能拒绝。”

林周扬忍不住道：“任谦，你有病啊？好歹你也跟裴哥做了这么久的同桌了，你把裴哥放哪儿？！”

“啊，也是。”

任谦拍了一下手：“以后裴哥来问，也是一样的待遇吧？”

林周扬差点掀桌："你这骚什么？！"

裴颂自从进入二中，一直霸占着年级第一，雷打不动。

他能有不会的？

宁璃倒是没什么所谓地点了点头。反正以这两人的成绩，真要问，频率也不高。

林周扬跷起二郎腿，一副看好戏的样子："裴哥，这小子是要上天啊！敢这么看不起你！"

以裴颂的性格，任谦接下来几天的日子可不好过。

然而，裴颂竟是意外地没说什么，拿着水杯出去了。

林周扬一脸蒙地挠头。

"裴哥脾气什么时候这么好了？"

任谦踹了他的椅子腿一脚。

智障。

中午，宁璃独自一人去了食堂，不少人往这边看。

她早对这种注目习以为常，但这天的氛围有些古怪。

那些人一边看她，一边低头交耳说着什么，甚至有人拿出手机开始拍她。

不对劲。

宁璃兜里的手机忽然疯狂地振动起来。

她掏出看了一眼。

"璃姐！这个是你吗？"

最上面是一个微博链接，宁璃点了进去。

校园二三事："云州二中校园霸凌！光天化日就要将同学推下楼，令人发指！"

微博内容是一个十几秒的小视频。拍摄者应该是站在楼下拍的，而且距离很近，能清楚地看到一个女生正将另一个女生按在栏杆上，作势要推出去。

从楼下看，只能看到那女生小半张清丽的侧脸。

但认识的人，都能认出那是宁璃。

评论已经炸了。

叉烧肉我的爱："拒绝校园霸凌！"

summerZZKK："云州二中百年名校，居然也有这种人？太嚣张了吧？"

Tay-y："坐标二中，这是高三新转来的学生，叫宁璃。听说以前就是混的。吃瓜。"

枣子ts："让这个宁璃滚出来道歉！开除！必须开除！"

宁璃翻看的一会儿工夫，评论还在迅速上涨，转发量也增长得极快。

评论区众人群情激愤，许多人骂得不堪入目，甚至已经有人开始“人肉”她。

涉及校园霸凌，又有视频“做证”，很快，几个相关词条就爬上了热搜——

云州二中。

云州二中校园霸凌。

宁璃。

宁璃盯着自己的名字看了几秒，眼底划过一抹冷意。

“嗡”的一声，手机又一条消息弹出。

“璃姐，不对劲啊！有人给你买热搜了？”

确实有问题。

这视频是半小时前发布的，博主粉丝量也只有三十多万，然而短短时间内，几个“大V”接连转发，转评已经过万。

紧接着，这几条热搜就先后出现。

她在视频中只露出了小半张脸，又是从下往上拍，隔着一段距离，除了认识她的人能认出是她，其他人根本看不出什么。

就算是有人在评论区提及了她的名字，也不该这么快就顶上热搜。

“璃姐，这到底是谁要搞你啊？”

会是谁呢？

二中那么大，有人碰巧看到当时的那一幕，并且拍摄下来的可能性并不是没有。

不过，肯花买热搜这个钱的，却没几个。

这条视频很短，只截取了中间宁璃动手的片段，而且距离较远，听不见声音。

任谁看了，都会觉得这就是一起恶性校园霸凌事件。

“这些人根本什么都不知道！璃姐，我去找人黑了这个账户！”

宁璃终于回了一条消息：“不用管。”

对方沉默了一瞬，发过来一串问号和感叹号。

“不管？！璃姐，你认真的？这些人骂得也太难听了！”

这些人根本不知前因后果，仅凭着一段短短的视频，就迫不及待地给人定罪、讨伐。

好像晚上一点，就不能伸张心中正义。

宁璃想了想，又补充了一句：“查查这个视频是谁拍的就是，其他的都不用管。”

发完消息，她把手机收起，径自在众人的注视下离开了食堂。

平日里，午休的时候，教室里总是一片安静。然而这天一反常态，十分喧闹。

大家三五成群地凑在一起，一边盯着手机，一边神色兴奋地低声说着什么。

宁璃走进教室后，教室猛地一静。

其实宁璃“打人”的事，他们都是知道的，但大多数人并未亲眼见到，何况孙泉有意将这件事压下，最终不了了之了，大家也就没太放在心上。

但现在不一样。视频拍得那么清楚，哪怕是隔着屏幕，也不难感受到那少女身上冷冽狠戾的气息。

她看起来，似乎是真的要把人推下楼一般！

这和一般的打架斗殴不同，稍有不慎，可能就会闹出人命！

宁璃却好像对这些毫无所觉，回到自己的座位，拉开椅子坐下，校服一拉，就趴在胳膊上睡了。

“她这是害怕了？”

程湘湘忌惮地看了宁璃一眼，眼中满是嫌弃与厌恶。

“小瓷，她真的要一直住在你们家吗？这也太危险了！谁知道她发起疯来，会不会也这么对你？要不你还是回去和叶叔叔说一声，让她搬出去吧！”

叶瓷摇摇头：“她也是妈妈的女儿。”

程湘湘瞪着眼睛：“你难道都不怕吗？看她那架势，以前肯定没少做这种欺负人的事！”

叶瓷拽了拽她的手，轻轻地摇了摇头，示意她小声点。

“宁璃姐以前过得很辛苦的，别这么说她。”

这话一出，周围一圈人也都听见了，纷纷无声地交换视线。

宁璃的出身早就传开了。也是，在那种家庭中成长起来的小孩，要是没点狠劲，哪儿能安然无恙地长到现在？

程湘湘哼了一声：“你对她这么好，成天替她说话，她可未必领情！”顿了顿，她又捂嘴笑起来，“不过，这次的事在网上闹起来了，不说叶叔叔他们，学校肯定得做出回应吧？二中能容得下这样的污点？”

云鼎风华。

程西钺坐在车里，抬手看了一眼腕表。很好，已经过去半小时，这位爷还是没下来。

他揉了揉眉心，认命地下车，进入别墅。整个别墅一共三层，装修是极简风格，到处冷冷清清的。

程西钺直接上了二楼主卧。

一般情况下，顾虑到陆淮与的病情，他极少在这个时间过来，但昨天已经提前约好傍晚六点去见顾医生，时间快到了，陆淮与还是没动静。

他只能硬着头皮上去了。

程西钺来到门前，刚要敲门，却发现主卧的门是虚掩着的。

“陆二？”

程西钺推门往里走去，找了一圈，才在与主卧连通的小书房阳台那边，看到一道影影绰绰的身影。

他走过去。

陆淮与斜坐在藤椅上，长腿舒展，手上放着一本书。

他似是刚刚睡醒不久，一头黑发有些凌乱。傍晚的夕阳为天空染就一层瑰丽的色彩，几笔勾勒出男人的剪影，为他镀了一层光。

偏他眉峰凌厉，鼻梁高挺，下颌骨线条干净利落，通身透着骨子里的清冷尊贵，又让人生出几分只可仰望不可触碰的心绪来。

听到有人进来，陆淮与顺手把书合上，回头看去。

程西钺隐约觉得他好像把什么东西夹进了书里，但没看清是什么，便以为是书签，并未在意。

他点了点腕表。

“陆二少，我们可是要迟到了。就算是给我个面子，去见上一面总行吧？”

陆淮与这天心情不错，想了想，总算起身。

他把书放回书柜最上面那一层：“半小时。”

程西钺松口气，跟着他下楼。

二人上车，程西钺很快驶离云鼎风华。

陆淮与拿出手机，回复了几条消息。回完了，也没收起来，就那么拿在手里，一下一下地转着，像是在等什么。

过了会儿，陆淮与想起这天是周二，又按了按眉心，打算收起。

一条推送新闻忽然弹出。

“云州二中校园霸凌事件大盘点！扒一扒这位假千金，真校霸！”

陆淮与目光一凝，点了进去。看了一会儿，他周身的气息逐渐冷了下来。

“掉头，去二中。”

程西钺踩了刹车，诧异地扭头：“去那儿做什么？”

他的视线下移，看向陆淮与的手机。发生了什么，能让这位爷动气？

他一边问，一边拿出手机，点开微博。

热搜上，一串词条相连，宁璃的名字格外显眼。

他吃了一惊，迅速查看了一遍，这才清楚发生了什么。

热门广场上，好几条相关微博热度极高。

除了挂了宁璃动手视频的那一篇，还有个开扒宁璃身份的长文，言辞激烈，图文并茂。

在其描述下，宁璃就是个从小没人教，性格孤僻，成天就知道惹是生非的不良少女。

最后还添了几个匿名爆料的截图。

“博主，我以前和宁璃是一个学校的。其实以前在临城的时候，她就很出名，因为打架没少被记过，听说有好几次还把人打到住院。什么叶家千金？她生父现在还在监狱蹲着呢！现在虽然靠着她妈妈的关系进了云州二中，但江山易改，本性难移，能做出这种事来一点也不奇怪咯。”

“这位刚刚转来我们学校没几天，就已经声名大噪，打人算什么？她今天上午还因为顶撞老师被从课堂上赶出来了，照样一点事没有。现在爆出来了，正好让大家看看，她到底是个什么样的人。”

“137××××××××，宁璃的手机号，拿去不谢。”

看到最后一张，程西钺的眉心一跳，下意识地看向陆淮与。

他正靠在椅背上，拿着手机，好像在打电话。

“嘟——您所拨打的电话已关机，请……”

陆淮与挂了电话。

程西钺又翻了一下热门评论，大部分都在愤慨无比地指责辱骂，中间夹杂着一条弱弱的反驳。

小小小羽：“虽然……但是，这样直接爆人家手机号也太不道德吧？这样不也是网络暴力了？”

这条点赞很少，但回复很多，也被顶到了上面。

T欧根：“惊现活体圣母！吃惊。”

咚咚-咚咚：“层主脑子多少有点毛病，不去同情差点被推下楼的被害者，反倒是对这种校霸满怀关心？她暴力别人的时候，就该想到会有今天！”

hgjiag:“话说得好听，不如你去给她掐脖子推一下？闹出这么大的事，云州二中半点回应都没有，这是打算包庇到底？”

铺天盖地的恶意汹涌而来，每一个字眼都如锋利刀刃，落在那个不过才十八岁的小姑娘身上。

程西钺心里叹口气。难怪陆淮与如此了……

“我跟顾医生说一下，改天再见。”

就陆淮与现在这样，去看医生估计也是“看个寂寞”，还是先把宁璃妹妹的事解决了。

顾医生那边被放了鸽子，也没生气，只让程西钺多多关照陆淮与的情况，其他没有多问。

程西钺松口气，这才掉转方向。

陆淮与拨了另外一个手机号。

从中午到下午，几个小时过去，这件事非但没有平息的趋势，反而愈演愈烈。

网上一片沸腾，而事件的主人公宁璃，却好似置身事外般，依旧按部就班地上课、看书。

下午最后一节课是自习。宁璃面前放着一套物理竞赛的卷子，是周翡自己专门给竞赛班出的，说让她先练练手。

竞赛物理涉及的范围很广，题目深度也和一般的高三物理完全不是一个等级。

宁璃低着头看题，写了几道之后，她渐渐找到了手感，思路也变得顺畅起来。

她的心情渐渐宁静下来。

任谦玩了一会儿手机，回头看了宁璃一眼，神情犹豫。

他往裴颂那边凑了凑，压低了声音："有人打算今天晚上在学校门口堵我们新同学呢！"

宁璃被"人肉"，所有信息几乎都被公开，如果有人想找她的麻烦，那实在是简单。

裴颂像是没听见。

任谦又道："哎，我听说周老师让她也加入'物竞班'了，正好晚上你们一起上课。怎么说新同学也算帮你解过题，我们得投桃报李不是？"

裴颂笔一顿。

周翡正在教导处，和孙泉面对面坐着。

"那天您也在场，到底发生了什么，您再清楚不过。只要学校出面澄清，事情迎刃而解，不是正好？"

周翡点了点手机："您看现在他们把宁璃骂成什么样了。"

孙泉却眉头紧锁。

"这件事最好的处理办法就是冷处理，如果此时再回应，事情只会越闹越大，对他们几个都没好处。"

周翡哼了声："您最怕的还是对学校不利吧？"

孙泉摆摆手："网上的东西都是三分钟热度，只要不理会，他们很快就会忘了这件事。"

为此把二中也牵连进去，总归是不好。

周翡知道谈也是白谈，烦躁不已。

"那我给石伯打电话。"

石伯就是二中校长，石松。
电话里传来一阵忙音。
周翡一愣。占线？这谁啊？尽耽误事！

自习课结束，宁璃吃完晚饭，背着书包准备去上课。
算算时间差不多了，她把手机开机。一瞬间，无数谩骂短信与陌生的未接来电涌出。
她直接略过，找到一个熟悉的备注。
“璃姐，拍视频的人已经查到，叫丁希，也是你们学校高三的学生，你之前得罪过他吗？”
丁希。她当然知道。
叶瓷的狂热追求者之一。不过家境一般，热搜的钱是绝对拿不出来的。
“知道了。”
她发了一段音频过去。
“晚上九点，把这个匿名发出去。”
对方尚未来得及点接收，就先发了消息过来。
“璃姐！快看微博！有人放视频了，啊啊啊！”
宁璃有些奇怪地打开。
@Yit_Z：“反转‘大瓜’！霸凌者原来才是被欺负的那一个！”
下面的视频自动播放。
这是一段走廊里的监控，几个年轻男女正对镜头，满脸嘲讽讥笑：“看见没？就那个，听说她爸是杀人犯！”
走在前面的一个少女忽而顿住脚步，转身。那几个人依旧不知收敛，难听恶毒的话语不断吐出。
这是当天的监控，从他们对宁璃口出恶言开始，再到宁璃动手，最终以几人的道歉为结尾。
谁是谁非，一清二楚。
此时，那边的人也已经听完录音，一脸蒙。
“璃姐，你有监控视频，还放录音做什么？”
这视频当然不是她发出去的。二中的监控，只有极少几人可以调取。
当然，如果她动用一些小手段，拿到这段监控也不是问题。
但她太清楚二中的立场和态度，面对这样的事，他们大概率不会做出任何回应，只会让这件事的热度自然消退。
可现在，这段视频竟被人曝光在了网上。
一石激起千层浪。
酷的紫薯：“原来这才是真相？那我们之前岂不是冤枉她了？”

哗哗RO：“老实说，被人这么骂，再好脾气的人也会爆发吧？骂人不牵涉父母，这不是常识吗？自己嘴贱，就别怪别人动手咯。”

今天小安也努力了：“楼上在放什么狗屁！只因为别人说了两句闲话，就要把人推下楼？她父亲蹲监狱是事实吧？想要教训人有的是办法，她非要选最危险的那个，难道不是有问题？”

摩妮卡：“楼上，大清早就亡了。现在还流行连坐？反正要是有人这么跟我说话，我保管把他狗头都拧下来。微笑。”

YMG令：“有一说一，这位妹妹实惨。之前那段视频明显是被人截了一段，故意搞她呢啊！站队太早反被打脸，我为之前口出恶言跟她道歉。宁璃，对不起！”

这条评论下的回复，是清一色的“宁璃，对不起！”

除了个别人还在嘴硬跳脚，路人的整体风向已经偏向宁璃。

反转来得太快，就像龙卷风。

宁璃若有所思。帮她的人，到底是谁？

她拎起背包，打算去“物竞班”上晚课。

“宁璃？”

任谦从后面追过来，笑眯眯的：“‘数竞班’和‘物竞班’挨着呢，正好有道题没想明白，我们一起过去，你给我讲讲？”

教室里安静了一瞬，不少人看向任谦的眼神都变得十分怪异。一个“数竞班”的，找“物竞班”的问数学问题？怎么那么不对劲呢。

任谦是二中出了名的数学天才，数学单科第一名的宝座，从来是属于他或裴颂的。

之前他说要跟宁璃请教问题，大家还以为他就是开玩笑，谁知道来真的。

宁璃倒是没什么所谓，点了点头。

“嗯。”

任谦回头喊了一声：“裴哥，走了！”

（1）班参加竞赛班的人不少，约着一起去上课也是常事。

三人一同离开。

他们走后，过了好一会儿，教室里才恢复先前的气氛。

叶瓷盯着他们消失的背影，微微拧眉。

裴颂性格冷淡，任谦看似总是笑呵呵的，但其实骨子里也是带着傲气的。他这么做，显然是想帮宁璃。

裴颂竟然也没说什么……

“嗡——”她的手机振动了一下。

“小瓷，网上那段视频你看了吗？”

叶瓷当然知道，这说的是学校的那段监控。

没等她回答，对方继续。

“那视频反转得太厉害了，而且已经有人开始调查这事的来龙去脉。对方来头不小，我已经把你的邮件删除，你自己那边也注意点，别留下痕迹，被人查到就麻烦了。”

叶瓷微微抿唇。

“谢谢堂哥，我知道了。”

顿了顿，她忍不住问道：“堂哥，到底是谁在查这些啊？”

宁璃出身贫寒，按理说绝不可能认识有这种手段的人的。

但从堂哥的语气里，她却察觉出了深深的忌惮。

这是以前从未有过的。

“别问了，记住这件事和你没关系就是。”

叶瓷识趣地不再追问。她迅速把这段聊天记录删除，又清理了一些东西，这才稍稍放下心来。

校长办公室。

身穿黑色衬衣的年轻男人靠坐在沙发上，姿态闲散而慵懒，通身清冷尊贵。

一个看起来五十岁左右的男人坐在他对面，叹了口气。

“现在满意了？”

陆淮与从手机上收回视线，抬眸看去，嘴角微弯。

“多谢石叔。”

石松摇摇头，眼中露出几分好奇：“这宁璃，跟你什么关系，你这么护着？”

之前也没听过。

但就为这个小姑娘，陆淮与居然主动给他打了电话，甚至亲自过来了。

这位陆家的二公子，是出了名地清傲懒散，还从未见过陆淮与为谁亲力亲为到这般地步。

接到陆淮与的电话后，他调取了监控发过去，又专门去打听了宁璃的身份。

临城刚刚转来的高三学生，叶家的继女。

如果说是叶家的人请陆淮与帮忙……

不可能，叶家还不够格。何况，那段视频他也看了，宁璃母亲的态度，已经很能说明问题。

陆淮与眉梢微挑，却没接话。

“陆二。”房门被人推开，程西钺从外面走进来，冲他晃了晃手机。

“行了。”陆淮与点点头。

石松的目光在他们身上来回扫了一圈。
“怎么，这件事不是已经结束了？”
他怎么觉得，陆淮与还没打算就此罢休。
程西钺言简意赅道：“石叔，那段视频是二中一个叫丁希的学生拍的，但爆出这件事的……”
他笑得意味深长：“是叶家那位千金。”
石松吃了一惊。
“叶瓷？你是说……”
“她的堂哥叶一铭，手里有点媒体资源。”
话说到这一步，已经再清楚不过。
石松沉默了好一会儿。
“她和宁璃无冤无仇的，怎么会做这种事？是不是查……”
错了？
最后两个字，他没说出口。以程西钺的手段，不会连这种事情都查错。
可这好歹都是他们学校的学生，若真的全部捅出去……
“淮与，你打算怎么处理？”
陆淮与笑了一声：“看她吧！”
这个“她”，当然是指宁璃。
石松有些头疼，却也不好反驳。
“那去叫她过来？”
“不用。”
陆淮与看了一眼腕表。
“晚自习开始了，等她上完吧！”
高三学生学习，不好打扰。
程西钺“啧”了一声。
从来是别人等他，何曾见他等过别人？真是一物降一物。

晚上九点，课程结束。
宁璃收起周翡给的卷子，随人离开教室。刚走出一段，被人从后面叫住。
“宁璃。”
她回头。裴颂走过来，把水杯递给她。
“你忘带了。”
宁璃正要去接，忽然感觉兜里的手机振动了起来。
她拿出来，竟是陆淮与的电话。
她犹豫片刻，按了接听。
“陆二少？”

“之前打电话怎么不接？”

两道声音，同时从听筒和楼下传来。

她诧异地低头朝着下面看去。年轻男人正一只手插兜，一只手拿着电话，抬头看来。

夜色浓郁，路灯将他的身影拉得极长。

她眨眨眼：“我关机……”

陆淮与的目光深沉，几乎要融入这夜色。

他似笑非笑：“不是说过，有事第一时间打这个电话？”

此时正是下晚自习的时候，学生们陆陆续续从教学楼涌出，人声鼎沸。

他站在那里，便自成风景，通身的清贵慵懒，出尘于这热闹之外。如一幅定格的画卷，落笔清淡利落，却又浓墨重彩。

有不少人都在看他。一些女生甚至停下了脚步，低头凑在一起，红着脸低声说着什么。

“那是谁啊？好帅！我们学校新来的老师吗？”

“这么年轻，又是这个时候来的，怎么会是老师！估计是来接人的。但是真的绝了，啊啊啊！”

“但我们学校，外人不是不能随意进出的吗？”

“管那么多，能亲眼看到这种顶尖颜值的小哥哥知足吧！难道是上天知道我学习辛苦，特地给的福利？呜呜呜，我还能再写一百张卷子！”

陆淮与本就姿容出众，此时他微微抬头，下颌骨的线条越发锋利流畅。路灯微暖，为他镀上了一层暖光，让那原本略显冷冽的眉眼添了几分柔和。

宁璃与他对望，落在耳畔的声音低沉悦耳，带着他独特的慵懒散漫的腔调。

忽然间，一个念头从她脑海之中闪过。

网上的事，他都知道了？而他这么晚过来……

想到那段被曝光的监控，她心中微动。

“我这就下去。”

说完，她挂了电话，扭头从裴颂手中接过水杯。

“谢谢！”

宁璃下楼，朝着陆淮与走去，立刻感受到周围不少目光落在自己身上。

平日里她早已习惯这种感觉，但这天看过来的人格外多。

看着不远处的年轻男人，她心中叹了口气。

真是太惹眼了。

“你怎么来了？”宁璃在他身前站定，只到他胸口的高度，说话的时候，还得微微仰头。

陆淮与的视线落在她的手机上，眉梢微挑：“手机给我。”

宁璃一愣。

陆淮与伸出手。

宁璃停顿片刻，还是把手机递了过去。

手机没有上锁，陆淮与直接打开。

99+ 的未接电话，全部是陌生号码，短信一条接一条，言辞不堪入目。

他微微垂眸，遮去眼底的冷意。

尽管他处理得极快，但有些伤害，发生了就是发生了，不会轻易被抹去。

他修长的手指在上面操作了一会儿，又从兜里拿出了一张新的手机卡，与手机放在一起，还给了宁璃。

“你的号码已经被曝光，最好还是换一个。”

宁璃本来也有这个打算，只是没想到陆淮与的动作更快。

她拿过手机，似乎连这上面也沾染了他身上雪松般清冽的冷香。

“那段监控……是你调出来的？”宁璃的语气肯定。

陆淮与偏了偏头：“云州二中是程西钺的母校。”

言下之意，这事是程西钺出面解决的。

陆淮与没有直接回答宁璃的问题，将一切都推到程西钺身上，但她清楚，这里面必然有他的手笔。

程大少已经毕业这么多年，怎么会将这种事放在心上？而能从二中要到监控的……除了陆淮与，不做他想。

宁璃拿着手机的手微微收紧，一时间觉得有些麻烦。本来就欠着人情，现在更还不清了。

“哎，宁璃？”

任谦的声音从身后传来。

宁璃回头，陆淮与也目光微抬，看了过去。

他们二人站在这儿，好像自带气场，周围人看得热烈，却都没好意思上前。

任谦出来得稍微晚一些，本来打算和裴颂一起送宁璃出校门。

虽然网上的情况已经发生了反转，但谁也保不齐，那些人是不是已经放弃围堵宁璃的计划。

出于同学情谊，这个小忙他们还是得帮的。

结果刚一下来，就看到宁璃正和一个年轻男人站在一处说话。

任谦天天看着裴颂那张脸，审美已经达到了一个极高的标准，一般人还真看不到眼里。

但看到陆淮与的时候，他还是惊了一下。

他跟宁璃打招呼，视线落在陆淮与身上的时候，有了片刻的犹豫。

“这位是……”

没记错的话，新同学在临城已经没有亲人了，何况这男人自带气场，透着骨子里的矜贵，出身绝对不一般。

她不是刚来云州吗，怎么会认识这样的人物？

宁璃有点为难。

陆淮与的身份，其实没什么好遮掩的。但从她这儿说出来，好像总有点奇怪。

毕竟她和陆淮与半点关系都没有。

“这是陆——”

“陆淮与。”

宁璃话没说完，陆淮与就忽然开了口。他上前一步，越过她半步。

“你们是阿璃的同学？”

任谦立刻感觉到一股无形的气势，从对方身上传来。那是不同于少年人的沉稳历练，不必刻意去做，便自然而然地令人心生敬畏与仰慕。

尽管这男人看起来非常年轻，最多二十岁出头，可身上那股气势，实在是非同寻常。

比起任谦，裴颂的反应倒是好一些。他点点头，脸上神色依旧疏离："是。"

陆淮与微微一笑。

“我是阿璃的……哥哥。阿璃刚刚转来，多谢你们照顾。”

宁璃看了他一眼，眼角微微一跳。

哥哥？

对面两人也有些意外，看了看他，又看向宁璃。

一个姓陆，一个姓宁，怎么就是哥哥了？而且，他要真和宁璃是亲戚，宁璃之前也不至于过得那么惨吧？

但宁璃没说什么，似乎是默认了，他们也就不好多问。

任谦咳嗽一声，笑起来：“原来是宁璃的哥哥，哎，您不用客气！其实我们也没帮到她什么，倒是宁璃帮了我们不少呢！”

陆淮与低头，诧异地看了站在身后侧的宁璃一眼。

这才来两天，同学就这么帮着说话了？看来小姑娘在这儿……还挺受欢迎。

宁璃被看得莫名其妙，他那是什么眼神？

陆淮与很快收回了视线：“时间不早了，我先送阿璃回家了。”

任谦立刻有眼色地说拜拜。

陆淮与转身，把宁璃的书包接过来拎着。

“阿璃，走了。”

程西钺的车就在校门外停着。

宁璃看了一眼，还有什么猜不到的。她跟在陆淮与身后，二人间隔大约两步的距离。

“陆二少，这件事其实真的不用……”

“叫哥。”陆淮与头也没回，懒懒地纠正。

宁璃觉得这位果然和传闻一样，少爷脾气，难伺候得很。

她顿了顿，还是喊了一声：“二哥。”

少女的嗓音轻柔而绵软，落在心上，轻盈又撩人。

陆淮与脚步一顿。宁璃一时没注意，直接撞到他背上。

第四章

我可没说就这么算了

酸痛感从鼻尖传来，宁璃闷哼一声，捂着鼻子退后一步，眼里泛起了一层水雾。

好疼！这人怎么回事，走着走着忽然停了，半点招呼都不带打的。

陆淮与侧过身来，正撞上那双桃花眼。

素来沉静清亮的眸子里，似是染了薄薄的水光，眼角隐约泛着一丝绯红，平添几分动人颜色。

他眉梢微挑："怎么走在我后面，都不带看路的？"

宁璃瞪着他。这男人倒打一耙的本事，也真是炉火纯青。

"我怎么知道你忽然不走了，这不能怪我吧？"

陆淮与望着她，肌肤细白如瓷，五官清丽无双，眉眼间难得带上了几分嗔怒的模样。

他轻笑了声："行，怪我。"

他的腔调一如既往慵懒随意，可此时听来，却似是莫名带上了几分纵容。

汽车鸣笛声传来。

程西钺在车里，看着那站在路边的两人，一阵无语。处理完宁璃的事情后，他接到秘书的电话，临时回公司处理了一点事情。

走的时候，他和陆淮与约好，等下晚自习再来一起把他们接走。就剩下这最后几步路了，有什么话，不能过来了再说？

陆淮与抬腿朝着程西钺那边走去。

宁璃又揉了揉鼻子，跟了过去。

陆淮与打开后座的车门，等宁璃进去后，自己也跟着上了车。

程西钺发动车子，往叶家的方向去。他这段时间去叶家的次数，真是比以前一年的加起来还多。

"宁璃妹妹，我刚才已经跟你们家司机打过招呼，今天我们送你回家。"

听说有人打算在校外堵她，安全起见，还是他们亲自送回去比较好。

宁璃抱着背包，点了点头："谢谢！"

程西钺看了一眼后视镜，忽然愣住："哎，宁璃妹妹，你怎么哭了？"

印象中，这小姑娘性子一直挺坚强独立的啊！

难道是因为网上那些事？也是，才十八岁，受了这么大委屈，能不难受吗？

"宁璃妹妹，其实啊，那些外面的评论，你也不用放在心上的。他们不过就是借着一个机会随意发泄，真正了解你的人，会知道你的好的。"

宁璃心中微微一动。

程西钺平日看似玩世不恭，实际上看得通透。

他说得很对。如果太在意外界的评论，想要讨好整个世界，只会逐渐失去自我，最终陷入痛苦的泥潭，无法挣脱。

这一次，她不会再给那些人伤害自己的机会。

“谢谢程大少，但是，我没哭。”

宁璃澄清道。

“没哭？那你……”

“我的错。”陆淮与半靠在椅背上，淡声开口，眸中带着几分笑。

程西钺神色惊恐。

这位爷的字典里，什么时候也有“我的错”这种话了？！

他又扫了后视镜一眼，后排坐着的两个人，各自占据一方位置。

宁璃的眼睛和鼻子泛着红，瓷白如玉的小脸上，颇带着点理直气壮的味。

陆淮与姿态懒散，轻轻按了按眉心，几分无奈，几分纵容。

程西钺眉心一跳。

完了。

陆淮与不但会认错，竟然还会低头哄人了！

他想立刻摸出手机给顾医生打电话，看看这是个什么征兆！

宁璃其实也没真的因为这种小事生气。

事发是在中午，学校监控下午就被曝光了，且后续的一系列处理都是干脆利落。

这样的雷厉风行，不难想象，陆淮与和程西钺费了多少精力和心思。

她不是不知好歹的人。

“今天的事，实在麻烦你们了。”

程西钺笑起来，意有所指地提醒：“小事，不值一提。不过，宁璃妹妹，你刚到新学校，还是多注意点，省得得罪了人，被人害了都不知道。”

宁璃神色平静道：“你是说叶瓷？”

陆淮与看了她一眼。

看来她早就知道了。

程西钺看她这么直白，也就不再绕弯子。

“你心里有数就行，要是需要什么证据，我这儿倒有的是。”

其实证据宁璃自己也有。从回到叶家的那一天开始，她就在等着叶瓷动手。

尽管叶瓷做事中间经手了好几个人，将自己藏得严严实实，可有些事只要做了，就一定会留下痕迹。

宁璃摇摇头：“多谢程大少好意，不过我暂时并不需要。”

程西钺有些诧异。叶瓷差点毁了她的名声，她居然打算就这么算了？

“宁璃妹妹，我跟你说，人有时候可是不能太心软啊！”

叶瓷比宁璃还小几个月，却已经能做出这种事，谁知道以后她还会干什么。

宁璃忽然笑了起来。她饱满殷红的唇微微翘起一个弧度，目光清亮而沉着。

“嗯，我知道的。”

陆淮与长腿交叠，一只手搭在椅背，一只手放在膝上。

他修长白皙的手指轻轻地点了点，笑了。

小姑娘还挺能耐。

把宁璃送回叶家，陆淮与二人并未踏入大门，就径自离开。

陆淮与接了个电话。

“二少，之前您要的那幅画，对方肯卖了，但是提价提到了一百万元。”

陆淮与“嗯”了一声。

“回头送到云鼎风华就是。”

“是。”

挂了电话，程西钺看他一眼，调侃：“第四幅。陆二，加上这个，你在这个人的画上，已经花了八百万元。你要是真喜欢，派人去递个消息，直接上门不就是了。”

陆淮与神色淡淡地道：“对方不愿出面，勉强也没意思。”

程西钺耸了耸肩，心里觉得那画手多少有点问题。

大半年前，陆淮与无意在一个画展上看上了一幅画，就曾主动提出要见画的主人一面。

但被对方拒绝了。

那之后陆淮与再没提过这事，但一直在搜罗那人的其他画作。

有才的画手并不少，可真正能出名的，却极少。

若是别人，能得到陆淮与的青睐，肯定早就上赶着来了。唯独这个人，半点消息不肯透露，就连画协的人都没见过本尊，只收到过那人寄去的画。

陆淮与又道：“对了，那些造谣传谣的号，整理出一份名单，全部起诉。”

程西钺一惊：“全部？”

陆淮与脑海中闪过那几乎将她手机挤爆的辱骂和羞辱，神色微冷。

“全部。”

“可是……宁璃妹妹不是打算先不追究，就这么算了吗……”

陆淮与闭上眼。

“我可没说就这么算了。”

宁璃回到叶家，直接上楼。

经过画室的时候，房门半敞开着，苏媛温和慈爱的声音从屋内传出。

“小瓷啊，画了那么久，手累不累？先休息会儿，吃点水果吧！”

叶瓷的声音很甜："谢谢妈妈！"

宁璃脚步一顿，目光微转。

房间内，叶瓷正坐在画板前，闻言回头一笑："再有一点就画完了。妈妈，先把水果放那儿吧，我等会儿吃。"

苏媛依言照做，又走到叶瓷身后，仔细打量着那幅画。她保养得极好的精致面容上，浮现一抹温柔又骄傲的笑："我们小瓷画得真好。"

和面对宁璃时候的不耐与嫌恶不同，在叶瓷面前，苏媛永远是温柔得体的。

她脸上的夸赞不是作伪。像是每一个妈妈都会觉得自己的孩子是全世界最出色的天才一样，叶瓷也是她的骄傲。

十年心血倾注，叶瓷这般优秀，她脸上也有光。

叶瓷的目光不动声色地从房门掠过，又笑着道："妈妈，这么晚了，您别陪我熬了，还是早点休息。"

苏媛轻轻点了点她的额头，嗔笑："你这孩子，妈妈陪着你，不是应该的吗？"

叶瓷眨眨眼："小时候不懂事，总缠着妈妈一起，但现在，我心疼您嘛！"

"就知道说好听的哄妈妈。"

房间内，母女俩笑成一团，热闹温馨。

一门之隔，走廊却冷清得过分。

宁璃收回视线，神色淡淡的。她好似根本没听到这些一般，抬脚朝着自己的房间走去。

叶瓷朝着房门张望了一下："妈妈，好像是宁璃姐回来了？"

苏媛脸上的笑意散去。她回头看了一眼，果然看到一道纤细单薄的身影掠过。

她拧了拧眉，走了出去："宁璃。"

宁璃转身。

苏媛很心烦。

这几天网上的事情闹得沸沸扬扬，整个云州的上层圈子都通过那段视频，见识到了宁璃的教养。

虽说后来监控曝光，证明是其他人挑衅在先，可宁璃动了手是事实。别说其他人，就连她，看到宁璃那暴戾冰冷的模样，都觉得心里发怵。

结果现在，连带着她也被人嘲讽。

要不是还有叶瓷，她真是半点颜面都没有了！

"我知道这些年你在临城野惯了，但这里是云州，以后好好收敛一下你的脾气。另外，周六是程老爷子的寿宴，这几天你晚自习别上了，我给你请个老师回来，好好学学规矩。"

苏媛是不愿意让宁璃去这种场合的。程老爷子寿宴，去的都是云州有头有脸的人物。

宁璃什么都不懂，到了那里，不知道要丢多少人。

可程西钺来送请柬的时候，专门说了要让宁璃也去，何况最近他还曾专门送宁璃回家，关系似乎不错的样子。

苏媛只能妥协，临时抱佛脚，希望宁璃别太丢他们的脸面。

“我没那个时间。”宁璃言简意赅道，“如果你坚持，就亲自跟周老师打电话请假就是。”

苏媛一脸茫然。

周老师？周翡？

“妈妈，宁璃姐加入了‘物竞班’，晚自习都要专门去上课的。”

叶瓷从房间中走出，温声道。她的神色似是有些羡慕。

苏媛这才懂了。

她皱了皱眉：“参加‘物竞班’的人那么多，最后能拿奖的也就那寥寥几个。就抽几天时间出来，也不耽误你什么。”

她当然不认为宁璃能拿奖。比起那些，她更在意宁璃在程老爷子寿宴上的表现，可别太让她难堪。

宁璃的眉眼间浮现出几分躁郁与不耐烦。

叶瓷拉了拉苏媛的衣袖：“妈妈，宁璃姐今天应该也很累了，还是明天再说吧？”

不说这个还好，一说这个，苏媛又想起网上那一堆糟心事。

宁璃累？该是他们累才是！

宁璃忽然看了苏媛一眼。她的眼瞳很黑，就那样没什么表情看过来的时候，便显得尤为冷淡幽寂。

“清者自清，我有什么累的？倒是把那个视频发出去的人，白忙活一场，才该是最累的吧？”

叶瓷心里“咯噔”一下。有那么一瞬间，她几乎以为宁璃已经猜到了什么。但宁璃脸上的神情平静如水，什么也看不出来。

她心里有些不安，但宁璃已经转身回了房。

苏媛见宁璃油盐不进，也气得走了。

叶瓷劝了几句，便自己回了画室。她锁上门，又拿出手机重新检查了一遍，确认没有留下痕迹，这才稍稍放了心。

宁璃回房洗漱完，出来就看到手机上多了一条转账消息。

“璃姐，那个买家看来是真的喜欢你的画啊，我说加价，对方直接就同意了！早知道我应该再报得高一点的！”

宁璃一只手用毛巾擦头发，看到这儿忍不住弯了弯嘴角。

“适可而止。”

“对了，璃姐，周五‘华清杯’决赛，画协送了一份贵宾请柬过来，你要不要？”

“不要。”

“我就知道……不过我也给你搞了一张，普通席的，一起给你寄过去了。您老人家要是有时间，请务必赏个光，行不？”

“知道了，看情况。”

宁璃想了想：“对了，我手机号换了，回头用那个联系。”

说完，宁璃把资料备份，取出旧卡，剪断扔到了垃圾桶，又拿出了陆淮与送的那张新卡换上。

想起陆淮与拿着她的手机点了几下，她的动作一顿，又把手机检查了一遍。

然后，她沉默了一下。

陆淮与居然把他自己的号码，设置成了一键拨号。

“以后有事，第一时间打这个电话就行。”

她的耳边似乎又响起这句话。

宁璃摇摇头，把这些念头通通挥散，又去微博看了一眼，这才发现白天专门黑她的那几个营销号，竟然已经把她的相关内容删得干干净净。

这场风波，好像就这样过去了。

两天时间平静滑过。

周五，叶瓷专门请了假去市艺术中心参加“华清杯”决赛。

苏媛自然一路陪同。

宁璃拒绝了叶瓷的再次邀约，独自去了学校。然而刚到校门口，就有电话打来。

她按了接通，焦急的声音急促地传来：“璃姐！江湖救急！我准备参赛的画被毁了！”

宁璃打电话跟班主任耿海帆请了假。

耿海帆是高三（1）班的语文老师，也是整个年级的语文组组长，前几天去省里参加调研，昨天才回来。

他对宁璃的情况了解得比较多，又因为自己有一个才十三岁的女儿，就对她颇为同情和照顾。

“哦，对了，我记得叶瓷今天是要去市艺术中心参加‘华清杯’的决赛，你请假是要去那边吗？”耿海帆顺口问道。

宁璃顿了顿，答：“是。”

“那行。”耿海帆心里放心了些。

宁璃最近经历了不少麻烦事，去散散心也好，另外也能和她母亲以及叶瓷联络一下感情。

她的那张满分试卷，耿海帆已经见过，所以就算她缺几节课，他也并不担心。

高三学生，最重要的就是心态。

“谢谢耿老师！”

宁璃挂了电话，在校门口拦了辆出租车。

云州市艺术中心。

宁璃刚下车，就看到魏松哲正站在路边焦急地等待着。

他扭头看到她，连忙走了过来：“璃姐！”

宁璃开门见山道：“画呢？”

“在里面，跟我来。”

魏松哲带着宁璃往里走。

参加“华清杯”决赛的人，一共有二十个，每个人都被安排了一个房间。

两人进入挂着“魏松哲”名牌的房间。

拐角处，叶瓷和苏媛刚巧上了楼。同行的还有一位四十多岁的中年男人，正是画协的展副主席，展青。

“今天除了我和画协的几位老师，俞老师也会来。”

俞老师，也就是画协的主席，俞平川。

这位是真正的油画大家，极具盛名，国内国外都开过不少画展，也是全国画协的委员。

他平常喜欢外出采风，很少留在云州，这次是为了“华清杯”的决赛，专门赶回来的。

“小瓷，要是你的画能入了俞老师的眼，以后可是前途无量啊！”

叶瓷心里也有些紧张：“谢谢展老师，我会努力的！”

展青笑呵呵道：“叶夫人，您培养的这宝贝女儿，可是出色得很啊！”

这夸奖，苏媛很受用。

“哪有？都是多亏了您的指点。另外，也是这孩子自己用心，这方面我们可真没怎么管过她。”

双方又寒暄几句，展青率先上了楼。

叶瓷二人往自己的房间走去。忽然，叶瓷脚步一顿。

苏媛顺着她的视线看去，奇怪地问道：“小瓷，怎么了？”

叶瓷犹豫了一下：“我刚刚好像看到宁璃姐了。”

苏媛皱眉：“之前你请了她两次，她不是都拒绝了？这会儿她怎么会来？

何况，她也没有请柬。”

“华清杯”决赛规格很高，没有请柬，连大门都进不来。

叶瓷一听，也觉得是自己眼花了。

“那应该是我看错了。”

她又盯着那个“魏松哲”的名牌看了几眼，轻轻地吐出一口气。

“妈，我们走吧！”

“比赛是上午十点正式开始，我刚才只是出去上了趟厕所，回来就看到这画上被人泼了颜料。”

魏松哲恼得不行。

宁璃看向面前的画，这是一幅油画。画面上是一片老旧城区，太阳初升，一层清透的晨光笼罩，街道上行人两三个，透着人间烟火气。

原本是很好的一幅画，却被一团蓝黑色颜料毁了。

“都怪我不小心，离开的时候居然忘了锁门！”魏松哲头疼地看向宁璃，可怜巴巴道，“璃姐，这怎么办啊？”

宁璃从旁边拿过颜料板。

“这种事情谁也料不准，毕竟不是人人都能做得出在这里直接毁别人的画这种事的。”

魏松哲也觉得不可思议。

“是啊！我就说，谁要是干这事，监控一查不就……胆子这么大，监控该不会坏了吧？！”

宁璃神色淡定道：“不坏也得坏。”

魏松哲转身就往外走。

“我得去跟画协的人说这件事！”

“现在去也于事无补，还是先等比赛结束吧！”

宁璃开始调色：“到时候，总能水落石出。”

魏松哲挠挠头，来到她身后。

“可是，璃姐，距离比赛就剩下两个小时的时间了，就算我们申请排最后一个，怕是也来不及啊……”

宁璃轻轻地吐出一口气。

她抬笔：“来得及。”

十点，三楼大厅。

台上，所有参赛者的画，被依次拿上来。

每一幅画都需要由七位评委分别看过、打分，得出的平均分，就是最终的分数。

苏媛等人就在台下坐着，等结果。

几位评委站在一幅画前低声议论着什么。

“这幅画很不错啊，空间结构和色彩的运用都颇为出色。不到二十岁，能画出这样的水准，真是难得。”

“我也觉得这幅比其他的都要略胜一筹。”

“咦，展青，这个叶瓷，好像是你之前夸过的？”

展青脸上带笑：“是啊，这孩子在绘画上，天赋的确很好。我只是指点过几次，她就有了很大的进步。”

他说着，看向旁边的俞平川：“俞老师，你怎么看？”

俞平川如今五十三岁，气质儒雅。他看了那幅画一眼：“是不错，可惜匠气略重，少点灵性。”

旁边一位评委笑着道：“俞老师的眼光太高了，这水准，在今年的‘华清杯’中，可算是顶尖。”

“咦，这里怎么只有十九幅画？”另一位评委奇怪地问道。

展青解释道：“那孩子的画临时出了点问题，正在修补，应该快送来了。”

台下，苏媛正和其他参赛者的家属聊天。

“叶夫人，看来这第一，非你们家叶瓷莫属啦！”

苏媛的笑容温婉得体：“比赛还没结束呢，这可不好说。”

“有什么不好说的？我看几位评委都对她赞赏有加呢！”

“拿了第一，叶瓷可就相当于一只脚踏入了西京大学啊。叶夫人，您有这么优秀的女儿，可真让人羡慕！”

苏媛这段时间因为宁璃惹出一堆麻烦而产生的烦闷一扫而空。

正在这时，侧门被人推开，魏松哲拿着自己的画走了进来。

其实大家对他的画都已经不抱希望。一幅好的作品，是需要长时间的构思和准备的，他这临时改动，能改出什么好作品？

然而，当那幅画展现在几位评委面前时，几人却齐齐愣住，陷入死寂。

那是天亮前的城市。黎明之前，是最黑暗的时候，钢铁森林在黑夜中寂静。唯有天边尽头，一道隐约的光，若隐若现。

像是无尽的沉闷紧缚，被撕裂了一道口子，蓬勃的生命力几乎要争相溢出。宛如寂寂黑夜中，破茧重生。

俞平川看着那幅画，沉默许久，才看向魏松哲。

“这是……谁帮你改的？”

魏松哲咧嘴一笑：“俞老师慧眼，这是我请我一个朋友帮我改的。”

这种程度的改动，在“华清杯”是被允许的，所以成绩依旧算是魏松哲的。

但，只是寥寥数笔，便彻底令这幅画变了意境。

不得不说，落笔之人对光影和色彩的掌控极其细腻敏锐，否则绝不可能在这么短的时间内，就将一幅画改成这样。

和他这幅画比起来，叶瓷的那一幅，就显得空洞僵硬了许多。

这已经不是单纯的赢，而是碾压。

一位评委忽然有些惊奇地道：“咦，俞老师，这人的技巧和画风，似乎与您有些相似啊！”

这话一出，登时引起了其他几位评委的注意。

几人又上前，盯着那幅画看了好一会儿，发现果然如此。在某些细微之处，的确颇为接近。

不过，改画之人的风格更自由洒脱。

“看来你请的这位朋友，可是不简单啊！”展青试探地打量了俞平川一眼，“俞老师，难道是王岩回来了？”

俞平川的眼光很高，只收了王岩这一个关门弟子，但他如今应该不在云州。

他摇摇头：“不是。”

众人面面相觑。

俞平川却似乎不想说太多，转而道：“评分吧！”

这最后一幅的分数出来，就能决出此次“华清杯”的冠军了。

第一位评委亮了分。

场下坐着的众人顿时吃了一惊。因为这是这天场上出现的最高分——满分！

即便是叶瓷，之前也只拿到了一个满分！

叶瓷有些紧张地握紧了手，心里总觉得不好。这位评委的严苛是出了名的，刚才她在他这儿拿到的分数，是没这么高的。

如果连他都……

第二位评委接着亮了分。场下安静了一瞬，因为这个，竟也是满分！

从这一点看，已经是赢了叶瓷！只要后面不出现拉后腿的低分，那么这第一……

苏媛脸上的笑意猛地僵住，不由自主地坐直了身子。

随后，其他几位评委也都接连打了分。

整个大厅之内，一片死寂。七位评委，竟是出现了足足五个满分！

剩下的俞平川和展青，虽然没有给满分，却也给出了极高的分数。

不用再算，这幅画的成绩，绝对是第一！

“华清杯”比赛规格很高，评委们也都是大家，眼光很高，极少给出满分。现在的这个成绩，以前是从未出现过的！

一位评委感叹道：“其实这幅画，技巧已是极好，但立意更令人惊艳。”

学画的人很多，画得好的也不少，可并不是每一幅都能算艺术创作。

而眼前这幅画，即便是隔着画板，也依旧能让人感受到其中蕴含饱满、丰沛的情绪。

好像黑暗中匍匐前行许久的人，终于撕裂一身束缚，伸出手去触碰那一抹光。

整幅画的色调沉郁偏冷，却衬得那一抹熹微更加光辉灿烂，极致的对比，每一笔都看似随意，却又挥洒得淋漓尽致。

第一，当之无愧！

宁璃从艺术中心的侧门离开，回了学校。

路上就收到了魏松哲的消息。

“璃姐！任务完成——金奖！感谢璃姐救我狗命！”

宁璃嘴角弯了弯。

“你本来也有拿第一的本事。”

魏松哲在这上面的天赋的确很好，她有时候教点东西，他都学得很快，悟性很高。要不是有人下黑手，也用不着这么麻烦。

“那也得谢谢璃姐啊！不过璃姐，你猜得果然没错，我跟他们说了画被人故意毁坏的事，他们一查，那一层的监控果然都坏了！”

同在那一层的都是参赛者，也说不准是谁。这事根本无从查起。

“不用在意，这事暂且搁置。既然已经拿了第一，回去把文化课好好补补，准备保送的考试。”

魏松哲立刻回：“璃姐放心，保证不给你丢人！”

几乎就在同时，另一条短信发了过来。

“胡闹。”

叶瓷从艺术中心出来，整个人还是恍惚的。她本以为自己稳拿第一的，谁知道……谁知道！

走在一旁的苏媛脸色也不好看。

叶瓷要参加“华清杯”决赛的消息早已传开，人人都说金奖一定是她的，但现在，不知道要被多少人笑话！

二人上了车，邹华一下就察觉到气氛的不对，犹豫再三，还是问道：“夫人，我们现在是回去，还是送小姐回学校？”

下午和晚上还有课，本来定的是比赛结束后，就送叶瓷回学校继续上课，可现在这……

苏媛顿了顿：“先回家……”

“妈，我还是回学校吧！”叶瓷打断了她的话。

苏媛回头看她，有些担心：“妈妈是怕你累。”

"我还好的。"叶瓷勉强笑了一下，"这是比赛，比赛有输有赢，不是很正常的吗？"

听起来似乎对这场胜负看得很开。

苏媛拗不过，只好答应。

叶瓷看向窗外，双手缓缓握紧，指节青白。这消息迟早会在二中传开，要是她这天不去学校，看起来才是真正输到家了。

二中。

宁璃在门口下车，还在打电话。

"我真没故意躲着您，手机号是昨天才换的，这不是一时忘记跟您说了吗？"

俞平川给她打了好多电话都没接通，生了一肚子闷气。

"你连转到云州上学都没跟我说，这么重要的事，你也能忘？"

宁璃按了按眉心，无奈极了。

"您最近不是出去采风了吗？我跟您说这些，少不得打扰您。"

向来儒雅随和的俞平川登时忍不住抬高了音量："说什么打扰不打扰的！"

宁璃："……"

刚巧推门进来的工作人员一脸惊恐地看着俞平川。

老先生这是冲谁发火呢？

俞平川示意他把东西放下，等人离开了，才继续道："我看你有段时间没动笔了？就忙成这样？"

宁璃一顿。

俞平川哪儿舍得真的训她，声音又缓和下来："好了，有时间来家里吃饭。"

宁璃应了。

俞平川挂了电话，门又被敲响，又是刚才的那个人。

"俞老师，之前叶夫人留下了联系方式，说您要是有时间，想带着叶瓷亲自登门拜访，请您指点一二，您看……"

俞平川头也没抬："没时间。"

他想了想，又补充道："对了，她要是再来，就说她那个女儿，天赋不够，以后要走这条路，还是慎重点好。"

下午第一节课结束，叶瓷回到了（1）班。

众人齐刷刷地朝她看过来。

林周扬一脸激动地跑上前去："叶瓷，比赛结束啦？你拿了第一对不对？”

叶瓷好不容易恢复平静的脸色，瞬间僵住。

宁璃从书里抬起头，往后一靠，嘴角微弯。

“第一？”

“恭喜啊！”

叶瓷心里像是被什么狠狠地刺了一下。她抿了抿唇，才极浅地笑了笑。

“没有，你们搞错了，我不是第一，我是第二。”

喧闹的教室瞬间安静下来。

林周扬张了张嘴，尴尬地挠头：“啊？这……”

叶瓷从小就在绘画之上很有名气，这些年也一直顶着才女的光环，令人仰慕。

大家都以为这第一，她是稳拿的。

林周扬看着她，小心翼翼地说道：“这……其实第二也挺好的不是？‘华清杯’的第二，说出去也不知道要羡慕死多少人呢！”

当然不好。第一就是金奖，除了有证书和奖金，最珍贵的就是西京大学的保送名额！

第二算什么？错失了第一，她之前的所有努力，都算是付诸东流了！

叶瓷的心情糟糕到了极点，但当着这么多人的面，这些情绪是万万不能表现出来的。

她回到了自己的位子，把背包放下，轻轻地点了点头：“比赛嘛，第一只有一个。技不如人，心服口服。”

林周扬听她这么说，立刻竖起大拇指：“就是！叶瓷，你能这么想，这才是大将之风啊！”

不愧是他女神！

“不过，到底是什么人，居然能赢你啊？”

这问题，大家其实都很好奇。

程湘湘正好从教室外拿着奶茶进来，听到林周扬这话，登时冷哼一声：“就是个七中的混混！听说是叫魏什么的，成天逃课，成绩差得很，他那画最后找‘大佬’帮忙改了，要不然第一能落到他头上？！”

七中距离二中只有两条街的距离，却完全是两个“画风”。升学率全市倒数不说，校风还混乱得很，总之名声很差。

林周扬一脸茫然：“什么大佬这么牛，改几笔就能赢？”

程湘湘把奶茶递给叶瓷，一脚踢开凳子坐下：“谁知道。”

她并没有陪着一起去，这些都是听叶瓷提的，她并不知道，魏松哲就算用自己原本的那一幅参赛，也是能稳赢叶瓷的。

叶瓷当然也不会说那么多。

宁璃看了一眼时间，抽了两张卷子出来，起身准备走人。

叶瓷忽然想起了什么，扭头问道："宁璃姐？"

宁璃站定，回头："有事？"

叶瓷犹豫着问道："没什么，就是想问问，你今天是不是去过市艺术中心？"

她总觉得那道身影，实在是太像了。

宁璃神色淡淡地道："怎么了？"

"我听说，你上午没来，正好在那又碰上一个人，感觉很像你……"

宁璃看了她一眼，眉梢微挑。叶瓷对自己可真够"关心"的，哪怕不在学校，也照样想掌控她的行踪。

"你不是说，没请柬不能进？"

叶瓷闭嘴了。

"华清杯"的请柬，宁璃是拿不到的，自然也进不去。

"丁零零——"

上课铃响，宁璃踩着铃声从教室后门出去。

同一时刻，谭开兰从前门进来。她朝着后门看了一眼，本就严肃的脸上表情更冷。

她就没见过这么难教的学生！

理综卷考满分又怎么样？如此目中无人，将来也难成大器！

之前孙泉私下给他们开了个小会，说宁璃这个学生比较特殊，只要不犯原则性错误，就睁只眼闭只眼，随她去便是。

可这里是学校！这么下去，迟早得出事！

任谦回头看了一眼，压低了声音笑道："新同学的脾气是真够野的，也不知道什么人能降得住这尊大神。"

裴颂看着书，脑海中却忽然浮现前几天下晚自习的时候，专程来接宁璃的那个年轻男人。

在他身边的时候，宁璃似乎……变得有些不一样。虽说她依旧神色淡淡，但整个人看上去好像多了几分温度。

尤其他们站在一处的时候，好像有种莫名的熟稔和默契。她姿态放松，显得温和乖巧了许多，黑白分明的眼瞳灿烂如星。

他合上书，把那些纷乱的念头挥散。

宁璃去了物理组的办公室。

周翡有课，就让她坐在自己的位子上做题。

办公室里只有她自己。

她摊开一张卷子。

大约四十分钟后，她停笔，换第二张。

“物竞班”的培训是从很早之前就开始了的，她这样半路加入的，不占优势。

周翡把之前的那些资料也全部发给了她，这就相当于她每天的做题量几乎是其他人的几倍。

好在这些对她而言，并不算什么。

做完之后，她对了一遍答案，就把卷子收了起来放好。

周翡的桌子上东西很多，有模型、有咖啡豆，还有一些杂七杂八的小东西，但就是没什么和教材有关的东西。

他的课讲得很活，并不单纯按照教材流程走，所以他很少拿那些。

忽然，办公室的门被人敲响。

她回头看去，一愣：“程大少？”

来人竟是程西钺。他身边还跟着一个西装革履的男人，三十岁出头，精英派头十足。

程西钺带人走进来：“刚才去你们班里找你，他们说你在这儿呢！”

宁璃心下觉得奇怪：“程大少找我有事？”

“小事。”

程西钺笑眯眯地递过来一个文件袋：“你看下这里面的东西有没有问题，有任何疑问，可以跟梁律说。”

宁璃其实是知道这位的。程氏集团法务部代表，梁泽。但……程西钺带他过来做什么？

宁璃接过那文件袋，拿出里面的东西。

片刻，她神色一惊。这竟是一份起草好的起诉状，被起诉人，就是之前那些在网上传播与她相关谣言的营销号。

“这是……”

“你要是看着没问题，就可以去立案了。”

程西钺神色轻松：“证据确凿，保管一告一个准。”

宁璃是真没想到，他居然还有这个打算。

难怪那天网上所有的相关消息，一夜之间全部被删了。

“宁璃妹妹放心，这事不需要你出面，只要你觉得这些没问题，剩下的就不用你操心了。”

宁璃想了想，问道：“这是……陆二少的意思？”

程西钺笑：“也是我的意思。”

看看小姑娘，被欺负成什么样了。

宁璃犹豫片刻：“我能先跟他打个电话问一下吗？”

程西钺点头。

宁璃起身，去到旁边拨了电话出去。

程西钺忽然想起什么："哎，对了，他现在应该不方便接电话，你要不等……"

"嘟——"电话被接通。

程西钺的表情一言难尽。他这个点给陆淮与打电话，从来没有被接通过！

"阿璃？"陆淮与的声音低沉，略带沙哑。

"陆二少。"

"你喊什么？"

宁璃的唇瓣动了动："二哥。"

陆淮与这才满意了："这个点不上课，给我打电话？"

宁璃顿了顿，道："是关于起诉那些营销号的事……其实最后真相已经澄清了，而且这样实在是太麻烦你们了，要不还是……"

陆淮与似乎笑了声，声调散漫，却又字字敲打在她的耳膜上。

"你这个小朋友，不知道疼吗？"

宁璃轻轻地眨了一下眼睛。在她记忆中的人生里，她声名狼藉，遭受过的谩骂与污蔑，比这件事更胜百倍。

无休止的指责与嘲讽，她不知听过多少。这次的事，和那些比起来，几乎不值一提。

但不知道为什么，他这么一问，她心里的某个地方，好像真的就疼了一下。

陆淮与极有耐心："疼了就喊，被人欺负了就回来告状，再打回去，会不会？"

宁璃不会。宁海舟出事之后，她似乎瞬间就成了瘟疫一般的存在。

有人往她的书包里放死老鼠，有人把她的书扔到臭水沟里。他们在她背后或面前，对她指指点点，满脸嫌恶。

所有人都知道，她没有父母，就算被欺负了，也不会有人来帮她出气。

宁璃一开始总是忍气吞声，直到有一次，有人趁着她去上体育课，将她的外套剪了个稀巴烂。

那是奶奶亲手给她做的。

当天，她红着眼睛把动手的那个男生，按在地上打得满脸是血。

这件事闹得很大。

她后来一直记得，奶奶站在办公室，对那个男生的父母不断鞠躬道歉的瘦小而佝偻的身影。

回去以后，奶奶抱着她问疼不疼。她紧紧抱着那件已经不能穿的衣服，很用力地摇头。

“不疼！阿璃不疼！”

从那以后，她再没有说过一次疼。她知道，说了也没用，只会让奶奶徒增伤心。她也再没有跟奶奶说过学校的那些事。

她不知道，陆淮与竟会说出这样的话。

宁璃沉默片刻，道：“但这样实在是太麻烦……”

陆淮与发现小姑娘年纪不大，顾虑还挺多。

他低笑一声：“这一声二哥，不让你白叫。”

程西钺在旁边坐着，看着站在不远处那道纤细挺拔的身影，又看了一眼时间。

行。

人家这一通电话，超过他十个了。

宁璃终于挂了电话走回来。

程西钺坐直：“怎么样？宁璃妹妹，考虑得如何了？”

宁璃将那文件夹递过来。

“我告。”

云鼎风华。

陆淮与从阳台回了客厅。沙发对面，正坐着一个看起来二十七八岁的男人。他穿着一身黑色休闲西服，白衬衣，容貌清俊，气质温和。

看到陆淮与回来，他笑了一声：“看来陆老爷子的担心，是多余的。”

陆淮与现在的状态非常稳定。

如果不是之前看过陆淮与的病历，他甚至会觉得陆淮与是根本没有任何问题的。

陆淮与落座，长腿交叠：“顾医生能这么说，再好不过。”

这个男人正是陆老爷子专程从国外请回来的那位，顾听澜。

这年不过二十七岁，就已经是国际上名声斐然的心理专家。

陆淮与原本是不想见的，但拗不过老爷子和程西钺，最终还是赴约了。

不过见面以后，他对顾听澜的印象倒是不错。这人的确有能力，最重要的是，知分寸。

陆淮与之前也见过一些心理学专家，但他们都有个问题：常常会不自觉地对一个人进行各种分析与探究。

职业本能也好，纯粹好奇也好，他都觉得是冒犯，很不喜欢。

顾听澜修养极好，跟谁在一起，都能让人如沐春风。

这是他的本事。

顾听澜倒了杯茶：“之前倒是没听过，有哪个小辈能得二少如此照顾？

若有机会，我挺想见上一见。”

刚才陆淮与打电话，他隐约听到一点。对方应该还在上学，且陆淮与的语气里，是难得的温和耐心。

回国之前，顾听澜就已经听过这位陆二少的鼎鼎大名。哪怕是在盛城，也是个骄傲骄矜的主，从来是别人伺候他，何曾见过他对谁这般。

如果他没猜错，陆淮与最近情况大大好转，应该就是因为电话对面那个人。

陆淮与知道顾听澜问这个，只是想对他的情况更多一点了解，但他还是莫名觉得心里多了点不爽。

“她现在忙于学业，没太多时间。”

这就是婉拒了。

顾听澜眼中划过一抹诧异，又迅速消散。

陆淮与这怎么……好像藏着个宝贝，生怕被别人看了去一样？但既然陆淮与不想多说，他自然不会多问。

“那就不多打扰了。”

他从小生长在国外，但对国内的情况也有一些了解。

“听说国内学生的课业考学压力很大，这个时候保持身心健康，还是最重要的。”

对于这一点，陆淮与也是很赞同的。他点点头，又问道：“对了，听说顾医生这次回国，要待上一段时间？”

顾听澜颔首：“有些事情要处理。”

“既然如此，就不好耽误顾医生的时间了。”

顾听澜笑了起来：“我这次回国，是打算去临城的，距离云州也近，并不耽误。”

陆淮与一顿，眼帘微抬。

“临城？”

晚上，叶家。

这晚的饭菜格外丰盛，且都是叶瓷喜欢的。然而饭桌上的气氛，格外沉默而冷凝。

苏媛原本是想着，等叶瓷拿了“华清杯”的第一，要在家里好好庆祝一番，特意提前让赵姨做了不少准备。

谁知道……

第二名，在别人看来或许还不错，但对从小骄傲到大的叶瓷来说，是一个不小的挫折。

而且，外面那些人一直也都以为叶瓷会是第一名，前前后后，各种恭维贺词他们不知听了多少。

而现在，却要跟人家一一解释，说叶瓷不是第一，而是第二。

实在难堪。

一顿饭吃得格外煎熬。终于，还是叶明率先打破了沉默。

“第二也很好。至于西京大学的保送名额……”

苏媛连忙道：“其实以小瓷的成绩，高考也是能考上的不是？只是之后这一年，小瓷要辛苦些了。”

叶瓷夹菜的动作顿了一下，再抬头的时候，脸色已经恢复如常。

“不辛苦的。”

苏媛叹了口气，想起画协那边递来的回应，还是觉得胸口堵得慌。

那些话，她是绝不打算让叶瓷知道的。

叶明听她这么说，满意地点点头：“明天就是程老爷子的寿宴，你们好好准备一下。”

叶瓷忽然想起了什么般，看向宁璃。

“对了，宁璃姐，明天去程家，要换正式的礼服的。你刚回来，还没来得及置办，不如就穿我的吧？”

宁璃看了她一眼。好大方的做派！

在那熟悉又陌生的记忆碎片里，她看到自己曾在医院待了一个多月，自然没机会参加程老爷子的寿宴。但在那之后不久，叶家就为叶瓷专门举办了一场派对，庆祝她拿了“华清杯”的第一。

原本是应该在“华清杯”比赛结束之后就办的，但叶瓷觉得宁璃还在住院，就特地征求了叶明和苏媛的意见，将时间延后了，也算正式为宁璃接风。

那时候，宁璃心中还颇为动容。她错以为，终于有新的家人愿意接纳她。

可后来的事实证明，一切不过是她的错觉。当时叶瓷也是用的这套说辞，将自己的一套礼服借给了她。

但那套礼服是叶瓷穿过的，更重要的是，那是一套高定。

高定，怎么还能穿到第二个人身上？

觥筹交错，人来人往中，程湘湘拧眉看着她，眼中是毫不掩饰的轻视和嘲讽，声音尖细：“你不知道什么是高定吗？腰带上还绣着小瓷的名字缩写呢，你怎么能就这样拿来自己穿了？”

一夜之后，她沦为整个云州的笑柄。

“叶家那个拖油瓶，连一件像样的衣服都没有，居然就那么把叶瓷的高定礼服穿在身上了！”

“估计是看着那衣服好看，就想据为己有了吧？也不看自己配不配。”

“小地方出来的野丫头，知道什么？叶家也真是倒霉，碰上这样的烂摊子要收拾！”

哪怕那一件是叶瓷极力推荐的，又有谁会在意？

叶瓷被宁璃看得心里有点发虚：“宁璃姐，怎么了？”

宁璃收回视线，平静道：“不用。”

苏媛柳眉蹙起，以为宁璃不懂规矩：“程老爷子的寿宴是正式场合，难道你要穿着牛仔裤过去？”

“我不喜欢用别人用过的东西。”

叶瓷的脸色一僵。

叶晟差点跳起来：“我姐姐愿意帮你才借给你衣服，你这是什么态度？”

苏媛看了一眼脸色不算好的叶明，立刻冲着叶晟使眼色。

“这儿没你的事，好好吃饭！”

叶晟哼了一声，嘀咕道：“她连别人的妈妈都要抢，还会在乎一件衣服？”

片刻的死寂后，叶明才沉声开口：“她本就是你妈妈的女儿，也是你的姐姐，这样的话不准再说。”

叶晟没说话，脸上的表情却并不服气。

苏媛胸口噎得难受。她只觉得，自从宁璃来了这个家，她就没有过过一天安生日子！

现在真是连一顿饭都不能好好吃了！

她压着火：“你刚回来，家里还没来得及给你准备这些，就算是现在去买，时间上也来不及……”

宁璃径自简单地收拾了一下起身：“这些事就不劳烦您操心了，我自己会解决。”

苏媛一噎。宁璃却已经转身上了楼。

叶瓷抿了抿唇：“宁璃姐身上应该也没什么钱，就算是要买，也……”

苏媛冷声道：“不用管她！”

叶晟冲着宁璃的背影吐了吐舌头。最好明天她连程家的大门都进不去！

宁璃回到房间，拆开一个快递箱。里面是一台半旧的银灰色笔记本电脑，看起来有些重量。

她来云州之前，已经将自己的东西各自打包，快递到了这边。

不过，只有极少数是寄到了叶家。

她插上电源，开机，打开邮箱。

有两封邮件。一封是三天前的，来自 G&O 总设计部。还有一封是一个星期前的，来自林风眠。

她点开第一封。

“亲爱的 Ning：您的设计稿已通过层层筛选，进入终审。一个月后，我们的秋冬新品发布会将会在盛城举办，决赛颁奖礼也会同时进行。我们以最大的诚意邀请您来参加。”

G&O 是国际顶奢时尚集团，旗下业务囊括顶级珠宝、箱包、成衣等系列。高昂到令人咋舌的价格，经典潮流的设计风尚，令无数名媛和娱乐明星都对其趋之若鹜。

宁璃记得，她出了车祸之后，手上留下了永久性的创伤，再无法进行绘画创作。

后来她坚持做了很久的复建，并且转而开始进行珠宝与成衣设计。她对色彩极其敏感，哪怕无法再拿起画笔，也依然对这种创作有着极高的天赋。

G&O 集团最近正在进行全球范围内的设计师筛选，千万人竞选那一个位子，她也就顺带报了名。

进入决赛是预料之中的事，毕竟按照她记忆里的画面，这个名额就是她的。

只不过最后，出现在发布会的，成了叶瓷。而她的那些画稿，也全部成了叶瓷的。

她想了想，回了邮件，说自己届时定然亲自前往。

随后，她点开了第二封。这是一封极其简短的信。

“璃姐，我在这边一切都好，不必挂念。替我向奶奶问好。”

宁璃盯着那一行字看了许久，才回信：“好。”

第二天一早，宁璃就出了门，来到云州最大的商场。

整个一楼和二楼都是各种奢侈品牌子的女装。

临时买礼服，的确是比较麻烦的事情。但这样的店，经常会有新到的样衣，若能买到合适的其实也可以。

这里装潢华丽，华光璀璨。她一身简单的白 T 恤牛仔裤，实在是和这里格格不入。

她走进一家店，柜姐打量了她一眼，没有动。

宁璃指着其中一件：“你好，我想试试这一件。”

柜姐轻蔑地看了眼宁璃的穿衣打扮，皮笑肉不笑道：“不好意思，我们店今天不营业。”

宁璃看了一眼敞开的玻璃门。

不营业？那还开什么门？就算是不想服务她，也不用找这种说辞吧？

“那不是宁璃吗？”门外，程湘湘正好搂着一个小姐妹经过。

“宁璃？叶家那个？”她旁边的女生闻言，登时露出八卦之色。

“她来这做什么？买礼服？”

程湘湘很快就想到了什么，捂嘴笑起来：“今天晚上是爷爷的寿宴，她应该就是为这个才来的吧？真是可怜，连件合适的礼服都没有，还要自己跑来买。”

她说着，抬腿走了进去。

柜姐见到她，立刻堆笑：“程小姐，今天怎么有空来了？”

程湘湘指着宁璃刚才要穿的那件：“给我拿这件。”

柜姐的笑容变得勉强：“这……程小姐，实在是不好意思，我们店今天不接待外客。”

程湘湘的脸色一僵。

宁璃的手机振动起来。她看了一眼便接通：“二哥？”

陆淮与声调散漫：“有时间吗？来 HG 大厦二楼一趟。”

宁璃：“我现在就在这儿，有什么事吗？”

陆淮与顿了一下：“等我会儿。”

宁璃一脸茫然。

片刻，大门被人推开。柜姐小跑着上前：“陆二少，您总算来了。嗯？您要带来试衣服的那位小姐呢？怎么没跟您一起来？”

陆淮与推门而入，视线便落在正站在店内的少女身上。

柜姐一脸殷切笑意地迎上：“陆二少。”

陆淮与的目光在她身上定格一瞬，目光疏离。

柜姐心里“咯噔”一下，剩下的话便堵在了喉咙口。

陆淮与长腿一迈，径直走了过去。

宁璃抬头看他，桃花眼清澈干净。

他挑眉一笑：“怎么来这么早？”

他还想着高三平时课程紧张，她周六难得能睡个懒觉，就晚了点才打电话，谁知道人已经自己跑来了。

站在后面的柜姐笑容僵在脸上。她看了看陆淮与，又难以置信地望向宁璃，缓缓地睁大了眼睛。

这……这……这个小姑娘，就是陆二少要陪着挑衣服的那位小姐？

但她这一身，加起来也不超过三百元吧？而且看起来，好像还是个高中生。

可陆二少对她似乎格外关照。云州什么时候多了这样一位名媛？

强烈的不安涌上心头，她慌张地跟过来，九十度弯腰道歉：“这位小姐，实在是不好意思，刚才不知今天要接待的客人是您，一时冒犯，还请您见谅！”

宁璃看着陆淮与，解释道：“今天没课，我就过来看看。”

陆淮与了然地颔首。

这天是程老爷子的寿宴，按叶家对她的态度，估计也不会太上心，他就想着带人过来挑一挑。结果，就差提前说一句，便让小姑娘受了委屈。

“有喜欢的吗？”

宁璃摇摇头。

柜姐还在一旁弯着腰。

这两位不发话，她也不敢直起身，一会儿工夫，额头上就已经满是汗珠。

陆淮与点头：“那就去别家看看。”

宁璃也正有这个打算，就抬脚往外走。

陆淮与手臂一伸，越过她的肩头，顺带把她的黑色背包拎在了手里，动作流畅自然至极。

宁璃本来想说里面没装什么东西，看到陆淮与英俊绝伦的侧脸，好似根本没在意这件事，也就把话咽了回去。

一旁的程湘湘二人已经看傻了。程湘湘是见过陆淮与的。印象中，这位盛城来的爷，脾性骄傲散漫至极。

何曾见过他对谁如此耐心又纵容？偏偏那个人还是宁璃！

眼看二人要走，她下意识地开口：“陆二少！”

陆淮与偏头，似乎才看到她们二人一般。

他容颜极好，眼瞳极深，看过来的时候，深邃如海，一眼望入，便极容易引人沉沦。偏他眉眼锋利，天生矜贵清冷，可望不可即。

程湘湘二人都忍不住怔了怔，旋即不自觉地红了脸。

然而下一刻，陆淮与便收回了视线，看向那柜姐：“看来你们店主没有清楚领会我的意思。”

柜姐的脸色一白。

昨天晚上八点，总部临时发布通知，这天陆二少要带一位小姐选礼服，所有门店当天停止对外营业，只专门接待这位。

大家好一阵八卦，各种猜测，不知哪家的小姐能被陆二少这般照顾，又各自摩拳擦掌，都要把店内的所有新款全部上架，希望能在这激烈的竞争中杀出重围，博得那位小姐的喜欢。

做服务行业的，自然明白这里面最该讨好的是谁。

可谁知道，她竟然就这么搞砸了！先是对“那位小姐”冷言冷语，诸多怠慢，又放了程湘湘二人进来。

虽然她们只是来看看，她也说了这天不接待外客，可很显然，陆二少动了气了。

她急急解释道：“陆二少，您误会了，这……”

“工号1573，服务客户是你的本职工作，请你尊重你的职业。我不希望以后再看到HG有怠慢客户的人员。”

陆淮与在打电话。

柜姐的脸色更白了。HG 是陆家的产业，陆淮与这句话就是在批评她。

“另外，通知冯遥，下午三点，对所有管理层人员进行上岗服务培训。再出现这种情况，他今年的奖金分红，都别想了。”

冯遥是云州 HG 的总经理。

陆淮与挂了电话，没有理会店内的其他几人，冲着宁璃抬了抬下巴：“走，带你去那边。”

宁璃跟了上去。

大门关上，华丽冷清的店内，剩下三人尴尬到了极点。

柜姐红着眼睛，失魂落魄。

程湘湘旁边的女生忍不住小声问道：“湘湘，你之前不是说，陆二少和你哥关系很好的吗？但他怎么好像跟你不太……熟悉啊？”

岂止是不熟悉，那眼神跟看陌生人一样！

程湘湘脸上火辣辣的，嘴硬道：“他说到底是我哥的朋友，难道你和你哥的每个朋友都很熟吗？”

那女生闻言就不说话了，只是暗暗地撇了一下嘴。

陆淮与又不是一般人。但凡能攀上点关系，也不至于是现在这样吧？只能说明人家是真的看不上。

程湘湘心情糟糕透顶。听陆淮与的意思，他已经包场整个二楼，专门给宁璃挑衣服。

这算怎么回事？

她快步走了出去，看了一眼二人离开的背影，拿出手机打电话。

“喂？小瓷？我问你件事。”

大约是因为陆淮与的到来，本应在周六颇为热闹的二楼，现在很冷清。当然，等他们跨入店内，店主和柜姐们的态度十分热情。

陆淮与带着宁璃来到二楼最大的一家店。

宁璃看了一眼那格外显眼的标志——G&O。

很好。这里最贵的一家。

宁璃在心里叹口气，跟着走了进去。

店主是一个看起来三十多岁的女人，妆容精致，温柔干练，极有气质。

她笑着迎上来，亲自招待：“陆二少，这边都是我们当季的新款，尤其是这件，我觉得很适合宁小姐，不如试试？”

那是一件一字肩薄纱长裙，设计简约，极温柔的烟灰粉，最里面的内衬上，人工缝制了无数亮片，透过几层薄纱，隐约如星夜灿烂。

陆淮与看了几眼。

旁边有柜姐端过来咖啡和甜点：“陆二少、宁小姐，请慢用。”

宁璃看了一眼，摇头："他不喝这个口味的咖啡。"

陆淮与的声音同时响起："这个腰身她穿着不合适，要收一点。"

轻软的少女声音与低沉的男人嗓音交织。

店内忽然安静。

陆淮与眉梢微挑，看了过来。

第五章

这是调查户口呢？

店主文绮忍不住笑起来。

“看来陆二少和宁小姐真是关系很好啊，对彼此这么了解。”

关于宁璃的身份，她有所耳闻。

虽然不清楚陆淮与是怎么和这位叶家新来的小姐有这般交情的，不过，能让一贯慵懒散漫的陆淮与如此大费心思，已经足够彰显这位宁小姐在他这儿的地位。

宁璃话一出口，就直觉不好。有那么一瞬，她甚至觉得陆淮与看过来的目光，犀利、清透，几乎要将她看穿。

好在，陆淮与很快收回了视线：“把这件送去改一下。”

这样的高奢成衣，一般是不允许私自改动的。但这个人是陆淮与，自然不同。

文绮笑道：“我亲自来吧！”

她做这一行多年，本身的裁剪缝制手艺也是一绝。

“宁小姐，请跟我来。”

宁璃跟着文绮去了试衣间。

陆淮与在沙发上落座。

柜姐将咖啡换成了茶，便退到一边。

店内的几个柜姐正凑在一起，疯狂进行眼神交流。

“陆二少来云州这么久了，听说连冯总要见他，都得费上好一番心思。这位宁小姐到底是何等人物，居然能让陆二少做到如此地步？”

“别理我，我只想沉迷陆二少的绝色颜值！”

“还别说，这位宁小姐也是真的漂亮得没话说啊，就刚那一身衣服，居然都没能封印她的美貌！不知道换上我们那件，又会是什么样？”

“话说……你们难道一点都不好奇，陆二少是怎么那么精准地知道宁小姐的腰围的吗？”

…………

冯遥带着几个高管火急火燎地赶到了店里。

昨天他们就已经知道陆二少这天要为某位小姐挑礼服，特意对下面的人叮嘱再三，务必打起十二万分的精神。

谁知道还是出了岔子！

冯遥心里苦。

来到店里，几人一眼看到正坐在那静静等待的陆淮与，表情都是一凝。反正他们是从来没见过这位爷这么等过谁的，真不知道那位小姐，到底是什么人物。

这下真怕是把人得罪死了！

“二少。”冯遥深吸口气，上前，“我等工作疏忽，请您见谅。”

陆淮与抬眸，淡淡地看了几人一眼。

冯遥看他的神色，好像没在生气，心下不由得有些奇怪。

这位爷的脾气是出了名地难伺候，在商场上的心思手段也是格外凌厉。

下面的人犯了这么大的错，他以为陆淮与肯定不会轻易放过。但现在……陆二少的心情，好像还不错？

“没有下次。”陆淮与言简意赅，语气散漫清淡，却的确是没有动怒的意思。

冯遥简直受宠若惊：“是！今后我们一定加强管理！多谢二少，多谢！”

他说着，想起那位，又左右看了一圈。

混了这么多年，他很清楚，若是那位小姐生了气，这件事陆淮与绝不会如此算了。

但怎么没看见人？

他顿了顿，这才小心谨慎地问道：“二少，不知那位小姐……”

“哗啦”一声，试衣间的帘子忽然被人拉开。

陆淮与似有所觉，抬眸看去。璀璨的灯光下，一道高挑纤细的身影，亭亭玉立。柔软顺滑的头发如瀑般垂落而下，泛着一层极浅的柔光咖色。

她肤如凝脂，眉眼清丽。天鹅颈修长纤细，一截清瘦漂亮的锁骨，似是盛了一湾浅光。简约的设计，勾勒出少女曼妙玲珑的身形，像初初绽放的花苞，略带一点青涩，却又带着不自知的致命诱惑。

如梦似幻的烟灰粉薄纱铺展开来，其上星芒点缀，像是融入了一整片银河，温柔静谧，又明亮耀眼，似聚敛了所有辉光。

她是那片星河中，最璀璨的一颗。

整个店内都忽然安静了下来。有的美，实在是令人不忍惊扰，只能仰望。

文绮忍不住心中一叹。刚刚在试衣间，她就已经经历过了一次美丽的冲击，好歹比现在的他们好一点。

她轻声开口，由衷地赞叹：“宁小姐果然是最适合这件衣服的人。”

这件衣服本身已是极漂亮，穿在宁璃身上，更添动人颜色。

宁璃看向陆淮与：“二哥，这件怎么样？”

她自己也觉得挺合适的。

陆淮与没说话，就那样紧紧地看着她，目光极深。

旁边的冯遥等人眼中都忍不住划过一抹惊艳。

一瞬间，冯遥心里只有一个想法：这样的绝色，难怪陆淮与这般上心。

他夸赞道：“宁小姐穿这件，真是极漂亮。”

陆淮与忽然看了他一眼：“HG是要倒闭了吗，你们都这么清闲？”

冯遥连带着后面的几位高管，齐齐打了个激灵。

不是，这不是在陪宁小姐试衣服吗？之前还好好的啊，怎么突然就这样了？

冯遥连忙道："若没其他吩咐，我等这就走了，二少和宁小姐请便。"

陆淮与眼神极淡地扫了冯遥一眼，他立刻极有眼色地带着人走了。

走出店好一段，几位高管还是一脸茫然，没明白发生了什么。

"这……冯总，我们和陆二少接触得也不多，若有什么地方会惹得陆二少不快，您可要多多提点啊！"

早就传闻这位爷难伺候，现在看来还真是。他们就站在那儿，什么也没干啊，到底是怎么惹得这位不高兴了？

冯遥有苦难言。他哪儿知道？！

他只明白了一件事："别的就算了，以后这位宁小姐，千万好好对待。"

一位高管露出稀奇的神色。

"我听说这是叶家刚从临城接回来的女儿，没想到竟然和二少有关系？难道是叶家攀上了二少？"

冯遥想了想，摆手："你们以前可见过二少这么护着谁？"

众人摇头。

"那不就行了。以后该是个什么态度，你们各自都掂量着点。"

陆淮与起身，来到宁璃身前。

宁璃隐约觉得他的目光像带上了滚烫的温度，落在身上，寸寸灼热。

陆淮与垂眸看着她，忽然问道："生日是什么时候？"

宁璃一愣："6月26日。"

陆淮与一顿，眼底似有波澜。

宁璃奇怪地问道："怎么了？"

陆淮与忽而一笑，拍了拍她的头，似喟叹似喃喃："还小呢啊！"

他的手温柔有力，却又很快收回，她的鼻尖只余下淡淡的雪松冷香。

宁璃总感觉他这话有点不对，又说不上来。

文绮的眼神在二人身上转了转，笑道："二少，宁小姐，确定要这件了吗？"

陆淮与看向宁璃。宁璃点点头。

文绮又道："那边还有配套的鞋子和手包供宁小姐选，您去看看？"

既然是要买了，当然是要都配齐的。

宁璃就又跟着去了。

等全部选完，宁璃才重新换回自己的衣服。因为礼服还需要最后一点修改处理，她便回到了贵宾等候区。

然而她还没坐下，陆淮与就站起身，冲着她招了招手："来帮个忙。"

宁璃心中疑惑，但还是跟了过去："二哥，怎么了？"

陆淮与长腿迈开，带着宁璃来到了另一个区域。

看着满排的西装与衬衣，宁璃沉默了一下。

陆淮与应该不缺出席这种场合的衣服吧？

“选一条。”陆淮与抬了抬下巴。

宁璃顺着他的视线看去，发现他是打算选领带。

他也不缺这些。不过既然他想要，那就没什么说的。

宁璃问了他西装与衬衫的款式与颜色，最终选了一条深黑纯色领带。

陆淮与好像格外适合黑色。

陆淮与接过，下颌微抬，开始打领带。他侧脸的弧度线条本就完美而利落，此时微微偏抬着头，便显出极性感的喉结。

他修长白皙的手指轻轻一动，原本敞开的领口扣上，黑色领带收紧。原本的散漫慵懒之色退去几分，衬着他深邃锋利的眉眼，反而更添几分难以描述的禁欲感。

宁璃站在后面两步。

陆淮与背对着她，但她依然可以通过巨大的落地镜，将他此时的模样看得清清楚楚。

不得不说，陆淮与真是天生的衣架子，加上这样上天偏宠的清贵姿容，更是衬得周围都暗淡无光。

能引得盛城无数名媛追逐，他的确有这样的资本。

陆淮与眼帘微抬，就从镜子里捕捉到了小姑娘正盯着自己看的眼神。

视线交错间，他嘴角微挑：“好看？”

宁璃愣怔片刻，诚实地点了点头：“好看。”

陆淮与转过身来，在她面前微微俯身。二人平视，距离刹那缩短。

宁璃可以感受到他身上源源不断传来的热气，甚至能从他深沉的眼眸深处，看到自己小小的影子。

那种空间被压缩收紧的感觉又来了。宁璃忍不住微微屏住了呼吸。

陆淮与这姿色，杀伤范围实在太广。

陆淮与嘴角的笑意微深，屈指在她的额头上轻轻地弹了一下：“眼光不错。”

不知是在说她选领带的眼光，还是其他。

他直起身，长指微屈，松开领带，递向旁边等待的文绮。

“一起。”

“好的，陆二少。”

文绮让柜员将这几件分别包好：“陆二少，一共六十二万八千元。”

相较于高定，成衣的价位相对较低。但他们家的价格，从来不会让人“失望”。

宁璃正要结账，半路就被陆淮与截下。

他把自己的卡递过去，又把宁璃的卡放回了背包内里。

宁璃坚持道："二哥，这是我自己的东西，我自己买吧！"

让陆淮与掏钱算怎么回事？

陆淮与看了她一眼，忽然低头凑近，似笑非笑地调侃："带小朋友出来逛街，还要压榨小朋友的零花钱，传出去，我的名声还要不要了？"

宁璃一呆。

文绮在旁边看着，有些想笑。

这位宁小姐和陆二少，到底是熟，还是不熟呢？

宁璃觉得陆淮与说得也有道理。当着这么多人，她要驳了陆淮与的面子，是不太好。

"那……谢谢二哥！"

宁璃心里叹气。人情是越欠越多了，以后真得找机会还了才行。

陆淮与的声音压得更低，说话的时候，温热的呼吸便洒落在她的耳侧，带着微烫的温度。

"零花钱留着自己买糖吃。"

宁璃："……"

陆淮与这是真的把她当小孩子呢？

她仰头看了他一眼："我不吃糖很多年了。"

陆淮与笑了，从善如流："行，那回头我给你买。"

宁璃："……"

陆淮与好像半点没觉得自己这样有什么问题。他看了一眼腕表，已经十一点了。

"除了我的领带，剩下的都送去叶家。"

文绮笑着应了。

宁璃本来是打算买完就回去的，听陆淮与这意思……

迎上她的视线，陆淮与道："上去吃顿饭，再送你回去。"

宁璃就这么跟着陆淮与来到了位于顶楼的一家日料店。这里是私人会员制，装修雅致，环境清幽。

两人进了包间。陆淮与把菜单递给宁璃："想吃什么自己点。"

说完，他放在桌上的手机振了一下。

他看了一眼，是程西钺的消息。

"我这边会议结束了，你和宁璃妹妹是不是还在HG呢？

"老秦说你们去他店里吃饭了？哪个包间，发我一下，我这就过去找你们。"

陆淮与终于回了一句："两小时后再来，这里客满，没你的位子。"

正拿着车钥匙准备走人的程西钺：“……

“陆二，你可别太过分！你别忘了你们用的会员还是我的！”

陆淮与的神色淡淡的：“嗯，但地皮是我的。”

程西钺：“……”

传闻程大少刚刚离开会议室，就摔了门，惹得整个程氏的员工战战兢兢了一整天。

又传闻程大少给程老爷子打电话，想收购HG，被程老爷子劈头盖脸地骂了回来。

众人戚戚：啧，老爷子寿宴还没过呢，子孙辈就开始争夺财产了！果然一入豪门深似海！

宁璃并不知道这短短时间内发生的许多事。她按自己的口味点了几样，又把菜单递了回去。

“二哥，我点了这些，你看看再要些什么？”

陆淮与听她说了几样，微微挑眉。

河豚刺身。他是不吃这个的，但她点了。

“听说你之前在咖啡馆打过工？”他忽然开口问道。

宁璃心里一紧：“是。”

“会泡咖啡吗？”

“会一点。”

陆淮与看着她，停顿了一会儿。

宁璃的心脏像是被什么收紧。就在她以为陆淮与会问她那杯咖啡的时候，他终于开了口。

“最喜欢的口味是什么？”

“摩卡。”宁璃抱着杯子，抿了口茶。

陆淮与眉梢微挑。摩卡味道甘醇而酸苦，没想到小姑娘会喜欢这种口味。

宁璃抬眼看了他一瞬，又很快收回视线。其实她最喜欢的并不是摩卡，而是黑咖啡。

那也是陆淮与最中意的口味。

但现在她当然不能这么说。

“喜欢什么颜色？”

宁璃反应了一瞬。

“蓝色。”

“喜欢的科目？”

“物理。”

“喜欢的料理？”

“川菜。”
“喜欢的人？”
“……”
宁璃将茶杯放下：“二哥，你这是调查户口呢？”
前面那些问上一问也就算了，最后这又是个什么问题？
陆淮与笑了声：“这么说，是没有了？”
“当然没有。而且之前不是二哥你说，读书时不准谈恋爱的吗？”
陆淮与抬手，揉了揉太阳穴，挑眉笑了一下。似是满意，又像无奈。
但这样的神色也只是一闪而过。
他道：“你若有什么想问我的，也可以问。”
宁璃摇头：“没有。”
就是吃顿饭，哪儿有那么多要问的？
陆淮与眼眸微微眯起。
敲门声传来，服务员拉开门，开始上菜。
陆淮与便停下了这个话题。
这是宁璃第一次和陆淮与单独吃饭。
陆淮与身上有着一种独特的气质，在外人看来，总是清冷疏离，高不可攀。
但此时的他，慵懒闲适，放松自如。眉眼间锋利清冷的气息散去，格外耐心与温和。
若盛城那些人在这儿，看到这样的陆淮与，怕不是要惊掉下巴。
“之前给你买的卷子都做了吗？”陆淮与夹起一块金枪鱼寿司，问道。
宁璃沉默了一瞬：“做了一部分。”
“感觉怎么样？难吗？”
“还行。”
“有不会的可以过来问。”
陆淮与想了想，虽然高中课程他已经很多年没接触过了，不过给小姑娘解答一些问题，应该也不成问题。
宁璃提醒道：“二哥，我们学校有老师的。”
她就算真不会，问他们不行吗，还要来麻烦陆淮与？
这位爷的时间何其珍贵，尤其他现在在云州，应该是专门来养病的，那就更不好打扰了。
想到这儿，她犹豫片刻，试探地开口：“而且……二哥你应该也不会在云州待很久吧？”
她记得，陆淮与是在云州待了一年左右。算算时间，过年前他应该就要回盛城了。

"还没定。"

陆淮与看她一眼，在心里盘算了一下时间，

"在这边的一些事情还没处理完。等全部结束了，再走不迟。或许要到明年了。"

宁璃的眉头轻轻地拧了一下。

这么久？难道是陆淮与的身体状况不太好？

她本来想问一问，但陆淮与这次过来云州养病的事情，此时知道的人并不多。

她当然也就不好多说。

陆淮与看着小姑娘，将她的表情收入眼底，忍不住笑了笑。

"下午回叶家？"

宁璃点头。

"那等会儿送你回去。"

两小时后，宁璃见到了一脸怨念的程大少。

看着这位的表情似乎不太好，宁璃迅速在脑海中搜索了一下。

她记忆里的这一天，程老爷子的寿宴举办得非常成功，一切都顺顺利利的。那程大少这是怎么了？

程西钺看着并肩而来的两人，表示不想说话。

等宁璃坐上车，他才幽幽地问道："宁璃妹妹，你们中午吃的日料好吃吗？"

宁璃点头道："挺好的。"

程大少的语气更幽怨了："那人多吗？"

宁璃想了想，道："不多。"

程大少想收购HG的心思更加强烈了。他看了陆淮与一眼，还没来得及说话，陆淮与的手机忽然响了。

陆淮与看了一眼，挂断。

程西钺瞥见那是顾医生的电话，神色微敛。顾听澜这个时间打来电话，显然是因为陆淮与的病情。

但……宁璃妹妹就在后面呢！

陆淮与就那样斜斜地靠在副驾驶座，侧颜清冷，似乎不以为意。

程西钺却不敢松懈。他心下掂量一番，道："宁璃妹妹，我忽然想起家里还有点事得去处理，比较着急……"

宁璃一怔："那我自己回去吧。"

"反正今天你也是要去程家的，不如就跟我一起过去。"程西钺干脆地下了决定。

宁璃觉得不太合适。

但陆淮与已经开了口："行。让他们把东西送到程家就是。"

叶家。

叶瓷正在自己的房间坐着，无意识地盯着面前桌子上放着的手机，脑子里乱糟糟的。

刚才程湘湘打电话过来，说在HG看到陆淮与正在陪着宁璃选礼服，问她知不知道。

她当然不知道！

早上宁璃出去，她还不甚在意，以宁璃的出身，能买得起什么？

最后肯定还是要回来借她的衣服穿的。

谁知道她竟然和陆淮与一起买衣服。

而且听程湘湘的意思，陆淮与还专门包场了，就为了宁璃！

想起之前几次，陆淮与也都是对宁璃格外关照。这要是没关系，能做到这种地步？

"小瓷，收拾好了吗？"苏媛的声音从门外传来。

叶瓷深吸口气，神色恢复如常，起身过去开门。

苏媛走进来，看她床上摆着好几件礼服，问道："怎么，还没选好吗？"

程老爷子这次的寿宴规格不小，云州名流都会出席，一言一行都容不得出错。她很早之前就给叶瓷选好了衣服和配饰，就为了让叶瓷能惊艳全场。

谁知时间快到了，她还没换。

叶瓷勉强地笑了笑："我就是想着宁璃姐还没回来，先等等她。"

苏媛的表情变得有些古怪："刚才程西钺打了电话，说宁璃已经跟他一起回程家了，让我们不用操心。"

叶瓷一口气堵在胸口，强颜欢笑道："那我就放心了。没想到西钺哥对宁璃姐这么照顾。"

苏媛觉得烦。

这是宁璃第一次以叶家人的身份出席这种场合，结果却跟着程西钺去了，这把叶家的脸放在哪儿？

"算了，不用管她。"

宁璃跟着一起来到了程家。

程西钺的车刚开进去停好，宁璃还没来得及下车，就看到一道娉婷身影朝着这边走来。

那人来到车边，微微俯身，轻轻地敲了敲副驾驶座的窗户。

宁璃只看到她半张妆容精致的漂亮的脸。

清甜亲昵的声音传来："淮与？"

陆淮与原本闭着眼睛休息，闻言眼帘微抬，眼角泛起几分淡淡的冷意。

程西钺在旁边看着，笑了。

"什么风把许大明星吹来了？"

听到这个称呼，宁璃瞬间猜到了这女人的身份。盛城许家的大小姐，许旖旎。

作为许家唯一的血脉，许旖旎可谓受尽宠爱。她生得清纯、漂亮，出身也富贵，二十岁在国外留学回来，没有选择继承家业，反而进了娱乐圈。

这年夏天，她主演的第一部校园青春电影《第二封情书》刚一上映就爆火，口碑、票房双丰收。

而许旖旎也在一夜之间，成为无数人心中的"国民初恋"。

也难怪程西钺会如此调侃她了。

许旖旎眨眨眼，带着几分俏皮："怎么，难道西钺哥不欢迎我吗？"

程西钺下车，举起手做投降状："我哪儿敢啊？这不是听说你最近行程满得很，连睡觉的时间都没有，才问这一句吗？要是把你累坏了，回头许叔肯定心疼得不行。"

陆淮与正巧也推门下车。许旖旎的视线落在他身上，眼睛亮了亮。

她抿唇一笑："哪儿有那么夸张？程爷爷的七十大寿，再怎么说，我也得过来不是？"

许家、陆家和程家是世交，但程老爷子这几年一直在云州养着，极少回京，和许家的往来也没那么多了。

程西钺朝着旁边瞥了一眼。谁看不出来，许大小姐是冲着这位爷来的。

许旖旎上前半步："淮与，好久不见。"

她提前完成学业回国，就是怕盛城那些女人哪个先入了他的眼，谁知他竟然来了云州。

而她这段时间也一直很忙，强行推掉了这天的两个通告赶来，才见了这一面。

陆淮与颔首，又恢复了一贯在人前的矜贵自持，眉眼冷淡："代我跟许叔问好。"

许旖旎咬了咬唇。她好不容易来一趟，他却只来了这样一句，甚至都没有问问她的近况。

"淮与，我……"她正要开口，就见陆淮与径自走到后排，打开了车门。

她一愣。程西钺的车里，居然还载了其他人？

一个少女走了出来。这是一个看起来不过十七八岁的少女，衣着简单，扎着马尾，背着黑色背包，好像还是个高中生。

可即便如此，也依旧不掩她的清纯漂亮。她只是站在那儿，便足以吸引无数人的目光。

许旖旎的脚步顿住，看了看陆淮与，看见他眉眼之间，带着罕见的耐心。

他竟然会主动帮人开车门？一股强烈的危机感从许旖旎心底生出。

许旖旎的目光闪了闪，笑着问道："这位是？"

程西钺抬了抬下巴："我介绍一下，这位是宁璃妹妹。宁璃妹妹，这是许旖旎，你应该认识的吧？"

宁璃看向对面的许旖旎。她穿着裁剪得当的白色鱼尾裙，勾勒出玲珑曲线，长到腰部的黑发柔顺地垂落着，化着淡妆，看起来干净清纯又带着一丝性感，很惹眼。

"许小姐好。"

许旖旎更是惊讶。她认识程西钺这么多年，知他性格。即便是对堂妹程湘湘，他也极少会显露如此亲近的姿态。

这个宁璃又是什么来历？

她出身盛城世家，对云州这边的情况并不了解。

不过这名字，她听着却觉得有些熟悉……

"宁璃……"

忽然，她神色微动。这不就是前几天，网上闹得沸沸扬扬的校园暴力事件的主角吗？

"你……"

"你的东西他们送到客房了，我带你过去。"陆淮与开口。

程家是独栋别墅，这天来的人也多，当然还是得陪着比较好。

宁璃看了他一眼。

程西钺说有急事要回来处理，是在陆淮与挂了那一通电话之后，估计那说辞也只是一个借口，真正要回来的原因，在于陆淮与。

"谢谢二哥！"

陆淮与带着人往里走。

看着二人离开的背影，许旖旎脸上的笑容微微僵住。从头到尾，陆淮与似乎都没有正眼看过她。

而且，刚刚——

"她好像喊淮与……二哥？"

程西钺笑眯眯道："宁璃妹妹才十八岁，可不就得喊哥？"

许旖旎没说话。她明明不是在问这个。

"那个宁璃，是二中的学生吧？"

程西钺挑眉看了她一眼："是啊！"

许旖旎心里松了口气。果然就是那个女孩。

那这样就没什么可担心的了。无论从哪方面看，陆淮与都不可能看得上这样出身和脾性的小姑娘。

宁璃跟在陆淮与身后，来到了三楼的一间客房。

这会儿距离晚宴还有一段时间，来的人并不算多，二人在路上没碰到太多人。

刚进房间，陆淮与的手机又振动起来。

他再次拒接。

宁璃回头看他：“二哥，你有事要忙的话，尽管去吧，我自己在这儿可以的。”

陆淮与看她神色如常，的确没有初来乍到的紧张，这才稍微放心了些：“你先在这儿休息，有什么事随时找我。”

“好。”

陆淮与看了一眼腕表：“晚宴六点开始，我晚一些来接你。”

宁璃本来想说，都已经在这儿了，用不着接的，但撞上陆淮与的目光，她还是点了点头。

陆淮与这才离开。

顾听澜正在二楼的会客厅等人。

房门被推开。他将手里的书放下，抬头看去，进来的正是陆淮与。

他仔细打量了陆淮与的神色，确定他的状态比预想的要好许多，这才稍微放下心来。

“二少这是有急事耽误了？”

陆淮与“嗯”了一声。

“要紧事。”

顾听澜觉得好奇。这个时间，陆淮与没睡觉，看起来精神状态似乎还很好。

实在是不太对。

想起这天 HG 那边传来的消息，他笑着问道：“二少今天是带着你家那位小辈来的？不知我有没有这个机会，能见一见这位？”

他还真的很想看看，到底是位什么样的人物，能对陆淮与的病情有这样大的影响。

陆淮与眼帘微抬，看了他一眼。

不知怎的，顾听澜忽然觉得他这一眼，似是带着警告意味。

但很快，陆淮与便闭上了眼睛。

“再说。”

宁璃来到床边，本打算将礼服整理一下，却忽然发现旁边滚落一个小盒子。

竟是陆淮与的领带，也被一同送过来了。

她想了想，捡起来准备去给陆淮与送过去。刚推开门，尚未来得及出去，就听到门外传来一道满是鄙夷的声音："不过是个没人要的拖油瓶，真以为自己是千金大小姐了吗？！"

宁璃的动作一顿。

这个房间比较偏里，应该是有几位世家小姐来了，正凑在这里说小话。

"可不是吗？我听说她以前在临城，逃课、打架的事可是没少干。现在来了叶家，估计以为自己从此飞上枝头做凤凰了吧？"

"她爸爸可是杀人犯！之前网上流传的那一段视频你们看了吗？她那样子，就像是真要把人从楼上推下去一样，吓死我了！"

"真不知道二中为什么没把她开除，这不是留了一个定时炸弹在身边吗？也真亏叶叔叔和小瓷大度。"

叶瓷轻缓温柔的声音传来："学校里那件事，事出有因，宁璃姐平常挺好的。"

"小瓷，你该不会是被她威胁了吧？就为那种人，值得吗？对了，我刚刚看她好像没跟你们一起过来，她是不来了吗？"说话的女生"啧"了一声，"她是知道自己来了也是丢人，才故意不来的吧？听说她以前住临城老城区筒子楼的，还经常出去打工赚生活费，这样的人，怕是连一件合身的衣服都拿不出来吧？"

几个女生都起哄着笑起来。

叶瓷听到这话，脸上的笑容却淡了几分。程湘湘在电话里说的那些话，又回荡在脑海。

她笑了笑，没明确回答："宁璃姐临时有点事，没跟我们一起。而且，她……"

几人身后的大门忽然被人推开，宁璃从中走出。

正在说话的几个女孩都吓了一跳，连忙回头看去。

等发现这人是宁璃，脸上便不约而同地浮现几分鄙夷与嘲讽。

网上那件事闹得沸沸扬扬，以至于现在几乎所有人都认识她这张脸。

一个女生抬起下巴，上下打量了宁璃一眼。

看到那张即便是不施粉黛，也依旧清丽无双的容颜，她心中生出几分嫉妒，但当看到宁璃穿着牛仔裤、小白鞋，心气又顺了。

"你就是宁璃吧？难道没人教你，偷听别人说话，是很没有教养的行为吗？"

宁璃看了她一眼，嘴角勾起一抹极淡极冷的笑："难道没人教你，在人背后嚼舌根，也不是什么光荣的做法吗？"

清清淡淡的一句话，把对方噎个半死。

“你！”

那女生左右看了看，忽然像是发现了什么，抬高了声音：“谁知道你鬼鬼祟祟在这里做什么呢！这里可是程家，你以为这是你能随便撒野的地方？”

程家三楼的客房，可不是一般人能来的。在她们看来，宁璃没跟着叶家人一起，又突然出现在这儿，肯定是自己偷偷过来的。

她的目光落在了宁璃手上的盒子上：“你这是要偷东西？”

宁璃神色微冷：“说话之前，最好过过脑子。”

说她在程家宅子里偷东西，这是当程家的安保都是吃干饭的吗？

但那女生看她如此，还以为她是恼羞成怒，嗤笑道：“这个牌子的东西，你就是打十年零工也买不起的吧？不是偷的，还能是你买的？”

话音刚落，一道清爽含笑的声音忽然从后面传来。

“璃姐，原来你在这儿呢！”

几人齐齐回头看去，就见一个身形挺拔的少年正朝着这边走来。英俊不羁，洒脱放肆。

一头银灰色短发格外扎眼，咖啡色眼瞳直直地看过来，浑身上下都透着遮掩不住的锐利嚣张。

是季抒。

他这天难得换上了一身正装，不过看起来依旧带着股浪荡不羁的劲。

几个女生看到他来，都愣住了。

季家家大业大，这位独苗少爷更是被惯得无法无天，可谁让他就有这样的资本？

季抒单手插兜，径自来到宁璃身边，笑容里带几分野性。

“西钺哥说你在三楼，我就说过来看看。怎么了，谁惹璃姐不高兴了这是？”说着，他眼帘微挑，睨了对面几个人一眼。

除了叶瓷，剩下几个人都蒙了。

宁璃居然和季抒认识？而且，听起来，和程大少也关系不错？

宁璃淡淡地道：“没什么，就是她们觉得我偷了东西。”

季抒垂眸扫了一眼。这牌子是挺贵的，不过……小姑奶奶会缺这点钱？

“谁这么瞎？”他嗤笑了一声，“西钺哥要是知道有人污蔑他带来的客人是小偷，不知道什么心情？”

这话说完，对面的几个人，脸色登时变得精彩纷呈了起来。

宁璃是……程大少亲自接过来的？！那她们刚才是在做什么？

叶瓷上前一步：“宁璃姐、季抒，你们别误会……”

季抒打断她的话：“璃姐，晚宴时间快到了。”

宁璃给陆淮与发了短信："你在哪个房间，我把你的领带送过去？"

片刻，他回了消息："我这边临时有点事，可能要晚一点，你先拿着，过会儿我去找你。"

宁璃按灭手机，看向季抒："那等我收拾一下。"

程家大厅。

云州名流几乎齐聚于此，衣香鬓影，觥筹交错。众人三五成群，热闹非常。

程湘湘和叶瓷站在一处，朝着某个方向抬了抬下巴。

"看，那就是许旖旎，听说和陆二少是青梅竹马。"

叶瓷回神，往那边看了一眼，皱了皱眉。实际上，不止她，此时场中的绝大多数人，都在看许旖旎。

清纯漂亮，家世也富贵，许旖旎是这晚当之无愧的焦点。

"旖旎，今天晚上的开场舞，可是非你莫属了啊！"程父程柏青笑着说道。

许旖旎收回张望的视线，浅浅一笑："旖旎哪儿敢献丑？"

程柏青哈哈一笑："就知道西钺这小子请不动你！还得陆家那小子。"

许旖旎白皙的脸微微发红。

程西钺无语地看了自家老父亲一眼。程柏青却冲他抬抬手："去，看看陆二怎么还没来，这么多人都等着见他。"

人群忽然一静。众人似有所觉，朝着某个方向看去。

一个少女出现在流光溢彩之下。一字肩薄纱长裙勾勒出她纤细玲珑的腰身，脖颈纤长白皙，一截锁骨似盈满星辉。柔顺如瀑的长发垂落而下，尾端微卷，容颜极佳。

她的身侧，站着一个年轻的男人，清冷禁欲，宛如高岭之花。

陆淮与看着那些落在她身上的目光，眉梢微挑。

他偏头，看向宁璃，伸出手，低笑一声："我是不是忘了告诉你，我今天没有带女伴？"

男人低沉的笑声落入耳中，温热的呼吸，混杂着清冷的雪松香气，仿佛邈远又触手可及。

宁璃抬眸。陆淮与正极有耐心地望着她。

这样的场合，以他的身份，的确是需要一个合适的女伴的。

没想到陆淮与居然出现这样的错漏。

她停顿片刻，终于伸出手，挽住了陆淮与的臂弯。

陆淮与垂眸看了一眼。她的手臂极纤细，白如玉瓷，在璀璨的灯光照耀下，似是能发光一般。与他纯黑的西服相互映衬，是黑与白简单而极致的冲击。

他的目光微动，敛去眼底神色，绯色的薄唇却极轻地挑了挑，用只有二人能听见的声音低声道："跟我走。"

所有人都在看着那并肩前来的二人。

两人都是无可挑剔的容貌，站在一起的时候，更是令人惊艳。

少女的裙摆之上星芒点缀，随着她的走动，薄纱轻轻扬起细微的弧度，便像是踏着星河而来。

她身边的男人，颀长挺拔，清冷矜贵，一身黑色西服如浓郁夜色，将这星河与她接纳。

他难得穿着白衬衫，黑色领带之上，一枚领夹闪烁着耀眼的光，似乎与那星芒遥相呼应。

契合完美，定格为一幅画卷。明亮的宴会大厅，此时也似乎失了颜色。

众人皆愣怔。陆淮与他们大多是认识的，即便以前没见过，也都听过他的名声，如今见这一身矜贵气质，比传闻更盛。

可他身边那个少女……

"这是哪家的小姐？这么漂亮，不该无名吧？"

"她旁边那位可是盛城陆家的二少爷，能和他一起出现，出身定然不一般啊！"

"生得真是漂亮，气质也好，回头打听打听来历。"

不少人低声议论着，脸上不掩惊艳赞叹之色。

程湘湘早就知道宁璃那一身礼服是陆淮与陪着挑的，可她怎么都没想到，陆淮与居然还亲自带着宁璃入场了，还是这样亲近的姿态！

一个年轻男人凑到程湘湘旁边，视线还粘在宁璃身上："湘湘，那位你认识吗？"

程湘湘胸口堵得难受，闻言忽而笑了一声："当然认识。怎么？你们都没看出来吗？她是宁璃啊！"

"宁璃？这名字好像有点熟……"

他的声音忽然一顿，眼中浮现震惊之色："你是说，叶家刚接回来的那位？"

"是啊！这段时间，她可是我们云州的名人。怎么，你居然没认出来吗？"

程湘湘虽然带着笑，眼角却挂着几分讽刺。

那人脸色变了几变，再次看向宁璃的眼神，便有了不同。

原来不是什么世家千金，只是一个出身低微不堪的小姑娘。

他摸了摸下巴："不过……长得是真的漂亮……"

即便是这晚最吸睛的许旖旎，和她比起来，也逊色几分。

许旖旎是清纯好看，但看久了就有点寡淡，可宁璃不同，点到即止的艳，不可方物的美。

程湘湘瞟了他一眼："怎么，看上了人家不成？"

那男人笑起来。

"玩玩还行，其他的……"

他的话没说完，一道冷凝的目光忽然落在了他的身上。

陆淮与正看着他，眼神极淡、极冷。那股无形的压迫感立刻令他闭上了嘴，浑身紧绷。

季抒刚好走了过来，嗤笑着瞥了他一眼："戴立，眼睛不想要了，可以捐给有需要的人。"

陆淮与亲自带着小姑奶奶过来，你还敢在这口出狂言，真是活得不耐烦了。

戴立神色一僵，想说点什么，想起季抒也是个不好惹的，只好忍下这一口气。

看着那边，他又忍不住好奇：难道宁璃和那位陆二少有什么关系？

陆淮与带着宁璃来到程老爷子几人面前。

程老爷子看着这一幕，实在是新鲜，打量了宁璃好几眼，忍不住哈哈一笑："淮与居然也肯带小姑娘出席这种场合了，这可是第一次吧？真是开窍了不成？"

宁璃心中一动，下意识地看向陆淮与。

第一次？难道他以前都不……

陆淮与却似是没注意到她的视线，眉梢微挑，提醒道："程爷爷，阿璃才十八岁，还在上高三呢！"

他虽这么说，却没否认程老爷子的话。

许旖旎看向二人挽着的胳膊，他们站得那么近，她脸上的笑容有了片刻的凝滞。

圈子里谁不知道，这种场合陆淮与一直自由来去，也从不带人。所以她也就识趣地没有提出这个邀请。

谁知道……

程老爷子一听，尴尬片刻，咳嗽了一声。

"原来还是个小孩子呢啊！"

程西钺凑过去，低声说了几句。

程老爷子看向宁璃的眼神更慈爱了。原来还是个可怜孩子，难怪西钺和淮与这么照顾。

"既然来了，就好好玩，有什么需要的尽管跟他们说就是。"

宁璃笑起来，唇边露出小小的梨涡："谢谢程爷爷！"

程老爷子看她言行举止落落大方，心里更喜欢。

西钺还说小姑娘没来过这种场合，让他务必慈祥一点。可他看着，小姑娘的教养礼仪，都是极好的嘛！

程柏青看着，隐约察觉到了什么，看了许旖旎一眼。

他招了招手，笑道："旖旎，前几年你一直在国外，倒是很久没机会看你跳舞了。这开场舞……"

一起的，当然是程西钺。

许旖旎弯了弯眼睛："最近我都没练了，难免生疏。倒是……听说叶家有位去年拿了省内舞蹈银奖的？"

她说着，看向了叶瓷。

叶瓷正和苏媛站在一处。听到这话，苏媛登时眼睛一亮。

能和程家大少一起跳开场舞，实在是难得的机会。

她笑着看向叶瓷。

叶瓷有几分心动，看到站在一处的陆淮与和宁璃，却又生出犹豫。

一旁的程湘湘忽然开口："我倒是有个提议。"

她笑眯眯地看向宁璃："没看错的话，宁璃今天穿的是G&O家的最新款，又是第一次和大家正式见面，为了表示欢迎，不如这一场，就由宁璃来跳？"

众人静默，暗自交换眼神。

十八线小城的穷酸出身，能跳什么舞？程湘湘这是故意等着她出丑呢！

若宁璃拒绝，当着这么多人的面承认自己不会跳，也是丢人至极。

程西钺飞快地皱了一下眉，刚要说话，陆淮与忽然侧头，看向宁璃说："会吗？"

宁璃顿了一下："会一点。"

陆淮与笑："刚好我也会一点，带你应该正好。"

许旖旎神色微僵："淮与，你也要上场？"

这种场合，从来没有人请得动他。

陆淮与微微抬了抬下巴，清俊矜贵的面容上噙着几分散漫的笑意。

"她是我带来的，她若想跳，自当我来陪着。"

许旖旎欲言又止，陆淮与却已经带着宁璃一步步走向舞池中央。

流光倾泻而下，落在那二人周身。

陆淮与在宁璃身前站定，伸出手。宁璃把手放在他的掌心。

他的手宽厚有力，修长匀停，带着熨帖的温度。肌肤触碰的一瞬，像是带着细碎的星火，沉默而放肆地燃烧而起。

陆淮与动作微顿，旋即上前半步，揽住她纤细柔软得不可思议的腰身，把人往怀里带了一下。

两人的距离瞬间缩短，好像无形之中，有一层屏障被打破。

宁璃甚至能清晰地感受到他身上源源不断传来的热气，熏得她耳侧一阵灼热。她微微屏住呼吸，将另一只手搭在他的肩膀之上。

陆淮与俯首，凑得近了些：“等会儿跟着我就行。”

宁璃轻轻地“嗯”了一声。

陆淮与垂眸，就能看到她头顶小小的发旋，浓密纤长的睫毛轻轻眨动，像是有什么从他心上扫过。

乖巧得不得了。

他的掌心之下，尽管隔着薄纱，依旧能感受到她腰间细腻玲珑的线条起伏。

他的手微微收紧。

舒缓的音乐响起。

程湘湘捏紧了手中的酒杯，嗤笑：“她居然还真的敢上，我倒是要看看，她能跳出什么花来！”

叶瓷认出这曲子，眼中飞快地划过一抹光。

这首曲子最初听来轻缓温和，但中间有一段节奏极快，是极难跳的，就算是受过专业训练的舞者，想要卡点跳好，也没那么容易。

最开始程家是打算请许旖旎上场的，才特意选了这一曲。

结果现在，显然成了一个不小的麻烦。

这下，当着这么多云州名流的面，宁璃的脸，只怕是要丢尽了。

叶瓷笑了笑，道：“宁璃姐那么聪明，既然肯上场，肯定是没问题的。”

场上，陆淮与揽着宁璃的腰，长腿一迈。

宁璃极有默契地退后半步。

陆淮与眉梢微挑。两人身体贴得极近，动作、节奏又出奇地同步，看起来便极具韵律感与美感。

竟完全不像是第一次合跳。

尤其是宁璃，众人预想中的手忙脚乱并未出现，相反，她步伐轻盈，身法灵动，竟与陆淮与配合得极好。

很快，到了一个节奏轻快的小节。

陆淮与松开手，宁璃脚尖轻点，腰身一转。随着她的动作，裙摆荡漾铺展开来，画出一道完美的弧线，细碎的光芒如星辉般闪烁。

许多人神色微变。

“不是说宁璃是从临城来的，而且以前很穷的吗，居然真的会跳舞？”

“能跳成这样，没多年的舞蹈功底怕是不行的吧？”

“前面这也没什么难的，有人带着，都能跳得差不多，关键是后面。”

节奏逐渐快了起来，这是几个循环往复的小节，轻快却又带着蓬勃的力量。

宁璃一只手与陆淮与紧紧交握，脚下一动，便接连旋开几个弯。每一下，都精准地踩在节奏卡点之上，薄纱裙摆扬起。

几个连跳转身，看似简单轻松，但明眼人都知道，这需要极强的肌肉力量支撑才能完成得这般漂亮。

叶瓷不自觉地握紧了手。

程湘湘的脸色也变得僵硬起来。

宁璃居然……真的会跳？

节奏逐渐到达高潮，宁璃的动作也越来越快，干净漂亮得不可思议。

在宁璃的记忆里，十八岁的自己，的确是不太会跳舞的。

叶瓷的庆功宴上，她也因此被众人取笑了许久。后来的几年，她私下一直勤奋练习，不知湿了多少练功服，那些动作早已印在了她的脑海里。

但后来，几乎再无人邀请她跳。

唯一的一次……

节奏达到高潮，她猛然一顿，腰身一弯，呈现不可思议的弧度。

陆淮与贴近，她便安稳地落在他的臂弯。他的个子极高，这一下看起来，几乎是将人整个抱入怀中了一般。

宁璃几乎能听到他有力的心跳声。

曲子终了，偌大的宴会厅猛然安静下来。

片刻，程西钺率先回神，笑着鼓起掌来。这声音打破沉寂，掌声接连响起，很快便充斥整个大厅。

“宁璃妹妹，这就是你说的会一点？”

程西钺“啧”了一声。

这要算是“会一点”，那他们岂不是都成了三级残疾？看不出来啊，宁璃妹妹这么深藏不露。

许旖旎的脸色不大好看。

程湘湘拧眉，压低了声音：“小瓷，她以前不是连生活费都要自己打工赚的吗，居然还有钱去学舞蹈？”

叶瓷摇摇头：“我也不清楚她的钱是怎么……”

早知道宁璃会如此出风头，她刚才说什么都会自己上的。

现在……

宁璃从陆淮与怀中退开，因为跳这一曲颇耗费力气，她的呼吸有些急促，脸颊也泛了淡淡的绯红。

陆淮与看了一眼，便移开视线。

宁璃没太注意，嘴角微微弯起：“主要还是二哥带得好。”

程老爷子哈哈一笑：“别把功劳全部给了那小子！他平素就够傲气的了，再这么夸可怎么好？”

陆淮与的嘴角微勾：“是，还是阿璃跳得好。”

这一曲，两个人配合得极好，算是开了一个极漂亮的场。

程老爷子挥挥手：“你们玩得高兴就成。”

音乐渐起，陆续有人进入舞池。

陆淮与和宁璃退场。走开一段距离后，陆淮与把宁璃送到休息区。

“你在这儿自己休息会儿，我去打个电话，过会儿回来。”

宁璃点点头，也没多问，径自拿了杯果汁，选了个位子坐下。

陆淮与长腿迈开，朝着露台方向走去。

推开落地窗，晚风拂来。他站定，抬手松了松领带，却觉得心头的那一抹灼热躁郁依旧未曾散去。

有人从后面走来。

“陆二少？”

陆淮与偏头，来人是顾听澜。

迎上顾听澜征询探究的目光，他问道：“有烟吗？”

顾听澜神色微动。

“不舒服？”

他这样子，看着不太对，但好像也不是要病发……

陆淮与“嗯”了一声，声音微哑。他心中躁郁，像是有什么喧嚣着要挣脱。

其实最近他已经能比较好地控制这样的情绪波动，但这晚好像有些不太一样。

他的手指微动，似乎还残留着那温热细腻的触感。

他好像，不太能压制了。

第六章

他碰的你哪儿？

顾听澜递过去一根烟。

陆淮与修长的手指夹着烟，转过身靠在栏杆上，手心微拢，刚要打火，抬眼便看见宁璃正坐在沙发一角，捧着一杯果汁慢慢地喝着。

他的动作一顿，指尖微掸了一下，到底没动。

顾听澜顺着他的视线看去。

百闻不如一见。刚才他站在人群之后，并未上前凑热闹，只隐约看见一张清丽干净的容颜。

现在倒是能看得清楚些了。

难怪之前陆淮与那么宝贝似的藏着。

察觉到有视线落在身上，宁璃扭头，往露台的方向看了一眼。

当看到站在陆淮与身边的男人时，她微微一愣。

顾听澜？这天晚上他也来了？

在记忆中，她和顾听澜第一次见面，远没有这么早，而那时候，他和陆淮与的关系已经非常好。

原来他这么早就来云州了，想来也是因为陆淮与。

顾听澜略微诧异地眨了眨眼。

陆淮与忽然问道："你们认识？"

听他语气淡淡，顾听澜笑道："你介绍了不就认识了？"

陆淮与没动，显然没这个打算。

顾听澜也不介意："对了，听说宁小姐是临城人？想必对临城是很熟的了。"

他正好要去临城一趟，说不定能去请教些事情。

陆淮与虽然不知他去临城具体是做什么，却也猜到是个人私事，懒洋洋地开口："以顾家的能力，想查什么，还需要问别人吗？"

顾听澜笑笑。陆淮与这个人，还真是护食得紧。

宴会厅一角。

苏媛正和几位夫人说话。

"叶夫人，你可真是够低调的啊，二女儿就够出色的了，没想到这大女儿也一样优秀！之前怎么半点消息都不给我们透露？"

"就是。想来叶夫人这些年也没少在宁璃身上费心啊！"

几个女人说笑着，彼此暗暗交换意味深长的眼神。

在这之前，云州世家名流几乎都不知道宁璃的存在，可见苏媛多想隐藏那段失败的婚姻。

要不是宁璃没人养了，她估计永远也不会再见这个女儿。宁璃出色与否，和她根本没有半毛钱的关系。

苏媛脸上笑容微僵。

几位夫人但笑不语。看苏媛这样，分明对宁璃也没什么了解。

不过不重要。

一个女人貌似不经意地问道："对了，刚才看陆二少似乎对宁璃颇为照顾，他们认识啊？"

整个云州，也就程家和陆淮与的关系近一些，其他人是想攀关系都找不到门路。

苏媛略微挺直了背："算是吧！"

几个女人神色都变得热烈了几分。

"那，有机会的话，叶夫人可要帮我们引见一二啊！"

"宁小姐。"

一道身影来到宁璃身前。

宁璃抬眸，当看清眼前之人的脸，眼中飞快地闪过一抹冷色。

戴立。云州出了名的纨绔子弟，曾经就对她死缠烂打，而且手段极其恶劣，甚至有次让人给她下药，幸好被她发现，逃过一劫。

想不到又来了。

"戴立。认识一下？"

戴立做出一副彬彬有礼的模样，然而眼底那抹贪婪渴望的光，却透出了他的心思。

"不知我是否有这个荣幸，请你跳一曲？"

季抒虽然警告了他，但宁璃实在是太对他的胃口了。

尤其是看过她跳舞，他更觉得心里跟被什么挠了一下似的。

"不好意思，我有点累。"宁璃神色冷淡。

戴立没想到自己会被拒绝，惊愕之后就是恼怒。不过是叶家一个继女，傲气什么？

他目光闪了闪，笑了："那我陪你在这儿坐一会儿，我们聊聊？"

说着，他不等宁璃表态，就径自往她旁边的位子坐了下来。

露台。

顾听澜正说着自己的打算："我明天启程去临城……"

话没说完，他就忽然看见陆淮与的神色冷了下来，而后长腿一迈，直直朝着大厅内走去。

顾听澜瞥了一眼，暗道不好。

陆淮与现在的状态本来就不太稳定，谁要是这会儿惹了他，还不知道会发生什么。

他立刻跟了上去。

戴立坐下的一瞬间，宁璃站起身："我还有事，戴少爷自便。"

不少人都在往这边看，看见这一幕，众人神色各异。

戴立脸上青一阵白一阵。他家世不错，长相也过得去，追女孩几乎无往不利。

谁知道在宁璃这儿被甩了脸子，他下意识地伸手就要去拉她。

"宁小姐！"

他的手指刚刚碰到宁璃的手腕，宁璃就迅速反手将他的手狠狠一折！

剧烈的痛楚瞬间袭来，令戴立白了脸。

"我……我的手！"

宁璃面无表情地松开手："戴少爷，请自重。"

戴立的小拇指呈诡异的姿态，竟是就这样被宁璃生生折断！

他心里又气又急，忍不住就要骂出声："宁璃！"

这一声在偌大的宴会厅显得格外刺耳。四周一静，众人纷纷看了过来。

谁能想到，在这种场合，宁璃居然会做出这样的事来！

程湘湘率先站出来："宁璃，戴立只是想请你跳舞，你不想的话拒绝就是了，动手算怎么回事？"

苏媛听到动静，也立刻赶来。

看见戴立那根明显变形的小拇指，她眼皮直跳："宁璃，还不赶快道歉！"

宁璃冷冷地看了她一眼。

程老爷子等人也注意到了这边的情况。

许旃旎皱了皱眉："看来得赶紧把人送去医院，不然手指以后落下残疾就不好了。"

这一声提醒了程柏青。他连忙让人派车去了。

不少人都在打量宁璃。

程湘湘冷声道："宁璃，这里可不是二中！"

这话登时让不少人想起了之前网上流传的那段视频。

看来还真是个不好惹的……小小年纪，居然说动手就动手，下手还这么狠！

宁璃道："我已经拒绝过，是他自己不识好歹。"

程西钺走过来。他知道戴立什么人，有意为宁璃说话："这些都搁后，先送戴立去医院。"

"等等。"清冷低沉的声音忽然传来。

陆淮与走到宁璃身边，视线从她手上扫过，又看向戴立。

他上前，一把攥住了戴立受伤的那只手。

"你刚才是用的这只手碰的她？"

戴立的冷汗瞬间下来了。

下一刻，陆淮与一把将人整只手反折到背后。

戴立一挣扎，撞翻了桌子，酒水洒了一地。他脸疼得煞白，看向陆淮与的眼神充满惊惧，嗓子像是被人死死掐住，连痛呼都不敢发出分毫。

整个宴会大厅一片死寂，空气似是凝结。

陆淮与居高临下地看着戴立，目光深沉冷冽。他的声调没什么起伏："她说她不想，你聋了听不见？"

程西钺飞快地看了陆淮与一眼，眼皮狠狠地跳了跳。

一个中年男人满头是汗地匆匆赶来："陆二少，犬子无意冒犯，这都是误会，误会啊！"

来人是戴立的父亲，戴胜全。戴家在云州也是排得上号的豪门，但和盛城陆家还是没得比的。

戴胜全本来还想攀攀关系，谁知道一转眼，自己这儿子就把人得罪了！

他是个精明人，很快就转向宁璃道歉："宁小姐，实在是对不住！这小子虽然平时好玩了些，但绝对没有其他意思的！"

叶明皱了皱眉，看向苏媛。

戴家和叶家有一些业务上的往来，要真是闹开，彼此脸上都不好看。

苏媛深吸口气："宁璃，这事应该就是个误会，何况现在戴立也受了伤，大家把话说开也就好了……"

许旖旎也上前，来到陆淮与身侧，轻声劝道："淮与，消消气，今天终归是程爷爷的寿宴。"

这么一闹，未免有些说不过去。何况，还只是为了一个宁璃。

陆淮与神色冷淡："医药费我陆淮与还赔得起。"

许旖旎一噎。

他回过头："程爷爷，今天搅了您的寿宴，淮与改日再跟您正式赔罪。但今天，他动了我的人，我总要讨个说法。"

程老爷子头疼得很。

陆淮与是自己看着长大的，他的脾性自己最清楚不过。那个叫戴立的，也不知道是怎么长的脑子，偏要去惹他！

"这个……"

"免得脏了您的地界，人我就先带走了。"

陆淮与说着，就抬腿往前。

戴立下意识地往后缩了缩，心里涌出强烈的恐惧。

他有预感！他要真是被陆淮与带出去了，还不知道能不能好端端地回来！

程西钺看着，心里"咯噔"一下。陆淮与上次这模样，差点闹出人命！

戴立死不死的他不在意，可陆淮与病发，后果不堪设想！

他连忙求助地看向顾听澜："你不是专业的吗？你倒是控制一下啊！"

顾听澜早就察觉到陆淮与不对劲，立刻就要上前。

却有一个人比他更快。

"二哥。"宁璃喊了一声。

少女软软的声音落入陆淮与耳中，同时，有什么轻轻拽住了他的衣袖。

陆淮与脚步一顿，脑海之中无数纷乱喧嚣的画面渐渐褪色。

宁璃抓着他的衣角，仰头看着他："二哥，算了。"

陆淮与垂眸看她，撞上她清澈的桃花眼，那股盘桓不散的郁气烦躁，忽然就那么无声消散了。

宁璃眨眨眼："你衣服脏了，回去换一件吧？"

刚才陆淮与动手的时候，酒水飞溅，他的西服外套湿了一角。

片刻，陆淮与颔首。

"行。"

戴立被送去医院，戴家人没脸面继续待下去，也都离开了。

用人们把场地收拾干净，宴会继续，一切仿佛都没发生过，但氛围有了微妙的变化。

程西钺呆愣愣地望着某个方向，还没回神。

"啊……宁璃妹妹居然劝得住他？"

就那几个字，抵得过他求爷爷告奶奶了啊！

顾听澜坐在一旁，若有所思。他似乎还是低估了宁璃对陆淮与的影响力。

刚才陆淮与分明已经濒临爆发，居然都能生生停下，拉回理智……

程西钺凑过来，压低了声音问："顾医生，你说他这样，是不是说明病情正在好转？"

要搁以前，戴立哪儿还有机会进医院？

顾听澜想了想，笑："应该吧！"

但也有可能，是病得更重了。

洗手间。

陆淮与随手脱掉外套，扔到了垃圾桶。

宁璃看了一眼，心中默默为那丢失的大几十万默哀了一下。

陆淮与斜靠在墙边，看着镜子里正在洗手的宁璃，忽然问道："之前怎么教你的，都忘了？"

宁璃一顿，知道他说的是什么。

她甩了甩手上的水，道："我不是要就这样算了，而是怕脏了二哥的手。"

陆淮与眉梢微挑："嫌脏？"

宁璃转身，定定地看了他一眼，认真地点头。

她是真的觉得碰了戴立那种人哪怕一下，都脏了这位爷。

陆淮与玩笑般微微俯身，伸出手："那我也要洗了？好麻烦。"

他身上还带着淡淡的酒气，靠得近的时候就格外醉人。

宁璃抓住他的手，放在水龙头下。既然是为了帮她，这点小事也不算什么。

陆淮与的目光微凝。她的手纤细柔软，像是没有骨头般。一络碎发垂落，微微遮住她的脸颊，却依然不难看出那张小脸上的认真之色。

宁璃还专门挤了洗手液，生怕留下那脏东西的气息一般。

"好了。"她满意地点点头，又递过去一张纸巾。

陆淮与看着她，忽然笑了："就这么信得过我？"

宁璃抬眼，眼底似有星光，又像是有火，轻飘飘地落在他心底。

"嗯。"

顷刻燎原。

深夜一点。

云鼎风华。

陆淮与从梦中醒来。凌乱的黑发垂落，遮住他的眉眼，叫人看不清晰他的情绪。

沉默良久，他闭了闭眼，掀被起身，去了浴室。

深夜三点，正在好眠的程西钺被一通电话吵醒。

看见屏幕上那串熟悉的号码，程大少"痛心疾首"地点了接通："陆淮与，你有病吧？这么晚你打什么电话！"

陆淮与不为所动："来射击馆。"

程西钺缓缓地睁大了眼睛，几乎怀疑自己幻听："你半夜三点去玩枪？！"

陆淮与突然沉默了一下，但很快又不耐烦地开口："上次那个合同，让你一个点。给你十五分钟过来。"

程大少极有骨气地挂了电话："给我等着！"

十五分钟，他就是坐火箭也得过去！

这是位于城西的一家私人射击馆，深夜三点，宽敞的馆内更是冷清。

程西钺火急火燎地赶来，一眼就看到那道挺拔颀长的身影。

"砰"的一声，程西钺顺着看了一眼，眼皮跳了跳。

陆淮与显然已经来了有一段时间了，手边已经用完了两匣子弹。射击靶上的红心位置，却只有一个弹孔痕迹。

陆淮与自从来云州休养，几乎没来过这地方了。

程西钺走过去，上下打量他一圈：“这么大火气？”

陆淮与没说话。

程西钺“啧”了一声：“总不会还在为晚上的事烦吧？”

宁璃妹妹不是把人劝好了吗，这又是哪儿来的火？

“宁璃妹妹那一下，可是直接断了戴立那小子的小拇指。嘿，真是看不出来，宁璃妹妹看着安安静静的，动起手来可是半点不含糊。”

程西钺拿过一把枪。他觉得自己应该对宁璃妹妹改观了。

他说着，瞄准靶心，扣动扳机。

“砰！”略微偏离红心。

陆淮与往这边看了一眼。

程西钺咳嗽一声：“看什么？谁突然半夜被拉起来，也得醒醒脑子吧？”

陆淮与偏了偏方向，一枪打向程西钺的靶子。

“砰！”正中红心！

程西钺：“……”

这人喊他过来，就是为了羞辱他的吧？！

程西钺本想奋起反抗，但想起陆淮与承诺的那一个点，又生生把到了嘴边的话咽了回去。

这年头，生活不易。

陆淮与又将剩下的子弹全部打出，才终于觉得体内那股火稍微消散了些。

“戴立以前接触过宁璃？”

他忽然开口，有些漫不经心。

程西钺奇怪：“应该没吧，宁璃妹妹不是才来云州吗？”

按理说，两人没什么机会有交集的。

陆淮与眸子微眯。不认识的话，小姑娘那股子警惕劲，又是从何而来？

他脑海中又忽然浮现那双清澈望过来的桃花眼，是毫不掩饰的全然信任。

陆淮与薄唇微挑。她信得过他，他可信不过他自己。

“查查戴立。”

宁璃这个周末过得不是很安生。

从程家回来后，叶明和苏媛旁敲侧击，想要打听她和陆淮与的关系，但都被她挡了过去。

第二天一早，宁璃醒来，摸着手机，想起昨天陆淮与的状态好像不太对，犹豫要不要给他发条消息。

苏媛在外面敲门。

宁璃起身，刚一开门，就看到苏媛打扮精致地站在外面。

她言简意赅："收拾一下，去医院。戴家和我们一向交情不错，现在闹得这么僵，总不合适。你跟我去跟戴家人道个歉。"

宁璃神色淡淡地看着她："做错事的，好像不是我吧，我凭什么道歉？"

苏媛拧眉："不是你？他就是想跟你交个朋友，你反应那么大做什么？"

本来不是个事的，结果现在闹得整个云州都知道了！戴家丢脸至极，不敢得罪陆淮与，最后还是怪到他们叶家人头上。

宁璃忽然笑了一下，嘴角挑起一抹极淡的弧度。

"想让我道歉也行，那我喊上陆二少一起吧！既然戴家不满，那我们都去表示一下。"

苏媛的脸色一变。

陆淮与昨天没把人打个半死已经算是手下留情了，现在让他去道歉，这不是没事找事吗？

"你怎么说话的，你跟他能一样吗？！"

宁璃看着她，忽然问道："如果是叶瓷呢？"

"什么？"

"如果昨天晚上被骚扰的是叶瓷，你也会让她去道歉吗？"

苏媛脸色有些发青："你到底想说什么？"

如果是叶瓷，根本就不会闹出这么多麻烦事来！

"我说，没有下次。"

不等苏媛神色缓和，宁璃便继续道："下次再发生这种情况，我可不敢保证他只是折一根手指。"

她的声音很轻很淡，淡漠得像是没有温度，却又带着股难以形容的暴戾冷冽。

苏媛忽然心中一震，心底莫名生出几分慌张。

"你！"

宁璃说完，干脆转身关门。

苏媛抬手，想把人再喊出来。

"妈妈。"叶瓷从后面走了过来，看了紧闭的房门一眼。

"宁璃姐可能心情不好，不如我跟您一起去吧！"

苏媛心气不平："这是她惹的麻烦，你去算怎么回事？"

叶瓷抱住她的胳膊撒娇。

"反正都是一家人，而且我和戴立也算认识，我去跟他解释，他应该会理解的。"

苏媛拍了拍她的手：“你就是太懂事了。宁璃这性子，也不知道是怎么养成这样的。”

叶瓷笑了一下：“来日方长啊！您别担心了。”

宁璃最后还是没把那消息发出去。

顾听澜现在在云州，应该没什么问题。不过想起陆淮与的交代，她还是老老实实地把那些卷子都写了。

周一。

程家那边的事闹得虽然不小，但知道的还是少数，故而学校这边一切如常。

第一节是英语。授课老师孔柔是国外留学回来的，思想开放，教学方式也多样。

她每个星期都会专门选一段英文戏剧，让班里四个人为一组，共同完成这部分的演绎，在下周的课上进行表演。

时间不长，基本都在五到八分钟，目的也是锻炼学生口语，同时促进学生小组协作沟通能力。

这在沉闷的高三，也算难得的娱乐，所以大多数学生对此也颇为欢迎。

这一节下课，孔柔拿着名单，选下一组。

一个名字吸引了她的注意。

“宁璃。”她抬眸朝着教室一角看去，“你来当下星期的组长，如何？”

教室一静。众人都朝着那边看去。

宁璃的英语书摊在桌上，掀开了第一页。

程湘湘笑了一声：“老师，这只怕不合适吧？我听说临城那边，都是初中才正式学英语的。”

宁璃要是念不出台词，岂不是让人笑话？

宁璃抬眸：“老师，我的英语确实不太好，要不您还是换个人吧！”

她觉得有点浪费时间。

孔柔却觉得这不是问题。越是这样，才越是要努力啊！

而且宁璃刚转学过来，她看宁璃平时都是独来独往的，这也是个能和同学促进交流的机会。

“没关系，谁也不是一开始什么都会的，总得勇于尝试对不对？这样吧，找几个英语好的和你一起？”

孔柔说着，在教室里扫了一圈。

很多人都垂下眼睛，尽量让自己变成透明人。

这其实是小事，但宁璃的英语那么差劲，要是和她一起，肯定会比较费力。

高三时间珍贵，谁也不愿意在这上面浪费。

孔柔目光一定："裴颂？"

裴颂高一就曾拿过全国高中生英语演讲比赛的一等奖，又是班长，是最合适的人选。

"你和任谦带带宁璃。"

教室里安静了一瞬，但转念一想，也觉得好像没有比他更合适的人了。

既然他去了，那身为同桌的任谦当然也是一起的。

裴颂神色淡淡地点了点头。

任谦笑道："孔老师，您放心，保证完成任务！"

"还有一个……"孔柔的视线从叶瓷身上滑过，最终看向了前排一个身材娇小，看起来文文静静的短发女生，"何晓晨，你和他们一起，没问题吧？"

何晓晨的成绩常年年级前十，尤其是英语，几乎从没有下过前三。

这真是给宁璃配了王牌战队。

何晓晨轻咳一声，认真道："好的，老师。"

孔柔觉得这个安排很好。她听说宁璃"理、化、生"的成绩非常不错，但临城的英语教育有些落后，就怕宁璃被英语拖了后腿。

她绝对得把宁璃的英语成绩提上来！

"那就这么定了，下课。"

宁璃从孔柔那儿把几份准备好的剧本拿过来，依次递给了其他三人。

林周扬苦大仇深地挠头："怎么当初我就没有这么多'大佬'帮忙？"

上星期他上去差点没丢死人！

程湘湘瞥了宁璃一眼，意有所指地道："你要是也从初中才学英语，说不定孔老师也会这么'照顾'你咯！"

任谦笑眯眯道："宁璃数学和物理都挺好的，聪明人学什么都挺快。"

程湘湘将头发撩到耳后，笑了一声："那可不一定。林周扬的数学不也挺好的？上次他英语考的分，只有数学成绩的一半吧？"

躺着中枪的林周扬："……"

说事就说事，干什么提过去这丢人成绩？

任谦耸了耸肩："你们这是信不过我和裴哥啊？再说，还有何晓晨呢！"

他也就算了，裴颂与何晓晨都是绝对的"王炸"。他们一起，难道还帮不了一个宁璃？

听到召唤的何晓晨走了过来。

"宁璃，我们利用午休的时间，把剧本过一遍吧？"

宁璃有点诧异：“这么着急？”

何晓晨也很惊讶：“你一点都不紧张吗？”

这剧本虽然短，但节选的是英文原著，比较晦涩难懂，要处理起来，是比较花费时间和精力的。

她看着宁璃眨了眨眼，忽然意识到了什么。

啊，宁璃是不是有畏难情绪？也是，她以前应该也没太接触过这种，难免会这样。

何晓晨握了握拳，宽慰道：“放心，我们一点点来，肯定能顺利完成的！”

宁璃：“好。”

午休。

宁璃几人来到了校园里的读书角。这个时间，校园里几乎无人走动。

几人围坐，手里都拿着剧本。任谦负责旁白，宁璃被分配了一个台词最少的角色。

何晓晨坐在宁璃身边，把自己的那份递了过来。

“宁璃，你的台词虽然少，但是有一些超纲的词汇，我已经把它们的音标都加上了，你用我这份吧？”

宁璃本想说不用，但看何晓晨的眼睛晶亮，一脸认真，还是换了剧本。

她笑了笑：“谢谢！太麻烦你了。”

何晓晨看着宁璃嘴角微微弯起的模样，忍不住一怔。

她觉得，宁璃好像也没有传说中那么难相处。而且，更关键的是，她长得好好看啊！

近距离的美色冲击让何晓晨心神荡漾，她又往旁边瞟了一眼。

裴颂微低着头，眼帘微垂，疏离清俊。

她捂了一下胸口：“不用谢、不用谢！”

原来和校花、校草近距离接触是这种感觉！好幸福，嘤嘤嘤！

宁璃看她一眼，觉得她好像莫名有点……激动？

何晓晨立刻收敛，咳嗽一声，又恢复了认真严谨的模样：“那我们开始吧！”

正是中午，阳光正好。校园里十分安静，这一角便只有他们几人的声音。

任谦的英语虽然不如裴颂与何晓晨，但也算很出色。

他顺利地念完旁白，之后便是裴颂。少年的声音清冷干净，初秋的燥热仿佛都消去了几分。

之后接上的是宁璃。她翻页，准备念自己的第一句台词。

然而当她看清那上面标注的笔记之后，忽然顿了顿。

这剧本是左右中英文对照的，而在左边的英文原文处，上下各自标注了一行字迹。

上面是音标，下面是……拼音。笔迹工整漂亮，显然出自何晓晨之手。

看宁璃没能跟上，几人都看了过来。

何晓晨一脸茫然：“宁璃？”

还是念不出来？但是她专门做了两种标注啊！

就算宁璃英语基础不好，看不太懂音标，拼音总没问题的啊！

宁璃抬头，目光复杂地看了她一眼：“费心了。”

何晓晨看她这神色，以为她还是紧张，耐心地安慰：“没事的，宁璃，你只管读就行！有什么问题，我们早发现早解决啊！”

说着，她觉得这还不够，又添了一句：“学如逆水行舟，但是只要努力，肯定能行的！”

宁璃正要说话，一旁的裴颂忽然开了口，将她的那句台词念了一遍，是流畅悦耳的英式发音。

念完，他看向宁璃。

何晓晨轻轻地推了宁璃的胳膊一下：“来，宁璃，你跟着念啊！”

她说着，又想起了什么般，眼睛一亮：“对了，要不让校……裴颂帮你念一遍，你录下来，回去跟着多练练？”

宁璃摇头婉拒：“不用那么麻烦。”

“不麻烦呀！”何晓晨兴致勃勃道，“反正你的台词加起来也不超过十句。裴颂，你觉得呢？”

这对他而言，的确只是一件小事。

他的下颌轻点。

何晓晨还想说点什么，宁璃忽然开口，念了那句台词。少女的嗓音清澈干净，发音清晰悦耳。

小亭里登时安静了一瞬，几人齐齐地看向宁璃。

任谦“嘶”了一声，率先打破沉默：“这也太像了吧？”

他说着，往裴颂那边看了一眼。

裴颂小时候曾经在国外生活过两年，所以口音是极标准的英式。很多人想学，却很难。

但宁璃刚才那一句，腔调发音，几乎与裴颂完全一样！要不说新同学的学习能力强呢，聪明人真是不一样啊！

何晓晨也愣了下，而后眼睛里就爆发一阵明亮的光芒：“宁璃，你念得好好啊！”

看看，她就说只要肯努力，一定能行的吧！

“口语本来就是这样的，只要敢开口，就没什么问题的。”

本来还觉得这次要费上一番功夫，没想到宁璃给了她一个大大的惊喜。

她一下来了精神："后面的都让裴颂先帮你念一遍，你照着读就好啦！"说完，她就催着任谦继续。

很快，到了宁璃的第二句台词。裴颂的视线在她身上停留片刻，先念了一遍。

宁璃跟在他后面重复，发音流畅干净，的确是极其相似的口音，像是沿着他的音调，一点点倾覆。

其实是有着微妙的不同的，在裴颂听来，宁璃似乎并不是纯粹地模仿他。

虽然都是英式发音，却也因为地域不同而有着细微的差距。

宁璃的口音，他听着，倒更偏向……

"我算服了。我跟裴哥这么久，都没能学成，宁璃只听了一遍就学会了？！"

任谦叹气。人跟人之间的差距，怎么就这么大？

他们大约花了半个小时将剧本捋了两遍，第二遍的时候，宁璃已经不需要任何辅助，就能流畅顺利地把台词念完。

宁璃看了一眼时间："今天就先到这儿吧！周三中午我们再对一遍。"

接下来的就是背台词，以及简单的排练。反正距离下周一还有很长时间，不用着急。

"啊……这就结束了？"

何晓晨一听这话，登时心生失落。

时间怎么过得这么快！而且这样的话，她岂不是要到周三才能再近距离欣赏这等绝色？

"怎么了，有什么问题吗？"宁璃问道。

何晓晨强忍悲伤地摇了摇头，又忽然想起了什么："对了，宁璃，你最近在忙物理竞赛是吧？我有一些不懂的，能不能去问你？"

宁璃点头："能。"

何晓晨猛地起身——她这天要干翻物理！

高三（1）班的学生们发现，何晓晨最近和宁璃似乎走得很近。

不但中午的时候和宁璃出去对剧本，课间或者自习的时候，也时不时往她那边跑，一待就是好一会儿。

周五中午，宁璃几人在读书角进行最后的排练。

叶瓷几人正从不远处经过。

"那不是宁璃他们吗？"

孙慧慧瞟了一眼，当看到那道颀长挺拔的身影，眼中涌出几分嫉妒："班长也真是够负责的。可惜不知道宁璃能学到多少。"

宁璃的英语那么差劲，根本就是烂泥扶不上墙，老师居然还派了这几个成绩最好的帮她。

这不是纯粹耽误其他人吗？

尤其是裴颂。

叶瓷看了她一眼，温声道：“宁璃姐以前条件不好，这也不能怪她。”

程湘湘揶揄：“怎么，嫉妒她能和裴颂一起？”

孙慧慧被说中心事，有些羞恼：“哪儿啊！我就是觉得这样不好。不说班长，就何晓晨，这星期在宁璃身上浪费了多少时间和精力？她也真是不嫌烦……”

“可不是，我昨天看到宁璃的剧本上还专门标注了拼音呢！”程湘湘笑得欢畅，“这么用心，周一，她肯定能表现得很好了。”

周五晚自习。

（1）班教室一片安静。

林周扬拿着一张英语卷子去找何晓晨：“大佬，这个阅读理解给我讲讲呗？”

何晓晨正抱着一本物理资料疯狂计算，听到这话，匆匆道：“等我算完这个。”

林周扬一脚踩着桌脚，吊儿郎当道：“哎，大佬，您最近是吃错药了？以前你不是最烦物理？”

何晓晨推了推眼镜：“你懂什么？！”

“我怎么不懂？你就是想找借口去找宁璃呗。”林周扬早已看透一切般，压低了声音，“其实大家都知道，你每次抱着物理书去，其实是在帮宁璃学英语呢！”

何晓晨终于抬头，表情一言难尽。

“你们……疯了？”

林周扬嘿嘿一笑：“何必呢？就是一个小节目，丢人就丢人嘛！我当初不也……咯咯。反正大家都觉得你这么做，没必要啊！”

何晓晨犹豫了好一会儿，才斟酌着开口：“我没怎么教她英语，我真的是去学物理的。”

“物理好的也不是只有她。”林周扬摆明了不信。

何晓晨叹了口气：“既然你们都发现了……那我摊牌了，我是‘颜狗’。”

林周扬：“……”

“我贪图宁璃的美色。”

林周扬神色惊恐地退后一步：“何晓晨，你有毛病啊？要这样，你怎么不去找叶瓷！”

何晓晨一言难尽地看他一眼：“我们‘颜狗’也是有标准的好吗？”

叶瓷？

“我又不瞎。”

林周扬：“……”

一周时间平缓滑过。这星期陆淮与似乎有事情在忙，并未和宁璃有过多联系，只偶尔问一问她学习的情况。

宁璃一一作答，关于其他的，也没多说。

又是周一。

第一节英语上课前，孙慧慧带着几杯奶茶走进教室，后面林周扬火急火燎地冲进来，一不小心就撞到了她的胳膊。

几杯奶茶正巧倒在了讲桌上。

那上面是宁璃刚刚放上去的，准备英语课用的那几份剧本。薄薄的纸张迅速被浸湿，上面的字迹也变得模糊不清。

任谦皱起眉，一脚踹了过去：“林狗，你没长眼睛吗？！”

林周扬一脸憋屈：“我……我不是故意的……”

孔柔正好走进来，看到这情况，一愣：“没事，宁璃，你再去办公室打印几份过来就行。”

宁璃看了讲桌一眼：“谢谢老师！不过不用了，耽误您上课。”

“不耽误，也就……”

程湘湘扬声道：“孔老师，打印当然费不了多少时间，但是标注拼音可费劲呢！”

孔柔皱眉：“就算你们都把台词背下来了，可大量的旁白还是……”

宁璃神色平静：“旁白，我来。”

教室里静了一静。

孔柔微微睁大了眼睛：“旁白你来，确定吗？”

要知道，那份小剧本的旁白词量，比剩下三个人的台词加起来都多，也因此，唯独念旁白的那个可以被允许看剧本。

可现在那几份剧本都不能用了啊，宁璃还怎么承担旁白的角色？

任谦也惊了：“宁璃，你把旁白也背下来了？”

宁璃点点头，道：“那个剧本内容不算多，我就顺便都背了。”

任谦的眼角狠狠地跳了一下。顺……顺便都背了？！

——那可相当于几篇大作文的词量了啊！你就这么说背就背？！而且那是从原著选取的片段，很多词汇生涩难懂，他念的时候都费了不少力气。

宁璃是怎么背下来的？！

教室陷入片刻的死寂，倒是孔柔非常惊喜地道：“真的？”

那她选宁璃当这个小组长，可真是太正确了啊！看，多负责！

宁璃颔首。她看书几乎过目不忘，这星期被何晓晨拉着练了好几遍，想忘都难。

“那行，你们几个准备一下，等会儿直接开始吧。”

程湘湘一把将英语书不轻不重地摔在了桌子上，冷冷一笑：“真是说谎都不打草稿，也不怕等会儿一个词都念不出来，丢人现眼！”

之前她看得清清楚楚，宁璃的那份剧本上的几句台词，全部用拼音标注好了的。

一个连怎么读都不会的人，还能把整个剧本都背下来？

孙慧慧余光往裴颂那边瞥了好几次，飞速地把讲桌收拾干净，这才红着脸走过去。

“班长，对不起……”

裴颂的神情一如既往冷淡，似乎并不把这件事放在心上。

“不要紧。”

孙慧慧看他似乎没有生气，这才稍微放松了些。

然而没等她继续说什么，裴颂忽然看了她一眼。

少年的眼眸清澈锐利：“下次还是换回封口的奶茶吧！”

孙慧慧的脸色一白。

几人很快就位。任谦站在了孔柔旁边，盯着电脑。

上面有电子版的剧本，以防万一，孔柔特意让他在这儿守着，一旦宁璃出现卡顿，他能在旁边提醒一下。

何晓晨本来有些紧张，看了看旁边的裴颂，又放下心来。

没事、没事，这还有顶级大佬坐镇。要是宁璃不行，裴颂还能救场！

她正想着，清淡悦耳的女声响起。

宁璃的声色清越干净，冗长晦涩的旁白，此时听来也格外流畅自如。

众人愣住。

林周扬忍不住回头看了程湘湘一眼，压低了声音，一脸震惊：“宁璃这拼音学得太好了吧？我也标拼音啊，读起来怎么就不是这个味？”

程湘湘咬着牙没说话。

叶瓷脸上的表情也淡了许多。

是个人都听得出来，宁璃这是真的会！

可临城那边的英语教学不是一直很落后的吗？宁璃这一口流利的口语又是从哪儿学的？

开篇大段的旁白，宁璃从头到尾，竟是没有半点卡顿。

裴颂接上台词。等他的那部分完成，宁璃继续接上。

简短的旁白之后，她略微压了压嗓子，声音就变得轻柔绵长。

大家立刻反应过来，这是她原本角色的台词。

她一人分担两角，居然没有半点混乱，而且特意用了不同的声音腔调方便大家区分。

所有人惊在当场。宁璃这表现，的确是把整个剧本背下来了！

任谦往电脑前凑了凑，一边听，一边对电子版的剧本进行逐行对照。他越听越震惊，中间忍不住抬头看了宁璃好几次。

七分钟的时间很快过去，宁璃缓声念出最后一句旁白。

偌大的教室内，鸦雀无声。

任谦直起身，自闭地搓了一把脸。居然……一个词不差！

孔柔看着宁璃的眼睛似是能放光，赞叹至极地鼓起掌来。

亏得她之前还为宁璃担心了好久，到底是哪个造谣说宁璃英语不好的？！

“宁璃，你以前参加过英语演讲比赛吗？”

一般的学生没有这个水准，通常只有经过特训的那些才能勉强达到这个水平。

宁璃摇头：“没有。”

“那你的口语是怎么练的？”孔柔很好奇。

显然，宁璃的记忆力极强，但并不是每一个记性好的学生，都能如此出色地完成这个小剧本的。

宁璃的表现，实在是大大出乎她的预料。

宁璃眉梢微挑，嘴角弯起一抹极淡的弧度，似笑非笑：“也没什么，就是拼音标得好。”

众人安静一瞬，而后骤然爆发出哄笑声。

“哈哈哈！”

“绝了、绝了，原来拼音这么好用啊？！宁璃，改天也教教我们呗？”

“带我一个！我也想轻轻松松背下一整本剧本！”

许多人看热闹般望向程湘湘。

上课之前，她还嘲笑宁璃念英语纯靠标拼音，结果现在啪啪打脸。

几句台词能靠拼音念出来，可这大段大段的旁白呢？之前她那话有多讥讽，现在就有多可笑。

程湘湘的脸一下子就红了，像是被隔空扇了两个耳光，脸上火辣辣地疼。

她想为自己分辩两句，奈何宁璃刚才的表现，大家都看得清清楚楚，实在是无从反驳。

孔柔也忍不住笑了一声，看向教室内的众人：“看到了吧？以后宁璃这一组的表现，就作为范例，大家都学着点。我也不要求你们都和宁璃一样，但该自己的那份，都得用心做好，知道吗？”

众人听见前一句，哀鸿遍野，听到后面才算松了口气。

宁璃那操作，是人干的事？

算了、算了。惹不起、惹不起！

英语课照常进行。

任谦回了自己的座位，叹气道：“裴哥，我表演了个寂寞。”

裴颂没说话。

“早知道我们新同学这么厉害，还叫我干什么？”

任谦已经很久没有这种毫无存在感的感受了，忍不住回头看了宁璃一眼。

她坐在自己的位子上，微微垂着头，阳光从窗外洒落，越发显得神色宁静冷淡。

好像这些，对她而言，都不算什么。

“不过……她那口音，真是和裴哥你十足十地像啊！不知道的，还以为是裴哥你一句句教的。”

第七章

你送的，我都要

裴颂扔过来一本书。

“有这个空不如多背背单词，下次就不用站在旁边听别人背剧本了。”

任谦挑眉笑了一声：“背就背，这有什么？关键，肯定不止我一个人这么想啊！”

裴颂正在书上做标记，听到这话，动作一顿。

“小瓷，宁璃到底怎么回事？不是说临城那边的学生，英语口语普遍很差劲的吗？”

刚一下课，程湘湘憋了一整节课的火气就爆发了。

她要早知道，又怎么会当众说出那些嘲讽的话。现在可好，每一个字都像是耳光，狠狠落在了她自己的脸上。

叶瓷的眉头飞快地皱了一下：“我也不知道，之前宁璃姐也没提过。”

“她肯定是故意的！”

程湘湘恼怒至极，忍不住扭头朝着教室的那个角落看去。

座位上空空如也。下一节是数学，宁璃已经走了。

她虽然不在这儿，教室里却依然有不少人正在兴致勃勃地讨论这件事。

程湘湘听到自己的名字被提及了好几次，不用想也知道，那些人是如何取笑她的。

叶瓷沉默了一会儿，忽然轻声道：“不过话说回来，宁璃姐的口音，听着倒是和班长有点像。”

她这么一说，程湘湘登时回过神来。

“好像还真是！”

她往裴颂那边看了几眼，满心怀疑：“上星期班长可是一直陪着排练的。不过……按裴颂的性格，应该没那个耐心吧？估计是宁璃故意偷偷学的。”

说到这里，她撇撇嘴。

“裴颂是从小在国外生活过，才养成这个口音，她是个什么出身？装腔作势！”

叶瓷没说话，默默整理桌上的笔记，起身往外走去。

程湘湘看着她怀里抱着的资料，问道：“小瓷，你真要去‘物竞班’啊？”

叶瓷点了点头：“之前老师问过我几次，我都拒绝了，但其实物理竞赛挺有意思的，现在总算有时间了，我就想去试试。”

高二分班的时候，她的物理成绩考了满分，所以“物竞班”曾经邀请过她。

可那时候她一心筹算着“华清杯”，就婉拒了。

“也不知道周翡老师会不会同意。”她似是有些担心地说道。

程湘湘立刻道：“这肯定没问题啊！不过，就有一点，你要真去了，肯定又要和宁璃打交道。”

叶瓷笑了笑："周翡老师那么喜欢她，说明她物理肯定很好。能一起学也挺好的。"

物理组办公室。

周翡照例斜躺在椅子上抱着手机玩游戏，宁璃就坐在他对面写题。

他时不时抬眼往她那边看，表情神神秘秘的。

宁璃算完一道电磁场，终于抬头："周老师，有什么问题吗？"

从她坐在这儿，周翡就一直在往这边瞄。以前从不如此，这天也不知道是怎么了。

周翡摆手："没事、没事，你做你的。"

宁璃静静地看了他一眼，刚低头准备继续，他就忍不住了。

他把手机按灭，往前凑了凑，斟酌着问道："这个……其实也没什么，就是有个事想问问你……"

宁璃点头："您问。"

周翡咳嗽一声："你……你和陆二……陆淮与认识？我听说上星期，你们一起去的程家？"

宁璃反问："周老师，您是用的2G网吗？"

这都过去一星期了，他才来问？

周翡的眼角一抽。这也不能怪他啊！

他平常不怎么关注这些事，当然不清楚。要不是那天偶然听人提了一句，他恐怕还蒙在鼓里呢！

不过，宁璃这话，显然是肯定的回答了。

"哎，你跟我说说，你们是怎么认识的？"周翡一下来了兴趣。

能让陆淮与如此特殊对待的，这可是头一位。

怎么认识的其实不重要，她知道周翡想问什么。

宁璃斟酌着开口。

"我们……"

"周老师。"叶瓷的声音从外面传来。

周翡回头，见是叶瓷，有些纳闷。

"叶瓷，你怎么来了？"

叶瓷走进来，看到宁璃正在对面做题，抿了抿唇。

这样的特殊照顾，也就宁璃有了。

"周老师，我是有件事想跟您商量。"叶瓷收敛心思，有些忐忑地开口，"我想……加入'物竞班'，不知道现在来不来得及？"

周翡诧异："现在？那是有点晚了。"

大部分学生为了参加物理竞赛，都是提前很久开始准备的。叶瓷以前好像也没相关经历，现在突然说要来，在周翡看来，并不值得。

宁璃垂眸看着题目，眉梢微挑。

果然和记忆里一样，在“华清杯”结束后，叶瓷又来“物竞班”了。

不同的是，那时候叶瓷已经拿到西京大学的保送名额，报这个班纯粹是为了和宁璃争个高下，再找机会将宁璃的一切机会摧毁。

而现在……更大的可能，是因为叶瓷清楚，纯靠高考，她想上西京大学有些困难。

叶瓷没想到周翡拒绝得这么干脆，一时愣住。

周翡继续道：“何况，以你的物理成绩……”

“周老师，”宁璃忽然开口，“叶瓷的物理一直不错，如果专攻‘物竞’，应该也是很有希望拿奖的。”

周翡诧异地看了宁璃一眼。

他是高三才教叶瓷他们的，时间虽然不长，却已经足够让他摸透这些学生的水准。

叶瓷的理综分数是不低，但搞竞赛的话，优势不是很明显。难道叶瓷和宁璃一样，之前并未完全展现真正水平？

叶瓷也没想到宁璃竟会帮自己说话，眼皮跳了一下。

“既然这样……”周翡坐直了些，“叶瓷，我最后问你一遍，你确定要加入‘物竞班’？”

叶瓷哪里看不出周翡的态度转变正是因为宁璃的那一句话。

她心里十分不舒服，但还是点了点头：“周老师，我想好了。”

“竞赛会非常消耗时间和精力，你想好就行。以后要是有什么不懂的，可以问问宁璃。”周翡道。

叶瓷胸口憋闷：“我知道了。谢谢周老师！”

周翡又拿起手机。

宁璃低头写题。

叶瓷自觉无趣，本来还想顺便问问题，看到这氛围，也是待不下去了，很快告辞。

等她离开，周翡又看向宁璃。

“哎，刚才说到哪儿了？”

忽然，他神色一变：“等等！之前你做的那什么《高中物理精选一千题》，是陆淮与给的？！”

宁璃有些诧异：“周老师怎么知道？”

周翡磨了磨牙，掏手机开始打电话。

他倒是要问问，他是哪里得罪了陆淮与，陆淮与要这么浪费他学生的时间！

电话被拒。

周翡咬牙："宁璃，给陆淮与打电话！"

宁璃迟疑了一瞬，拿出手机拨号。

电话被接通。

"阿璃？"低沉散漫的男人声音从话筒中传来。

周翡一把将手机夺过来，一声冷笑："陆二，你喊谁呢！"

陆淮与看了一眼手机，眉梢微挑。

"她在你办公室？"

周翡冷笑："不然呢？真行啊你，陆二，我的电话你直接拒接，换宁璃的你就接得这么快？"

区别对待也没这么搞的吧！

陆淮与声音慵懒："我的手机对无关人员过敏。"

周翡："……"

他忍了忍，心中疯狂默念三遍"这是宁璃的手机"，才好不容易压下心里的火气。

跟陆淮与从来没有道理可讲。

他换了只手："说正事。宁璃那堆破烂资料，是你买的？"

陆淮与静默片刻。

周翡火力全开："我说你怎么回事？宁璃那成绩，还用得着那种东西？你是专程来浪费她的时间和精力的？

"你知不知道，宁璃可是要参加全国物理竞赛的。我还指望她给我捧个奖回来呢，有你这么拖后腿的？"

他拉过一把椅子，吊儿郎当地躺上，得意扬扬。

难得凑到个机会挤对陆淮与，他怎么能错过？

"陆二，给小孩买资料，起码得先知道她的成绩吧？我看你和宁璃也没那么熟啊，乱买什么？"

最后这句话，周翡的语气"大爷"至极。

宁璃莫名觉得有点危险。

陆淮与好心给她挑书，最后却被周翡这样莫名骂了一顿，实在是冤枉。她以前的成绩的确只是中游，选那些本来也没错。

她本来想找个机会和陆淮与说明的，又觉得刻意，一直没找到机会，就没说了。

谁知道——

"周老师，其实……"

听到电话那头传来的少女声音，陆淮与忽然笑了笑，慢声道："那些，不都是你选的吗？"

周翡脸上得意的表情瞬间僵住。

宁璃听见这话，也下意识地看向了周翡。

原来那些东西，是陆淮与问了周翡的意见买的？难怪，她就说陆淮与怎么会对高中物理这么熟……

想到之前周翡那句“破烂资料”，宁璃觉得还是应该挽救一下。

“周老师，那些资料我觉得都很好的。”

周翡：“……”

——别说话，让我静静！

他忍不住抬高了声音：“陆淮与，你搞清楚！要是当初你早说是给宁璃挑资料，我能让你选那些？！”

陆淮与挑眉：“我和她的事，跟你说那么多干什么？”

周翡：“……”

这电话打不下去了！

陆淮与扯了扯领口：“把手机给她，我有话问她。”

宁璃咳嗽一声，把手机接过来。

“二哥。”

男人清冷散漫的声音落入她的耳中：“你去了‘物竞班’？”

周翡的话其实已经非常明了，他无须多问，就已经大概猜到是怎么回事。

能被周翡如此看重，足以说明宁璃在物理上的天赋。而之前的成绩……显然都是小姑娘的小把戏。

宁璃应了一声：“嗯。”

陆淮与没说话。

行，这是承认她把他也骗了。

电话里一片静默。宁璃的手指蜷了蜷。

不知怎么，她觉得陆淮与好像生气了。哪怕他不在眼前，哪怕他没说话。

周翡听到这儿，刚刚被打击得七零八落的小心脏，又满血复活。

他哼笑一声。这位爷难得对谁这么上心，就这么一次，还搞了这么一出。

啧，往日总那么嚣张放肆，殊不知，出来混，总是要还的！

宁璃眨了眨眼，道：“二哥，那些我都写了的。”

“嗯？”陆淮与的声音略微带着点鼻音，低沉悦耳，又有几分漫不经心，“既然用不着，还写来做什么？”

那些书他翻过，以宁璃能参加“物竞班”的水准来比，着实是不够看的。

周翡说的那句浪费时间和精力，的确不错。

宁璃道：“但是，是你送的啊！”

她的声音清润干净，就那样直直地撞在陆淮与的耳膜上。

陆淮与胸口盘踞的那团躁郁气息忽而消散。沉默良久，他笑了一声：“我送的，你就要？”

宁璃“嗯”了一声。

她太清楚陆淮与的时间与心思多么珍贵，所以哪怕那些东西她不太用得着，也依然觉得……很好。

还有一件事，她没说。

这其实是第一次有人给她送这种东西。以前上学的时候，其他同学上各种辅导班，买各种教辅资料。

那时候家里穷，奶奶对这些不是很懂，加上宁璃也觉得那些没什么用，就几乎没在这上面上过心。

一开始奶奶还拿钱给她，让她自己去选，后来看她的书总是崭新的，却也能考个及格的分数回来，也就没再多劝了。

直到收到陆淮与选的这些，她才发觉，这是不一样的。

陆淮与的声音里带了笑：“那些不用写了，有这个时间，不如多补觉。”

宁璃觉得陆淮与对高三有什么误解。

“我睡眠挺足的。”

“那就行。”陆淮与忽然想到了什么，又道，“上次去接你，你和那几个同学，都是刚下‘物竞班’的课？”

宁璃想了想，回道：“不是，任谦是搞数学竞赛的。”

哦，那看来另一个的确是“物竞班”的。

“你们的课，都是周翡带着上的？”

“也不是，有时候就是自己做题。”

周翡能给指导，但竞赛这东西，真的是讲究个人天赋的。

陆淮与的眸子眯了眯：“他是自己跑去玩游戏了吧！”

宁璃：“……”

真要这么说，其实也没错……

“行，我知道了。”

陆淮与没再多说什么，看了一眼时间，又叮嘱了两句，就挂了电话。

周翡本来还想多问两句，下课铃突然响起。他只能挥挥手，让宁璃先回去。

宁璃走出去的时候，才忽然想到一件事——这么说来，那天晚上，陆淮与的确是专门去给她送资料的？

晚上七点半。

“物竞班”教室，安静得只有做题翻书的声音。

周翡坐在讲桌旁，正抱着手机。

突然，陆淮与发了消息过来。

“上号，来一局。”

周翡的眼睛一亮：“等着！今天我不可能输！”

五分钟后。

周翡盯着惨死的自己，眼角直跳。

陆淮与问：“继续？”

周翡愤而关机。

下方，宁璃盯着卷子，好一会儿没动。

裴颂看了她一眼，把自己的卷子递了过去。

“对一下答案。”

宁璃一愣，还没来得及伸手，讲桌旁的周翡忽然起身，道：“上课！讲题！”

一个男生笑嘻嘻地问道：“周老师，今天不玩游戏了？”

周翡冷笑：“游戏哪儿有上课好玩？卷子拿出来，讲题、讲题！”

宁璃冲着裴颂摇了摇头。

裴颂将自己的卷子收回，神色依旧冷淡。

这小小的互动，正被坐在两排后面的叶瓷看到。她看向旁边坐着的一个男生，轻声问道：“写完卷子，私下可以先对答案吗？”

那男生戴着厚厚镜片的眼镜，一边转笔，一边翻卷子。

他听到叶瓷主动跟自己说话，受宠若惊了一下，小麦色的皮肤有些泛红，带着几分紧张和局促地点头，又摇头。

“这是周老师自己出的卷子，算是用来测试的，一般不让自己对答案。不过，裴哥和宁璃不一样。”

他抬了抬下巴：“周老师特许他们可以不参加平常的小测。”

叶瓷愣了片刻：“为什么？”

“还能为什么？学霸和我们的待遇当然不一样了！”那男生说着，脸上流露出几分羡慕，“你是不知道，他们头三次的课堂小测全部是满分！从那之后，周老师就给了这个特权。”

他扬了扬手里的卷子：“就这样的，人家根本不放在眼里啊！”

叶瓷下意识地低头，看着自己卷子上还空着的三道题，听得五味杂陈。

她的理综成绩虽然算不上顶尖，但在整个高三年级，也是能排在前列的。

可就算这样，这套卷子，她刚才上手做了一遍，都觉得很难。有些题需要大量的计算，有些需要反复串公式。

还有两道题，她甚至都没太读懂。

物理竞赛题涉及的广度和深度，都不是一般的理综卷子能比的。

她答得很吃力，甚至难得产生了深深的挫败感。

可宁璃，这些她都会吗？

“叶瓷，第八题说说你的解法。”周翡点名。

叶瓷低头看了一眼，发现正是自己空着的其中一道。

她的脸登时火辣辣的。

周围人都看了过来。

叶瓷硬着头皮，轻声开口：“周老师，这道题……我还没写到……”

周翡有点诧异。

说是没做到，大概率就是不会写了。可这是道很简单的运动计算题，怎么就写不出来？

叶瓷旁边的男生看她一脸窘迫，连忙道：“周老师，叶瓷是第一天来，估计对这部分内容还不太熟悉呢！”

“物竞班”的进度和一般班级不一样。

周翡挑眉笑了笑。

宁璃也是半路转来的，怎么就没遇到这种问题？说到底，还是水准不一样。

“那换个人，裴颂，你来。”

裴颂站起身，走到讲台写答案。他身形清瘦挺拔，写的字迹也是极漂亮洒脱。

叶瓷盯着一行行看下来，勉强琢磨出一点思路，但还是觉得有点跟不上。

周翡在旁边看了一会儿，又问：“这解法不错，就是有点绕弯了。宁璃，你怎么解的？上来写写。”

他倒是半点不担心宁璃也是用的这个思路。

宁璃点点头，走了过去。她从黑板的最左边开始写，条理清晰，计算流畅。步骤比起裴颂的那一版，的确简化了。

下面坐着的几个学生开始对自己的答案。

“还能套这个？我怎么没想到？”

“步骤是少了，但是计算量变大了啊！这也要不少时间吧……”

“闭嘴吧，没看见人家宁璃的草稿纸是空白的？！她能心算啊，你个智障！”

“说得你会一样。跟学霸比起来，我们都是智障，谁比谁光荣？”

一群人又吵嚷起来。

叶瓷没说话，只缓缓握紧了手中的笔。

宁璃却没停，往旁边走了走，又开始写。

周翡在旁边乐呵呵地看着：“宁璃，这是第三种解法？”

宁璃这一版内容更少，很快就写完了。

她落下最后一笔，回头，目光淡淡地从叶瓷身上扫过。

“嗯，我觉得这种解法更容易理解。”

叶瓷的太阳穴跳了跳。不知道为什么，她总觉得宁璃这句话是在针对她！

裴颂也在看她写的这两种解法，下颌轻点。

确实。她写的这两种，都比他的要简单许多。

周翡回头看向众人："裴颂和宁璃都写得很清楚了，这道题就不用讲了吧？"

底下一片静默。

坐在叶瓷旁边的那个男生颤颤巍巍地举起手，小声地申诉："周老师，这个……没看懂。"

"啊？"周翡诧异地回头审视了一眼，猛然意识到什么，拍了一下额头，"差点忘了，你们还没学洛必达法则呢！"

众人："……"

周翡学习天赋极高，十六岁就上了大学，哪里知道他们的痛苦！

"那就还是看前面两版吧！"

周翡倒是随性得很，顺便把宁璃的解法讲了一遍，又叮嘱了句："宁璃，以后你也注意点，尽量写得通俗易懂点。"

"知道了。"宁璃应了一声。

九点，晚自习结束。

宁璃收拾背包，往教室外走去。叶瓷咬了咬牙，还是快步跟了上来。

"宁璃姐，有几道题我不是很懂，回去你能不能给我讲讲？"

宁璃脚步一顿，看了她一眼："要是觉得难学，现在退出还来得及。"

叶瓷神色一僵。

所有人都知道她报名参加物理竞赛了，要是来了一天就退出，岂不是要丢光脸面？

她勉强笑了笑："我觉得还行，就是猛地一来，还没适应节奏。要是宁璃姐没时间……那就算了。"

宁璃不置可否："我尽量。"

叶瓷心里憋了一肚子气。这怎么搞得跟她在求着宁璃施舍一般？

她看了一眼手机，目光微闪。

"邹叔叔说第三大街堵车了，可能要晚一会儿到，让我们先去那边街上等他。我们一起过去吧？"

宁璃的嘴角弯了弯："行啊！"

云鼎风华。

陆淮与起身来到落地窗前。外面天色全黑，只余下无数璀璨的霓虹灯闪烁。模糊的画面从他脑海中闪过，还有那道清越干净的少女声音，不断在他耳边回荡。

大约是因为在刚才的梦境里，她的声色添了几分绵软清甜，像带了钩子。

他按了按眉心。

“这小孩……”

不知道有的话不能乱说的吗？

手机忽然振动起来。他看了一眼，接通。

没人说话，只有混乱的嘈杂风声。

他皱了皱眉。一道陌生而浪荡的声音远远传来。

“宁璃，我是真的喜欢你！做我女朋友吧？”

第三大街。

宁璃和叶瓷从学校出来，叶瓷说要去买一本资料，二人就拐了个弯，走了一条比较偏僻的小路。

刚走到这儿，就被人堵了。

几个流里流气的少年站在前方不远处，为首的那个染了一头红毛，盯着宁璃的眼神不怀好意。

早就听说二中新来的转学生很漂亮，他特意在二中下晚自习的时候，在校门外蹲守了几次。

可惜宁璃平常都是直接被叶家的司机接走的，没什么机会靠近。

这天好不容易才等到这个时机。

宁璃的确名不虚传，连叶瓷站在她旁边，都显得清汤寡水了许多。

宁璃淡淡地扫了他一眼。

七中的孟江，是出了名的混混，经常和一些社会青年搅和在一起，女朋友换不停，在七中算是一霸。

她神色冷淡：“没兴趣。”

孟江嬉皮笑脸道：“你这是还不够了解我，其实我优点挺多的，有些你得试了才知道。”

他后面的几个少年哄笑起来。

“就是！孟哥厉害得很，得深入了解才行！”

“宁大校花，你就答应了呗，孟哥可是真的喜欢你！”

“就是！”

叶瓷站在宁璃旁边，警惕地问道：“你们到底想做什么？”

孟江看了她一眼，嗤笑一声：“没你的事，最好安静点，懂？”

叶瓷深吸口气，从兜里掏出手机：“我们家司机就在附近，你们要是敢……”

她还没来得及把电话打出去，孟江几步上前，一把将她的手机夺过去，狠狠摔在了墙上。

手机屏幕顿时四分五裂。

“干什么呢？叶瓷，”孟江神色发冷，“我这就是在追宁璃，你乱打什么电话？”

叶瓷的脸色瞬间白了。

孟江看向宁璃：“宁璃，我可是诚心的，只要你答应跟我在一起，她犯的这点错，我们既往不咎，怎么样？”

宁璃有些不耐烦地抬眼：“我说，没——兴——趣。听不懂人话？”

这话说得难听，孟江脸上挂不住，舌头顶了顶上颚，又忽然笑了。

“兴趣都是可以培养的啊！要不你跟我一起去玩玩，我们培养一下感情？”

宁璃尚未说话，一道冰冷的嗤笑声从拐角传来。

“培养你大爷。”

孟江几人抬头，就看见一个熟悉的身影出现，表情登时一变。

“魏松哲？你说谁呢？！”

魏松哲冷笑：“你爹骂的就是你。”

孟江的眼神在他和宁璃身上转了转，嘲讽一笑。

“哟，这是还想英雄救美？就凭你，怕是不行吧？”

魏松哲自从拿下了“华清杯”的第一，就破天荒开始好好听课了。

孟江料定魏松哲不敢动手。但凡出点问题，他就会被西京大学拒之门外！

魏松哲一把将背包甩在地上，活动了一下肩膀。

“我看你是太长时间没被虐，又皮痒了？”

他说着，来到宁璃身前：“璃姐，你先让让，别脏了手。”

叶瓷的瞳孔一缩。

魏松哲和宁璃……认识？而且听语气，好像还十分熟稔。

宁璃摇摇头：“你不准动手。”

他那西京大学的保送名额可是珍贵得很，没必要因为这种事冒险。

魏松哲皱眉。

宁璃在心里估算了一下时间。她和叶瓷这么长时间没回去，邹华那边却还没任何动静。

不过……也正好。

“你刚才说，想跟我深入交流一下是吧？”宁璃看着孟江，淡声问道。

“怎么，想通了？”孟江走上前来，一只手很不规矩地搭在了宁璃的肩上，还恶狠狠地掐了她一把，“你可别不识抬举……”

宁璃的嘴角极轻地弯了一下："是啊！"

她咬着校服领口，单手拉开拉链，脱下扔给了魏松哲："看着点人。"

魏松哲看了她的手一眼，觉得有点肉疼。

"璃姐，那你悠着点啊！"

孟江觉得情况有些不对。宁璃却忽然上前一步，一把扣住他的手腕。

一阵被钳制的剧痛从手腕传来，孟江登时惊住，宁璃手上的力气怎么这么大？！

他下意识就要挣脱，宁璃的脚步一错，转身就是一个背摔！

孟江只觉天旋地转，整个人直接被重重地摔到了地上！

孟江一瞬间脑子嗡嗡作响，后脑勺迅速肿起一个包，背上还被锋利的石子划出了两道血痕。

那几个人瞬间惊住。

正在这时，一道警笛声忽然传来。

魏松哲回头看了一眼："孟江，你还报警？！"

孟江说不出话，他一个小弟连忙解释："不是我们报的！"

"不是你们还能是……"

魏松哲猛地意识到什么，看向叶瓷。

叶瓷张了张嘴："我……我是担心他们对宁璃姐做什么……"

宁璃松开手起身："那就走一趟。"

派出所。

几人分列两边，一个三十岁左右的民警看了孟江好几眼。

"你说，你头上这伤，是她打的？"

孟江也觉得憋屈丢人，但现在不是计较这些的时候。

他咬着牙："是！她这是故意伤人！我得去医院，肯定脑震荡了！他们几个都能做证人！"

魏松哲骂道："你性骚扰璃姐这笔账，可还没算呢！"

"吵什么？！"民警拍了拍桌子。

"都是学生呢吧？成天就知道打架斗殴！这学是不想上了？！"

几人都不说话了。

他又看向宁璃："尤其是你！"

下手这么狠，像什么样子？

"把你家长叫过来！"

宁璃拧眉。

忽然，一阵脚步声传来。房门被推开，另一个穿着警服的男人走了进来。

那民警当即起身："所长，您怎么来了？"

那男人扫了一圈："哪位是宁璃？"

宁璃道："我是。"

所长打量她一圈，松了口气。

还好、还好，人没事！

他殷切地招了招手："你家里人来接你了，过来吧！"

家里人？

宁璃愣怔一瞬。

叶瓷的眼睛亮了亮："是妈妈来了？"

所长看了她一眼，摆摆手："不是找你的，先等着吧！"

叶瓷怔住。宁璃的家人，不就那一位？

可看这情况，似乎不是苏媛来了。

宁璃往门口走去。

她刚到门口又指了指魏松哲，问道："我朋友能一起走吗？"

魏松哲家里情况复杂，是绝不会给家里打这种电话的。

所长点头："行，一起吧！"

孟江几人骚动起来，也想出去。

那民警皱了皱眉："哎，你们几个，干什么呢？都给我老实点！"

孟江等人再厉害，也不敢在这个地方闹，只能忍了下来。

孟江舔了舔嘴唇，忽然回头看向叶瓷："哎，这怎么回事？你们家人怎么只接宁璃，不管你？"

宁璃一出来，就在大厅看到一道熟悉的、挺拔的颀长身影。

他站在那儿，单手插兜，黑发有些凌乱。听到动静，他抬眸往这边看来。

宁璃直直撞上那双深邃浓稠的眸子。

魏松哲跟在她身后，忍不住小声问道："璃姐，这个就是你家里人吧？之前怎么没听你说过？"

家里人……

宁璃忽然莫名觉得耳朵有点痒。

她低声："不是。"

陆淮与挑了挑眉。

魏松哲一脸蒙："不是？不是这么晚来局子里捞你？"

宁璃："……"

陆淮与向邵所长笑了笑："麻烦邵所长了。家里小孩不懂事，您多多包涵。"

"陆二少太客气了，这有什么麻烦的？而且这件事是那几个小子有错在先，宁璃这属于自我防卫，应该的、应该的。"

他一边说，一边看宁璃。没听说陆家还有这位小姐啊……

宁璃走过去："二哥，你怎么来了？"

陆淮与先打量了她一圈，没回答这个问题，反而问道："受伤了吗？"

宁璃摇头："没有。"

陆淮与颔首："孟江几人猥亵少女未遂，情节严重，性质恶劣，我相信你们一定会依法处置。"

邵所长开口："宁璃并未受到实质伤害，且那里没有监控，证据不足，怕是很难定性。"

陆淮与拿出手机。

"录音，应该能算证据吧？而且，据我所知，孟江那几个人都已经成年，可以追究相关责任了。"

邵所长心里"咯噔"一下。陆淮与这还是有备而来啊！

其实之前孟江就是这里的常客，但因为他一贯狡猾，犯事也很少留下证据，每次就都是批评教育完事。

偏偏这次撞上了陆淮与，只怕是……

他点点头："你放心，这事我们一定会秉公处理。"

他们出派出所的时候，已经十点。

陆淮与在路边站定。

魏松哲还有点没反应过来，回头看了好几眼派出所的大门。

宁璃抬眸，看了前面的陆淮与一眼，不知为何，心中反而生出几分窘迫。她是怎么都想不到，有一天，自己竟然会被陆淮与这样从派出所带出来……

"二哥，今天麻烦你了。"

陆淮与垂眸看她，她莫名觉得有些心虚，稍稍偏了偏视线。

"怎么学会的打架？"陆淮与淡声问道。

他在电话里听到了点动静，那绝不是她第一次动手。

宁璃抿了抿唇。打架对她而言不是什么稀罕事，可陆淮与这么一问，莫名让她有种做错事的感觉……

魏松哲在旁边忍不住插嘴："打架这种事，都是打着打着就会了的嘛！陆二哥，你不用担心的，璃姐很厉害，就孟江那种人，根本不够她看的……"

宁璃看了他一眼："不说话没人把你当哑巴！"

魏松哲惊恐地捂嘴。啊，难道这是不能说的吗？

陆淮与极轻地"哦"了一声："是这样？"

宁璃觉得那落在身上的视线，如火焰般灼热。

她张了张嘴，刚想解释两句，就听陆淮与继续道："那就行。"

宁璃微微睁大了眼睛。

陆淮与看着，忍不住屈指敲了敲她的额头，嘴角微挑。

“能打人，总比被打强，省得听了那些话，脏了耳朵。”

宁璃莫名觉得心里暖了一下，但随即意识到了什么：“二哥，你怎么知道……”

陆淮与看了她一眼：“你打了电话，我自然知道。”

电话？

宁璃摸向自己的校服兜，拿出手机看了一眼，这才发现竟然有一通打给陆淮与的电话。

这应该是她不小心按到的。

陆淮与的眸子微眯，周围的空气忽然冷了几分。他极轻地笑了一声，微微俯身，声调散漫而危险：“这电话，不是你打的？”

宁璃微微仰头，桃花眼清澈干净。

她默默将手机揣回了兜里，非常淡定地道：“是我打的。”

陆淮与似笑非笑地看着她：“哦？”

宁璃莫名觉得周围的空间小了许多。

她眨眨眼：“当时他们就堵在那儿，我担心他们会夺我的手机，就在兜里估摸着打了这个电话。但我也不知道你能不能接到，后面和他们动起手来，就更忘了这事。”

一番解释，合情合理。

看陆淮与不说话，她又补充了一句：“当时叶瓷想打电话，手机就被孟江摔了。魏松哲，你说是不是？”

“啊？”

没想到自己突然被点名，魏松哲愣了一下，撞上宁璃的目光，立刻心领神会，疯狂点头：“啊，对！当时我正好赶到，就看见叶瓷的手机被他们摔坏了。还好璃姐机智！”

陆淮与这才直起身。

那股莫名的压迫感瞬间减轻了不少，宁璃轻咳一声，想起刚才看到那通电话的时间，大约有二十多分钟。

粗略一算，整件事的过程，应该都被陆淮与听了个七七八八。差不多是警察赶到的时候，通话才结束。

他竟然那么久才挂电话吗？

一辆车停在了派出所门口，一个女人匆匆推开车门出来。

正是苏媛。跟在她后面的是邹华，此时也是满脸紧张。

他开车去二中接人，因为堵车就晚了一会儿，后来收到叶瓷的短信，说她们要去买本书，让他不用去校门口，只在第三大街等着就行。

结果，他左等右等，许久都没等到她们。

他这才意识到不对。正当他打算去找人的时候，苏嫒那边已经接到了派出所打来的电话。

他就去接了苏嫒一起过来。

苏嫒满心担忧，脚步匆匆。忽然，她的目光一凝：“宁璃？你怎么在这儿，小瓷呢？”

不是说两个人都在里面吗？

她说着，这才看到旁边站着的年轻男人，竟是陆淮与：“陆二少？”

她心里“咯噔”一下，隐约猜到了点什么。

宁璃淡声道：“她还在里面。”

苏嫒下意识地问道：“那你怎么没带她一起出来？”

宁璃的眉头皱了一下。

苏嫒越发不满：“你是姐姐，怎么能就这样留下她一个人在派出所？”

宁璃尚未说话，旁边的陆淮与便散漫地开口：“叶夫人这是在指责我？”

苏嫒噎住：“不，我不是这个意思……”

陆淮与笑了笑，目光却极淡：“叶夫人爱女心切，我也理解。不过，真是不好意思，我这个人向来不喜欢帮不熟的人。”

苏嫒自从成为叶夫人，已经很久没被人这么当众下脸子了。可她也不敢得罪陆淮与，毕竟陆家他们真的是攀不上的。

她勉强扯了扯嘴角，应付了两句，就连忙转身往里去了。

不一会儿，她领着叶瓷出来。

这件事从头到尾，叶瓷充其量就是个旁观者，加上叶家也是云州名门，派出所这边并未为难。

出来的时候，叶瓷紧紧抱着苏嫒的胳膊，眼睛微红，满脸的依赖和委屈。

苏嫒则是一边走，一边低声安慰着：“今天吓坏了吧？没事、没事，我们这就回家。”

魏松哲嗤了一声，音量不大不小：“被骚扰、被威胁的也不是她，有什么可吓坏的。”

叶瓷垂着眼，咬了咬唇。

苏嫒不悦：“你又是……”

忽然，她一顿，拧着眉仔细打量了魏松哲一会儿。

“魏……松哲？”

刚才苏嫒没注意，这会儿才看清，这人不就是之前“华清杯”夺了叶瓷第一的那个人？

她又看了看宁璃：“宁璃，你认识他？”

怎么这么巧？

叶瓷拉了一下她的袖子：“妈，他是宁璃姐的朋友，刚才也帮了我们的。”

苏媛想起刚才在里面看见的情形，只觉得憋火："那个孟江好像不是他打的吧？这也算是帮了？"

叶瓷不说话了。

"倒是宁璃，你怎么又惹……"

魏松哲吊儿郎当地打断她的话："这位阿姨，您非要这么说的话，也行。我呢，确实是没帮上什么忙，那个人也的确是璃姐动手收拾的。但不管怎么说，也算是保护了你这宝贝女儿，可倒也没听你对她说一声'谢谢'啊！"

这话一出，周围的温度登时降至冰点。

宝贝女儿。叶瓷是她心心念念的女儿。难道宁璃不算吗？

分明宁璃才是与她有着母女血缘关系的那一个。

她只在意叶瓷是不是吓坏了，却连宁璃是否受了伤都未曾过问。

苏媛难堪至极。

宁璃却似乎并未听出这话中的讽刺，只扭头看向了陆淮与："二哥，你怎么回去？"

时间已经很晚了，她担心影响他的休息。

陆淮与抬了抬下巴："先送你回去。"

宁璃看了一眼，前方不远处的路边正停着一辆车。

叶瓷忍不住问道："宁璃姐，你不和我们一起走吗？"

魏松哲翻白眼："陆二哥都说了送璃姐回去，你听不见？"

叶瓷的脸一红，神色尴尬。

宁璃冲着陆淮与点点头："二哥，麻烦你了。"

本来不想耽误他，但一想到他都直接跑来捞她了，也不差这一路。何况，她也确实不想和苏媛、叶瓷共处一个空间。

几人往那边走去。

苏媛站在原地看了一会儿，脸色发冷。

宁璃是她的女儿，但现在，宁璃宁可跟着陆淮与这样一个外人离开。这像是一巴掌，打在她脸上。

她知道自己是有些偏心，可面对宁璃的时候，她总是会想起那段穷酸狼狈的过去。

她没办法。

她转身就走："回家。"

魏松哲的家距离这儿并不远，就直接自己回去了。

宁璃跟着陆淮与上了车。

司机是一个看起来四十多岁的男人。

陆淮与解释："梁叔这两天来云州出差，就顺带过来了。"

宁璃喊了一声："梁叔叔好，真是麻烦您了。"

梁衡笑眯眯地说："不麻烦、不麻烦！都是顺便！"

他说着，正巧从后视镜看到苏媛几人离开，便顺口问道："那个小姑娘也是一起的？二少没帮忙？"

陆淮与斜靠在椅背上，闻言薄唇微挑："我的人情，是谁都有资格欠的吗？"

第八章

陪读

他说这话的时候，眉目疏离，姿态懒散，矜贵又孤傲。

宁璃心中微动。

梁衡知道他的脾性，听到这答案，也不意外，反而又从后视镜看了宁璃一眼，笑容更甚。

“也是。”

有的人想欠他人情，他看不上。

有的人不想欠，他倒是上赶着。

前几天就听说，陆淮与在程家为个小姑娘动手了，没想到这么快就见到。

“宁璃，你现在是在二中上高三？”

“是。”

“学业紧张吗？是不是挺累的？”

“还行。”

“那就好，高三就是要放平心态。要是有什么不会的，多问问、多学学。”

宁璃忍不住笑了一声：“嗯，谢谢梁叔叔！”

这位一看身份就不简单，但言谈举止没有半分架子，相处起来倒是很舒服。

陆淮与看了梁衡一眼：“梁叔，您是第一次见阿璃，问这么多，不知道的还以为查户口呢！”

梁衡哈哈一笑：“我和宁璃聊得开心呢，你管得倒是严。”

宁璃莫名觉得这话听着不太对劲。

陆淮与正要再说，梁衡又问道：“那宁璃，你现在想好将来报考哪所大学了吗？”

陆淮与薄唇微动，便将喉间的话咽了回去。先前倒是忘了问这个……

“西京大学吧！”宁璃道。

梁衡一愣，旋即笑起来：“西京大学？那敢情好！那可是全国顶级的学府啊！”

更重要的是，西京大学就在盛城呢！

陆淮与侧头，看向宁璃：“怎么想报这个？”

全国有两所最好的大学，一所在盛城，一所在海城。

她选了西京大学，敢情也就是选了盛城。

宁璃嘴角微弯：“就是觉得那儿挺好的。”

记忆里的她本来也是要报考西京大学的。

“物竞赛”被举报作弊之后，她的境况就变得非常艰难。

但其实以她当时的成绩，考上西京大学也不是问题。可惜，最后一场考英语的时候，她缺考了。

戴立那一天对她下了药。并且当时，孟江也在。

虽然后来她跑了出来，考试却永远地错过了。

她本想复读，档案却已经被云州一所师范学校调走。

苏媛那时候对她说，这样宁璃就能留在她身边了，也挺好的。

也挺好的。

彼时宁璃已经对许多事情有所怀疑，可当苏媛握着她的手，说希望她能陪着自己的时候，她还是选择了妥协。

一步错，便是步步错。如今，同样的错，她当然不会犯第二次。

“哎，说起来，二少以前也在西京大学待过，以后岂不就算你的学长了？”梁衡笑道。

陆淮与十六岁就上了西京大学，一年修完大学所有课程，提前毕业了。

真要这么说的话……其实也没错。

陆淮与眉梢微挑，语调散漫地开口：“那你可得好好努力了。

“学妹。”

叶家。

宁璃到了的时候，苏媛和叶瓷已经回来。

整个叶家对这件事闭口不提。毕竟这消息要是传出去，实在算不上什么光荣事。

另外，宁璃独自一人离开，却将叶瓷留在派出所不管不顾的行为，让苏媛生了好大一场气。宁璃回来后，她干脆选择了冷处理，没有再问过宁璃一句。

但在宁璃看来，这样挺好的，清净。

她洗漱完，换了睡衣上床，时间已经接近十二点。

她捧着手机，点开通话记录。

陆淮与那一通电话，足足打了二十七分三十一秒。

她回想了一下她和叶瓷离开学校的时间。

嗯，很好。孟江几人说的那些话，还有她还手前后的所有动静……陆淮与应该都听了个清清楚楚。

宁璃抓了抓头发，隐隐觉得头疼。她当时怎么就能不小心打出了这一通电话？

叶瓷，或者苏媛，她无所谓她们对她还手这事的态度。

可陆淮与，她思来想去，还是发了条信息过去。

“二哥，今天的事麻烦你了。晚安。”

希望没有打扰陆淮与的睡眠……

陆淮与秒回：“不麻烦。不过下次穿校服的时候注意点，手机磕碰次数多了不好。”

宁璃一愣，而后猛然意识到了什么。

那电话不是陆淮与主动挂的？！而是她穿回校服的时候，又不小心按断的？！

想起之前她面不改色回的那一句“是我打的”，瞬间觉得脸颊烧了起来。

陆淮与又发来一条：“晚安。”

宁璃绝望地捂脸。

第二天一早，宁璃刚到教室，就发现气氛好像不太对。

往日平静的早自习，此时却很喧闹。大家三五成群凑在一起，似是在讨论着什么。

宁璃听见了孟江的名字，脚步微顿。经过何晓晨旁边，她便问了一句：“你们在聊什么？”

何晓晨抬头。

难得校花也对这种八卦感兴趣！

她兴冲冲道：“宁璃，你还不知道吧？七中那个孟江，被学校开除了！”

宁璃微愣：“开除？”

“是啊！七中那边一早就出公示了！还有他的两个小弟，也一起被开了呢！”

现在的学校，就算学生犯了什么错，也尽量采取劝退的方式。如此强硬的直接开除，实在是少见。

何况，孟江在七中横行霸道也不是一天两天了，之前一直没事，这次……

“那公示只说，孟江严重违反校规，这才将其开除，但其实……”何晓晨冲着宁璃招招手，压低了声音，“其实，是因为孟江犯法被抓了，听说现在还在局子里呢！”

“犯法？”

“是啊！他以前带人持刀抢劫，还把人搞残了！这次是有人把他做过的那些破事全部捅出来了，并且证据确凿。七中还能怎么办？”

对于还在学校的学生而言，违法犯罪似乎离他们很远，这事一出，自然对他们有着极大的刺激。

也难怪连何晓晨他们都在说这个了。

何晓晨哼了一声：“早就听说那个孟江不是东西，现在总算有了报应！”

这消息传得猛，但和宁璃有关的那部分，似乎无人知晓。

宁璃点点头：“也是。”

程西钺刚上楼，就看到陆淮与正在打电话。

隔了好远，都能听到陆老爷子中气十足的声音：“顾医生说你现在身体挺好，好了怎么不回来？还说有正事，是不是骗我呢？！”

陆淮与笑了一声：“怎么是骗您呢？是真的。”

程西钺正打算先下去等着，下一刻就听陆淮与道：“陪读呢，可不是正事吗？”

陆老爷子茫然道：“陪读？”

正要再问，陆淮与却不肯再多说，换了话题：“程西钺来了，我先挂了。回头有时间再回去看您和奶奶。”

“哎，你小子！”

陆淮与挂了电话，扭头看向程西钺。

程西钺的嘴角抽搐：“你挂你家老爷子电话也就算了，还拿我当挡箭牌？”

以后他回去保不齐要被陆老爷子教训一顿！

陆淮与安慰道：“没事，反正也不是第一次了。”

程西钺：“……”

他有一句脏话，不知当讲不当讲。

他上下扫了陆淮与一圈，想起刚才听到的那几句话，忍不住嗤笑。

“陪读……这个词你也好意思说出口？你陪读，宁璃妹妹知道吗？”

陆淮与眉梢微挑，看了他一眼，眼神有点危险。

程西钺抬了抬下巴：“哎，我可是刚帮你把那个孟江的材料送过去，别翻脸不认人啊！”

陆淮与颔首道：“谢了！”

“那小子年龄不大，犯过的事倒是不少。”程西钺想起先前看到的那些材料，声调微沉。

孟江打起架来不要命。

昨天他去堵宁璃的事，程西钺已经知晓。也幸好最后没出什么事，否则……

“对了，那个孟江好像和戴立有点关系。”

陆淮与眉心微凝。先前查戴立，发现他的确和宁璃没什么交集，没想到他居然和孟江有牵连。

“这事戴立参与了吗？”

程西钺摇头：“孟江不承认，且这事没证据，不好指认。”

陆淮与沉吟片刻，修长白皙的手指轻轻地敲了敲：“昨天，是叶瓷要买书，才带着她走了那条路。”

孟江被开除的事，在七中和二中都引起了不小的轰动。他本就出名，加上这次是犯了事被抓了进去，更是成了大家的谈资。

而关于那天晚上，他带人围堵宁璃的事，却好似从未发生过，无人谈论。

宁璃与何晓晨聊过之后，就回到了自己的座位，拿出书来，好似对这些并不感兴趣。

叶瓷往宁璃这边看了好几次，脑子里总是浮现她还手的那一幕。

之前她只是听说宁璃在临城会打架，但还是第一次亲眼看见。

班主任耿海帆走进来，敲了敲黑板。

“周四、周五月考，大家做好准备。”

教室里登时传来一阵哀叹。

“另外，和之前一样，我们班会根据这次考试的成绩，对座位进行重新调整。”

名次越是靠前，就越能先选自己中意的座位。这是二中高三年级的老传统了，某种程度上，算是对学生的故意刺激。

林周扬哭唧唧地回头：“裴哥，谦哥，你们前后的位子，一定要留一个给我啊！”

和这两位大神同桌他是不想了，坐在旁边也行！

任谦踹了一脚他的椅子腿：“滚。这事全看你自己，找我们有什么用？”

林周扬委屈巴巴道：“这不是我自己靠不住嘛！”

托英语的福，他在班里成绩总是排在倒数。能留在（1）班，纯粹是其他科还能拉一下。

任谦浑身发毛：“滚滚滚！”

谁不知道他其实是想挨着叶瓷，又不好意思直说，只能拿他们当借口。每次成绩出来，他们几个人总是挨得很近的。

程湘湘拍了拍叶瓷：“小瓷，你怎么总是往宁璃那边看？”

叶瓷回神：“没事，就是在想……这次月考，宁璃姐应该是去最后一个考场吧？”

月考的考场是按照年级排名分的。

宁璃是转学生，没有参加上次月考，成绩是空白的，自然要被分在末尾。

程湘湘撇撇嘴：“管她呢！不管她在哪个考场，会就是会，不会就是不会。哎，这几个题是怎么写的？你帮我看看。”

她的成绩在（1）班只算下游，竞争压力实在是大。

叶瓷想了想，道：“你的物理基础有点差，就剩下这几天了，全部搞突击，只怕不行。要不找班长，让他帮忙画画重点？”

程湘湘觉得这也挺好。

下课，她抱着书去找裴颂：“班长，这次物理你觉得可能会考什么啊，能不能跟我说说哪些是重点？”

裴颂正在低头写题，闻言抬头，视线从她抱着的书上扫过，语调平静："都是重点。"

"……"

任谦迅速低头，生怕自己一个不小心笑出声。

程湘湘神色尴尬道："可是……可是总有主次之分的吧？那些太难的我不看，我就复习简单点的。"

裴颂顿了顿："太难的，你指的哪些？"

任谦咳嗽一声，强忍着笑出来打圆场："程湘湘，裴哥高一就已经自学完高中物理了，他怎么知道你是觉得哪里难。"

毕竟对这种学霸来说，都一样简单。

程湘湘自觉丢人，咬着牙扭头走了。

叶瓷过去安慰了几句。

上课铃响，这一节是数学，宁璃照例从后门离开。

程湘湘恼怒不已："反正还有宁璃和林周扬他们垫底，我怕什么？"

时间转眼到了周四。

整个高三教学楼被布置成了考场，每个考场三十人。

宁璃拿着自己的准考证，去了一楼最西边的最后一个考场。

此时考场里已经来了不少人，宁璃进来，整个教室都安静了一瞬。

宁璃视若无睹，径直走到了最后一列的最后一个位子。

过了一会儿，她左边位子的椅子被人拉开。一个个子极高的少年坐了下来，一双大长腿几乎无处安放。

"咯吱"一声，椅子后仰。

"哎，同学？"那人冲着宁璃喊了一声。

宁璃扭头。

那少年皮肤呈小麦色，眉目英俊，理着寸头。

他冲着宁璃笑了一下："借支笔呗？"

宁璃扫了他一眼，发现他真是什么都没带就过来了，便递过去一支黑色中性笔。

"谢了啊！"那少年接过，又往前凑了凑，"对了，你是（1）班新转来的那个吧？等会儿能不能借我抄抄？"

宁璃还没说话，监考老师拿着卷子走了进来。

她收回视线。

那少年挑了挑眉："那我就当你答应了啊！"

第一场是考语文。

教室里一片安静，只有笔尖在试卷上摩擦的沙沙声响。

宁璃写下自己的名字和考生号，心情逐渐宁静下来。

对她而言，这世上的许多事情，都是不可控的。

比如，她无法决定自己的出身；比如，无论她做什么，都无法让苏媛喜欢她。

还好，有一些小事，是她尚且能够掌控的。

比如，考试。

她写的每一道题，每一个字，最终都会体现在她的分数之上。这很公平，且让她安心。

她很快进入状态，流畅地写起卷子。

段栩歪着身子，一边看卷子，一边转笔，时不时写下几个字。

他看着那大段大段的阅读理解就觉得头晕，但语文是他为数不多能写上点字的科目了，所以无论如何，还是硬着头皮写了点。

最后的作文题目引用了一段古文，他皱眉盯着研究了半天。

这到底是个什么意思……

椅子被拖动的声音传来。

坐在他身旁的宁璃竟是站了起来，拿着卷子往讲台走去。

段栩睁大了眼睛，下意识地抬头看了一眼挂在黑板上方的钟表。

这才开考一小时，她就交卷了？！

教室里其他人也都震惊地看向宁璃。

监考老师一愣："你确定要交卷了？"

宁璃点头。监考老师拿过她的卷子看了一眼，别的不说，字倒是漂亮，关键卷子也的确是写完了。

他看了宁璃几眼："那收拾一下东西出去吧！"

宁璃就这样干脆地离开了教室。

看着她的背影，段栩默默地深吸了一口气。

（1）班的学霸，都这么变态的？！不行，后面几场他必须抱紧这条大腿！

下午是数学。

这一场，宁璃用的时间更短，交卷的时候，距离开考才过去五十分钟。

第三场理综，是她用时最长的一场，一小时二十分钟。

教室里的众人从一开始的震惊，到后来逐渐麻木。

以至于最后一场英语，宁璃又在一小时内第一个交卷的时候，大家已经见怪不怪。

这一场，也是段栩写得最快的一次。毕竟大部分都是选择题，只要疯狂填答题卡就行。

宁璃交卷之后，他也立刻跟了过去。

“哎，学霸！谢了啊！”

出了教室，段栩快走几步，来到宁璃身旁。他一米九出头的身高，长腿一迈，实在是快。

宁璃神色淡淡道：“不用。”

整个考试，她都只是在写自己的卷子，并未和段栩有任何交流。

但他视力太好，加上“经验”丰富，想看点选择题填空题的答案，实在是不难。

段栩也不介意她冷淡，笑得爽朗：“怎么不用？这次的考试，可关系到我的身家性命，学霸，您这是救人一命胜造七级浮屠啊！

“学霸，要不我请你吃饭吧？或者是……”

宁璃看了他一眼：“你安静一点就行。”

段栩咳嗽一声，在嘴巴上做了拉拉链的动作。

宁璃往另一个方向走去。

“段栩！”一个男生正从楼梯走下来，一把将篮球传给了段栩，“去打一场？”

段栩乐了：“行！”

“哟，第一次看你考完这么高兴。你爸之前不还说，你这次考不上三百分，就断了你生活费的吗？”那男生打量他一圈，“也不怕饿死？”

段栩上次考了全年级倒数，回家就被狠狠地训了一顿。要不这次考试，他也不能这么紧张。

段栩得意一笑：“你懂什么？哥这次稳了！”

他抬了抬下巴：“看见没？（1）班的学霸！”

那男生顺着他的视线看去，有些不确定地问道：“那是……宁璃？她不是成绩很差劲的吗？”

段栩一愣：“什么？”

那男生一言难尽地扫了他一眼。

“你不知道？她以前在临城是出了名的差生，经常打……好像经常逃课，有时候考试也会缺考。别说学霸了，她考试能不能及格，都不好说啊！”

段栩的眼皮跳了跳：“她不是进了（1）班吗？！”

“你脑子里装的都是什么？她是叶家的继女，你说她是怎么进的（1）班？”

“可……可我看她写题快得很啊！你不知道，这次考试，她每一场都是第一个交卷的！”

“以前你不也经常是第一个交卷？你心里没点数？”

段栩说不出话了。

他很纠结。因为他就坐在宁璃旁边，所以他很清楚，宁璃并不是交了白卷，最关键的是，她写卷子的时候，看起来真的像是都会啊……

难道那些都是她随便写写的？！

那男生同情地拍了拍他的肩膀："自求多福吧！少年。"

月考很快结束。

按照惯例，高三老师在周六、周日加班批改，成绩会在周一公布。

周一，高三（12）班，段栩一脸愁苦。

早知道宁璃靠不住，他就自己写了啊！好歹他蒙答案的运气偶尔还可以。现在……

"数学成绩出来了！"

一个男生抱着卷子进来，不少人围了上去。

段栩对这些毫无兴趣。他已经能想象得到，自己捧着窝窝头啃的凄凉场景。

实在是烦。他走到教室后门，抱了篮球就打算走。

"哎，段栩！你的试卷！"

那男生本来打算招呼段栩来拿卷子，当看到上面的分数，登时瞪大了眼睛。

"段栩，你是怎么考的？"

段栩生怕在上面看见个位数，一脸不耐烦："你哥我靠自己本事考的，不行？"

包括围在那男生四周的一群人，齐齐看了过来，眼神诡异。

"选择题、填空题全对……你见鬼了？！"

"咚"的一声，段栩手里的篮球砸到了地上。

高三（1）班。

林周扬走进来，神秘兮兮道："哎，我刚才听见几个老师说，这次月考，我们班数学居然有一个没及格的！"

这成绩在（1）班极少见。

"没及格？谁啊？"有人好奇问道。

程湘湘往宁璃的方向看了一眼，嗤笑道："还能是谁？"

就转来这一个，转眼月考就出来一个不及格，实在是昭然若揭。之前会写那道题，也不过就是因为以前写过吧？

水平如何，真考了才知道。

何晓晨紧张地看了宁璃一眼："宁璃，你考得怎么样？"

不会真的是她吧？

宁璃顿了顿：“应该还行。”

“装模作样。”程湘湘嗤了一声。

林周扬挠挠头：“有个不及格的还不算，更吓人的是，这次还出了个满分！”

这话一出，登时引来班里众人一阵哀号。

“那么难的卷都有人考满分？这是什么变态？！”

“我刚还说能上一百二十分就菩萨保佑了，人家一转眼就拿了满分？”

“哎，林狗，满分是谁啊？”

林周扬拉开椅子，摸了摸下巴道：“那几个老师没说，但也是我们班的没跑了。我估计，不是谦子就是裴哥。”

正说着，裴颂走进来。

立刻有人扬声问：“班长，那个数学满分的是你吧？”

裴颂摇摇头，神色淡淡的：“不是。”

“那肯定是谦子了？”

林周扬冲着正抱着卷子走进来的任谦抛了个媚眼：“谦子，行啊，都赶超裴哥了！”

任谦把一沓卷子放在讲桌上，看了他一眼，诚恳万分地道：“你这骚气我是承受不起，你还是去找考满分的那位吧！”

林周扬差点从椅子上摔下来：“不是你？”

任谦和裴颂都不是，那还能是谁？

要知道，这两人的数学成绩，向来是称霸整个年级的啊！

“来领你的卷子。”任谦冲着他扬了扬手里的卷子。

林周扬连忙凑过去，看见上面的分数，登时痛心疾首：“一百三十九分？失手，失手！”

任谦把卷子扔他脸上：“这次全年级上一百四十分的也就五个，在这哭给谁听呢！”

林周扬把卷子抓下来，眉开眼笑道：“嘿嘿，我知道！这不是意思意思，表示一下积极进取的心嘛！”

数学算是他为数不多能拿得出手的科目了，全靠这个拉分呢！

任谦点点头：“嗯，这证明你这次的英语很可能连七十分都考不到，是得努力了。”

林周扬顿时觉得遭受到了暴击。

旁边几个男生齐齐扑过来：“这小子故意的，揍他！”

林周扬瞬间被淹没，挣扎着伸出手：“谦子，救我！裴哥，救我！”

那两人权当没听见。

任谦继续发卷子。

看到分数，有人欢喜有人忧。

程湘湘凑到叶瓷身旁，一脸羡慕："一百三十五分？小瓷，你考得真好。"

叶瓷摇头："这个分数，肯定连单科前十都排不进去了。"

"这……你前段时间不是一直在忙着准备'华清杯'的吗？能考出这个分，已经很厉害了！反正我肯定考不到了。"程湘湘说着，又往讲桌上看了一眼，"怎么回事，还没发到我？"

任谦将卷子发完，拿着自己和裴颂的回了座位。

他对比了一下两份卷子，叹气。

裴颂一百四十七分，他一百四十六分。

"裴哥，你总这样，让我这个搞数学竞赛的，脸上很没有面子啊！"

更不用说，上面还有个满分……

"任谦，怎么没有我的卷子？"

程湘湘左等右等，眼看其他人都已经拿到卷子，却一直没有自己的，终于忍不住过来问了。

任谦抬头道："你的卷子在谭老师那儿。"

程湘湘莫名其妙道："什么，你没有帮我拿回来吗？"

任谦耸耸肩："谭老师要留的，我就没拿。"

程湘湘心里涌上一丝不安。谭开兰不会无缘无故地扣谁的卷子，现在所有人的卷子都发了，唯独留下了她的那份。

最关键的是，到目前为止，班里还没有出现那份不及格的卷子。

总不会是……

程湘湘咬了咬唇。她知道自己考得不好，可也不至于考到最后一名吧？

"宁璃，你多少分？"她忽然扭头看向宁璃。

宁璃头也没抬："卷子没发，不知道。"

"你没……"

程湘湘这才发现，宁璃桌上的确是没有那份数学卷的。

她怎么也没有？

正在这时，谭开兰踩着高跟鞋走了进来，脸色比起以往更严肃几分。

众人连忙各回各位，教室里一片安静。

"卷子都拿到了吧？考了多少分，现在都知道了？"

谭开兰环视一圈："之前教的，是都忘了，给我考成这个样子？！"

她一把将手里的一份卷子拍到了桌上。

"你们知不知道，这次的班级平均分，比上次低了多少？"

虽说这次卷子是难了点，一百四十分以上的几个也都在（1）班，但谭开兰一贯要求严格。

更何况，（1）班本就会聚了成绩最好的一批学生。这个分数，实在是让她恼火。

“居然还有个不及格的！程湘湘，你自己说说，这是怎么考的！”

霎时间，所有人的视线都集中到了程湘湘的身上。

班里唯一没考及格的那个是她？

程湘湘浑身发凉，脸颊却一片滚烫，当真像是被人当众扇了两巴掌，无尽的羞耻和难受涌上心头，让她恨不得找个地缝钻进去。

“你自己不求上进也就算了，拖累班集体，就是你的错了！”谭开兰的手指在那卷子上用力地点了点，“这上面的题目，我是不是都讲过？但凡你长点记性，都不会考这点分！”

程湘湘低着头，眼里含着泪，紧紧地咬着唇。

教室里的空气似凝固般。

谭开兰带出来的毕业班成绩是很好，但她的脾气，也的确是出了名地差劲。若是惹得她不高兴，真是什么难听话都说得出来，训斥起学生来，丝毫不留情面。

上课铃响起。

一道平静的声音打破了这死寂的氛围。

“谭老师，我的卷子还没发。”

众人齐齐回头。

宁璃这是疯了？这时候无论说什么，都是往枪口上撞吧？！

然而，让人意外的是，谭开兰听到这话，并未发怒，只是皱了皱眉，语调又冷又快：“你的卷子被张圆老师借走了。”

张圆老师，也是高三的数学老师，主要带（10）班、（11）班和（12）班。

但他借宁璃的卷子做什么？

短暂的沉默后，不知是谁忽然倒抽一口冷气。

“那个满分是宁璃？！”

程湘湘难以置信地回头。

叶瓷手下一顿，笔尖划破卷子。

宁璃却似乎并不意外，嘴角极轻地弯了一下。

“不是丢了就好。那谭老师，您继续上课，我就不打扰了。”

说完，也不管谭开兰铁青的脸色，以及众人的满脸呆滞，带着书转身从后门走了出去。

高三（12）班。

张圆举着一张卷子：“看见了吗？满分卷！之前谁跟我说，这卷子是数学组出得太难了的？人家宁璃可是刚转来一个月都不到，不照样满分？

都给我好好学学，看看人家这解题思路！”

一个男生用胳膊肘捅了捅段栩，小声道：“听说选择题、填空题全对的，全年级就两人。一个是这位满分学霸，另外一个，就是你了吧？你是不是傻，抄也不能全抄吧？”

段栩痛苦地抱头：“快别说了，我哪儿知道她能考满分啊！”

整节课，段栩是什么都没听进去。

直到下课，几个男生从外面走廊经过。

“真的假的，这次理综也出了个满分？！”

段栩的脑子“嗡”的一声。

他猛地起身，拉开窗户，冲着外面那几个路过的男生喊了一声。

“哎！同学，你们说理综出了个满分，那人叫什么啊？”

几人回头，其中一个男生显然和他认识，笑着调侃：“哟，段栩，这是太阳打西边出来了，你居然也开始关心这种事了？”

段栩是校篮球队的，在二中也算球场上的风云人物，不过全年级都知道他的成绩烂到令人发指。

如今竟然开始关心人家理综满分的了？

段栩火急火燎：“别废话，你就说那人到底是谁吧！”

几个男生对视一眼，其中一个迟疑着开口：“这……其实我也是刚才无意间在办公室的电脑上扫到了一眼，具体名字没看清，不过可以肯定是(1)班的。哦，对了，名字好像是两个字的。”

两个字？

段栩心里升起了一点微弱的希望：“裴颂？是他吧？是他吧？”

那男生嘿嘿一笑：“那肯定不是，我出来的时候，正好听见一个老师说可惜裴颂错了一道化学选择题，不然也能满分了。那满分绝对另有其人。”

段栩的心一下子就凉了。

“这还是人？”林周扬幽魂一样地回到教室。

他不过就是出去买了杯奶茶，为什么要听到这种能把人打击到死的话？

他把奶茶放到了叶瓷桌上，脑子还是蒙的。

叶瓷道了一声谢，却半天没听到林周扬的回话，又看了他一眼，觉得他这样子实在是有些奇怪。

“怎么了？”

林周扬的喉结滚了滚，艰难地出声：“叶瓷，你知道这次月考，我们班有人理综考了满分吗？”

这话一出，不止叶瓷，整个教室都安静了下来。

理综，满分。这是什么概念！

叶瓷下意识地往裴颂那边看，座位上空空荡荡的，裴颂似是去办公室了。

“班长这次考得这么好？”

林周扬抹了一把脸：“不是裴哥。”

叶瓷心里莫名“咯噔”一下。有本事拿到这个分数的，除了裴颂，还能是谁？

“宁璃。”周翡正好拿着一沓卷子从外面路过，站在教室门口，冲着宁璃招了招手。

宁璃起身过去：“周老师？”

周翡递过去一本书。

宁璃看了一眼，发现是他放在办公桌上的一本书。

是一本天体物理学相关的论著，英文原版，十分难得。

有时候周翡不打游戏，就会翻着看看。

“周老师，这是……”

“之前就看你对这本书挺感兴趣，看你这次考得不错，借给你看。”周翡抬了抬下巴。

宁璃有些意外，但周翡既然这么说了，她若拒绝，反倒不合适。

她双手接过，嘴角微弯：“谢谢周老师！”

“不用谢！”周翡挑了挑眉，笑了，“下次要还是满分，奖励更多！”

班里瞬间一片死寂。

到了这时候，已经无须再问。那个唯一的理综满分，就是宁璃！

程湘湘难以置信地瞪大了眼睛，下意识地抓住了叶瓷的手腕。

“她理综……也是满分？”

叶瓷的胸口像是被什么堵住，整个人都憋闷得难受。耳边像是有什么在嗡嗡作响，说不出话来。

周翡看了看时间：“行了，我还得去给（2）班上课，你回去吧！”说完，便潇洒至极地离开了。

宁璃拿着书走回自己的座位。

众人的目光不由自主地跟着她移动。

半晌，林周扬才倒抽一口冷气：“啊！”

单单是这两个满分，宁璃就已经四百五十分了！剩下两科就算是随便考考，总分上七百也不成问题吧？

他忍不住凑到任谦旁边：“谦子，你说这次，裴哥还能稳坐第一的宝座吗？”

任谦斜靠在椅子上：“那不好说。”

他之前就已经猜到这次宁璃的成绩会考得很好，可这个分数，还是让他吃了一惊。

正在这时，裴颂走了进来。他手里拿着一张成绩表。

众人一阵骚动："班长，英语和语文成绩也出来了？"

裴颂点点头："这是班级成绩单，想看年级总成绩单的，就在楼下公告栏贴着。"

林周扬连忙跑过去："我看看、我看看！"

裴颂把成绩单留在了讲桌上，自己则是后退半步，往教室的角落看了一眼。

宁璃正低着头，翻看着周翡刚刚给过来的那本书，好似根本不在意这些事。她只坐在那儿，窗外的阳光映落，便独成一处风景。

"裴哥，你英语满分啊！"

林周扬抓过成绩单，没去管自己的成绩，反而率先去看了裴颂的分数。

他兴奋起来。要是这样的话，裴哥还是有胜算。

"全年级英语三个满分。"裴颂淡声道。

"啊？"

林周扬登时蒙了，果然看到相邻的位置，还有一个一百五十分。

他迅速扫了一遍裴颂的那一整行成绩。

语文一百三十九分，数学一百四十七分，理综二百九十四分，英语一百五十分。

总分七百三十分。

这是极高的分数了。

可是，在他的名字上面，还有一行。

语文一百三十六分，数学一百五十分，理综三百分，英语一百五十分。

总分七百三十六分。

林周扬的手缓缓往前滑，终于看到了最前面那一栏的名字——

宁璃。

他霎时倒抽一口冷气。裴哥居然只有一科比宁璃高，总分比她还低了六分！

这两人，分别是（1）班的第一和第二，也是全年级的第一与第二。

第三是任谦，总分七百十一分。

哪怕是和裴颂这个第二比，也少了十九分，更不用提宁璃。

第四是何晓晨，七百零九分。她是第三个英语满分的。

整个高三，也只有这四个上七百分的。

林周扬瞪着眼睛，好一会儿才回过神来，神色复杂道："裴哥，你居然被压了？！这么多年头一遭吧？！"

任谦一巴掌拍在他后脑勺："怎么说话的？！"

林周扬捂着头，委屈巴巴道："这又不能怪我！

要不是宁璃那么“变态”，他能这样？！

叶瓷也去看了自己的成绩。

六百七十九分，年级第十七。这成绩对她来说算不上好，更何况，最上面还有一个一骑绝尘的宁璃。

林周扬忍不住问：“宁璃，这分……你到底是怎么考的啊？”

办公室。

“数学‘选填’、理综‘选填’、英语选择题，全部满分。”

张圆指着手里的成绩单，冲着面前站着的段栩抬了抬下巴：“说吧，这分，你到底是怎么考的？”

段栩抬了抬眼皮，小心翼翼地道：“张老师，您不是经常说，天下无难事，只怕有心人吗？我最近可用功了，您看，我这进步也挺大的不是？”

张圆气笑了：“用功？这功夫都用来抄别人的卷子了吧？”

段栩的嘴角一抽，还是想挣扎一下：“不是，您……”

“月考的时候，宁璃和你在同一个考场，而且，就坐在你旁边。”张圆扬了扬他的卷子，“这些题全对的，整个年级也就两个，一个是你，另一个就是宁璃。你说吧，你们，谁抄的谁？”

这问题其实根本不用问。

宁璃除了这些小题，大题也考得很好。而段栩，大题部分几乎都是歪七扭八的“解”，再配几个公式，还写错了好几个。

段栩低头，一副认错的姿态：“张老师，我错了。下次我再也不敢了。”

张圆哼了一声。

“人家宁璃下一场考试就要去第一考场了，你当你还有下次？”

段栩：“……”

“这件事教导处已经知道了，性质恶劣，你现在打电话，叫你家长过来一趟。”

一听这个，段栩立刻慌张地抬头：“张老师，这万万不可啊！”

要是被他爸知道他考试作弊，他死定了啊！

“事是你做的，现在在这儿跟我说不行了？”张圆抬高了声音。

他带（12）班，班级平均分常年垫底，段栩更是其中“翘楚”。

成绩不好不要紧，多努力总还是有希望的。可作弊不一样，这是原则问题！

现在整个高三教学组的老师都知道他们班的段栩抄了宁璃的卷子！还是连一个答案都不改的那种！

他真是费了好大的劲才克制住自己想撬开段栩脑子，看看里面都是些什么东西的冲动！

段栩想起他爹蒲扇似的巴掌，眼角一跳："张老师，您也不想看我血溅办公室的吧？我写检讨书！或者您让学校给我个处分也行！就……就是别让我爸来了吧……"

张圆睨了他一眼："放心，这次来的不止你的家长。宁璃那边也一样。"

段栩一蒙。

"叫家长？"

语文组办公室，宁璃神色诧异道："耿老师，我能问问是因为什么吗？"

耿海帆表情迟疑："这……你认识段栩吗？"

宁璃脑海中瞬间浮现一双无处安放的大长腿。

她登时猜到了一种可能："和这次的考卷有关？"

耿海帆犹豫片刻："除了语文，段栩其他三科的成绩都十分异常，而且，他'选填'题目部分的答案，几乎与你一模一样。"

宁璃的眼皮跳了跳："全部一样？"

耿海帆点点头。

"二中一向看重考试诚信问题，现在出了这么个事，学校很重视，已经决定彻查到底。叫你们家长过来，也是为了把这事情说清楚。"

宁璃："……"

看到她的反应似乎不是很好，耿海帆又连忙安慰："你放心。你的成绩在那儿放着，谁抄谁的一目了然。这件事原本也不能怪你，只是，他抄得太全了，所以学校还是……"

"想确认一下是不是我帮他作弊的？"宁璃接上他的话。

耿海帆尴尬地咳嗽一声。

其实他是很不赞同这个做法的。在他看来，宁璃这孩子家庭状况复杂，本就可怜，来二中之后学习也上心，安静懂事，真是挺好的。

这事八成是段栩自己抄了她，和她没什么关系。

但学校要抓典型，他也拗不过。

宁璃想了想，道："他们可能没时间，但我愿意配合学校调查。我记得考场都有监控的，那就调出来，一起看吧！"

耿海帆知道她家庭情况特殊，听到这也就没勉强了，又宽慰了两句，就让她回去了。

宁璃走出办公室，就撞上了程湘湘。她手里还拿着数学卷，可能是刚从数学组办公室出来，脸色很不好看。

察觉到宁璃的视线从自己手里的卷子上扫过，程湘湘登时恼怒道："你看什么？！"

宁璃神色淡淡的："没看什么，毕竟没什么好看的。"

程湘湘更怒："你别以为自己考好一次就能得意了！"

宁璃笑了声："考好不得意，难道要等不及格了再庆祝吗？"

"你！"

程湘湘咬了咬牙，忽而冲着宁璃冷冷一笑："那也得是你的成绩才行！"

宁璃眯了眯眸。

看起来，程湘湘应该是在外面听到了一些内容。不过，好像她没听全……

她耸了耸肩，懒得理会："你开心就好。"说完，她转身离开。

而这反应，在程湘湘看来，却是心虚的表现。

她捏紧了卷子。

高三（1）班又出了个顶级学霸的消息，迅速在整个年级传开。

总成绩表在公告栏一贴出，就引来了一批又一批的学生过来"瞻仰"。

看着最上面那一行的分数，无数人被深深地刺激了。

"七百三十六分，这是人能考出来的分？"

"只语文扣了十四分？！我服了，我就是个废物。"

"裴哥霸占第一这么多年，转学生一来，就直接把他干下去了，未免也太猛了！为裴哥掬一把同情泪。"

"你清醒一点，人家也是七百三十分，哪里轮得到我们同情？有这时间去多写一张卷子吧！"

"难怪人家胆子那么大，连师太都敢直接顶回去。听说这次几个数学老师都拿宁璃的卷子讲了，就师太没动……可谁让人就是有这个考满分的本事呢？"

众人议论纷纷。

一道有些尖锐而突兀的声音忽然响起："你们不会真的以为她是自己考的满分吧？"

不少人安静下来，回头看去。

叶瓷也在其中。她皱了皱眉："湘湘，你这话是什么意思？"

程湘湘双手抱臂，望向那成绩单的眼神嘲讽而鄙夷。

"听说这次考试有人作弊，学校说要严肃处理呢！刚才好像宁璃就因为这事被叫去办公室了。你们说，这是怎么回事？"

众人面面相觑。

程湘湘又道："班主任还让宁璃叫家长了呢。小瓷，你不如问问家里咯？"

很多人又看向叶瓷。她没说话，拉着程湘湘走了。

来到一个比较安静偏僻的角落，她才拿出手机，打了个电话。

对方很快接了起来，苏媛温柔的声音传出："小瓷？"

叶瓷问道："妈妈，宁璃姐给你打电话了吗？"

苏媛一顿："没有。怎么了？"

叶瓷唇瓣动了动："学校正在调查一个作弊事件，宁璃姐似乎……被牵涉了。"

第九章

考第一的小朋友有奖励

教导处。

宁璃刚跟着耿海帆走到门口，就听到里面传来一道怒吼："你这个兔崽子，翅膀真是硬了是吧？作弊的事你都干得出来！你给我过来！"

宁璃被这一声震了一下。

耿海帆连忙进去。

一个身形健硕的中年男人正一只手指着对面躲在办公桌后的少年，满脸愤怒。

段栩委屈道："爸，我真的知道错了！您……您就给我一次机会嘛！"

"给个……"考虑到旁边还站着几位老师，段大江生生把到了嘴边的脏话咽回去，"你不是说知道错了？这就是你认错的态度？！"

段栩闭嘴了，但死活不肯过去。

他爸那巴掌，可真不是一般人承受得来的啊！

张圆以前和段大江有过接触，也算有点经验："段先生，您先冷静冷静。事情已经发生，您打骂孩子也没什么意义不是？现在要紧的是，要把事情查清后妥善处理，只要孩子能改过自新，也还是好的。"

正说着，他抬眸看见走进来的耿海帆和宁璃，立刻招了招手："宁璃来了？"

段大江回头，就看见一个漂亮安静的女生走了进来。

他一愣，又扭头看了一眼段栩。

"你……你之前就是抄的人家的卷子？"

众人："……"

——您倒是也不用这么直白的……

宁璃道："老师，我家里人没时间。但我可以为我做过的所有事情负责。"

孙泉点点头："没关系。"

他们心里对宁璃很是信得过的，让她请家长，也就是意思一下。

这件事的关键，还是段栩。

"既然人都到了，那就一起看看监控吧！"

他说着，在电脑上操作了几下，将月考那两天的监控调了出来。

段栩磨磨叽叽地走了过来。

这么多人在，他爹应该是不会当众动手的吧……

正想着，段大江冲着他努努嘴，小声问道："这个同学，你认识？"

话音里倒是听不出火气了，反而还带上了点……莫名的期待和八卦？

段栩一脸莫名其妙："算……也不算吧……"

"不认识人家给你抄？"段大江仿佛已经看透一切。

"……"

段栩忽然觉得事情好像有点不对。

"不是，爸！"

段大江拍了拍他的肩膀，眼里难得带了几分赞赏。

"你小子虽然不是个东西，抄卷子也能抄成那个狗屎成绩，但这眼光确实好。不过，你们现在高三，可不能分心啊！"

段栩面无表情："爸，你做什么梦呢？！"

他抬了抬头。

"您自己看吧！"

因为语文卷没问题，他们直接看的数学那一场。

视频上清清楚楚，从发卷开始，宁璃就一直安安静静地坐在自己座位上，连头都没抬一下。

倒是段栩，眼神往旁边瞟了不少次。他的动作幅度极小，且非常自然，还真的不容易看出来有问题。

宁璃每次写下一个答案，他很快就会跟着写。

谁都看得出来，这件事的确是和宁璃没什么关系，纯粹是段栩自己偷摸把人家的答案看了。

孙泉道："这视频，学校这边其实已经看过，确定整个考试过程，宁璃没有主动帮忙作弊。而段栩考试作弊，证据确凿。念在段栩是初犯，又正是高三的特殊时段，经过商议，决定给他一个警告处分，并在全校师生面前做出检讨。若今后他不再犯，表现良好，这处分可以撤销。但若再犯……"

段栩连忙道："我发誓绝没有下一次了，真的！"

孙泉问道："段先生，您觉得呢？"

段大江回过神来，又看了宁璃一眼，默默地叹了口气。

"真是给大家添麻烦了，这本来就是段栩的错，学校怎么处置，我们都没意见。"

这时，敲门声传来。

苏媛步履匆匆地走了进来。

"不好意思，我来晚了。"

她迅速扫视一圈，果然看到电脑桌面上是考场的监控。

再看旁边的老师和家长，还有什么不明白的？

宁璃目光微动。

她根本没打电话让苏媛过来，可见，是有人帮了她这个忙了。

孙泉摇摇头："没事，事情已经查清楚，学校这边的处理意见也已经下达，叶夫人不用担心。"

苏媛走过去，深吸口气："宁璃转学过来以后，给你们添了不少麻烦，这次既然是她的错，学校还是该怎么处理，就怎么处理吧！"

她并不打算动用叶家的关系为宁璃开脱，丢人都不够的。况且，宁璃一直不服管教，正好也趁着这次机会，磨磨她桀骜的性子。

然而这话一出，整个办公室都陷入了诡异的安静。

孙泉问道："叶夫人，您这话是什么意思？"

苏媛一愣："不是说宁璃作弊吗？二中对这方面一直十分看重，我也了解……"

察觉到周围人看她的视线都有些不对，她的声音渐渐小了下来："怎么，有什么问题吗？"

段大江上前一步，诚恳万分地道："您是宁璃的母亲吧？真是不好意思，都是我们家那臭小子抄了宁璃的卷子，还连累你们来这一趟，对不住！对不住！"

苏媛蒙了一瞬："你说是你们抄了宁璃？可……可她的分数……"

听到这儿，耿海帆忽然明白了点什么。他淡淡道："我们刚刚看过监控，证实宁璃没有作弊。她的分数是自己考的，她也没有帮其他人作弊。叶夫人这说法，不知是怎么来的？

"七百三十六分，年级第一。叶夫人觉得她是抄谁的？"

苏媛哑口无言。这一刻，她终于后知后觉地意识到，自己犯了怎样的错！

空气沉闷得似是要令人窒息。

耿海帆带了叶瓷两年了，和苏媛也有几次往来。

她对叶瓷，可不是这样的。怎么面对自己的亲生女儿，反而如此……

说冤枉就冤枉？

宁璃忽然道："没什么事的话，我就先回去上课了。"

耿海帆看了宁璃一眼。她神色平静，好似这一切与己无关。

他叹口气："行，你先回去吧！"

宁璃往外走去，经过苏媛身边的时候，脚步一顿，偏了偏头："您说让我好好学习，可我考了第一名，您似乎也不怎么高兴啊！"

苏媛说不出话。

宁璃嘴角极轻地弯了一下，走了出去。

此时已是傍晚，晚霞灿烂，微风轻拂。她轻轻地吐出一口气。

兜里的手机忽然振了一下。她掏出来看了一眼，是陆淮与的消息。

"月考成绩出来了吧？"

宁璃想了想，把成绩单发了过去。

等了一会儿，那边没再回。

宁璃心里莫名有点失望，却不知在失望什么，干脆将手机收了起来，回去上课。

六点，她准备去食堂吃饭，陆淮与的电话打了过来。

她犹豫片刻，还是接了："喂？二哥？"

"下来。"

"你来我们学校了？"

宁璃快走两步，来到走廊往下看，果然看见一道熟悉的身影。

陆淮与仰头，眸中氤氲着笑意。

"考第一的小朋友有奖励的，你不知道吗？"男人低沉慵懒的声音落在耳畔，带起细微的酥痒。

宁璃心里像是被什么撞了一下。

她嘴角弯起："是吗？"

陆淮与看了一眼腕表："今天晚上的假我已经帮你请过了。"

宁璃一愣："要出去？"

陆淮与下颌轻点，笑道："放心，不会耽误你太久的。"

宁璃回头看了一眼："但是今天晚上还有'物竞班'的课……"

"只一节课，影响不大，回头让周翡再给你上一遍就是。"陆淮与漫不经心地道。

宁璃沉默了一瞬："那你等我一下。"

她挂了电话，回教室收拾背包。

何晓晨还在自己座位上看书，等着错开吃饭晚高峰，看见宁璃忍不住问道："咦，宁璃，你收拾书包做什么？"

宁璃道："我有点事，今天就先走了。"

何晓晨惊讶："晚上'物竞班'的课你也不上了？"

宁璃点头。

裴颂闻言，往这边看了一眼。宁璃平常独来独往，这还是第一次在这个时候请假离开。

宁璃没注意这些，背着包走了出去。

楼下。

此时，学校里正是人来人往的时候。

尽管陆淮与已经选了个较为低调安静的地方，但他那张脸，那身形，实在是低调不了。

周围不少人往这边看来。

好在大家有了上次的经验，这次已经平静多了。

宁璃在陆淮与身前站定，仰头看他："我们去哪儿？"

陆淮与接过她的背包，却没急着走，反而从兜里掏出什么东西递了过来。

"给你的。"

宁璃低头看了一眼，一颗糖静静地躺在他的掌心。

这是……

她轻轻地眨了眨眼，将那颗糖拿了过来。微凉纤细的指尖拂过掌心纹理，却似是带着滚烫的温度。

她撕开糖衣，把那颗糖送入口中，清凉甘甜的味道瞬间充斥口腔。

她好看的桃花眼微微眯起："柠檬果糖？"

陆淮与看着她："不喜欢？"

"也不是，不过我更喜欢桃子味的。"宁璃的腮帮子微微鼓起，音调模糊地随口道。

陆淮与了然地颔首："原来是桃子。"

宁璃："……"

她狐疑地看了他一眼。怎么好像有哪里不对的样子？

"二哥，这就是你说的奖励？"

陆淮与屈指轻轻地弹了一下她的额头。

"我看起来像是那么抠门的人吗？这是第一个。"

"还有第二个？"

算一算，从她告诉陆淮与成绩到现在，也不过才一个小时。应该也是来不及准备什么的吧？

宁璃是真的猜不到。

陆淮与带着她往校门口走去："到了就知道。"

到了门口，宁璃一眼看到了程西钺的车。

她微愣："西钺哥也来了？"

程西钺从车窗户探出头，笑眯眯道："宁璃妹妹，听说你考了年级第一？可以啊！真是颇有我当年的风范啊！"

陆淮与拉开车门："没记错的话，你最高也就考了六百九十九分，和七百三十六分是两个世界吧？"

程西钺冷飕飕地瞄了他一眼。

宁璃坐到后排："西钺哥今天怎么也有空过来？"

程西钺哂笑："家里有点吵，我出来透透气。"

宁璃瞬间明白了什么。

成绩出来之后，程湘湘下午就被程家人接走了。程家二房本来就不如大房，这次程湘湘又考得这么烂，想也知道，这天程家不会消停。

程西钺启动车子。

二十分钟后，一行人来到一家私房菜馆。此处装修雅致，环境清幽。

这家店的老板显然和程西钺也是相熟的朋友，打过招呼后，三人进了包间。

宁璃和陆淮与坐在一边，程西钺坐在对面。

菜单递到了宁璃手上。

“宁璃妹妹，尽管点！今天这顿陆二请！”

程西钺对上次日料的事还耿耿于怀，已经打定主意这次一定要报仇雪恨，把损失都吃回来！

宁璃点了几样，又递给了程西钺。

程西钺毫不犹豫地点了一串。酥皮洋葱汤、圣雅克扇贝、黑松露文思豆腐羹……

宁璃眉心微动。这些菜里面，有不少都是陆淮与不喜欢吃的。

她微微侧头，看了陆淮与一眼。

陆淮与神色平静，好似并不在意。

察觉到她的视线，他看过来：“怎么了？”

宁璃顿了顿，道：“冰糖雪蛤汤好像挺好喝的，要不要把酥皮洋葱汤换了？”

程西钺抬头：“宁璃妹妹，你不喜欢那个吗？”

宁璃点点头。

“哎，那行，都听你的！”

程西钺有些可惜地摇摇头。

“我不太喜欢洋葱。”她道。

程西钺喃喃：“陆二也不喜欢，这点你们倒是挺像的……”

可惜，本来还想折腾他一番，现在看来是不行了。

“是吗？那好巧。”宁璃垂眸捧起茶杯，抿了一口。

陆淮与眉梢微挑，片刻，极轻地笑了声：“是挺巧的。”

宁璃抿了抿唇，莫名觉得耳朵有点烧，舌尖还残存着柠檬的清甜气息。

一顿饭吃完，天色已经彻底黑了下来。

宁璃本以为是要回去了，走了一段才发现，程西钺这车竟不是开向叶家的。

“西钺哥，我们这是要去哪儿？”

程西钺看了一眼后视镜：“去云鼎风华啊！陆二没跟你说？”

宁璃扭头。

陆淮与看了一眼腕表，时间应该还来得及。

他偏头，似笑非笑：“到了就知道，怎么，还怕我把你拐了？”

宁璃摇头，清澈的桃花眼就那样看着他：“不会啊，我身上也没什么值钱的东西。”

以陆淮与的身家，真没这个必要。

陆淮与收回视线，看向窗外，修长的手指轻轻地点了点，莫名多了股躁意。他幽深的眸子微微眯起，半晌，薄唇微勾了一下。

有些事，他现在已经不敢打包票了。

云鼎风华。

这是宁璃第一次正式来陆淮与的住处。

偌大的别墅装修简约，脚步声回荡，越发显得冷清。

陆淮与带她上了楼梯："跟我来。"

宁璃跟上去。

三楼，宽敞的阳台之上，架着一台望远镜，陆淮与正站在那儿调试。

宁璃愣住："二哥，这是？"

陆淮与抬头："周翡给你的那本书，是我的。"

他招了招手："今晚九点有流星雨，快到了，来看看吗？"

宁璃走过去。视野之内，是一片深邃无垠的夜空。

忽然，一颗明亮耀眼的流星划过。

陆淮与望着夜色，忽然漫不经心地开口："糖、洋葱和流星，最喜欢哪个？"

最喜欢哪个？

宁璃直起身，看向身侧的男人。灯光映落在他清俊的侧脸上，明明暗暗，看不清晰情绪。

空气似乎变得黏稠，连夜风也流淌得更慢了些。

她的心脏像是被什么攥住，正要说话，程西钺吊儿郎当的声音从后面传来。

"我说，你让宁璃妹妹逃课，就是为了来看这个？"

那股微妙的氛围登时被打破，宁璃心底忽然松了半口气。

陆淮与回头，看了程西钺一眼，眼神极淡。

程西钺脚步一顿，心里"咯噔"一下，脊背莫名蹿上一股寒意。

他僵硬地举起手里的托盘，上面放着切好的水果："这……我吃块水果都不行？"

陆淮与这小子也不至于这么抠啊！

这两人一来就上楼了，东西都是他这个客人自己搞的，他都没说什么呢！

"我帮她请假了。"陆淮与收回视线。

程西钺小心翼翼地挪到宁璃身边："宁璃妹妹，你吃！"

宁璃笑了笑："谢谢西钺哥，我等看完再吃吧！"

程西钺也不勉强，反正当着宁璃妹妹的面，陆淮与还真能拿他怎么样不成？

他在一旁的躺椅上坐了下来，优哉游哉。

“宁璃妹妹，想不到你也喜欢这种东西啊！”

和宁璃认识也有一段时间了，他很清楚这小姑娘内里性子是颇为成熟和坚韧的。

这种小姑娘钟情的浪漫事物，他还以为，她不会有什么兴趣。

宁璃道：“嗯，是挺有意思的。”

陆淮与这一架望远镜架价值不菲，极其珍贵。

程西钺一边吃，一边问：“宁璃妹妹，你许的什么愿？”

宁璃摇头：“我没有许愿。”

程西钺有些惊讶：“没许？那你……”

那些小姑娘不都相信，看到流星的时候许的愿望，一定会实现？

宁璃的嘴角微弯：“我不信这个，而且，我也没有什么愿望要许的。”

她看，只是因为喜欢看。她想要什么，都会自己去亲手拿回来，绝不会寄托在这种虚无缥缈的幻想之上。

陆淮与若有所思地看了她一眼。

宁璃的手机忽然振动了一下。她拿出来看了一眼，愣住。

陆淮与就站在她身旁，且高出她不少，余光一扫，便看了个清楚。

是一条好友申请消息，备注：裴颂。

宁璃正奇怪，就听陆淮与淡声问道：“这好像是上次你那个同学？”

她点点头。

陆淮与眉梢微挑：“你转过去快一个月了，怎么现在才加？”

宁璃道：“班里同学我都没怎么加。

“不过裴颂是班长，会知道我的手机号也很正常。”

“也是。”陆淮与看了一眼时间，“这么晚了，是有什么要紧事？”

宁璃点了同意：“二哥，你先看吧，我问问他。”

说着，她退开一步，低头打字。

程西钺一口西瓜咬在嘴里。

是不是错觉？他怎么觉得气氛好像有点不对？还有点危险？

他往陆淮与那边看去，就见陆淮与再次来到望远镜前，又低头调整起来，身形颀长挺拔，神情一派平静，仿佛对其他事情并不在意。

裴颂先发了消息过来。

“我是裴颂。

“这是周老师今天课上讲的内容，最后那道题，是今天的作业。”

下面发来两张图。

一张是板书的照片，另一张是半张卷子，上面只有一道题。

显然就是裴颂说的那些内容了。

宁璃正要回，陆淮与忽然喊了她一声：“阿璃，这应该是最后几颗了，要看吗？”

宁璃走过去，打算先把手机收起来，过一会儿再回。

陆淮与正好看到被她点开的第二张照片。

“磁流体？”

宁璃应了一声。

陆淮与笑了笑：“一晚上，两个小时，周翡就讲这么点东西？”

宁璃：“……”

周翡少年天才，履历可谓金光闪闪。

可惜，偏偏还有个陆淮与，总碾压他一头。

现在两人从事的领域不同也就罢了，可只要陆淮与想，还是能随时随地将周翡的地盘踩个稀碎。

“正好闲着没事，这道题，我看看？”

陆淮与这话说得客气又嚣张。

宁璃咳嗽一声，把手机递了过去。

陆淮与去旁边的书架上拿了纸笔，往沙发上一坐，便低头写了起来。手机就被他放在茶几上，从头到尾，他只在最开始扫了一眼。

程西钺在旁边看了一会儿，觉得头疼：“这是你多少年前看的东西了，你居然还记得？”

他学生时代学的那些，已经在踏出校门的那一刻，全部还给老师了。

陆淮与没理会他，字迹漂亮流畅。

做完这些后，他便停了笔，耐心地等宁璃看完流星。

大约五分钟后，宁璃终于走了过来，看到陆淮与已经写完，有些惊讶，又觉得是在预料之中。

她拿起第一张，飞快地浏览了一遍。

不得不说，陆淮与的答案，写得比她原本想的思路还要灵便些。

她道：“二哥，我能把这个发给我同学吗？”

陆淮与端起茶杯，不以为意道：“可以啊！同学之间，本来就该互帮互助。毕竟你们竞赛的对手，不局限于一个云州。”

宁璃觉得这话颇有道理。她拍了照，发了过去。

裴颂发出那几条消息后，就看到屏幕上方出现了“输入中”。

然而等了一会儿，对方始终没回消息。

他又把手机放下，重新看起书来。

很快，消息提示音响起。他心中微动，拿过手机看了一眼。

是一张照片，上面写着刚才他发的那道题的答案。

字迹遒劲洒脱，显然并非出自宁璃之手。

他思索片刻，回了消息：“答案是对的，但……这好像不是你写的？”

很快，宁璃回：“对，是我二哥写的。”

二哥？裴颂脑海中浮现一道挺拔清冷的身影。

他看了一眼时间，现在已经九点二十七分。

这么晚了，她……不在自己家？

他放下手机，没有多问。

宁璃并未在意这件小事，收起手机告辞。

陆淮与起身，送她回去。

来到门口，程西钺去开车，二人并肩而立。

“二哥，今天谢谢你！”宁璃轻声道。

陆淮与垂眸看她：“刚才看流星的时候，真的没许愿？”

宁璃不知他为何忽然这么问，摇头。

“没有。”

陆淮与单手插兜，笑了声：“那我今天不是白带你来了？”

“嗯？”宁璃微愣。

陆淮与微微俯身，望入她澄澈干净的桃花眼。

“第一名的奖励，其实是一个愿望。”

宁璃觉得那种有什么压在心脏之上的感觉又来了。

她停顿片刻，道：“可现在已经没有流星了。”

陆淮与轻笑了声：“只要你想许，我来给。

“我再给你一次机会，许吗？”

宁璃仰头看着他，轻轻地颔首：“许。”

陆淮与俯身，侧耳过去，似是准备倾听。

“你说。”

望着忽然靠近的清俊绝伦的侧脸，宁璃眨了眨眼，轻声道：“二哥，这个愿望能先保留着吗？”

清甜绵软的声音传来，掺杂着温热的呼吸。

陆淮与偏头看她。二人距离本就极近，这样更是呼吸可闻，宁璃甚至能看到他幽深的眼中映出的自己的小小身影。

小姑娘还挺贪心，要一张能随时兑换的空白支票。

程西钺正好过来，冲着两人鸣笛，示意他们上车。

陆淮与直起身，薄唇微勾：“行。”

宁璃回到叶家的时候，已经是晚上十点。

客厅沙发上，叶瓷和苏媛坐在一处。

看到宁璃回来，叶瓷抬头看了过来，眼眶有些发红，似乎是哭过了。

她有些紧张地站起身：“宁璃姐，你回来了？”

苏媛似乎想说点什么，嘴唇动了动，到底没出声。

宁璃脚步一顿：“有事？”

叶瓷深吸口气：“我……我是特意在这儿等你回来的，就是……就是想跟你道个歉……”她咬了咬唇，看了苏媛一眼，“今天我不该在没搞清楚真相的时候，就给妈妈打那个电话。宁璃姐，对不起。”

她晚上一回来，就发现了不对。

一问才知道，原来宁璃被叫家长，不是因为她作弊，而是因为她的卷子被别人抄了。

她的第一，的确是自己考的！

而苏媛，算是在教导处丢光了脸，心情又能好到哪里去？

尽管苏媛没对叶瓷发火，可叶瓷还是敏锐地察觉到了不好，干脆就在这等着了。

宁璃挑了挑眉：“我没什么损失，不用跟我道歉。你真正该道歉的，好像另有其人吧！”

叶瓷一噎。

苏媛的脸色也变了变。她站起身，细眉拧着。

本来她也觉得自己冤枉了宁璃，心内有些歉疚，所以叶瓷说要在这儿等着给宁璃道歉，她也就陪着了。

谁知道宁璃一说话就这么难听。这不是故意提醒她，她白天在教导处有多丢人吗？

“宁璃，这件事是小瓷有错在先，可她本意也是担心你。要不是她打电话，我连你被叫家长都不知道！何况她现在是诚心跟你道歉……”

宁璃神色冷淡：“我被叫家长的次数多了去了，你不也都不知道吗？”

苏媛的胸口一堵。

“何况，她道歉是她的事，要不要原谅她是我的事。难道她说一句‘对不起’，我就要无条件地既往不咎？”

天下哪有这么好的事？

叶瓷抿了抿唇。

宁璃看了她一眼。

“有打电话的时间，应该就能多背几个单词了吧？年级第十七名……想上西京大学，可有点难。”

叶瓷缓缓握紧了手。这成绩对她而言的确不算好，尤其是和宁璃比起来。

她想起之前自己还曾说，让宁璃有什么不会的问自己，如今想来，只觉得脸疼。

那时候，宁璃看她，应该就跟看个笑话似的吧？

宁璃转身上了楼。

回到房间，宁璃把书拿出来，一张纸掉了下来。

她捡起来，发现正是陆淮与写答案的那一张。

字迹遒劲洒脱，十分漂亮。

她想起临走的时候，他俯首过来，问："许吗？"

宁璃拿起笔，思忖良久，在那张纸上最下面的一处空白地方，写下了一行字。

而后，她将那张纸折成了一只小船，又拿过桌上放着的一个透明玻璃瓶。那瓶子上面贴着贴画，许是因为年代久远，已经褪色。

这是她为数不多带来叶家的东西之一。

小时候她喜欢吃糖，但家里没钱，奶奶也怕她蛀牙，不肯给她多买。

宁海舟出事后，奶奶买了满满一罐糖给她，说一星期一颗，吃完爸爸妈妈就都回来了。

她一个星期一个星期地数过去，直到吃完最后一颗，只剩下一个空荡荡的瓶子。

她把那只小船放了进去。

段栩的警告处分第二天就下来了。而他抄了宁璃的卷子，接连抄出几个全对的战绩，也传得沸沸扬扬。

本来私下还有一些传闻，说宁璃被叫家长就是因为考试作弊，段栩的处分公告一出，谣言总算不攻自破。

下午第一节是体育课。短暂的训练之后，就是自由活动。

宁璃在跑道上慢跑。

不一会儿，后面追上来一个人。

"哎，学霸！"

她侧头，果然是段栩。

段栩腿长，干脆倒着跑，一边跑一边道歉："学霸，真是对不住啊！这次真是连累你了！"

怎么说都是他全责。

昨天她走太快，没来得及正式说声"对不起"，他心里还挺过意不去。

宁璃淡声道："没什么。"

成绩没抄到不说，还落了个处分，实在是亏。也不知道他怎么能抄成那样。

段栩挠挠头。

学霸好像有点"高冷"啊！但人家被自己拖下水，居然也没生气，真是好脾气！

他笑起来，露出一口大白牙：“这次算我欠你一次！以后学霸你有什么要帮忙的，尽管开口就是！”

宁璃还真想不到什么需要让他帮忙的：“不用。”

换成普通人，看宁璃这么冷淡，早就识趣地走了。

但段栩偏不。他甚至觉得学霸身上充满了人性宽容的光辉。

“那是宁璃和段栩？”

篮球场，任谦等人刚打完一场球，正在休息，抬眼就看到这一幕。

旁边几个男生跟着看过去。

“校花认识段栩？”

“没听说吗？段栩这次就是抄的她的卷子！”

“这事和宁璃没什么关系，段栩那个智障，抄人家的答案，都不知道改的！”

“不过看着他们挺熟的啊……啧，不会是有什么吧？校花性格那么冷淡，段栩都跟在旁边聊了多久了？”

任谦皱了皱眉：“乱说什么？段栩那个自来熟，跟谁都能聊上三天三夜。”

一个男生笑起来：“那也不一定啊！越是这种好学生，越容易喜欢段栩那样的，不是吗？以前那小子可没对哪个女生这么殷勤吧？”

段栩成绩烂，但在女生里也的确是极受欢迎的。

“说不定……”

这话没说完，一颗篮球飞了过来，那男生连忙接住，撞得肋骨都疼了一下。

裴颂神情冷淡：“继续。”

几个男生对视一眼。

裴颂已经转身朝球场中间走去。

被砸的男生抱着球，有些忐忑地看向任谦，小声问道：“谦子，裴哥怎么好像不怎么高兴的样子？”

任谦目光闪了闪，笑起来：“有吗？裴哥的性子不是一向如此吗？”

说着，他手臂一伸，瞬间将那男生手里的球抢了过去。

“哎！你偷袭啊！追他！”

一群男生立刻跑了起来，将这小小的插曲抛诸脑后了。

叶瓷和程湘湘坐在操场看台。

“小瓷，对不起啊，早知道我该打听清楚点再跟你说的。”程湘湘一脸歉疚。

叶瓷摇摇头：“没事，我已经向宁璃姐和妈妈道歉了。而且这件事，本来我也有错。”

她这么说，程湘湘心里更憋闷。

叶瓷从小到大，一直很优秀，估计还是第一次因为这种情况跟家里认错。

她踢了踢脚，烦躁不已：“谁知道那成绩居然真是宁璃自己考的？之前不是一直说她在临城的时候，成绩是中下游徘徊的吗？怎么来了二中，忽然就考得这么好了？小瓷，你说，她是不是有答案？”

叶瓷眼帘微垂：“试卷是各个教学组分开出的，答案也是各自保存，她再厉害，也不可能拿到四份答案吧？”

她看过宁璃的卷子，是抄答案还是真的会，很容易分辨出来。

程湘湘哼了一声，还是满心不服：“那就说明她以前都是装的！她一定是想先假装自己成绩不好，等转过来以后，再故意考个高分，压过你一头！这样，她就能在阿姨那儿讨喜了。这种人心机真深。”

叶瓷眉头微微拧起：“这……不至于吧？”

“怎么不至于？小瓷，你可别忘了，她这么多年没有父母带着，现在叶家肯接纳她，她肯定想抓住机会，分走阿姨对你和小晟的关心。”

叶瓷停顿片刻：“应该不……”

“叶瓷？”一道惊喜的声音从旁边传来。

二人抬头，是一个穿着运动短裤、背心，高高壮壮的男生。

“你是来看我们训练吗？”

丁希和他们同届不同班，是校足球队的队长，也是市青少年足球队重点培养的苗子。

他刚热身完，看见叶瓷，就跑了过来。

叶瓷尚未说话，程湘湘就道：“你们那训练有什么好看的？没看见小瓷心情不好吗？别来烦我们了。”

丁希看了叶瓷一眼。其实月考成绩出来后，他就有点担心她，现在看来，果然是……

“叶瓷，你没事吧？”他小心翼翼地问道。

“被人踩在头上欺负，还能没事？那个宁璃……”

“湘湘。”叶瓷出声，不赞同地看了程湘湘一眼，她这才闭嘴。

叶瓷站起身，冲着丁希道：“我没什么事，你回去训练吧！”

丁希还想问点什么，叶瓷却已经拉着程湘湘下去了。

他摸了把脖子，回了球场。

“队长！”

一个队员正好把球传给他。

丁希随意地颠着球，余光一瞥，就看到正巧从跑道经过的宁璃。他的舌头顶了顶上颚，忽而一脚将球踢飞！

宁璃跑着步，任由段栩在那边不断念叨，态度始终冷冷淡淡的。

时间长了，段栩也终于觉得自己好像话有点多了。

“那……那学霸，该说的我都说了，就不打扰你跑步了。”

段栩说着，终于准备转身走人。

然而刚一扭头，就看到一颗足球正迅速朝着这边飞来，直奔宁璃！

他脸色一变，立刻上前，一把拽住宁璃的胳膊，往旁边一拉！

“小心！”

同一时刻，忽然有另一颗球，从其他方向飞来，精准无比地砸落在那颗足球之上！

“砰！”两球相撞，一声闷响，险险从宁璃面前擦过！

宁璃其实在足球飞来的时候，就已经察觉到不对，正打算躲，没想到段栩动作更快，直接把她拉开了。

段栩松了口气，连忙看她：“学霸，你没事吧？”

宁璃摇摇头：“我没事，谢谢你！”

段栩松开手，拍了拍胸口：“还好、还好！”

刚说过要报答人家，要是转眼人在自己跟前出事了，这传出去他还混不混了？

“刚才你能躲开，主要还是那球被打飞了，这篮球是谁的？”他走过去捡起球。

宁璃往旁边的篮球场看去，正巧撞上裴颂看过来的目光。

他站在篮球架下，原本应当是准备投篮的。

任谦冲着段栩招了招手：“段栩，球还给我们裴哥！”

段栩一把将球传过去：“谢了！”

裴颂接了球，任谦笑眯眯的，也不继续打球了：“宁璃是我们（1）班的人，你帮忙谢个什么劲？”

段栩一想，也是。他扭头看向足球场：“这谁踢的？没长眼睛？”

这声一出，四周登时安静下来。

丁希上前，脸色不善道：“段栩，怎么说话的？”

“你踢的？”段栩笑了。

两人都是各自球队的主力，平常来往不多，私下互相看不上。

“我说，二中足球队队长，就这么个水平？丁希，你那球踢不进球门，踢人倒是准啊！”

就刚才那一球，力道十足，要真落在宁璃身上……只怕后果不堪设想。

丁希让人把足球捡了回来，没什么表情地说道：“不小心失误了，你们自己正巧走过来，怪谁？再说，她不是没事吗？”

段栩气笑了：“你这是故意找事？周围这么多人，哪个不是看得清清楚楚？你是不是故意的，你自己心里清楚！”

丁希嗤了声，转身就要走：“继续训练！”

“等等。”冷淡清冽的嗓音传来。

裴颂不知何时走了过来，淡漠的视线落在丁希身上。

“道歉。”

任谦几人也跟在他身后，无形中将丁希包围了起来。

有一点任谦说得不错，宁璃是他们（1）班的人，哪儿有被人欺负了，他们就在旁边看着的道理？

丁希皱眉：“什么意思？”

足球队的男生也围了上来。

“没什么意思，就是挺好奇，你那一球是怎么踢的？”任谦凑上来，笑呵呵的，“再给我们演示一遍呗？”

丁希冷笑：“怎么，想动手？”

段栩道：“你要想挨揍，也不是不行。”

篮球队和足球队互相看不上，以前不是没发生过摩擦。真要打，他们还能输？

双方气氛紧绷，一触即发。

忽然，清淡平静的声音传来：“你刚才说，这一球，是不小心失误了？”

说话的是宁璃。

丁希表情不耐烦道：“是又怎么了？”

宁璃笑了笑：“没什么，就是觉得，为这么个小事打架斗殴，再拿个警告处分，好像不是很值当。”

丁希的脸色微变。

最近省队在选人，他也正处在审核阶段，要真是档案里被记了这么一笔，极有可能影响到最后的考核结果。

这一架，他还真的打不得：“那你想如何？”

宁璃道：“很简单。你去守门，只要我把球踢进球门，你就跟我道歉。”

丁希以为自己听错了，差点嘲笑出声：“你说什么？”

宁璃居然要跟他打这样的赌？这不是自己给自己找不痛快？

“怎么，不敢？”宁璃挑眉，似乎并未觉得自己这提议有什么不对。

“我有什么不敢的？”丁希嗤笑，“但得提前说好，要是你那球没进……”

“那球要是没进，今天这事就算了。”

段栩在一旁听着干着急，连忙劝道：“哎，学霸，你真要这样？”

丁希虽然人品不行，但足球确实踢得可以。

他虽然是前锋，可临时当个守门员，想拦下宁璃的球，还不是轻而易举？

宁璃却似乎心意已决。

丁希把球踢过来："就这么说定了！"

足球场旁边很快围了里三层外三层。

丁希换上手套，在足球门前站定。

宁璃抱着球走了过来，在他正前方站好，把球放下。

丁希讽刺一笑："好学生，之前怕是连足球都没摸过吧？知道怎么踢吗？"

宁璃直起身，非但没生气，反而认真地点了点头："是没怎么踢过。"

不过，也不影响。

任谦在旁边看着，还是有点担心，小声地问道："裴哥，我们真不去帮忙啊？"

这一球宁璃九成九是踢不进的，周围还有这么多人，出不了气不说，说不定还得被人笑话。

裴颂点点头，没说话。

段栩已经在旁边开始琢磨着叫人了。但凡丁希敢有点什么动静，立刻开干。

叶瓷和程湘湘不知道什么时候也来了。

叶瓷微拧着眉，似是有些生气："丁希，你在干什么？"

看见是她，丁希摸了摸后脑勺："叶瓷，这可是她自己提出来的，不怪我。不过，只要你开口，看在你的面子上，这次大不了就算了。"

他追叶瓷的事，是尽人皆知的事。

周围不少人暗暗交换视线。

"不是说叶瓷和宁璃不和吗，想不到叶瓷还会帮她说话？"

"我看每次都是宁璃对叶瓷爱搭不理，态度冷淡，叶瓷居然还愿意这么帮她啊，人跟人真是有差距。"

"说起来，宁璃才是叶家的外人，她有什么立场对叶瓷这个态度？"

"别人的家事，我们又不清楚，还是少说点吧！"

…………

叶瓷的唇瓣一动，刚要开口，便被人抢了先。

"不用。"

场上静了静，无数人看向宁璃。

她活动了一下脚踝："该怎么解决，就怎么解决。"

她都这么说了，叶瓷只好闭嘴。

"不知好歹。"

丁希冲着宁璃勾了勾手指："行，来！"

宁璃眼帘微抬，漂亮的桃花眼中，似是泛着冷芒。旋即，她嘴角忽然弯了弯。

丁希心里不知怎的"咯噔"一下。但还没来得及思考，宁璃已经抬脚。

他立刻向右扑去，却发现那球根本没动，她居然晃了一个假动作！

此时，丁希左边是大空的球门，大好机会！

随即，宁璃终于将球踢出！

然而很快，大家就发现，那球并未冲着球门而去，反而是直奔丁希！

丁希只觉一股冷风袭来，下意识就要躲开，可身体惯性太大，根本来不及！

那球上的劲道极大，且打旋飞快，丁希只勉强用胳膊挡了一下，但那球还是重重地撞在了他的半边脸上。

丁希被撞得踉跄几步，眼前一阵发黑，鼻腔酸疼。

他抹了一把，发现手心都是血。

"队长！"足球队的登时慌了，连忙冲上去。

四周围观的众人也没想到宁璃这一脚居然这么猛，齐齐失声。

宁璃耸了耸肩，似是有些遗憾："啊，可惜了，球没进。"

听到这话，丁希满心愤怒几乎要冲出胸膛："你故意的！"

傻子都看得出来，宁璃根本不是要射门，从一开始，她的目标就是他！

宁璃挑眉看了他一眼："我连球都没摸过，也不会踢球，怎么就成了故意的了？不过就是个小失误，何况，踢足球的，流点鼻血似乎也不算什么大事吧？"

"你！"丁希气得肺疼。

这些话都是刚才他说的，宁璃现在反将这些话还给了他。

旁边一个球员看不下去："你这么踢，不怕出事吗？！哪有冲着人家脑袋来的！"

段栩忽然吹了声口哨："怎么没有？刚才丁希那一球，不就是冲着学霸的脑袋去的？"

那男生登时哑口无言。

段栩晃着一双大长腿，笑得灿烂："再说了，人家那可是能考七百三十六分的脑袋，你们队长的脑子乘二，也比不上吧？"

原本死寂的人群，不知是谁"扑哧"笑了一声，又连忙消音。

丁希愤怒到了极点，作势就要上前，顺带猛力一脚将旁边的足球踢走。

"你！"

"啊！"

一道痛呼声忽然传来。

众人一惊，连忙顺着声音看去，就看到叶瓷正捂着肩膀，一脸痛苦的样子。

丁希那一脚，不小心将球踢到了足球门框上，又被反弹出去，好巧不巧的，打在了叶瓷身上。

她是刚才要说话，才走到了那个位置，结果就这么被牵连了。

“叶瓷！”丁希顿时慌了。

第十章

家 长 会

医务室。

宁璃几人站在门外。段栩透过玻璃，往里面看了一眼，隐约能看见一个妆容精致的女人，正满脸担忧地站在病床前。

他忍不住嘟囔了一句："学霸，那个就是你妈妈？她怎么……"

叶瓷被送来之后没多久，苏媛就火急火燎地赶来了，甚至没来得及和宁璃打招呼，就进了里面去看叶瓷。

上次宁璃被叫家长，苏媛进了办公室不问清楚，就认定宁璃作弊。

而现在……

宁璃的表情淡淡的，没说话。

段栩捋了一把自己的寸头。

叶家的情况他也听说了一些，那女人好像是宁璃的生母，跟叶瓷反而没什么血缘关系。

可不知道的，看见这场景，估计会以为叶瓷才是她亲生的。

他想起自家老父亲，虽然巴掌打得毫不留情，倒是也没这样……

过了一会儿，苏媛等人从里面出来。

"叶夫人，实在是不好意思，没想到会发生这样的事……"耿海帆跟着校医一同出来，一边走一边道歉。

苏媛虽然生气，却也不好发火："说起来都是意外，耿老师不必自责。只是我得先帮小瓷请个假，再去医院看看。"

虽然校医说没什么大碍，但她心里还是不放心。

耿海帆理解地点点头："这个是应该的。若有任何问题，叶夫人随时给我打电话就是。"

苏媛让邹华先带叶瓷回车上，自己则是往宁璃几人这边走来。

丁希也在旁边站着。他担心叶瓷，本想跟着进去的，但知道叶瓷已经给家里打了电话后，就老老实实在外面等着了。

"你就是丁希？"

丁希垂着头："阿姨，对不起。"

苏媛的脸色有些冷："本来这件事是要上报学校的，但小瓷说，要是你现在被记了处分，对你的前途有不小的影响。考虑到这一点，这件事，我们就不追究了。"

丁希紧绷许久的神经终于放松了些，抬头看了过去，然而苏媛的下一句话，却又令他心头一冷。

"但是有一点，从今天起，你离我们家小瓷远一点。她是要考西京大学的，耽误不起。"

丁希脸色红一阵白一阵："谢谢阿姨，我知道了。"

说完，苏媛又走了几步，来到宁璃身前："宁璃。"

宁璃抬眸，目光清冷。

“在学校，你的脾气还是要收一收。最开始我就跟你说过，小瓷比你小，你是当姐姐的，要照顾着她点，可你就是这么照顾的？”

段栩在旁边听得一脸蒙。

不是，叶瓷受伤，和宁璃有什么关系？球是丁希踢的，叶瓷是自己走过去的，纯粹就是个意外，这还能怎么照顾？

再说了，要不是宁璃躲得快，现在躺在校医院的，可就是她了啊！

宁璃脸上却没什么波动，仿佛并不意外她这么说。

“我独来独往惯了，不知道怎么照顾人，你要实在是不放心，不如还是自己来。反正这事你做了十一年，再得心应手不过了。”

她语气清冷，话里却像是带着刺，刺得苏媛满心不舒服。

苏媛的细眉拧起：“你对妈妈有怨气，何必牵连其他人？”

宁璃闻言，定定地看了她一眼，摇头：“不，我对你没有怨气，我只是给出个提议罢了，要不要这么做，你自己思量就是。”

抱有希望，才会失望。渴望拥有，才会患得患失。

而现在，这些都已经和她无关。

苏媛眉头皱得更紧了。

自打宁璃被接回来，她就油盐不进，漠然冷静得完全像是一个局外人。苏媛看了宁璃一眼，没再说什么，转身离开。

空气有了一瞬间的凝滞，段栩小心翼翼地看了宁璃一眼。他真的从未见过，有任何一对母女，竟是这样的相处方式……

宁璃手机振动了一下。她拿出来看了一眼，是陆淮与的消息。

“又在学校打架了？”

宁璃并不奇怪他知道这事，八成是周翡说的。

虽然没上报学校，但操场上人那么多，整个学校的老师、同学间都已经传得沸沸扬扬。

她回了一句：“没有，就是切磋一下球技。”

云鼎风华，二楼主卧。

陆淮与靠坐在床头，黑发有些凌乱，眉眼间还带着几分刚刚睡醒的倦意。

看到宁璃的回复，他的凤眸微眯。

正巧，顾听澜也发来一条消息：“今天感觉如何？”

他微微仰头，扯了扯衣领口，那种被紧紧束缚的感觉消退了些。

他并不打算回复，掀被起身。刚刚站起，余光一瞥，就看宁璃那边又发来了一句。

他点开：“我打赢了。”

陆淮与盯着这行字看了好一会儿，心头盘踞的几分躁郁悄然散去。

他低笑了一声："这么厉害。"

顿了顿，他又点开顾听澜的对话框。

顾听澜去临城后，断断续续会跟他聊一些东西，也会问他的情况。

他回的次数不多，尤其是这方面。

想了会儿，他打下一行字："很好。"

感觉，真的很好。

这件事就这样不了了之。

第二天下午，高三全年级一同召开家长会。

不断有家长进入教室，耿海帆站在讲台上，家长们已经来得差不多了，在各自孩子的位子上坐着。

大多数学生都去了自习室，或者操场。

唯有宁璃，一直在自己的位子待着。

眼看着时间快到了，耿海帆走过去："宁璃，你家长怎么还没来，是路上堵车了吗？"

宁璃摇摇头："他们今天不来。"

耿海帆皱眉："不来？这是为什么？开家长会的消息昨天已经发到班级群了。"

"叶瓷今天下午还得去医院做个检查。"宁璃言简意赅道，"耿老师，我自己开也行。"

小时候的家长会，都是奶奶去，后来她身体不太好了，宁璃也不想让她操心学校那边的事，就都是自己给自己开家长会的。

耿海帆觉得不好："但今天是你转来之后的第一场家长会，还是有家长一起比较好。"

他转身出去给苏媛打电话。

宁璃隐约能听到一些。

"叶夫人，家长会马上就开始了，您还没来吗？

"是，我理解，孩子的身体是第一位的。但是，今天的家长会比较重要，尤其对宁璃，您还是抽时间来一趟吧？

"您要是真的脱不开身，那不知道叶先生那边……

"好吧，我知道了。"

耿海帆挂了电话。

周翡正好从旁边路过："哟，耿老师，跟谁打电话呢？！"

耿海帆叹口气："没什么，本来打算和宁璃家长说一下她成绩的事，再商量一下之后竞赛和高考的事，但他们都脱不开身。"

周翡往教室里看了一眼。一群家长中，坐着个小姑娘，格格不入。

耿海帆看了一眼时间："我先回去了，周老师，你忙。"

周翡摸出手机。

"这次的月考成绩，相信各位家长已经拿到。这次的家长会呢，主要是想让大家对孩子的情况，有一个大体的了解。"

耿海帆站在讲台上，手里拿着班级的成绩单。

"距离高考还有不到八个月的时间，这个阶段是非常关键的，不能有丝毫松懈。"

教室里的家长们纷纷赞同地点头。

宁璃坐在自己的位子上，听到这些话，神色平静。

耿海帆先讲了学校的一些安排，而后又详细分析了这一次月考的成绩。

"对于高三学生而言，保持心态稳定是非常重要的，这一点上，刚转学来的宁璃，就是一个很好的例子。"

耿海帆说着，看向宁璃，脸上带着赞赏的笑意。

"她很快就适应了二中的环境，而且在这次的月考中，轻松拿下了年级第一。"

听到这话，教室里所有家长都往这边看了过来。

之前的第一都是裴颂，这个小姑娘一来就考得这么好，的确是不服不行。

"这就是那个考了七百三十六分的宁璃吧？真是厉害。听说这次整个年级七百分的，一共也才四个呢！"

"不过……这孩子成绩这么好，家长怎么没来开家长会？再忙，这点时间都抽不出来吗？"

"听说这孩子家里情况挺复杂的……"

家长们低声议论着什么，再看向宁璃的眼神，就变得复杂起来。

宁璃对这些目光视若无睹。

耿海帆道："宁璃，你……"

敲门声响起，教室门被人推开。一道颀长挺拔的身影，出现在教室门口。

那是一个风姿清贵的年轻男人。质地极好的黑衬衫，衬得他肩宽腰窄，黑色西裤裁剪得当，臂弯搭着一件黑西装，似乎刚从某个正式场合赶来。

他眉眼深邃清冷，通身上下都透着骨子里的贵气。

"请问，"他开口，声色低沉悦耳，"这是高三（1）班吗？"

偌大的教室鸦雀无声。一是这男人来得太突然，二是……这人一身的风华气度，实在是夺目。

耿海帆点点头，神色惊讶："这里是（1）班，不知您是？"

他之前并没有与这位打过交道，但看起来，似乎不是一般人。

"陆淮与。"他的目光落在教室一角的那道身影上。

“我是来给宁璃开家长会的，临时有点事耽搁了，这才来晚了，抱歉。”

耿海帆愣了一瞬，很快反应过来。

陆淮与，这不就是之前帮宁璃请假的那个吗？

好像是宁璃的二哥？

他笑起来：“不晚、不晚，我们正好说到宁璃。陆先生，请进吧！”

之前他给苏媛打电话，好说歹说，都没能把人请过来。

为这事他还有些生气。

他当然看得出来苏媛对待这两个女儿的区别。叶家家大业大，想找个人陪叶瓷检查身体还不简单？

这次的家长会对宁璃意义重大，实在是缺席不得，可……

还好，叶家没来人，但来了个陆淮与。

陆淮与颔首道谢，便往宁璃的座位走了过去。

这里的一些家长是认识陆淮与的，又或者听过他的名头，故而，此时看见这位居然出现在这里，还是给宁璃开家长会，几乎惊掉了下巴。

陆淮与却似乎并未意识到这有什么，长腿一迈，很快便来到了宁璃的身前。

宁璃还有点没回过神来。陆淮与怎么……怎么来给她开家长会了？！

她没有同桌，所以旁边的位子是空着的。

陆淮与拉过一把椅子，径自坐了下来。男人身上清冽的冷香，混杂着一丝极淡的酒气，扑鼻而来，瞬间将她笼罩。

他喝酒了？

宁璃又仔细地看了他一眼。他极少穿得这样正式，难不成是刚从酒局下来？

他的黑发略微凌乱，鼻尖隐约沁出汗珠，似乎来得匆忙。

他扯了扯领带，松开了领口的扣子，露出一截精致的锁骨。

宁璃就坐在他身边，甚至能清楚地感受到男人身上传来的热气。

耿海帆重新拿起了成绩单。

宁璃忍不住小声问道：“二哥，你怎么来了？”

陆淮与靠在椅背上。他身量极高，这位子就显得有些拥挤，稍微动作一下，两人便似乎能碰到一起。

他挑眉笑了笑：“我刚才不是说了？”

宁璃：“……”

除了小时候奶奶去学校的几次，余下的大部分家长会，她都是自己给自己参加的。以至于现在，竟觉得这种感觉有些陌生。

她想说点什么，却又不知从何说起。

“宁璃的成绩……”

耿海帆提到了她的名字。

陆淮与抬头看向讲台，目光认真。

宁璃心里像是被什么充盈得满满当当。

那是一种，极其陌生的感觉。但是，她不讨厌，甚至……

她垂下眼帘，无意识地捏紧了卷子的一角。

家长会开了足足四十分钟。

开完之后，耿海帆又被不少家长围了起来。

教室里重新喧闹起来。

宁璃这才又看向陆淮与。

似是知道她想问什么，陆淮与主动开口："正好在附近吃饭，周翡说你自己开家长会，我就过来了。"

宁璃已经猜到是周翡透露的消息。

但其实她并不知晓，周翡只是觉得叶家这事做得太离谱，就顺带跟陆淮与吐槽了两句。

谁知道陆淮与就这么过来了。

"那……没耽误二哥你的正事吧？"

在云州养病的这段时间，陆淮与应当是推掉了绝大部分的工作和应酬的。

这么久以来，她只在程老爷子的寿宴上，看过他穿正装。

他这天的着装如此正式，还喝了酒，应该是有其他要紧事。

陆淮与闻声，看了她一眼，薄唇勾了勾："没有。"

"您是宁璃的哥哥吧？"

旁边一位家长走了过来。

那是一个看起来四十多岁的女人，身材微胖，打扮普通。她似乎并不清楚陆淮与的身份。

陆淮与思忖片刻："是。"

那女人一脸羡慕，殷殷切切地问道："你们家宁璃可真是厉害，听说这次考了七百三十六分啊！您家里是怎么教的，能不能给我们也传授传授经验？"

她问得热烈，并未看到说出这话后，对面陆淮与眉梢微微扬起。

宁璃听着这话觉得不对，张嘴就要解释。

可还没来得及说话，陆淮与就率先应了。

"经验倒是说不上，平时家里人比较忙，主要还是阿璃自己懂事。"

宁璃瞪着眼睛，看了陆淮与一眼。

这话接得这么顺？

那女人羡慕得不得了："那你们家可真是好福气！不像我们家那个，成天没点自觉，学习全靠我们做家长的监督！"

陆淮与笑了声："小孩玩性大，本也正常，好好引导就是了。现在离高考还有一段时间，来得及。"

"是、是、是，我们也是这么想的！不知道宁璃平常都做些什么资料？我看要不给我们家那个也添上？"

宁璃刚要阻拦，陆淮与已经流畅地报出了几个书名。

"……"

宁璃默默在心里为这位同学鞠了一把同情泪。

"大概就是这些，不过，学生还是应该因材施教，适合阿璃的，未必适合其他人。"

那女人又听得连连点头，感慨不已："想不到陆先生这么年轻，却对这些这么了解，居然连宁璃做什么卷子都知道。"

"嗯，因为是我挑的。"

"啊，原来如此！看得出来，陆先生对宁璃真的很关心啊，你们兄妹的感情真是很好啊！"

听到后半句话，陆淮与的目光微深，没有回话。

宁璃怔了怔，看了他一眼。

这是……默认了？

兄妹……可他们不是啊！

她心里莫名生出点不舒服来，却又说不出是哪里。

"陆先生。"耿海帆应付完那些家长，终于腾出空来，"陆先生，您现在方便的话，我们聊聊宁璃的成绩和竞赛吧？"

陆淮与颔首："耿老师请说。"

"是这样，以宁璃的成绩，只要一直保持下去，报考全国顶尖的学府，肯定是没问题的。而她在'物竞班'的表现，我听周翡老师说过，也是很出色的。但这两件事都极其消耗时间和精力，我的意思是，想问问宁璃更偏向哪条路？"

若是拿奖，宁璃就有机会获得保送资格，不用再熬到六月高考。可她的成绩又实在是出色，搞不好能摘个状元回来。

学校这边颇为纠结，就想看看宁璃的想法。

陆淮与看向宁璃："阿璃，你怎么想？"

宁璃似乎早就想过这个问题，很干脆地给出了答案："物理竞赛我会继续，而高考，我也会照常参加。"

放弃哪样都是遗憾，所以她都不会放弃。

耿海帆有些惊讶："可这样的话，你会很累的。"

宁璃的目光平静而清亮：“我知道，但我已经想好了。”

“这……”

耿海帆看向陆淮与，想听听他的意见：“陆先生怎么想？”

陆淮与笑了笑：“她怎么想，我就怎么想。”

其他家长陆续离开。

中间，程湘湘的妈妈等人过来和陆淮与打了个招呼，见陆淮与似乎兴致不高，也没多逗留，很快走了。

宁璃正打算问陆淮与怎么回去，就收到了程西钺的短信：“宁璃妹妹，陆二现在还在你那儿吗？”

宁璃觉得有些奇怪。

程西钺要问陆淮与的行踪，怎么不直接找陆淮与，反而来问她？

“在。”

程西钺捋了一把头发，看了眼时间，有点焦虑。

“我这边临时有点事过不去。他刚才喝酒了，你能不能陪他回云鼎风华？”

宁璃目光微抬，走廊上，陆淮与正与耿海帆说着什么。

他的侧颜精致，目光清冷，看不出醉酒的样子。

但程西钺既然这么问了，估计是有其他考虑。

宁璃回了消息：“好。”

陆淮与走过来：“跟谁聊呢？”

宁璃收起手机：“西钺哥说过不来了，让我陪你一起回去。”

陆淮与的眉心飞快地皱了一下，但很快舒展开。

“不用，你在这儿好好上课就是。”

“下节课是自习。”宁璃微微仰脸，桃花眼静静地看着他，“反正你住的地方距离这里不远，我送你回去，很快就回来。”

陆淮与看她坚持，也不再拒绝，拍了拍她的头。

“行。”

两人出了校门，拦了一辆出租车，赶往云鼎风华。

到了车上，密闭的空间内，陆淮与身上的酒气就更明显了些。

“二哥，你喝了很多吗？”

陆淮与摇摇头，按下车窗：“不多。见几个朋友，聊得多了些，就喝了点。”

宁璃“哦”了一声。

陆淮与长腿交叠，手指轻点：“今天你们耿老师说……”

耿海帆找他过去，又交代了一些内容，他挑着和宁璃说了几条。

他的音色本就低沉悦耳，如今带着几分酒气，便更显得散漫慵懒。但说到关于她的那些，又都极其细致周到。

宁璃坐在旁边听着，一开始还点头应和一下，后来便不再说话了。

陆淮与察觉到她似乎情绪不高，顿了一下。

“怎么……”

司机忽然一个急刹！

宁璃的身体不受控制地往前栽去，眼看便要撞到前面，手腕忽然被人握紧，而后整个人都半扑到了一个坚韧平坦的胸膛上。

陆淮与一只手环抱着她的肩膀，一只手按着她的头，脸色极冷地看向前面。

“怎么开的车？”

司机连忙解释：“前面好像出车祸了！”

闻言，宁璃从他怀里挣扎着抬起头。

前面不远处，两辆轿车相撞，司机是为了避让才急刹车的。

她拉了拉陆淮与的袖子：“二哥！”

他手上格外用力，她甚至觉得有些疼了。

忽然，她的声音一顿。

陆淮与的神色似乎有些不太对……

陆淮与闭了闭眼，松开她，声音低哑：“绕过去就是。”

十五分钟后，云鼎风华。

陆淮与下了车，便让司机送宁璃回学校。

宁璃坐在车里，回头看了一眼。

陆淮与已经进了院子。想起他先前的反应，她心里总有些担忧。

片刻，她道：“师傅，麻烦掉头。”

别墅的大门居然没有锁。

宁璃的眉头微皱，快步走了进去，上了二楼。

陆淮与主卧的门微微敞开，西装外套散落在门口。

她放轻了步伐，敲门：“二哥？”

无人回应。她抿了抿唇，推门而入。

房间的窗帘拉着，很黑。隐约能看到床上躺着一个人。

他似乎是睡过去了，又不太像。

宁璃来到床边：“二哥？”

陆淮与似是听到了这动静，皱了皱眉，缓缓睁开眼睛。

宁璃俯下身，去摸他的额头。

“发烧了吗……”

陆淮与忽然一把攥住她的手腕，猛然将她拉下！

宁璃猝不及防摔到床上，脊背撞到床头，抬眸便撞上陆淮与的目光，冰冷凶厉，陌生至极，像是盯着忽然闯入自己领域的兽，警觉而危险！

宁璃一惊："二哥！"

陆淮与的动作一顿，片刻，他眼底似冰雪消融。

宁璃松了口气。

然而下一刻，陆淮与便欺身而来，捧住了她的脸。

他望着她，略带薄茧的指腹从她柔软的唇瓣上擦过，珍重又贪恋。

终于，他还是俯首靠近。

他灼热的呼吸混杂着酒气，散落在她的脸上，像是星火足可燎原。

宁璃整个人像是被钉在原地，唯有心脏快速地跳动着，像是要脱离掌控。

陆淮与越靠越近。

她几乎是下意识地喊了一声："陆淮与！"

安静宽阔的房间内，这声音便显得格外清晰。

陆淮与的动作一顿，距离她的唇，不过咫尺之距。

他眼帘微抬。二人对视，她这才发现他眼中似是笼了一层薄薄幻雾，眼角泛着红。

这模样……他现在似乎并不清醒？！

宁璃心绪复杂，就那样直直地看着他。

陆淮与忽然抬手，捂住了她的眼睛。

宁璃的眼前登时陷入一片黑暗。而后，有什么微微压了一下。

她愣怔片刻，才反应过来，陆淮与竟是吻在了他自己的手背上。

意识到这一点，她的脸顿时烧起来。

"你乖一点，别招我。"陆淮与的声音极轻，像是叮嘱，又像诱哄。

而后，他终于退后了些，翻身倒在床上。

等了好一会儿，他没再动。

宁璃偏头看了一眼，发现他双眸紧闭，似乎真是睡着了。她抿了抿唇，起身帮他盖上了被子。

昏暗的房间重新安静下来，宁璃在床边站了好一会儿。

楼下有脚步声传来，似是有些急促。宁璃回神，用手背贴了一下脸颊。

"陆二？"房门被人推开，程西钺一边问，一边往里走。

然而刚走了一步，抬眼就看见房间内还站着一个人。他惊了一下。

宁璃转身走了出来。

"宁璃妹妹，你还在这儿？"程西钺一脸震惊。

他还以为宁璃把陆淮与送回来就回学校了。

他惊疑不定地往房间里看了一眼："陆……陆二在里面？"

宁璃点点头："他刚睡。"

程西钺的眼角跳了跳，小心翼翼地问道："那……那……你一直在这儿？他……他没什么不对吧？"

陆淮与喝了酒，又是这个时间点，他就是担心出问题，这才火急火燎地赶来了。

宁璃脑海中浮现刚才黑暗中的场景。

走廊的灯光映落，明亮灿烂，和主卧内的黑暗静谧完全不同。一扇门，似是隔开了两个世界。

方才的一切，如梦一般。

她摇摇头："没有，就是好像因为喝了酒，有些疲倦。"

程西钺松了口气。那就好、那就好。

听着里面安安静静的，人似乎的确是睡着了，他想了想，还是没进去。

"他的睡眠不太好，所以生物钟比较乱。"

这句算是解释。毕竟一般人也不会在这个时间点休息。

程西钺说完，又看了宁璃一眼，看她点点头应了，似乎并无追问的意思，悬着的心这才落下。

"那，宁璃妹妹，我送你回学校吧？"

"谢谢西钺哥，不过不用了，我自己可以回去。"

宁璃婉拒，程西钺看她坚持，也就同意了："那你路上小心，到学校了给我发消息。"

"嗯，我知道。那我先走了，西钺哥再见。"

程西钺把宁璃送出门，看她坐上车走了，这才重新回了别墅。

宁璃回学校的时候，天已经黑了。

下午最后一节课结束，正是吃晚饭的时候，教室里空了一大半。

"宁璃！"何晓晨看见她，登时兴冲冲地抱着卷子凑了过来，"宁璃，这个电场受力你帮我分析分析好不好？"

宁璃接过笔，迅速地扫了一眼题干。

讲到一半，何晓晨恍然："啊！我懂了！"

实际上她的成绩也是拔尖的，很多时候宁璃只需要点拨两句，她就能迅速领会。

"这类题其实不难，都是换汤不换药。"

"……"

何晓晨看了她一眼，语重心长道："宁璃，答应我，以后千万别在其他人面前说这种话了好吗？"

她好担心有人会受不了这刺激。哪怕是她，都觉得这小心脏遭受了暴击。

宁璃笑了声："我尽量。"

她笑起来的时候，桃花眼弯弯，波光潋滟，清丽至极。

何晓晨心里呜咽一声。

——算了，你说什么都是对的！

那点小打击不算什么，美颜暴击才是王道啊！

她迅速收拾了卷子："宁璃，你是不是还没吃饭，我们一起去吧？最近食堂三楼新开的一家石锅拌饭，听说超好吃！"

宁璃点头："好。"

两人去了食堂三楼，选了个比较偏僻的位子坐下。

周围不少人在往这边看。

宁璃转学到二中已经快一个月了，无奈这张脸实在是太惹眼，去到哪儿都还是非常引人注目。

加上她来之后，身世疑云、打架、考第一，哪个都没落下，相关的各种传闻一直沸沸扬扬。

放眼整个二中，几乎没人不认识她了。

不过宁璃对这种情况早已经习以为常，并不介意。

她刚坐下，对面有个男生走了过来。

"同学，介意我坐这儿吗？"

宁璃抬眸看了一眼。那男生大概一米八，算是清秀那一挂的，见她看过来，还有些羞涩。

他身后不远处，有几个男生正凑在一起往这边看着。

"介意。"宁璃道。

那男生似乎也没想到她说话这么直接，登时尴尬起来。

"哎，同学，不好意思，这位子是我的，麻烦让让。"何晓晨正好回来，毫不客气地开口。

那男生见状，只好说了句"不好意思"，就匆匆转身走了。

他走到那群男生面前，几个人哄笑起来，在他身上捶了几下。

"就说我们的新校花不好追啊！你还不信！"

"听说她收的情书都好几麻袋了，连外校的都有，可惜全部石沉大海，半点回音都没！"

"人家可是年级第一，心里估计只有学习，哪儿会关心这些！"

"说得也是……不是说段栩和校花关系不错吗？"

"你就听他们在那儿吹，他们要真有什么，段栩能抄来个全校警告处分？"

"你说得好有道理，哈哈哈！"

一群人打闹着走远了。

宁璃也没放心上。

何晓晨同情地瞄了他们一眼。

追宁璃的人真的很多，但迄今为止，连一个能和她多说几句话的都没有。

“啧，凡夫俗子。”

哪里配得上仙女璃？

宁璃忍不住笑起来：“哪儿那么夸张？”

“怎么没有？”何晓晨惊讶地看她一眼。

“你说你天天对着你二哥那种神仙绝色，这种水准的，还能入你的眼？”

宁璃猛地咳嗽起来。

“咯咯，你……你说什么……”宁璃咳得泪花都出来了。

何晓晨一边给她递纸巾，一边道：“哎呀，不就提了一下你二哥吗，至于这么激动？”

宁璃好不容易平顺了呼吸，听到这句又是一窒，一时间竟是不知回什么。

半晌，她才道：“我们也不是天天见。”

实际上，他们正式认识才一个月。可这话说出来，估计都没什么人信。

这句话对何晓晨的打击力度为零。

“那不重要！”

本来也是嘛，这种绝色要真的天天看，实在是太耗费“血槽”了！

她左右看了看，往宁璃身前凑了凑，压低声音：“下午你二哥过来给你开家长会的事，已经传开了！现在大家都知道了！啊，上次晚自习来接你的那个，好像也是他吧？”

宁璃只好点头。

陆淮与那张脸，实在是让人想忽略都难。他第一次来，就在学生里引起了不小的骚动。

宁璃甚至直到现在，都还能偶尔听见有人议论。何晓晨会知道，也很正常了。

何晓晨其实是在家长会结束后，无意中看到了陆淮与，结果惊鸿一瞥，当场“跪”了。

姿容风度，无一不绝啊！

以前她一直觉得班长大人算是她所见过的男生的颜值天花板了，而现在，她只能说，人外有人，天外有天，自己还是太年轻了。

“你二哥对你真的好好！”何晓晨羡慕得不得了，“世界欠我一个这样的哥！”

宁璃的情况，他们都知道得七七八八。

叶瓷因为受伤，在医院做检查，可没想到会因此导致没人来为宁璃开家长会。

何晓晨是极聪明的，有些事情无须去问，便能猜到大概。所以陆淮与来这一趟，便显得弥足珍贵。

何晓晨舀了一大勺饭送到嘴里，声音有些含混：“反正，要是我有这么一个哥哥，长得好，对我也好，我才看不上学校里这些菜鸡！”

没有对比就没有伤害！

宁璃揉了揉眉心，有点无奈，又有点好笑。

何晓晨吃着吃着，又忽然叹了口气：“宁璃，我跟你说，有你二哥在，直接把你的眼光提到了这个水准，那你以后找男朋友，估计真的挺难的。”

哪里还能看得上别人。

宁璃的动作一顿，耳边忽然回想起陆淮与呢喃的那句话：“你乖一点，别招我。”

那句话他说得模棱两可，她甚至不清楚到底是什么意思。

可是，这种也不好问。

陆淮与当时显然并不清醒，所有言行，都不该在意。

想到这儿，宁璃摇摇头。

“那都是很遥远的事。”

宁璃走后，程西钺一个人在一楼等着，又点了两份醒酒汤的外卖。一份是他的，一份给陆淮与。

这天他们是参加同一个活动，同场的还有几位商界大佬。

陆淮与来云州，是专心养病的，但偶尔也还是会遇到不好推的局，尤其是云州还有几个和他们关系不错的。

本来聊得兴起，谁知道陆淮与接到周翡的消息后，就半路离席了。

于是，最终还是程西钺一个人扛下了所有。他喝得实在是不少，但好在酒量还行，只是有点头晕。

而陆淮与，倒是千杯不醉的酒量，但这一年来，他很少碰酒了。

也不知道情况如何……

直到天色彻底黑下来，醒酒汤完全凉了下来，程西钺终于听到楼上传来动静。

他抬头往二楼看去。

陆淮与推开主卧的门，从楼梯上走下来。

看到程西钺，他眯了眯眸子：“你怎么在这儿？”

程西钺看了一眼时间：“陆二少，我在这儿等您睡醒，足足等了一小时了，你说我怎么在这儿？”

陆淮与捏了捏鼻梁：“知道了，你可以回去了。”

程西钺：“……”

就知道这人没良心！

他冷笑一声：“要是宁璃妹妹，我看你还说这话？陆二，做人可不能太‘双标’啊！”

陆淮与下楼梯，黑衬衫被压出了几道褶皱，眉眼显出几分倦意。

他到中岛台，给自己倒了一杯冰水。

“她又不在。”

灯光勾勒出他颀长挺拔的身材，他拿起杯子，一饮而尽。下颌线的线条流畅，凸起的喉结上下滚动。

冰凉的液体顺着他的喉管淌下，带来一股凉意，脑子里那昏昏沉沉的感觉消退了不少。

程西钺靠在沙发上，嘲讽道：“人家宁璃妹妹辛辛苦苦把你送回来，你也不怕耽误人家学习？”

陆淮与放下杯子，思忖片刻：“她到楼下就回去了，应该也不算耽误。”

程西钺一愣：“你说她把你送到楼下就回了？”

“嗯。”

陆淮与应了声，又倒了第二杯冰水。身体里那股隐隐的躁郁，总算平息不少。

程西钺缓缓坐直了身子，拿出手机，给宁璃发短信：“宁璃妹妹，你送陆二回来的路上，有没有发生什么情况？”

宁璃接到这条消息的时候，周翡正在讲课。

她盯着那行字看了一会儿，隐隐察觉到有什么不对。

程西钺之前已经问过这个问题，现在怎么又来？

而且，这话虽然问得笼统，但她还是能感受到其中的担忧与不安。

另外，在主卧的时候，陆淮与……

她认真回想了一遍。

“也没什么，就是路上出租车差点追尾了。”

“追尾？你们那辆？”

“对，不过我们没事，是前面出了一场车祸。后来我们就绕行了。”

程西钺盯着那几个字眼，眼角跳了跳。

陆淮与正好走来，在他对面坐下。

程西钺立刻将手机扣在了桌上。

陆淮与似乎没注意到，只扫了一眼茶几上的醒酒汤外卖。

程西钺咳嗽一声：“已经凉了，要不热热？”

陆淮与摇摇头：“不用，喝得不算多。”

程西钺“嗯”了一声：“随你。”

过了会儿，他道：“既然你没什么事，我就先走了。”

陆淮与颔首，似乎也没起身要送的意思。

程西钺起身离开。

程家的司机高珉正在外面等着。看到程西钺上车，高珉喊了一声，就看程西钺的脸色不是很好。

他迟疑着问道：“大少爷，怎么了？”

程西钺摇摇头。思忖良久，他终于拨通了宁璃的电话。

响了两声后，听筒里传来机械的女声：“对不起，您拨打的用户正在通话中……”

程西钺皱眉，被拒接了。

不过很快，宁璃发了消息过来：“西钺哥，我正在上课，不方便接电话。有什么事吗？”

程西钺沉思良久：“没事，你好好上课。”

高珉从后视镜小心地看了他一眼。

程西钺很少出现这种神色，又恰是从陆二少那边出来……

看程西钺的样子，也知道他这会儿心情并不好，高珉就没多问。

程西钺按灭了屏幕，手指在手机上有一搭没一搭地点着，看向窗外，视线却没有聚焦，似是在想着什么。

半小时后，车子开回了程家。

程西钺一下车，就回了自己的房间。

关上门后，他脱掉外套，来到阳台。

夜风微凉，也让他清醒了许多。他抽了根烟，而后给顾听澜打了电话。

顾听澜似乎在忙，响了好一会儿才接。

“程大少？这个时间点，怎么想起给我打电话？”

程西钺弹了弹烟灰，嗓子有些发紧，好一会儿，才道：“陆淮与今天好像发病了。”

“物竞班”。

周翡正在讲台上写板书。

整个黑板几乎已经被写满。教室里很安静，只有齐刷刷的笔尖划过纸面的声音。

写完最后一笔，周翡拍了拍黑板。

“都抄完了吗？抄完了我就擦了。”

一个男生哀叹道：“周老师，还有啊？”

“这才多少东西？”周翡一边说，一边催着他们赶快记笔记。

几个学生忍不住嘀咕。

“周老师今天是受了什么刺激？这一天讲了以前两天半的量！”

“不知道啊！之前不是都好好的？”

“哭了，前面那点我还没看懂呢，还来？”

最开始喊话的男生忍不住回头，看了宁璃一眼:“学霸，你都听懂了吗？”

宁璃点头。

那男生登时哭了：“你之前还缺了一节课，就这都全懂了？”

人跟人的差距，怎么就这么大？

宁璃看了周翡一眼。

他这天特地又讲了几道和先前那道类似的题，不知道为什么，宁璃总有种他在跟谁较劲的错觉。

讲台上，周翡果然开始擦黑板了。

新一轮的板书很快开始，教室里又安静下来，众人纷纷埋头疯狂地抄笔记。

痛苦而煎熬的两小时总算过去。

周翡看着众人被虐惨的模样，总算心满意足。先前被陆淮与击碎了的自信又回来了！

“今天讲的内容，各自回去好好琢磨琢磨，有不懂的再问。行了，下课。”

说完，他终于潇洒离开，只留下教室里一片哀叹。

宁璃收拾背包往教室外走。她看了一眼手机，后来程西钺没有再回。

“大概就是这样。”程西钺将这天的事描述了一遍，“当时我到的时候，宁璃妹妹正好从主卧出来，我把她送到楼下，看她打车回的学校。但是，陆二说宁璃妹妹没上去。”

顾听澜顿了顿，才问道：“宁璃出来的时候，看起来有什么不对吗？”

“没有啊！”

程西钺觉得头疼。他赶去那边，就是因为担心陆淮与喝了酒有事，所以在看到宁璃的时候，他特意仔细打量了一圈。

小姑娘看起来正正常常的，什么问题也没有。

也正因如此，他才放了心。

结果，直到陆淮与下楼，他才意识到好像有问题。

想到这儿，程西钺又忍不住道：“以往病发，他攻击性都极强，也不会在这么短的时间内恢复过来。而且，宁璃妹妹出来的时候，明明也都好好的啊……”

陆淮与养病将近一年，几乎没有再出过这样的状况了。

尤其是最近，他的状态很稳定。

程西钺一直觉得，他应该是快好了。谁知道现在忽然来这么一出。

顾听澜道："这事暂且不用下定论，最好还是再问问宁璃，看到底是个什么状况。陆淮与那边……先不要提及这些了。我后天回云州，到时候再详说。"

"好。"程西钺想到顾听澜这次回国，就是专程去临城的，便问了句，"你那边进展顺利吗？"

顾听澜轻叹一声，笑了笑："不太顺。"

他虽然在笑，话语中却带着遗憾与失落，程西钺也就没再多问。

宁璃的电话打进来。

他看了一眼："是宁璃妹妹的电话，我先接一下。"

"嗯。"

程西钺点了接通："喂，宁璃妹妹，你们下课了？"

宁璃往校门口走着："是。西钺哥刚才给我打电话，是想问什么吗？"

程西钺犹豫了一下。

宁璃现在高三，而且陆淮与情况有些特殊，他其实不太想在这方面透露太多。

他想了会儿，道："没什么，我就是想问一下，当时你是跟着陆淮与一起上楼的吗？"

"不是。一开始是他自己回去的，后来我想起他喝了酒，万一仰着睡不太好，就又回了一趟。"

程西钺愣住："这么说，他不知道你回去？"

宁璃迟疑了一瞬。要说不知道，陆淮与那时候分明还没睡。

可要说知道……她觉得，未必。

"应该不知道吧！"宁璃道，"他好像喝醉了，入睡得很快。"

程西钺松了半口气："好，我知道了。他这个人酒量是不太好，今天麻烦你了。"

宁璃眨眨眼。还真是……喝醉了？

"西钺哥不用这么客气，你和二哥也帮了我很多。对了，他现在怎么样了？"

"哦，我刚才已经看过他了，没什么事。"

程西钺说谎不打草稿："不过他这人喝酒容易断片，所以我们轻易不跟他喝。好在他代谢快，睡一觉明天应该就好了。"

断片？那……那些也都忘了？

"宁璃妹妹，没其他事我就先挂了？"

宁璃回神，应了一声："好，西钺哥再见。"

程西钺给顾听澜回了电话。

“我现在也是搞不清楚到底怎么回事了，或许就是他一早就睡过去了，所以不知道宁璃妹妹回去。不过以防万一，我已经给宁璃妹妹打了预防针。”

这样以后要是提起这事，也算有个借口。

第十一章

她不记笔记的啊

看程西钺态度还算乐观，顾听澜没多说什么。

但其实他心里另有想法。

如果他们回去的路上没有差点追尾，陆淮与也没看到那场车祸，或许他也会赞同程西钺的想法。

但，顾听澜看向笔记本屏幕上的一张新闻照片。

这是他听了程西钺的描述后，在网上搜来的宁璃他们路上撞见的那场车祸的图片。

两车相撞，一地狼藉。尽管打了马赛克，还是能隐约看到车内重伤昏迷的人员。

场面血腥。若是现场亲眼见到，冲击力会更大。

陆淮与当时就在后面的车上，应当是看得极清楚的。

何况，陆淮与就算是真的睡着了，家里有人来，也不该真的没有察觉。

让程西钺抱有希望，觉得他或许不是病发的唯一理由，就是宁璃。

但这才是顾听澜担心的。

他合上笔记本……

叶瓷第二天终于去了学校。

本来苏媛是想让叶瓷多养养的，但叶瓷还是坚持回学校上课。

毕竟高三的课程很紧，而且“物竞班”的课程，她也缺了两节。

她一到班里，林周扬就连忙过来问候：“叶瓷，你的身体怎么样了？”

“我没什么事，就是我妈妈太紧张了，坚持要我做一次全面的检查。”

“应该的、应该的，有时候外表看不出来的。你做做检查，也能安心了不是？”林周扬说起这事就生气，“要不是丁希那小子不长眼……”

他本来就看不惯丁希，这次更甚。

“也不能全怪他，就是个意外。”

叶瓷似乎对这事看得很开，没有要责怪丁希的意思。

林周扬皱了皱眉，心里有些不舒服。

要不是丁希先去找宁璃的麻烦，哪儿有后面那一堆事？

宁璃和叶瓷的关系再不好，也还算是一家人。丁希这么做，难道就没想过这样会让叶瓷难做？

裴颂正好走进教室。他单肩背着背包，校服拉链依旧拉在最顶端，眉眼一如既往疏离淡漠。

林周扬看见他，立刻好奇地凑上去：“哎，裴哥，昨天家长会回去，你被训了没？”

裴颂在年级第一的位子上待了两年，如今一朝被宁璃拉下马，实在是稀罕事。是个人心理都得不平衡那么一下吧？

裴颂淡淡地扫了他一眼，眼中明明白白地写着：这种毫无意义的问题不值得他浪费时间与口舌来回答。

任谦正好紧跟在他后面进来，听到这话，忍不住扬声笑道：“裴哥从年级第一掉到年级第二，的确是退步不少，不比你，英语足足比上次多考了三分啊！你家里没给你送个锦旗，好好表扬表扬？”

周围不少人哄笑起来。

林周扬内心愤愤：失算！

论呛声，他就没赢过！

他涨红了脸：“三分怎么了？一次涨三分，到高考，说不定我能考一百三十分！”

一旁的何晓晨看过来，冷静地提醒道：“我们班这次的英语平均分比上次提高了三点五分，你不知道吗？”

林周扬：“……”

这个班是待不下去了！

裴颂正好从叶瓷桌子旁边经过。

她喊了一声：“班长，你前两天的笔记，能借给我看看吗？”

林周扬奇怪地问道：“叶瓷，你这两天在家，没借宁璃的笔记吗？”

住在一起的话，借还东西都更方便啊！

叶瓷一顿，脸上闪过一丝不自然：“没有。”

“有的人，生怕别人比她考得好呢！”程湘湘不屑道。

不少人面面相觑。

宁璃是年级第一，又是叶瓷名义上的姐姐，难道真的连笔记都不舍得借？

“这……我觉得宁璃不太像是这种人啊……”林周扬憋了半天，犹犹豫豫地吐出几个字来，“上次我问她一个语法上的问题，她都给我解答了。”

叶瓷和她关系更近，何至于此？

再说，就宁璃那逆天的分数，智商原因占比更高，一般人就是把她的书全部吃了，也不一定能考出来啊！

程湘湘不满地瞪了他一眼：“林周扬，你这向着谁呢？”

林周扬看叶瓷神色淡淡的，也意识到自己这么说好像不太好，连忙闭嘴。

同时，整个班级也跟着静了静。

宁璃出现在了教室门口。她的表情平静，往自己的位子走去，仿佛根本不在意他们这边的动静。

裴颂从背包里掏出一个笔记本递了过去。

“这是‘物竞班’这两天讲的，你可以先看看。”

叶瓷笑着接了过来：“谢谢！”

然而，当她翻开裴颂的笔记，却忽然愣住。

上面记的东西并不多，一页也就一道题。

答案倒是写了，可……步骤却少了许多，尤其是计算部分，还有一些特定的记号。

她看了几行，就感觉有点看不懂了。

任谦同情地看了她一眼：“哎，忘了说了，裴哥的笔记，从来只有他自己看得懂。”

尤其“物竞班”的那些东西，比起一般的课程更难上许多，他之前跟着凑热闹看过两页，就差没让裴颂一行一行地解释了。

至于叶瓷……她的物理天分还不如他呢，估计看着更难受。

干什么非要去凑“物竞班”这个热闹？

孙慧慧看了叶瓷手上的笔记一眼，心下有些羡慕，听到任谦这么说，便道：“那也比没得看好吧？班长最起码肯把自己的笔记借出来，不像有的人，捂得那么严实。”

不少人往宁璃那边看。

这话讽刺谁，大家都听得出来。虽然难听，可……这种生怕别人比自己多学一点的人，在学生里的确是非常被人鄙视和讨厌的。

何晓晨看了孙慧慧一眼：“你说宁璃吗？她不给不是很正常吗？”

孙慧慧一下蒙了。

何晓晨这段时间不是和宁璃走得挺近的吗？现在怎么忽然也这么不给宁璃留情面？

孙慧慧冲着叶瓷眨眨眼：“看来，不止叶瓷一个人被拒绝啊！有的人还真是……”

何晓晨收回视线，咬开笔盖，翻过一页书，飞快地在上面写下一个答案，不甚在意地道：“是啊，因为她根本不记笔记啊！她都没有，你让她怎么给嘛！”

此话一出，整个（1）班教室登时陷入死寂。

这下，不止孙慧慧，连带着周围一众人也都蒙了。

林周扬差点从椅子上滑下来，不可思议地问道：“你说宁璃没有笔记？真的假的？”

何晓晨奇怪地看他一眼，理所应当地回道：“是啊，她基本只翻教材的。怎么，你不知道？”

林周扬：“……”

他上哪儿知道这种事？！

不是，关键这事就离谱啊！哪个高三生没有笔记的？

就连他都抄了好几本呢！

何晓晨后知后觉地发现，不止林周扬，其他人对这个好像也不是很清楚的样子。

“哦，也是，你没找她借过笔记，不知道也很正常。”

她也是之前无意间知道的，那时候她的反应，没比现在的林周扬好到哪儿去。

不过时间久了，她也就习惯了。无论是什么笔记，围绕的重点终究都是教材，把那个参透了，自然也就用不着笔记了。

然而何晓晨说出这句话，氛围却变得更加安静怪异起来。

不少人暗暗看向叶瓷。

这么说起来……岂不是叶瓷也根本没有找宁璃借过笔记，所以才会连她没有笔记都不知道？

那她刚才一直不说话，导致大家还以为是她借了，但宁璃没给呢！

叶瓷捏紧了裴颂的笔记本，微微垂眸，神色有些僵硬。

林周扬踹了一脚旁边的一个男生：“你不是在‘物竞班’跟叶瓷坐一起的吗？笔记、笔记！”

那男生“哦”了一声，摸出一个本子递了过来。

“我的字不好看，担待一下！”

虽然字迹不好看，但总算齐全，勉强能看下去。

叶瓷仰脸冲他笑了一下，轻声道：“谢谢啊！”

那男生摸摸头：“不用！”

林周扬不禁有点后悔自己没跟着报“物竞班”。

叶瓷之后还是把裴颂的笔记还回来了，落下的其他课程内容，也都找了其他人的笔记补回来，没再问裴颂或宁璃。

下午第二节是班会。

因为昨天已经开过家长会，所以耿海帆这次的效率很高，简单总结了一下便结束了。

他看了一眼挂在墙上的钟：“还有二十分钟，我们把座位换一下。”

按照惯例，本应前两天成绩出来就换的，因为一些课程与事情耽误了，就拖到了这天。

一听说要换座位了，班里登时喧闹起来。

座位是根据排名来的，名次越靠前，选择权就越大。

众人陆陆续续离开教室，在外面等候。

耿海帆冲着宁璃招招手：“宁璃，你来选位子，看看想坐哪儿？”

不少人投来羡慕的目光。

在这之前，谁能想到，她能考到第一？最开始，她还只能坐在教室里无人问津的角落，结果一转眼，所有座位任她挑选。

宁璃没有什么犹豫地开口：“耿老师，我觉得我之前的位子就挺好的，还是坐那儿吧！”

听到这话，包括耿海帆在内的所有人，都诧异地看向了宁璃。

没搞错吧？这样的大好机会，她居然还是选那个位子。

那个小角落有什么好的？

耿海帆问道：“确定了？”

“嗯。”

耿海帆点点头，没再问了。经过这段时间的接触，他已经意识到，宁璃是很有主意的一个人。

她既然这样选，肯定有她的理由，且随她去。

“那你有选好的同桌吗？”

虽然宁璃平常独来独往，但想和她同桌的还是有的。

毕竟那张脸的杀伤力太大，而且成绩也是没得说。

何晓晨举起手：“老师，我！”

她可是好不容易才争取到这个机会的啊！

其实之前何晓晨就提出过想和宁璃坐同桌，宁璃言明自己还会坐在以前的位子后，本以为她会放弃，但她还是坚持。

宁璃也就答应了。

耿海帆一看，挺高兴。本来他还挺担心宁璃在班里没朋友太孤单，何晓晨活泼又聪慧，凑一起倒是正好。

“那你们两个进去吧！”

为了方便进出，宁璃选择了靠近过道的位子。

她的东西还在座位上不用太折腾，只要从里面挪到外面的位子就行，倒是何晓晨，来回跑了好几趟，跟搬家一样。

除了桌子上堆成山的资料和卷子，宁璃随意一瞥，还看到她往桌肚里扔了一本小说、一个陶瓷杯、几包零食。

宁璃：“……”

之后是裴颂。他也选了自己原本的位子。

任谦当然是跟他一起。

他们两个的座位，也是最后一排，就在宁璃旁边。倒不是因为不想上课，纯粹是因为这两人都是一米八几的个子，坐在最后比较合适。

这样一来，裴颂和宁璃中间就只差了一个过道。

眼看着裴颂在旁边坐了下来，何晓晨眼泪汪汪道：“这是什么人间天堂？校花和校草都在我身边，嘤！”

任谦瞄了她一眼：“口水收收。”

何晓晨下意识地抹了一把下巴，而后反应过来，瞪了他一眼。

一想到任谦居然比自己多享受了一个月，她就忍不住暗暗磨牙。

她以后必须争取补偿回来！

这四个人的位子排好，外面一众人等看得无语至极。

“得，年级前四，抱团了。”

“全在最后一排，还是挨着的，那旁边可没剩下几个位子可选了啊……”

“算了，算了，还是往前坐吧，没那个脑子，就是坐在人家旁边也学不会啊！”

“怎么说话的？做人还不能有点理想？再不济，沾沾学霸的光也行。你们别抢，别抢啊！”

后面的人陆续跟上，还真就有意无意地往他们那个角落靠。

等轮到叶瓷的时候，裴颂和宁璃周围的位子，已经只剩下裴颂前面的两个座位。

她没往后面去，反而是坐在了第三排的中间。

程湘湘还是和她一起。

原本她们和裴颂、任谦中间只隔了一排，结果这么一来，距离很快拉开，空出了足足两排。

至此，才陆续又有人往前面坐。

林周扬纠结了半天，最后还是选择了裴颂前面的位子。

他一坐下，任谦就拖长了腔，笑道：“哟，真是稀罕啊，您老居然没坐前面？”

林周扬上来就捂他的嘴。

“你少说句话能死？”他是喜欢叶瓷不错，但其实一直没挑明。

虽然大家都看得出来……

不过他和丁希不一样，在他看来，叶瓷各方面都很出色，他既然喜欢她，那就不能耽误人家。

高三呢，该忙什么他心里总是有数的。所以思来想去，他还是选择坐这儿。

林周扬捂住任谦的嘴，又用胳膊肘把他压制得死死的：“你林哥主动投怀送抱，你还不热烈欢迎？”

任谦勉强伸手，摸到桌上的纸笔，写了一句话。

林周扬凑过去看：“写什么？”

只见纸上几个大字：“那我宁可一死。”

林周扬：“……”

眼看两人闹得不行，裴颂终于开了口：“明天早上抽查英语课文背诵，你都背好了？”

林周扬登时蔫了，乖乖坐回去，面对桌子上摊开的英语书，一脸苦大仇深。

背？句子他都没念顺呢！

剩下的人也都接连进了教室。

新座位就这样重新排好。

时间转眼到了周日。

这天没课，但宁璃这一晚上睡得并不安稳。

她好像做了一个很长又很混乱的梦。最开始的时候一片黑暗，她环顾左右，什么都看不到。

而后不知怎的，有微弱的光映照进来，她才发现自己站在一个房间里。

她转身想要离开，却撞入一个人的怀抱，有清冽而醇厚的酒香弥漫鼻尖。

她几乎立刻就认出了对方。

“陆淮与？”

梦中，她扬起脸看他。分明四周很昏暗，但不知为何，她将他看得很清楚。

眉峰、鼻梁、眼眸……

他微微俯身，嘴角带着笑，望着她，道：“不是跟你说了，别招我？”

宁璃摇头否认：“我没有。”

陆淮与没说话，就那样看着她，眸底是一片望不到底的深邃。似是旋涡，轻易令人沉沦。

很快，他的身影消失，四周场景变幻。

四面墙壁是刺眼的白色，清冷的雪松香气和酒气散去，只剩下浓重的消毒水的味道。

宁璃的心一紧，这是疗养院！

房间内有一张病床，上面躺着一个人。

消瘦、苍白、憔悴，是宁璃自己！

她勉强支撑起身体，手里正握着一部手机，似乎在跟谁打电话。

那手机是她趁着出去放风的时候，从一个保洁员那里拿来的。

电话响了三声，被人接起。低沉慵懒的男人声音从中传出：“喂？”

那是陆淮与的声音。

此时宁璃的身体已经很虚弱，说话声音也成了轻飘的气音：“陆先生……”

对面沉默了下来。

走廊忽然传来急匆匆的脚步声。

“那手机估计就是被她拿了！”

病床上的宁璃握紧手机：“求……求求你……”

“哐当！”一道巨响忽然传来。

宁璃猛然从梦中惊醒。她睁开眼睛，怔怔地看了好一会儿天花板，才逐渐将自己从梦境抽离。

后背竟是出了一身的汗。

房门又剧烈地震动了两下，像是有人在拿着什么往上面用力地砸。

她眉头拧起，眼底浮现几分浮躁冷厉。

而后，她直接起身，走了过去，一把将门拉开。

门外，叶晟一脚踹了个空，差点跌倒在地。

宁璃居高临下地看着他，视线在他的腿上停留了一瞬。

刚才那几声动静是怎么来的，不言而喻。

叶晟也没想到宁璃会忽然开门，吓了一跳。

宁璃的眼神冷冽漠然，莫名令他有些心虚起来，还生出几分说不出的畏惧。

“踢门，很有意思？”宁璃冷声道。

叶晟梗着脖子：“你管我？！这是我自己家，我想干什么干什么！”

自从上次被陆淮与教训过一顿，叶晟在宁璃这儿就不敢太放肆了，老实了好一段时间。

但这次他听说，姐姐会去医院，都是因为宁璃。他很生气，胆子就又大了起来，一大早在这儿踹宁璃的房门。

他冲宁璃吐了吐舌头，脸上带着几分得意。

“不高兴？那你可以不住在这儿啊！”

最好现在就立刻离开！

在叶晟的预想中，宁璃要么发火，要么忍下来。

发火的话，这又不是她的家，只要她敢做什么，他扭头就能去爸爸妈妈那儿告她一状！

要是她选择忍下来……那更好，以后有她受的！

反正两条路都不错，怎么都能让宁璃难受。

他暗暗等着宁璃的反应，然而，下一刻，宁璃却笑了。她脸上看不出半点生气的模样，反而往旁边让了半步，斜靠在了门框之上，姿态散漫。

“你说得对，这里是你家，你当然想干什么都可以。”她扬了扬下巴，“一扇门算不得什么，茶室的那套紫砂壶茶具，楼下的翠山屏风，书房的翡翠朝珠……随便哪个，砸起来都比这好听。你都可以试试，正好让我也见识见识。”

叶晟蒙了。这……这……这个人的反应，怎么跟他想的不一样？！

他圆润的脸庞涨得通红：“你当我不知道你什么意思？”

那些东西都价值不菲，随便损毁了哪一个，他爸都绝对饶不了他！

这宁璃分明是故意的！

宁璃挑了挑眉："哦，是吗？"

叶明是个附庸风雅之人，平素就喜欢收藏一些文物，家里摆了不少。

不然上次叶晟也不能一下就砸了他一千多万。

"不是你说，这是你家，你想干什么，就干什么吗？"宁璃扬了扬下巴，好像真的挺期待的。

叶晟这一拳打在了棉花上，难受得要死。他瞪着眼睛看宁璃，想说点什么，却又想不出，只气得脸色发红。

"小晟？"楼下传来苏媛的声音，"怎么还没下来？"

她一边说，一边往楼上看来，当看到正在对峙的叶晟和宁璃，脸上的笑意一凝："怎么了？"

宁璃懒懒道："没什么，就是他似乎对我这扇门挺感兴趣。哦，除了这个门，还有……"

"妈，别听她胡说！"叶晟打断了宁璃。

苏媛其实已经猜到发生了什么。她冲着叶晟招了招手："好了，这些事都先放一放，我们得赶快出发了，不然又要迟到了。"

提到这个，叶晟总算老实了。

"知道了。"他不情不愿地下楼，"我都说了，我不想去！那马术课一点意思都没有！"

他是从这年夏天开始上马术课的，每个月两次，但他实在是不感兴趣。

每次要换专门的骑装，还要被教练不断地纠正姿势，麻烦得要死。

而且他体形偏重，在马背上尤其显得笨拙，为此他已经不止一次被其他同学嘲笑了。

但苏媛十分坚持。不管他怎么拒绝，怎么求情，得来的答案都是一样的：必须去。

赵姨提着一个袋子站在一旁，里面是叶晟马术课上要用的衣服等物件。

苏媛听叶晟这么说，细眉微微拧起。

"你姐姐的马术就很好，你怎么能落下？"

云州这些世家名流的孩子，从小就会接受全方位的培养。马术也是其中颇为热门的一项。

提到叶瓷，叶晟收敛了些，撇撇嘴："姐姐本来就很厉害。"

苏媛的神色舒展了几分："妈妈送你姐姐去上马术课的时候，她才八岁，比你现在还要小一些，但一节课都没落下过，风雨无阻。你怎么不知道跟她好好学学？"

叶晟不说话了。

"而且刚开始，她学得也不好，全是靠着勤奋练习。你可不能偷懒，回头让你姐姐知道了，肯定要笑你。"

旁边的赵姨也笑着道：“是啊，小少爷，夫人为了接送你上下课，可是专门把今天的聚会都推掉了，专程陪你呢！再说，要是大家都会，只有你不会，到时候岂不是要闹笑话？”

叶晟嗤了声，抬高了声音：“要真是这样，闹笑话的也不是我啊！”

后面不是还有个宁璃呢吗？

苏媛的笑容淡了些，下意识地抬头看了一眼。

宁璃依旧倚在门框上，神色淡淡的，似乎对这些并不感兴趣。

苏媛收回视线：“你宁璃姐那时候是没这个条件，但现在你有，就更得珍惜了。”

叶晟嘟囔了一句什么，往外面去了。

苏媛跟在他身后，走到门口，又回头看了一眼。

宁璃已经转身回了房间，房门紧闭。

赵姨有些紧张：“夫人，我刚才不是有意……”

“没什么，你说的本来也是事实。”苏媛摇摇头，“本来也想过带她去，但高三了，时间不合适。”

而且，她估摸着以宁璃的性子，也不会去。

她连基本的礼仪课都不愿意去上，何况这种。

说着，几人就走到了车前。

苏媛从赵姨手中接过袋子，翻看了一眼。

“东西都齐了吧？”

“齐了、齐了，夫人放心，都是按您之前列好的单子准备的。”

“那就好。”

苏媛检查完，便和叶晟一起上了车。

“走吧！”

宁璃回到屋内。

没了叶晟，总算又清净下来。

她想补个觉，又觉得已经没什么睡意了。

回想起之前的那个梦，她下意识地拿出手机。等她反应过来的时候，已经拨通了那串号码。

对方很快接通：“阿璃？”

这声音熟悉至极，和梦中的一模一样。

宁璃轻轻压了一下胸口：“二哥？”

陆淮与似乎听出她声调有些不对，声音微凝：“我在，怎么了？”

不是陆先生，是二哥。

宁璃默念着，胸口那种闷闷的感觉总算消散了许多。

她道："没事，不小心打错了。"

她朝着窗外看了一眼："二哥，那我先挂了。"

陆淮与停顿片刻，应了声"好"。

宁璃挂断。她定了定神，换了身衣服出门。

出门上了出租车，宁璃拨了个号。

俞平川很快接了电话，语气之中是显而易见的不满："总算想起给我打电话了？"

宁璃弯了弯眼睛："俞老师，您今天在家吗？"

俞平川顿了下，声音微微上扬："你要过来？"

宁璃"嗯"了一声："刚月考完，今天没课，我就想去看看您，不知道方便吗？"

当然是方便的。

俞平川一年当中只有极少数时间待在云州，这次"华清杯"请他回来，不少人都会趁着这个时间上门拜访。

也正因如此，宁璃专门等了一段日子，现在才去。

俞平川哼了声："还算懂事。地址之前跟你说过了，知道怎么来吧？要不让小林去接你？"

小林是他的助理，平日负责他的一些工作对接，以及日常生活。

"谢谢您！不过不用了，我打车，等会儿就到了。"

"那行，你路上小心点。"

末尾，宁璃还隐约听见电话那头，俞平川在喊小林再去买点菜。

她刚要说不用了，就看电话已经被挂断。

宁璃："……"

四十分钟后，出租车停在城南的一个小区门口。这是一个旧小区，一眼看去，大多是老人和小孩。

宁璃轻车熟路地往里走去。

她来到一栋单元楼前，上了三楼。

这房子很旧了，连电梯都没有。很多人劝俞平川换个地方住，但都被他拒绝了。

这里是他以前和妻子一起生活过很久的地方，八年前妻子去世后，他就一个人住了。

大部分时间，他并不在云州，但每次回来，还是会回这里住。上年纪了，也懒得折腾。

宁璃敲门。

房门很快被人拉开。一个三十岁左右的男人出现在眼前。

看到宁璃，他很高兴。

"阿璃，你总算来了！快进来！"

"林叔，好久不见。"

宁璃把手里的水果递过去，迈入玄关。

林耀辉连声道："你来就很好了，还带什么东西。"

宁璃笑起来："不是什么贵重物品，都是俞老师爱吃的。"

她往里面张望了一眼，却没看见俞平川。

"俞老师呢？"

林耀辉咳嗽一声："在厨房呢！一听说你要来，俞老说什么都要亲自下厨，这会儿正在给你熬鱼汤呢！"

宁璃沉默了一下。

失策，该早点来的。

俞平川似乎也听到了这边的动静，拿着铲子就冲出来了。

"阿璃，来了？"

宁璃连忙过去："俞老师，我就是来探望您一趟，不用这么麻烦的。要不还是我来吧？"

说着，她就要去拿他手里的锅铲。

"哎！"俞平川牢牢地抓着锅铲，不让她碰。

"什么麻烦不麻烦的，鱼汤就快熬好了，你坐那儿等着就行！"

宁璃挣扎了一下："我……我……我上次看了一幅画，正好有些问题想跟您请教，您看……"

一听这话，俞平川终于松了口："那行，小林，你来！"

林耀辉大喜过望，当即飞奔过去，接过了那锅铲。

"俞老，您和阿璃好久没见了不是？多聊聊，这顿饭就交给我吧！"

俞平川又摘下围裙递了过去："本来想给你露一手的，可惜了。不过你放心，那鱼汤我快熬好了，再有个几分钟就行！等会儿你尝尝！"

宁璃："好。"

两人往书房去。

"你之前说看的什么来着？"俞平川好奇地问道。

宁璃哽了一下，立刻报上了一个名字。

俞平川想了想："你说那个？那是他早期的作品，技巧还不够成熟，创作情绪也有点极端，没什么可看的。"

宁璃："哦。"

"倒是你，"俞平川在书桌后坐下来，"上次改画那事，我还没问你，你是多长时间没动笔了？"

宁璃心中一紧。

"是有段时间了。最近……刚转学过来，又赶上月考，事情比较多。"

俞平川轻哼了一声："又拿这话来哄我，这些事能耽误你多少精力？我问你，月考成绩如何？"

宁璃老老实实地说："第一。"

俞平川看了她一眼："怎么，现在舍得好好考了？"

宁璃乖乖听着。

看她听话的样子，俞平川想起以前的一些事，又有些心疼，到底没舍得训。

"画还行。"他喝了口茶，这事就算揭过了。

宁璃笑起来："谢谢俞老师！"

俞平川哼了声，又想起一件事："对了，你现在是住在叶家吧？在那儿过得怎么样？"

宁璃嘴角微弯："还行。"

俞平川看着她，没说话。

他以前在临城待过相当长的一段时间，一直以为宁璃的生母已经不在了。

谁知道居然就在云州，还嫁到了叶家，过得很好。

要不是宁璃的奶奶突发心脏病去世，叶家那边估计永远不会和宁璃有任何往来。

这样过去，能过得还行？

但看宁璃目光平静，他也没有深究，转而又问了问其他方面，宁璃挑着说了。

过了会儿，林耀辉过来招呼他们吃饭。

"俞老，阿璃，吃饭了！"

饭桌上摆着热气腾腾的饭菜。

宁璃一眼看见了正中间摆着的一盆不明物，奶白色的汤底，上面飘着几片叶子。

"阿璃，来坐这儿。"俞平川招招手。

宁璃坐下的一瞬间，俞平川就盛了一大碗……鱼汤过来。

"来，试试！"

林耀辉投来了同情的一眼，而后就开始疯狂干饭，没有给俞老师任何帮忙盛汤的机会。

宁璃用勺子舀了一下，就看到一块焦黑的鱼肉。她硬着头皮喝了口汤。

俞平川神色期待道："怎么样？"

宁璃微笑："好喝。"

俞平川也很高兴，说着就要给自己也来一碗。

宁璃一把按住："俞老师，医生不是说您不能喝这种的吗？嘌呤含量太高了。”

“行吧！”俞平川遗憾地松开手，“那你多喝点。”

宁璃：“好。”

林耀辉对宁璃肃然起敬，在心里默默为她竖起大拇指。

吃完饭，俞平川看了宁璃几眼：“阿璃，吃点水果吗？”

宁璃点头：“好啊！”

俞平川登时一喜：“小林，快去切水果，我昨天刚买……”

“林叔，我刚才正好带了，就吃那个吧！”宁璃打断他的话。

“哎，好！”林耀辉说着，走过去把东西拿了出来。

俞平川张望了一眼，脸上的笑容一点点消失。

柚子、青瓜、番茄？！

俞平川的眼皮跳了跳：“你管这个叫水果？”

“是啊！”宁璃过去帮忙洗了，端过来，“您不喜欢？”

俞平川身体上的问题不少，医生早就叮嘱，饮食上要格外注意。

但他在这方面没什么自制力，虽然有林耀辉照顾着，但有时候还是会偷偷吃一些高糖的水果什么的。

林耀辉发现过几次，但也拿他没办法。

望着送到眼前的红彤彤的饱满大番茄，俞平川纠结了许久，终于还是僵硬着伸出手。

“怎么会？”俞平川口是心非道。

林耀辉在旁边看着，心中默默叹了口气。

也就是宁璃能治得住俞老，换成其他人，早就连人带东西被扔出去了。

俞平川咬了一口，没滋没味的。

他忍不住抬头：“阿璃，我那冰箱里还有荔枝和桃子，你看要不我就吃……”

宁璃看了他一眼。

俞平川把剩下的话咽了回去，老老实实地把番茄吃了，才道：“前几天有朋友送来一匹马，阿璃，一起去看看吗？”

宁璃诧异：“您又买了一匹？”

他平时没什么其他爱好，只爱绘画和养马。

“没有、没有，还没买呢！”

俞平川连连摆手：“他们就是送到了马场，我还没来得及去看呢！这不是正好你也在云州，就凑个时间，一起去看看。”

云州有一家马术俱乐部，里面养了不少马匹，有的是供人训练马术的，还有的是职业赛马，将来会被送去港城比赛。

宁璃摇头:“我就不去了，而且，您不是已经买了好几匹了吗，还不够？”

俞平川退了一步："那……那你就当是陪老头子去溜达溜达？我不买，我就看看。"

宁璃直白道："您是想看看万一那匹马送去比赛，值不值得买吧？"

俞平川有点心虚："你要非这么说，也不是不行。"

宁璃是有相当长一段时间，没好好陪过他了。她思量片刻，终于点了点头："好，那我陪您去一趟。"

林耀辉开车，带着俞平川和宁璃前往马场。

因为就在城南，距离不远，他们很快就到了。

这是一家私人的马术俱乐部，规模不小。

俞平川显然提前打过招呼了，刚一到，已经有人在专程等待迎接。

一辆车从旁边开过去。宁璃无意看了一眼，隐约觉得里面那人有点眼熟，但过去得太快，并没看清。

她没在意，跟着俞老下了车。

"顾少，看什么呢，这么入神？"

唐子清顺着顾听澜的视线回头看了一眼，只看见一道纤细玲珑的身影。

顾听澜收回视线："没什么，应该是看错了。"

唐子清笑道："我看你就是累的，最近在临城和云州来回折腾。怎么样，有进展了吗？"

顾听澜摇摇头："都是很久之前的事了，不好查。"

唐子清看他情绪不高，笑容微敛，拍了拍他的肩膀。

"毕竟线索就那么点，是要费上不少功夫。"

顾听澜若有所思："嗯。"

"算了，今天既然来了这儿，就别想这些了。我们有段时间没见了，最近这里刚送来几匹好马，去看看？"

顾听澜收起心思："你这些年倒是对这颇为热衷。"

唐子清耸了耸肩："跟你们家比起来，就是小打小闹呗！"

顾家在港城的俱乐部，才是真的巨头。

顾听澜闻言笑了笑："你能看得上眼的，错不了。"

唐子清"嘿"了一声："要能入你的眼才行。"

车子一路开到了里面。

宁璃跟着俞老在工作人员的带领下往里走去。她一边走，一边往刚才那辆车离去的方向看了看。

一般的车开到这个位置就要停了，就连俞平川也不例外，但刚才那辆车十分顺利地开到了里面。

工作人员见状，解释道："那是我们俱乐部老板的车。"

宁璃了然。

怪不得能有这等特权。

“俞老，您现在是直接去马场看吗？”

俞平川显然对这个很有兴趣，但还是咨询了宁璃的意见。

“阿璃，你觉得呢？”

宁璃知道他早就心痒痒了，便道：“那我们这就过去吧！”

这个俱乐部办了许多年，设施和服务都算得上是云州顶尖的，跑马场就有好几个，依照客户等级的不同，划分为不同的区域。

苏媛带着叶晟在贵宾区上课。

这种一对一的私人马术课，学费高昂，不过能来这儿的，也都是不缺钱的。

除了叶晟，还有三个小孩在上课，年龄都和叶晟差不多。

苏媛拿着东西站在场外。

旁边不远处就是休息区，但叶晟这会儿学得难受，她看着也是担心，根本无法安心坐在那儿，只能站得近一些，一边看，一边时不时地安慰和鼓励。

叶晟坐在马背上，这才跑了没一会儿，就累得直喘气，额头和身上全是汗。那匹马也不怎么听他的话，颠得他胃里翻江倒海。

好不容易熬过了半节课，教练终于放他去休息。

叶晟艰难地从马背上翻下来。

苏媛把水杯递过去，又是心疼得不行。

“小晟，今天感觉怎么样？”

叶晟喝了水，气喘吁吁的，身上的肥肉也跟着一颤一颤。

闻言，他没好气地抱怨起来：“还能怎么样？我都快被折磨死了，骑马一点意思都没有！”

他都说了不想来了。刚才那几个小孩又在笑话他，他都知道！

苏媛摸了摸他的头：“妈妈知道你辛苦，再坚持坚持，好不好？”

叶晟赌气不说话。

苏媛正头疼，旁边忽然传来一道熟悉的声音：“阿姨，小晟？”

苏媛回头，见是程湘湘，她身边还跟着两个女孩，有些面熟，也都是家庭条件不错的。

“湘湘，你们今天也来了？”

程湘湘点点头：“是啊！”

她这次月考考得稀烂，在家里不知道被念叨了多少遍。

实在是烦，她就来这里了，打算骑马散散心。本来想叫叶瓷一起的，但叶瓷前几天才受了伤，眼下还不适合大动，就算了。

叶晟看见她们，登时如同找到了救星："湘湘姐，你们是要去那边的赛马区吗？我能不能跟你们一起过去啊？"

他这边是教学区，大部分都是小孩，实在没什么意思。要是能跟程湘湘她们去那边，就不一样了。

他虽然不喜欢上马术课，但看别人赛马还是很有兴趣的。

苏媛皱眉："小晟！"

叶晟求助地看向程湘湘。

程湘湘当然看得出这是个什么情况，转了转眼睛，道："阿姨，我看小晟这会儿也有点累，不如就先让他跟我们去那边一起放松一会儿？晚一些我们再把他送回来，听我哥说，这里新来了几匹好马，他们今天要进行测试。说不定小晟也能学到点，您觉得呢？"

苏媛原本是不想同意的，可看叶晟对这课程实在是抵抗，程湘湘说得也有一定道理，她思量一会儿，便答应了。

"那你们去玩吧，我就在这儿等你们。"她跟着去，估计叶晟也是耍不开。

程湘湘笑着冲叶晟喊了一声："那我们走吧。"

宁璃跟着俞平川到了最里面的马场。西边是一排马房，上面都标着号。

他们在"七号"房前停了下来。

宁璃往里面看了一眼，是一匹棕色的英纯血马。体格健硕，油光水滑，十分漂亮。

"俞老，之前跟您说的，就是这一匹。"

俞平川一眼就喜欢上了。

"阿璃，这匹怎么样？"

宁璃点点头："挺好的。不过，"她指向旁边，"我觉得那匹更好。"

俞平川顺着看过去，也是眼前一亮。

工作人员笑道："宁小姐好眼力，这是这一批里面唯一的阿哈尔捷金马，血统纯正，但就是脾性太烈了，我们这边已经有两个同事不小心被踢伤。而且，我们老板之前已经定下了这一匹。"

阿哈尔捷金马就是汗血马，本就是极其尊贵的血统，而眼前这匹，肌肉纹理完美流畅，在阳光的照耀下，皮毛泛着淡淡的金色，实在是极漂亮。

俞平川可惜地摇摇头。这匹的确是最好的，但既然人家老板已经定了，也不好夺人所爱。

他看向宁璃："阿璃，你试试这匹？"

他指的是那一匹棕马。

宁璃刚想婉拒，俞平川的手机忽然响起来。

她无意地扫了一眼，好像是盛城的号码。

“阿璃，我接个电话，你先自己看看，要是想试就跟他们说一声。”

俞平川说着，就去到另一边的休息室接电话了。

工作人员看向她：“宁小姐，您要试试吗？”

宁璃拉过牵引绳，还没说话，身后就传来一道惊讶的声音。

“宁璃？！”

听见这声音，宁璃眼底划过一抹冷色。

还真是……阴魂不散。

程湘湘神色震惊，几乎以为自己看错了。她走过来，上下打量了宁璃好几圈。

“你怎么在这儿？”

宁璃回身：“你能在这儿，我怎么就不能？”

程湘湘面露怀疑之色。

这里是贵宾区，一般人进不来。就连她，也是靠着程西钺的名头进来的。

可宁璃……

叶晟倒是没想那么多，他就是觉得在哪儿都能看见宁璃，实在是烦。

“她那匹马好！湘湘姐，你要不要试试？”

程湘湘也的确相中了宁璃牵着的那一匹。

“行啊！”

工作人员有些为难。

程大少和自家老板交情不错，这位程家小小姐，当然也是不好得罪的。可宁璃是俞老带来的，何况，凡事都有个先来后到。

“程小姐，不好意思，宁小姐先定了要试的。”

程湘湘似是听见什么笑话般：“她？她会骑吗？”

工作人员也愣了一下。

他刚才看宁璃是和俞平川一起来的，又似乎很懂的样子，就没问这个。

“宁小姐，您……之前有过相关经验吗？”

宁璃坦诚地点了点头：“嗯。”

程湘湘嘲讽道：“还真的骑过？宁璃，他问的是正经的马术，不是马戏团那种几十块绕一圈的那种。”

这话一出，旁边两个女孩也跟着笑起来。

叶晟翻了个白眼：“她怎么可能会？我姐姐上马术课的时候，她在哪儿打架都不知道呢！”

叶晟年龄不大，又被家里惯得不像样，说话就口无遮拦。

他听了不少关于宁璃的传言，所以在他的概念里，宁璃就是这样的一个人。

他看不上。

工作人员两边为难："这……"

他是哪个都得罪不起啊！

场面僵持。

顾听澜和唐子清正往这边走来。

唐子清问道："听说你今天还约了人来？"

顾听澜点点头，余光看到一道颀长挺拔的身影，笑了笑。

"来了。"

唐子清看清来人，"啧"了一声。

"行啊你，才回来多久，就跟这位有交情了？之前我请了几次，人都没来。"

顾听澜走过去："二少。"

陆淮与穿得休闲，看起来更多几分洒脱贵气："顾医生约我来这儿，倒是有闲情逸致。"

唐子清也跟了过去，感慨了一声："陆二，你这可不够意思，昨天我专门请你过来，你直接拒绝。这换了顾听澜，你就来了？"

陆淮与单手插兜："正好有空。"

顾听澜侧头："进去看看？"

一行人往里走，随意聊了几句。

顾听澜中间看了陆淮与几眼。

他看起来状态如常，并无任何不对。

陆淮与察觉到了什么："怎么了？"

顾听澜笑笑："没什么。"

陆淮与的眸子微眯，正要再问，余光忽然看到一道熟悉的身影。他脚步一顿，往那边看去。

顾听澜和唐子清也顺着他的视线望去。

"那是……程西钺的妹妹？"

唐子清和程西钺交情不错，程湘湘还是认得的。

但他很快发现，陆淮与和顾听澜，看的都不是程湘湘，而是对面的一个少女。

"既然你说你会骑，那不如，我们来比一场，如何？"程湘湘扬起下巴，语带挑衅。

宁璃神色不动："没兴趣。"

程湘湘脸色僵了僵："怎么，你不敢？"

宁璃懒声说："那倒不是，我只是不想浪费时间做这种没意义的事。"

说着，她牵着马就要走。

程湘湘讥笑道："就这点胆量？也是，估计没人教你，出门在外，是得收敛着点的。"

宁璃脚步一顿，看向她，眼神极冷。

"好。既然你坚持，那就比一场。"她说着，利落地翻身上马，居高临下地看着脸色突变的程湘湘，"输了的话，可不要后悔。"

唐子清遥遥地看着，忽然忍不住道："陆二，那小姑娘上马的姿势，倒是跟你很像啊！"

第十二章

相　见

是有些像。

陆淮与望着马场上的少女，目光微深。

只从她这一个动作，就不难看出，她的确受过专业的马术训练。

顾听澜看向陆淮与："二少教的？"

这匹马身形极高，一般人想上去都很费劲，但宁璃上得很轻松。

以她的家庭情况，她似乎没有什么机会接触到这些，唯一可能的理由就是陆淮与。

陆淮与眉梢微挑，不置可否。

唐子清闻言，微微睁大眼睛，神色震惊："那小姑娘，陆二，你认识？"

顾听澜心想，岂止是认识。宁璃的待遇，别说这云州，便是放眼盛城，怕也是独一份。

他提醒道："那是宁璃，叶家前段时间接回来的女儿。"

唐子清一开始听到"宁璃"还没反应过来，直到听到后半句，才猛地想到了什么。

叶家？之前传闻陆淮与为了个小姑娘，在程老爷子的寿宴上动了手。

原来，就是这位？

唐子清又往那边看了一眼，第一个想法居然是"难怪"。

虽然隔得远，但依旧不难看出那少女清丽纤细的模样。

不是说出身贫困吗？可这看着，气质却极好。

他笑起来："原来如此，那既然这样的话……不如把人请过来？"

陆淮与摇摇头："不用。"

唐子清正奇怪，就看陆淮与竟是已经长腿一迈，往那边走去。

程湘湘没想到宁璃居然真的应下了这场比赛。

当看到宁璃利落地翻身上马的时候，她心中更是"咯噔"一下，直觉有些不对。

宁璃居然真的会？而且看起来，并不比她差。

可她的水平，是多年马术课程训练才有的，宁璃又是怎么……

"怎么，反悔了？"宁璃挑眉。

程湘湘一股火直冲胸腔："谁反悔了！"

她扭头看向工作人员："去十五号，牵我哥哥的马来。"

程家虽然有钱，她也经常来这里玩，但她自己是没有马的。

不过，程西钺在这里养了一匹，而且是专业级的赛马。

工作人员眼看事情发展得越来越不可控，实在是心慌。

可话已经说到这儿了。

听到程湘湘的这个要求，他只好道："程小姐，不好意思，我们没有这个权限，还是麻烦您先跟程大少确认一下。”

程湘湘登时愣了。她指了指自己的鼻子：“你认识我的吧？我骑我哥哥的马，难道这都不行？”

工作人员态度十分明确：“实在不好意思，但这是我们的规矩。”

尤其，那个人还是程西钺。

在外人看来，他们是堂兄妹，对程家情况稍微了解一些的人都知道，程西钺和这个堂妹的关系，并不怎么亲近。

最起码，以往程西钺来的时候，没一次是和程湘湘一起的。眼下程湘湘要骑他的马，他们当然得慎重对待。

程湘湘心中气恼。她哪儿敢跟程西钺提这种要求？

尤其还是和宁璃赌气比赛，想也知道他绝对不会同意！

宁璃看了她一眼：“何必那么麻烦，旁边还有几匹是跟这匹一起送来的，你随便挑一匹顺眼的就是了。”

“你！”

程湘湘刚想开口反驳，看到宁璃身下的那匹马，又闭上了嘴。

宁璃就是随便挑的一匹新来的，她似乎也没理由拒绝。但这些很有可能都还是没调教好的，万一中间发了疯……

宁璃淡淡地道：“你要现在认输，也不是不行。”

“谁要认输！”

程湘湘被激得脾气上来了，扭头看了半圈，就指了一匹：“就它了！”

“程小姐确定了？”

“确定了，就那匹！”

工作人员过去，很快把马牵了出来。

这一匹和宁璃骑的品种是一样的，身形模样看起来也颇为相似。

到了跟前，程湘湘才发现，这比她平时骑的要更高大一些。

那匹马用蹄子在地上刨了几下，显得有些躁动。

程湘湘忽然就生出几分紧张来。

旁边两个女生也有些不安，小声地问道：“湘湘，你行不行啊？我看这些都是专业级的赛马，怕是不好骑啊！”

“是啊，要不……要不还是算了？”

她们只是过来玩玩的，打发打发时间，万一出了什么事可怎么办？

叶晟却未意识到这有什么不好，反而很来劲：“湘湘姐，你肯定能赢的，她哪儿比得上你！”

宁璃出身那么穷酸，怎么可能学过马术？

程湘湘点点头，深吸一口气，踩着马镫上去。她往宁璃那边看了一眼，冷笑了声：“她连骑装都没有，还想跟我比？

“放心，今天，我赢定她了！”

宁璃看了她一眼，双腿一踢，便骑着马往跑马场而去。

那里有专门划分的跑道。

程湘湘皱了皱眉，便要跟过去，但身下的马不怎么动，只在原地打转。

她攥紧绳子，又用力地踢了踢马肚子，马这才动了。

后面几个人连忙追过去，上到了旁边的看台。

宁璃正往前走着，忽然觉得一道视线落在了自己身上。她眼帘一抬，定睛看去，就看见一道挺拔的身影，正从前方走来。

陆淮与？他怎么来了？

他身后还跟着顾听澜，以及一个陌生的男人。

看见顾听澜的一瞬间，宁璃终于想起下车的时候，为何看那辆车中的人会觉得眼熟了。

原来就是顾听澜来了。而他旁边那位，应该就是这个俱乐部的老板，唐子清了。

顾听澜会来这儿，并不奇怪。

顾家在港城也有自己的私人马术俱乐部，且规模极大。

陆淮与会来，也很正常。他本就极擅长马术。

但这两人，居然一起出现，那就有些古怪了。

她不知道自己这样陷入沉思的模样，看起来就像是盯着顾听澜入了神。

陆淮与的眸子微眯。

唐子清忽然就觉得周围的空气似乎冷了几分。

顾听澜无声地笑了笑，识趣地放慢了一步。

陆淮与来到她身前。

宁璃这才定睛看向他。

这是那天他喝醉之后，两人第一次见。撞入那双幽深的眼眸，宁璃脑海中便不由自主地浮现了那天的场景。

她的手微微收紧。

“阿璃。”他喊了一声。

宁璃回神，将那些画面挥散，镇定道：“二哥。”

陆淮与打量了她一圈，道：“等我一下。”

宁璃觉得有些奇怪，但还是点了点头：“好。”

陆淮与说完，往旁边的贵宾休息室走去。

顾听澜看了一眼，隐约猜到了什么，没有跟上去，只笑着看向宁璃。

“想不到会在这儿见到。”

“顾先生。”宁璃客气地跟他打招呼。

顾听澜道：“你这马，挑得不错。”

宁璃摇头："这不是我挑的，我今天也是陪人来。"

其实不难猜。这里是贵宾客户才能进来的，宁璃现在虽然是叶家名义上的女儿，可实际上，大家都知道她和叶明没有血缘关系，苏媛待这个女儿，也并不怎么上心。

不然也不会十一年都没有将她接到身边来养着。

可见宁璃在叶家也没什么地位可言。

她能进来，肯定是有人带着的。只是，不知道是谁？

不是陆淮与，也不是程西钺……

此时，程湘湘也跟了上来。她刚才其实看见陆淮与了，心里登时更是紧张。

不知道为什么，每次面对陆淮与的时候，她都会不自觉地生出几分敬畏。

尤其是上次亲眼看到陆淮与收拾戴立之后，就更是如此了。

"子清哥。"她只能跟自己唯一还算认识的唐子清打招呼。

唐子清的视线在二人身上扫了一眼。

刚才离得远，她们说什么，他没听得太清楚。

不过，这两人之间的氛围明显不对，是个人都看得出来这是在干什么。

而且，应该是程湘湘主动挑起的。

他见过程湘湘几面，还算熟悉，按理说该给几分面子，不过……却也比不上旁边这位。

这小姑娘可是让陆淮与另眼相待的。

他笑着应了一声，又跟宁璃打了招呼。

陆淮与走了回来。宁璃看到他手里拿着的东西，一愣。

陆淮与在旁边站定，道："过来。"

宁璃犹豫了一下，还是下了马。

陆淮与怀里抱着一个头盔："这是我的，你先戴着。"

他一边说，一边将头盔递了过来。

宁璃下意识地接过："谢谢二哥！"

原来他是去拿这些东西了。

其实和程湘湘比这一场，她没怎么放在心上，就没在意这些。

没想到陆淮与比她更上心。

小心些总是好的。她这么想着，就把头盔戴上了。

陆淮与忽然俯下身："腿给我。"

宁璃的动作一顿，垂眸就看到陆淮与手里竟还拿着护膝。

看样子，竟是要帮她戴。

她刚要拒绝，可陆淮与的动作极快，手掌已绕过她的膝弯。

她的腿极纤细，落在他的手中，更显如此。

他修长的手指按在她的膝上，只隔着一层薄薄的衣料，便传来灼热的温度。

宁璃下意识地往回收腿，却被他一手捞住。

“别动。”他的声音里是一贯的散漫慵懒，又不容拒绝。

宁璃低头，只能看到他黑发垂落，遮住眉眼，唯见挺直的鼻梁，以及线条流畅的下颌。

她只好定定地站着，任由陆淮与耐心地将后面仔细扣好。

周围忽然有了一瞬间的死寂。

唐子清缓缓睁大眼，几乎怀疑自己眼花了。

这位爷可是出了名地清傲难驯，从来是别人看他的脸色，小心伺候着，何曾见过他如此？

就这愣神的工夫，陆淮与已经将她另一条腿上的护膝戴好。

他这才起身。两人距离很近，宁璃身子微微后倾了些。

陆淮与看她一眼，而后忽然上前一步，伸出手。

宁璃这才发现，就因为那片刻的愣神，自己竟还没有把头盔戴好。

“这个是这样调的。”陆淮与说着，微微俯身，凑近帮她调整。他的手指无意地从她的下巴上轻轻蹭过，带给她微痒、滚烫的感觉。

宁璃抬眼，陆淮与的神情很专注，似乎分毫没有觉得这距离实在是太近。

此时阳光正好，她甚至可以看到他的睫毛在眼睑投下淡淡的阴影，她看不清他的目光，只觉浓稠如海，不可捉摸。

陆淮与侧脸的线条流畅到完美，从眉骨，到鼻梁，再到微微抿起的薄唇。

他比宁璃高出不少，此时俯身靠近，她便能轻易看到他收紧的下颌，凸起的喉结。

而那天在他的主卧，甚至比这更近。

宁璃想起他最后落在手背之上的那个吻，甚至怀疑是梦。

他这是……真的不记得了？

宁璃轻声喊他：“二哥？”

陆淮与看过来：“嗯？”

此时，他的眼睛黑白分明，清澈又幽深。与那天的模样，全然不同。

她没说话，陆淮与恰好在此时帮她调整完毕。

“好了。”他松开手，退后一步。

如果他记得，那应该不是这个反应才是……

宁璃眨了眨眼：“谢谢二哥！那我过去了？”

陆淮与颔首。

两匹马并列站在了一起。一声哨响，宁璃一夹马肚，便率先冲出！

程湘湘落后一步，着急起来，也猛地一拉缰绳。

“驾！”

两道身影很快远去。

陆淮与往终点位置的看台走去。

顾听澜看了会儿，问唐子清：“你看谁能赢？”

唐子清僵硬地扭过头，不可思议地看着他：“你现在还有心思想这个？”

“那我该想什么？”

“不是，你刚看没看见？”唐子清比画了一下，疯狂朝着陆淮与的背影甩眼风。

这什么情况？！是他产生了幻觉，还是陆淮与疯了？！

这要是给盛城那些人看见了……

顾听澜淡淡地笑了声：“你没听见她喊陆淮与什么？”

“我听见了，二哥啊！可就算是亲兄妹，也未必能做到这份上吧？何况他们还不是……”

唐子清的声音戛然而止。

顾听澜拍了拍他的胳膊：“知道就好。”

俞平川打完电话出来，就发现宁璃不见了。

远远听见跑马的声音，他回头看了一眼，看见那道熟悉的身影，这才松口气。

他走过去，这才看见陆淮与竟也在。

与此同时，陆淮与也看到了他：“俞老。”

俞平川看到他，也有些意外。

“淮与，你怎么在这儿？”

“和朋友约着来的。您今天来，是又有入眼的了？”

俞平川哈哈一笑：“倒是什么都瞒不过你。看，那匹就是。”

陆淮与顺着他的手看去，挑了挑眉。因为他指的，正是宁璃骑着的那一匹。

俞平川是这里的贵宾，既然是他看中的，就不可能随便牵出来给人跑。

那就只能证明——

“看来阿璃是跟您一起来的？”

这下轮到俞平川惊讶了：“你和阿璃认识？”

而且看起来，似乎还挺熟悉，不然也不会这么喊。

陆淮与颔首：“刚才碰见，我还在想，不知道她是跟着谁来的，没想到是您。”

他想了许多可能，但真没料到居然是俞平川。

俞平川是全国顶级的画家，在业内名声很高，称得上一句“德高望重”。

很多人想攀关系都找不到门路，谁知道他居然和宁璃认识，而且，能让他亲自带来这里，足以证明他对宁璃的喜欢和亲近。

俞平川笑道：“不错。今天正好有空，就带她过来看看。”言语之间，不掩偏爱。

陆淮与又往那边看了一眼，轻笑了一声。

小姑娘居然还有这样的人脉……

俞平川问道：“她这是在和人比赛？”

他就离开了一会儿，怎么就发生这么多事？

陆淮与简单解释了句：“那是她的同学，恰巧碰见，就请她指教指教。”

后面刚刚跟来的顾听澜和唐子清听到这话，皆是一顿。

顾听澜还好，唐子清这天受到的冲击太大，还没缓过来。

听见这句，他真想当场起立鼓掌。寥寥几个字，瞬间把事情的性质翻转，程湘湘要是听见，不知道要气成什么样。

他这还真是……

俞平川了然，却似乎并不怎么意外。

“那同学还挺有眼力。”

此话一出，几个男人齐齐一怔。

陆淮与若有所思。听俞老这意思，宁璃的马术的确极其出色。

虽然他们现在也已经能看出来，不过……

“俞老与阿璃似乎很熟？之前倒是没听她提起过。”陆淮与似是无意地开口，“我记得您以前在临城待过挺长一段时间的。”

俞平川笑了：“你记性倒是很好。”

这就是默认，他们是以前在临城就认识了。

陆淮与没有再问。

“咦，那头盔和护膝是从哪儿来的？”俞平川看了会儿，有些奇怪地开口。

宁璃是第一次来，并没有带这些东西。

陆淮与道：“我的。”

“你刚买的？“

“不是，是我的。”

俞平川这才反应过来他的意思，道：“我还以为你是在前面买的。”

这家俱乐部规格不小，后面是马场，前面是接待厅等。

也有专门卖这些相关物件的，包括骑装、鞭子和马鞍等等。

陆淮与面不改色道：“哦，是吗？我不常来，不太清楚。”

唐子清：“……”

——您是不常来，合着专门给您留的休息室是摆设呗？那什么专人定制的头盔和护膝，也是您钱太多了没处花，就随便扔了的呗？

俞平川有些诧异。陆淮与居然会主动借出自己的这些东西？

似是看出了他的怀疑，陆淮与解释道：“小姑娘，受不得伤。”

俞平川登时释然了。就是，还是安全第一。

陆淮与别的不说，这些物件都是极好的，给阿璃用用也挺好。

“挺好，护着挺好。”

陆淮与笑了笑：“嗯，应该的。”

比赛开始没一会儿，程湘湘就有点后悔了。

因为她发现，宁璃的水准好像真的在自己之上！

可要说高出很多吧，似乎也没有。

宁璃冲出去之后，她这边加紧赶上，双方之间的差距便一点点地缩小。反正这一圈大得很，她努努力不是不能超。

很快，双方的差距越来越小，两匹马之间只剩下了半个身位！

程湘湘来了精神，又加速向前，冲着宁璃喊道：“这就是你的极限了？”

宁璃侧头，看了她一眼。

程湘湘说不出她那眼神是个什么意思，但莫名地让她心里很不舒服。

下一刻，宁璃一抖缰绳！那匹马的速度忽然提升，两者之间的差距再次拉大！

程湘湘恼得很，就差那么一点！

她再次追过去。

输给谁，也不能输给宁璃！不然她实在是不甘心。

看台上，叶晟也喊得十分起劲：“湘湘姐，加油！超过她！”

程湘湘经受过多年的马术训练，很快就调整了姿势，再次赶上。

眼看着双方的差距再次渐渐缩小，她咬了咬牙。这次不管怎样都要超过去！

然而就在她即将从外道越过的时候，宁璃那边再次突然发力！

这一次，她的速度比之前更快！

程湘湘蒙了一瞬，这才意识到，宁璃分明是故意的！她就是刻意放慢速度，等自己快追上了，再猛地拉开差距。

如此反复，耍着她玩呢！

意识到这一点，程湘湘简直快要气死。

可越是这样，她才越不能输！她一言不发，再次冲过去。

可这场比赛，对于宁璃而言，显然是游刃有余。

宁璃放慢速度，就能让她追上，可只要想把她甩开，她就死活追不上。

两人根本不在一个段位。也因此，跑完大半圈的时候，程湘湘已经气喘吁吁，筋疲力尽。

要是正常的跑圈，她不至于这样。

但宁璃一会儿快一会儿慢，激得她不行，呼吸早就错乱了，根本顾不上调整。

然后恶性循环，越来越糟糕。

程湘湘几乎想要放弃了。正在这时，宁璃又放慢了速度，回头看了她一眼。

“看起来，这应该是你的极限才对。”

一句话把程湘湘那点想要就此认输的心思踩得稀碎。

宁璃这么羞辱她，她要是就这么低头了，以后就真是半点脸面都没有了！

程湘湘正要开口，宁璃却未理会她，径自驾马往前。

烟尘荡起。

程湘湘气急，想也不想地继续追过去！

可这次宁璃没有再让，迅速将两人之间的距离拉到最大。

直到终点之前，她终于慢下来，一拉缰绳，直接停在了距离终点一步之遥的位置。

随后，她掉转马头，与程湘湘遥遥相对。她下颌微抬，嘴角微勾，缓缓笑起来，而后伸出右手食指，勾了一勾。

程湘湘心中的屈辱与愤怒，在这个时刻达到了顶点。

到了这个时候，这个境况下，宁璃摆明了是赢定了，可她偏偏只留下最后一步！

这比直接赢了比赛，更让程湘湘难受！

程湘湘狠狠地踢了一下马肚子，泄愤一般：“不比了！”

说完，她就要翻身下马。

但似乎是她那一下踢得太厉害，身下的马忽然在这个时候扬起了前蹄！

“啊！”程湘湘惊呼一声，整个身体后仰，几乎要被甩到地上！

见此，旁边陪同的工作人员也是慌了，连忙喊道：“抱紧马脖子！”

程湘湘慌乱至极，匆忙之中连忙抓住了马的鬃毛。

这一拉扯，让那匹马更是难受，一声嘶鸣，甩动得更加厉害。

程湘湘被颠得不行，五脏六腑翻江倒海。

很快有人上前，强行拉住了缰绳。

这片区域一直是有专人负责的，一看程湘湘这边情况不对，立刻就都冲了过来。

折腾了好一会儿，那匹马好不容易才逐渐平静下来。

有人扶着程湘湘下来。

此时她浑身力量已经耗尽，头发披散，狼狈至极。她的双手和大腿内侧，也被磨得火辣辣地疼。

“程小姐，你怎么样？”

程湘湘缓了好一会儿，才勉强摇了摇头，脸色还是煞白。

那两个同行的女孩也是被吓坏了，连忙从看台跑过来。

“湘湘，你还好吗？有没有受伤？”

叶晟跟在最后，也是被这一幕吓住，半个字都说不出。

“看来你的马术课，上得不怎么样。”宁璃看着她，淡淡地说道。

一个女孩忍不住道：“宁璃，你太过分了！”

她们都看得出来，这一场比赛，纯粹就是宁璃在耍程湘湘呢！

把程湘湘折腾成这样不说，最后还要说这样的风凉话，未免太欺负人。

宁璃扫了她一眼：“这场比赛好像不是我提的吧？另外，明知不是自己的马，还敢如此粗暴对待，将其惹怒，马惊了之后更是连基本的自保都做不到。我说的都是事实罢了，这样也叫过分？”

那女孩登时噎住，不知该如何反驳了。

宁璃上前一步，两个女孩都下意识地退后一步。

程湘湘一只手压着胸口，好不容易让呼吸平顺了些，就看到一双笔直纤细的腿。

她的心脏“怦怦”跳了跳，能够清晰地感受到宁璃的目光落在了自己身上，自己几乎无所遁形。

宁璃的声调冷淡：“奉劝你一句，好自为之。毕竟，我不是每次都这么好说话的。”

她的声音很轻，却像是自带着一股说不出的气势。

程湘湘嘴唇动了动，刚想回嘴，脑海中忽然浮现最后宁璃骑着马，停在距离终点一步之遥的位置，回转过身，遥遥望过来的那一眼。

冷静、凛冽。

她从没有见过谁有这样的目光，锋利得像是能够穿透一切。可一转眼，又藏锋芒于无形，再看时，桃花眸清艳澄澈，看不出半点痕迹。

宁璃转身，将马牵回，把缰绳递给了一旁的工作人员，朝着看台那边走去。

见俞平川和陆淮与一行人站在一处，宁璃并不意外。

她依次打了招呼。

俞平川往程湘湘那边看了看。

事已至此，他倒是也猜得出是个什么情况了。不过这种事情，宁璃既然已经自己解决，也就不需要他人插手了。

他抬了抬下巴，眼中有几分期待：“怎么样？”

宁璃思忖片刻，还是摇摇头：“还行，不过，不算最佳，您可以再等等。”

俞平川知道，这就是她不赞同他买这一匹了。

他不由遗憾地叹了口气：“唉，那行吧！”

唐子清听着，忍不住笑了：“俞老，原来您今天带宁璃过来，是为了让她帮忙拍板做决定？”

先前还以为就是单纯带着她来玩的，但现在看着，俞平川倒似乎很看重宁璃的意见。

“是啊！”俞平川倒是毫不掩饰对宁璃的信任和偏爱，“既然如此，那就暂且算了吧！”

唐子清道：“俞老，您真的不要了？那一匹的品相已经是极好的了，若您不要，短时间内，怕是找不到更好的了。”

俞平川神色动摇了一瞬，但看了宁璃一眼，最后还是咬咬牙拒绝道：“不要了。”

唐子清摇头笑道：“那真是可惜了。”

想不到宁璃年龄不大，眼光却很高，连那匹都看不上。

要是没看刚才她那一场比赛，他或许会觉得，这就是小姑娘随便选选，觉得哪匹合眼缘就定哪匹。

但现在他不这么想了。宁璃显然对这方面颇有见解。

“这样看来，我这儿的，是都入不了俞老和宁小姐的眼了。”

“倒也不是。”宁璃忽然开口，“我们之前看上了一匹，但很可惜，已经有主了。”

唐子清几乎立刻就知道她说的是哪匹。

“你是说那匹汗血马？”

宁璃颔首。

下面的人既然说他们老板自己留下了，那别人肯定没机会了。

唐子清瞬间明白了什么，哭笑不得道：“宁小姐，你看上的那匹，是顾少的。”

顾听澜的？

宁璃和俞平川齐齐诧异地看过去。

“不是说，是唐老板你……”

“那一匹是他前段时间看中的，特意花了不少精力从国外带过来，只是暂时寄养在我这儿而已。”

顾听澜这天过来，也有一部分是因为这个。但没想到，居然宁璃他们也看中了。

顾听澜眉眼舒展：“我原本是打算送去港城的，但若俞老喜欢，便留给您就是。”

俞平川闻言神色微动，但还是立刻摆手拒绝："夺人之爱，不合适、不合适。"

他是很喜欢，但这毕竟是顾听澜的，哪儿有他看上了，就得要过来的道理。

顾听澜笑得温雅："这匹，宁璃不是也喜欢吗？"

场面安静了一刻。

唐子清的脑子有一瞬间的空白。

顾听澜这是在干什么？

俞平川也下意识地看向宁璃。

她和顾听澜的关系，也很好吗？

陆淮与眼帘微抬，眼神极淡地看向顾听澜。

顾听澜似无所觉，视线落在宁璃身上，温声问道："宁璃，你觉得呢？"

宁璃："……"

她现在不想说话，甚至想拔腿就走。

顾听澜这举动突如其来，她是真的半点没想到。

空气莫名紧绷了起来。

她停顿了一瞬，道："多谢顾少好意，但是不用了。"

那匹马本身就价格不菲，哪有说送就送的道理？

何况他还费了不少心思。

顾听澜看她和俞平川拒绝得都十分坚决，似是还有些可惜。

"那好吧！不过，以后若是有空，俞老你们可以去港城一趟，看它比赛，到时候我一定陪同招待。"

他虽然是在国外长大的，但港城有不少顾家的产业，他去了，也能当半个东道主。

宁璃纠结着要不要答应。

陆淮与淡声道："我记得港城的马赛，是每年三月举行。阿璃今年高三，怕是赶不上明年的场了。"

顾听澜似乎并不介意他的拒绝："八月还有一场，可以去那个。"

陆淮与不说话了。

唐子清屏住了呼吸。

他好想走。

早知道顾听澜这天约陆淮与过来，是为了说这些，他是真的不会来的！

宁璃打破了沉默："多谢顾少相邀，到时候若有机会，我们一定去。"

顾听澜的面子还是要给的。

陆淮与眉梢轻挑。

顾听澜笑着点头："一言为定。"

苏媛在休息室等了很久，叶晟他们迟迟没回来。

她渐渐变得不耐烦起来，以为叶晟是一心贪玩，故意逃课。

思来想去，她起身准备去找人。然而刚一出门，就看见几个人正往这边来。

正是程湘湘他们，叶晟没精打采地跟在旁边，像是霜打的茄子，去之前的精气神全没了。

苏媛正要问点什么，就看到程湘湘的状态好像不太对。

她连忙过去，在两个女孩的阐述下，才知道发生了什么。

“宁璃也在这儿？”苏媛诧异至极，“她怎么会来？”

叶晟撇撇嘴：“不知道，反正上次那个陆什么的也在。”

苏媛立刻反应过来，肯定是陆淮与。

陆淮与会来这儿没什么可奇怪的，但怎么还带着宁璃？

而且——

“你们说她会骑马，还赢了湘湘？”

这更离谱了。宁璃以前过的是什么日子，她怎么会这些？

“你说她的马术？”俞平川一边走，一边道，“我有个朋友在临城开了一个马场，阿璃有时候会过去。久而久之，她也就跟着学会了。”

会客厅内的休息室，陆淮与和俞平川面对面而坐。

唐子清去处理事情了，顾听澜去看了自己的那匹马。

宁璃去了吧台。

听到陆淮与问这个，俞平川便顺口解释了。

陆淮与往那边看了一眼：“原来如此，她一向聪明。”

俞平川听他这么夸宁璃，也很高兴。

“是啊！阿璃学什么都很快。”

陆淮与若有所思。过了会儿，他也起身去了吧台。

宁璃正在等陆淮与的咖啡，察觉到身后传来的脚步声，侧头看去。

陆淮与道：“想不到你和俞老也认识。”

“嗯，俞老师待我很好。”

原本宁璃不想多说，但既然撞上了，就没有继续遮掩的道理。

服务员把杯子递过来：“先生，您的咖啡。”

宁璃要的是柠檬水。

至于俞平川那边，宁璃刚才已经让人给他上了白水。

浓郁而略带苦涩的香气弥漫开来。陆淮与抿了一口，才漫不经心地道：“这么说，我待你不好？”

宁璃：“……”

陆淮与忽然话锋一转："你之前和顾听澜认识？"

宁璃神色如常地摇头："不认识。第一次见就是在程老爷子的寿宴。"

陆淮与的指腹轻轻地摩挲着咖啡杯："这么说，跟陌生人也差不多。"

宁璃默默地捧着杯子喝了一口柠檬水压惊。

这位爷性子是散漫惯了的，当然他说什么就是什么。

片刻，他道："以后不熟悉的人的邀约，想拒绝，也可以拒绝。"

宁璃瞬间明白了他的意思。

在其他人看来，她和顾听澜才见过两三面，的确是不熟悉。而且，陆淮与似乎以为她是不好意思拒绝，才答应了的？

宁璃摇头："没有，我挺想去的。"

陆淮与转过身，手肘压在吧台的桌面上。

"真的？"

"嗯。而且我觉得，他人挺好的。"

陆淮与抿了口咖啡，神色淡淡道："是吗？"

正在马场看马的顾听澜忽然打了个喷嚏。

他皱了皱鼻子。这是谁又在背后念叨他？

"你躲在这儿，是不打算回去了？"

唐子清处理完事情，发现顾听澜居然还在这儿，不由得嗤笑："你说你好端端的，去招惹陆二干什么？"

他这天算是见识了陆淮与那护食的劲了，真是绝了。

顾听澜这不是给自己找不痛快？

顾听澜笑了声。他这样，一是为了探陆淮与的情况，二是……

"没有，我是真觉得我和宁璃挺投缘的。"

宁璃往陆淮与那边看了一眼。

其实她和顾听澜来往的确不多，但她确实对顾听澜十分信得过。

因为，在她的记忆里，他曾救过陆淮与的命。

唐子清亲自来送他们。

顾听澜站在车前，无视那道落在自己身上的目光，微微笑着对俞平川和宁璃道："希望明年能在港城见到两位。"

俞平川当然是满口应下，宁璃也轻轻颔首。

车子驶离。

"我倒是不知道，顾医生什么时候这么好客了。"陆淮与收回视线，淡声开口。

"顾医生"三个字，微微咬重，似在提醒他的身份。

顾听澜虽然出身名门，但极其低调，且这些年一直致力于心理研究，和顾家产业的联系并不多。

以至于很多人甚至不知道他就是顾家的少爷。

顾听澜不以为意地笑了笑："总归是家里的生意，照顾一下还是要的。"

陆淮与轻嗤。

顾家在港城是一方巨擘，每年的赛马会都办得如火如荼，哪里还缺俞平川和宁璃这两位客人。

何况，赛马只是他们家族产业中，不怎么起眼的一个。

顾听澜这邀约，实在是多余。

"若你有兴趣，届时我也十分欢迎。"顾听澜的目光落在陆淮与身上，"毕竟陆二少的名头，在港城也是极响亮的。"

这倒是实话。因为他那一块古董表，就是在港城拍下的。

一掷千金，家世背景雄厚，又是这样的"高岭之花"，清冷绝色，港城不知多少女人等着往上扑。

陆淮与看着顾听澜。

平心而论，顾听澜的皮相是很好的，温润谦和，清冷雅致。

这样的人，的确是很容易博得人的好感。

不过内里是个什么样，却不好说。最起码，以他对顾听澜的了解，他可没这么"人畜无害"。

"我记得顾医生今年已经二十七岁了，却还没有成家，顾家老爷子也不着急吗？"

顾听澜笑得温和："家里兄弟多，就算是催婚，也还轮不到我呢，劳烦二少操心。"

"客气。我就是觉得二十七岁也不小了，就这么干等下去，也不是很好。"

"是不小了。我记得宁璃今年好像才十八岁？按照国内的标准，才成年吧？真是比不得啊！"顾听澜似乎颇为感叹。

陆淮与眸子微眯，笑了声："嗯，十八岁成年，二十岁法定结婚年龄，这么一想，倒是也不远了。"

顾听澜："……"

他看着陆淮与，似乎在斟酌他的话，也像是想要从他这句话中，确认什么。

"二少是认真的？"

"你不用试探我。"

陆淮与眉梢微扬，一字一板地道："最起码，在这件事上，不要冒险。"

回去的路上，俞平川又和宁璃聊起了陆淮与。

"阿璃，你和陆淮与是怎么认识的？"

刚才当着那几个人的面，他没好问，但实在是好奇。

宁璃回想了一下："是西钺哥去叶家送请柬，他一起去了，这才见到的。"

俞平川了然地点点头，琢磨了一会儿，忍不住笑："他性子傲，倒是极少看到他对谁这样。"

这话宁璃不好接。陆淮与确实对她很好，从第一次见面开始，他似乎就很护着她。

"不过也是，我们阿璃本来就很招人喜欢。"俞平川感慨道。

多年前他第一次见到宁璃的时候，就很喜欢她。

估计她就是合了陆淮与的眼缘。

宁璃看向窗外。

俞平川本来想送宁璃回家，但被她婉拒了。

距离挺远不说，让叶家人看见了，又少不得一番解释。

知道她怕麻烦，俞平川也就没有坚持。

宁璃回到叶家的时候，苏媛和叶晟还没回来。

程湘湘虽然没受重伤，但这一次被吓得不轻，所以还是去了一趟医院。

苏媛带着叶晟一起去了，直到天擦黑了才回来。

宁璃在自己的房间待着，正在写卷子的时候，接到了季抒的电话。

手机那端，能听见引擎轰鸣的声音。

季抒喊道："璃姐，小松山，来玩吗？"

宁璃干脆拒绝："不去。"

那边登时传来一阵满是遗憾的唏嘘之声。

隐约还能听见一些人在说话。

"璃姐，来呗！"

季抒一把将那群人推开："滚滚滚！没听见我璃姐说不来？璃姐，别在意啊，回头我再教育教育他们！"

"不会。"

季抒踢飞了脚下一颗石子，摸摸下巴，笑了。

"我还有另外一件事要跟你说。"

"嗯，说。"

"FN 想签我，你觉得怎么样？"

FN 是国内顶级赛车俱乐部之一，他们的赛车队在国内的职业赛事上拿过冠军，还不止一次。

要是季抒和他们签约，以后就是一名职业赛车手了。

宁璃写题的笔停了下来："他们给出的条件呢？"

季抒的语气中带着点小得意："基础签约金五百万元一年，赛事奖金和商务另算。"

这个五百万元，还不足以打动季抒。但他就是喜欢。

何况，加上奖金之类的其他收入，应该也会是一个颇为可观的数字。

所以季抒很心动。

宁璃“嗯”了一声：“NULL 怎么说？”

她的语气过分平静，让季抒觉得有些奇怪。

不该是这个反应吧……

他们认识也有挺长时间了，宁璃很清楚这一份签约邀请对他而言意味着什么。

他还以为宁璃会很高兴。

“NULL 说，让我自己决定。”

季抒隐约感觉到了什么：“璃姐，你……你觉得这个条件不行？”

“不是。”宁璃顿了顿，“我是觉得FN不行。如果你是来问我的意见的，我只有一句话，不要签。”

季抒怎么都没想到，宁璃居然会这么说。

他都已经打算同意对方的合同条款了，这天跟宁璃打这个电话，主要也是想把这个好消息告诉她。谁知道她直接否决了。

“不是，璃姐，为什么啊？”季抒实在是不懂，“那可是FN啊！”

哪个玩赛车的不想进去？

宁璃心想，就因为是FN，才不能去。

这家俱乐部的确很厉害，尤其在这几年风头正盛，签下的赛车手一个比一个出色。

但FN的老板却是个游走在灰色地带的不法分子，做事不择手段。

“我知道。但赛车俱乐部，并不只有FN一家。”

季抒能得到FN的青睐，足以证明他的资质优秀，那就绝对不止这一家会递来橄榄枝。

季抒甩了一下头发，被宁璃打击得情绪有些低沉。

“是还有几家，但都一般。”

他心里最中意FN，可宁璃都这么说了……

宁璃看了一眼日历：“那就先等等，遇到合适的再说。这种合约一签就是三年甚至五年，还是要慎重点好。”

“好吧！”

季抒虽然比宁璃还大一岁，但在宁璃面前，一直都是个听话的弟弟姿态。

他桀骜不驯，能让他服气的人不多，宁璃就是其中之一。

听出季抒语气中的失落，宁璃笑道：“他们要是真心想签你，被拒绝一次也不会在意。说不定后面还有更好的等着你，比如LY。”

“LY？”季抒登时笑了，“璃姐，你还真敢想啊！”

LY是另外一家顶级赛车俱乐部，而且等级规模比FN更厉害。

“LY每年只签两个人，而且今年的名额已经用完了啊！”

季抒虽然对自己挺自信，可LY……他还是觉得有点遥远。

宁璃轻声笑笑：“这谁说得准呢！”

下个月，季抒应该就会收到这份邀请。

宁璃曾经跟他们的老板接触过，这才知道他们本来也看中了季抒，可惜那时候季抒已经签给了FN，这才放弃。

外面传来脚步声。

宁璃道：“我先挂了。”

季抒应了一声。

宁璃刚掐断电话，就听见有人敲门。

“宁璃？开开门。”

是苏媛的声音。

宁璃走过去，果然看到苏媛正站在门外。看她依旧是白天的一身衣服，应该是刚刚回来。

“有什么事吗？”

宁璃是一如既往的冷淡态度，让苏媛皱了皱眉。但想起这一趟过来的目的，她还是压下了心中情绪。

“你现在有时间吗？妈妈想跟你聊聊。”

这个时候，她似乎又成为那个精致优雅的叶夫人，这也是她难得在宁璃面前这样心平气和。

“有什么事直接说吧！”

宁璃没动，似乎并不打算请她进去。

苏媛却十分坚持：“你回来以后，我们都还没有好好聊过，还是进去说吧！”

宁璃看着她，忽然笑了一声：“没关系，我们前些年也都没有怎么聊过，不照样过来了？”

苏媛心里像是被什么刺了一下。她从来没有想过，宁璃居然这么难以管教。

她都已经这样好声好气了，宁璃竟还是油盐不进。

僵持了一会儿，苏媛终于还是选择了让步。她这次过来，不是来吵架的。

“好，那就在这儿说。”

她深吸口气，斟酌了一会儿，才开口：“你今天是和陆二少一起去的那家马场？”

宁璃早料到她是来问这些的，神色淡淡的。

“不是。”

“不是？”苏媛皱起眉，直觉不信。

不是跟陆淮与一起，还能是谁？

明明程湘湘和小晟都说，当时陆淮与就在一块儿，他甚至将自己的头盔和护膝借给了宁璃。

“其实这也没什么不能说的，你何必……”

撒谎。

苏媛剩下的两个字没说出口，但那个神情，足以说明一切。

宁璃觉得有些厌倦。既然不相信，那又何必来问？

苏媛似乎也意识到这样下去不行，干脆换了话题：“那你的马术，是跟谁学的？”

宁璃弯了弯唇，眼里却没什么笑意。

现在才想起来问这些，不觉得有些晚了吗？

“去马场打工的时候学的，培训助理一天一百二十元，包吃包住。”

听到宁璃的答案，苏媛的脸色有了一瞬间的僵硬。她当然知道那是做什么的。

一般的马术俱乐部，都有专门的马术教练，有的教练还会配培训助理，主要就是负责照顾马匹，再有就是做一些相关课程的准备工作，都是脏累辛苦的活。

苏媛这天听说宁璃居然跑马赢了程湘湘，实在是想不通。

她这才意识到，自己对宁璃，其实并不了解。她所知道的，不过是那薄薄几张纸上的资料。

而真正的宁璃，她丝毫不懂。所以她过来了，打算和宁璃好好聊聊。

她之前也设想过很多可能，唯独没想过这个。

苏媛带着叶瓷、叶晟去上马术课的时候，从来不会对那种人多看一眼。

而现在，她才知道，原来她的女儿，居然去做过这种工作。

“你……你……你怎么能去做那些？”苏媛觉得难以接受。

宁璃嘴角的弧度逐渐收敛：“因为要赚钱啊，还能为什么？”

苏媛无言以对，喉咙像是被什么堵住。

宁璃似乎也不在意她的反应：“不过，这应该比叶瓷和叶晟的马术课要划算不少。”

苏媛听不下去了，转身快步离开。

和宁璃对话，每一个字，都像是锋利的刀，一下下地划着，在不断地提醒着她，她的确是没有照顾好这个女儿。

宁璃脸上没什么表情，很快收回视线，转身关门。

周一的课，程湘湘请假了，不过并没有什么人在意。

马场上的事太过丢人，程湘湘当然不希望传到学校。

叶瓷倒是知道，但大约是之前在宁璃这里吃了几次亏，不敢再轻举妄动，甚至在和宁璃一起来上课的路上，都没有提起一句。

而且她看起来精神恹恹的，宁璃只扫了她一眼，就没再管了。

第一节是英语。

“叶瓷，叶瓷？”孔柔走到了叶瓷桌旁。

叶瓷缓缓睁开了眼睛，这才发现自己居然在课上睡着了。

教室里的人都看了过来。

高三生普遍缺觉，但在第一节睡着，叶瓷这还是第一次。

孔柔关切地问道：“你是不是生病了？”

叶瓷的脸色涨得通红。

“没……没有……可能是因为昨天晚上失眠了。对不起啊，孔老师。”

“没事。”

孔柔在这方面并不严厉，何况叶瓷是标准的好学生，一直以来表现都很好。偶尔这么一次，老师也不会苛责。

“你来把第三篇课文背一遍吧，提提神。”

叶瓷眼中闪过一丝慌乱。她才想起来，这是上周五留的作业，可她这几天根本没顾上，才背了个大概。

现在这……

叶瓷硬着头皮站起来。一开始的两句还好，可到后面就变得结结巴巴起来。

任谁也听得出来，她这是根本没背了。

“真是稀奇，叶瓷居然也有背不出来的时候。”何晓晨小声说道。

孔柔也发现了这一点，很快让她坐下了。

她叹了口气：“是不是最近压力太大了？不用紧张，再给你一天时间，明天背好就行。”

叶瓷低着头，只觉得从来没这么丢人过。

“我知道了，谢谢孔老师！”

下课铃响起。

叶瓷坐在自己的位子上，似乎还没从刚才的窘迫中回过神来。

孙慧慧就坐在她后面，忍不住拍了拍叶瓷的肩膀：“哎，小瓷，你今天怎么了？”

叶瓷摇摇头。

孙慧慧这才看见她眼下一层淡淡的青色：“你的黑眼圈怎么这么重？小瓷，你不会真的一晚上都没睡吧？”

叶瓷勉强笑了笑：“没有，就是补之前的笔记，睡得晚了点。”

林周扬不知什么时候也凑了过来，听见这话，忍不住道："你怎么补了这么久？"

虽然叶瓷缺了两天的课，但除去语文之类的，真正需要学的也不是特别多。再说，这都好几天了，以叶瓷的效率，怎么也该做完了。

孙慧慧忽然想到了什么，冲着林周扬翻了个白眼："你以为小瓷和你一样？她还有'物竞班'的课呢！"

那个当然更耗费时间和精力。

林周扬恍然："我说呢！对了，我之前听他们说，'物竞班'的课最近学的东西是很多。叶瓷缺了课，花的时间肯定更多了。不过，这事也不急于一天两天的不是？"

"就是，小瓷，反正后面还有时间，你起码要保证每天的睡眠啊！"

叶瓷点了点头，笑容有些勉强："嗯，我知道的。"

哪有这么简单。

"物竞班"她上了一段时间了，一开始还好，后来却感觉越来越难跟上。

每次周翡讲完，她回去都要花相当长的一段时间钻研，才能理解透彻。可尽管如此，做题的时候，还是经常卡壳。

有时候还得拿着答案对上很久。

更不用说，有的题周翡只是简单略过，她连详细的解题步骤都不知道，只能去问其他人。

问一次两次也就算了，问多了，她自己都觉得难受。

而且，"物竞班"的内容进展很快，她前面搞不懂，后面就越拖越难。

这个周末，她几乎把所有的时间都用在这上面了，以至于连英语课文都忘记背了，甚至还在课上睡着了。

但这些话，她说不出口。

"我是过了那个点就睡不着了，以后是得早点睡。"

刚说完，一张卷子递了过来。

她抬头，是"物竞班"坐在她旁边的男生。

他手里还拿着几张："这是今天晚上周老师要讲的，让我们先把题做了。"

"我知道了。"叶瓷把卷子折起来，打算先放到桌肚里。

那男生走到了后面，又陆续给其他人发了。

"班长，卷子。宁璃，还有你的。"

他来到过道，正好左右各一张，

"对了，周老师说让你们尽量晚上上课之前写完，他要用的。"

裴颂伸手接过："嗯。"

宁璃接过来看了一眼，道："知道了。我中午给他送过去。"

叶瓷的动作猛然僵住，捏着卷子的手不知该继续放进去，还是拿出来。

她回头看了一眼，宁璃已经用笔袋将那张卷子随意地压在了书上。

和其他人堆满了书本、试卷的桌子比起来，宁璃的桌面显得格外整洁干净。基本上都是教材，教辅书极少，笔记没有，最多是堆了当天发的卷子。

她拿到所有的卷子，都会当天做完，绝不会拖到第二天。

当然，宁璃的“做完”和其他人不太一样。

基础的那些卷子她很少碰，有些难度的她就挑着做，而且如果没有老师要求，她甚至只写答案。

老师们对她也关照，对那些卷子睁只眼闭只眼，毕竟月考的成绩单还在楼下公告栏贴着。

叶瓷犹豫了会儿，还是把卷子拿了出来。

第十三章

你帮帮她吧

距离最后一节下课还有一分钟的时候，宁璃写完最后一题，合上笔盖。

“五十九、五十八、五十七……”

林周扬掐着表，一条腿已经迈出过道，眼睛紧紧地盯着教室大门，蓄势待发。

任谦踹了他的椅子一脚：“你干什么？”

“今天中午有糖醋排骨，去晚了就没了！”林周扬不耐烦地回头，“上星期我就没抢到，今天谁也别跟我抢啊！”

“你脑子里就不能装点别的？”任谦服气得很。

“你懂什么？那个窗口的糖醋排骨是我吃过的最好吃的！”林周扬丝毫不觉得自己这样有问题，“反倒是你和裴哥，吃饭不积极，思想有问题啊！”

任谦点头：“行，等会儿麻烦你帮我和裴哥提高一下思想水平，这两份饭，你一起打了吧！”

林周扬：“……”

“我觉得他说得有点道理。”何晓晨忽然小声开口，“宁璃，你有没有吃过？真的好吃！”

何晓晨平时为了节省时间，都会错开午饭高峰期，能让她这么说的，那味道肯定没得说。

“哎！林周扬，等会儿帮忙打个饭啊？”

林周扬看了何晓晨一眼，想到自己凄惨的英语成绩，悲痛又坚定地比了一个“OK”。

何晓晨看向宁璃：“宁璃，你要不要一起？”

宁璃把卷子收起：“我等会儿先把卷子给周老师送过去，你们先吃吧！”

“哎呀，那个也用不了多长时间，让林周扬帮忙多打一份就好啦！”

反正多一份是多，多两份也是多，多四份……也是多。

何晓晨一脸热忱，巴巴地望着宁璃。

宁璃想了想，还是同意了：“好。”

何晓晨冲着林周扬使了个眼色：“再加宁璃一份！”

林周扬：“……”

不是，他怎么觉得自己莫名其妙就成了个苦力？

下课铃声响起。

林周扬来不及说话，条件反射地站起来，箭一般冲了出去。

来了、来了！糖醋排骨！他来了！

众人：“……”

何晓晨很欣慰：“看来今天能吃上了。”

宁璃拿着卷子，又抽出一本书。

裴颂正好也起身：“卷子给我吧，我正好要去趟教务处，路过物理组。”

宁璃摇摇头，指了指手里的书："不用，我还有本书要去还。"

这本就是周翡借给她的那本，还是亲自去还比较好。

裴颂的目光从封面上扫过。他在周翡的办公桌上见到过这本书，是讲天体物理的，且是外文原著。

宁璃看了看他手里的卷子，应该也是做完了。

另外，他好像还拿着一张调查统计表，应该就是要送到教务处的。

裴颂拉上拉链："那一起吧！"

这会儿刚下课，整栋教学楼人来人往。宁璃和裴颂走在一起，就格外显眼。

年级第一和第二，颜值又都极其"能打"，想低调也难。

不少人往这边看。

"哎，段栩，那不是宁璃吗？她怎么跟裴颂一起走？"

拐角处，段栩几个人正好远远看见这一幕，一个男生捅了捅段栩。

段栩："我怎么知道？不是，这跟我有什么关系？"

几个男生齐齐看过来，神色揶揄。

"不都说你喜欢宁璃吗？不过，人家裴颂的确优秀，总分跟宁璃就差了六分，你呢，差得有点多，算了、算了！"

段栩一巴掌拍了过去："谁胡说八道呢！学霸是我恩人，我能有这想法？"

"真的啊？那大家都这么说。"

段栩痛心疾首道："不是，你们怎么想的？那可是顶级学霸，我也配？"

几人对视一眼，一个男生深沉道："你是不配，但你当癞蛤蟆的资格还是有的。"

段栩直接扑了上去："闭嘴吧你！"

物理组办公室。

除了周翡，还有另外两个物理老师也在。

只不过那两位是在改作业、批卷子，而周翡正躺在椅子上打游戏。

"周老师。"

周翡听见这一声，飞快抬眸看了一眼。

"哎，宁璃、裴颂，你们怎么一起来了？"

周翡的余光瞥见他们手上的卷子，登时反应过来："你们都做完了？先放那儿，我等会儿看啊！"

裴颂把卷子放下就转身出去了。

"周老师，这本书我看完了。"宁璃把书递过去。

周翡的手指正在屏幕上疯狂操作，余光一瞥，立刻嫌弃万分地道："不要、不要！”

书还没挨着桌子，宁璃的手停在半空，十分尴尬。

“您真不要了？”

“真不要、真不要。”

周翡看见这本书，就想起陆淮与，进而想起自己被虐得惨绝人寰的那一天。

不行，眼睛疼，心脏也疼。

他挥挥手：“这是陆淮与的东西，回头你自己还给他就行了。”

宁璃把书收回来：“哦，好的。那……我先走了？”

周翡忽然想起了什么：“对了，上次那道磁流体的题，就是他帮你写的吧？”

走到门口的裴颂脚步一顿。

宁璃的声音从里面传来：“嗯。”

“我就知道！”周翡冷哼一声，“抢了我那么多年的第一不说，还想抢我的学生，太过分了！”

真是太过分了！

“宁璃啊，以后你少去问他，知道吗？”

不知道的，还当他周翡不会教学生呢！

宁璃总算明白周翡前几天的反常是怎么回事了。她忍住笑：“周老师，那天纯粹是巧合，我和二哥正好在一起，他就顺便帮我写了。”

周翡更气了：“所以你是为了他，逃了我的课？”

裴颂抬脚走出办公室。

宁璃咳嗽一声。她还以为周翡早就知道了呢！

“哪儿能呢！”

周翡面无表情道：“你这安慰好像没有什么说服力。”

他算是看透了，陆淮与纯粹是没安好心啊！再这么下去，他这当老师的，在宁璃这儿岂不是半点存在感都没有了？

他咬牙把手机收起来。

不行！他一定要把宁璃带出来，让他们看看，这到底是谁的学生！

宁璃把书放回教室，又赶往食堂，结果正好又在楼下碰见裴颂。

两人一起上了三楼。到的时候，何晓晨他们三个人已经等在那了。

“宁璃、班长，这儿！”

何晓晨冲他们招手，登时引来不少人的注意。

宁璃走过去，在何晓晨旁边坐下。

裴颂正好坐在她对面，旁边是任谦和林周扬。

宁璃看着眼前的餐盘，对林周扬道：“谢谢！”

林周扬顿时受宠若惊，一声长叹：“我今天打了五份饭，就听到这一声‘谢谢’。”

何晓晨十分鄙夷：“我帮你写作文模板，你不也没说谢谢？”

以物换物，怎么还讲究起来了？

林周扬立即服软：“是、是，您说得都对！只要您还愿意帮我写，我可以再帮您打一百份！”

何晓晨恶狠狠地咬了一口排骨。

任谦问道：“对了，裴哥，今天晚上我们要进行小测了，估计要淘汰几个，你们呢？”

“一样。”

“数竞班”和“物竞班”，会聚了二中在这方面成绩最好的一批学生，但真正能拿奖的，永远是极少数。

竞争之激烈，难以想象。

所以，竞赛班每隔一段时间都会进行测验，好让学生们能够摸清自己的水平和排名。

比较靠后的那些，通常都会劝说他们放弃竞赛，继续走高考的路子。

还有一些想得比较开的，也会自己选择放弃。

毕竟搞竞赛是极其耗费时间和精力的，一般人真的熬不动。

“宁璃和班长肯定是没问题的，就是不知道其他人什么情况了。”何晓晨想到早上的事，“我看叶瓷就有点危险。”

林周扬有些不满：“她怎么就危险了？”

“你看不出来？她加入‘物竞班’之后，明显被弄得焦头烂额了啊！这才刚开始呢，后面只会越来越难。依我看，她还是早点放弃的好，省得最后高考也耽误了。”

林周扬想反驳两句，但听到最后，也觉得何晓晨说的话不无道理。

叶瓷的物理是什么水准，他大概还是清楚的。可要是真的就这样退出，以叶瓷的性格，肯定很难受。

他低着头，沉默地吃完了饭，到底没忍住，小声道：“裴哥，要不，你帮帮她？”

宁璃神色平静地喝了口汤。

任谦笑了：“这怎么帮？行就是行，不行就是不行。”

裴颂不置可否：“看她自己怎么选吧！”

晚上，“物竞班”。

周翡先是花了四十分钟把白天发的卷子讲了一遍，中间休息十分钟，随后就发了第二套新的测试卷。

“时间七十分钟，满分一百分。题目都是这段时间上课讲的内容，你们做着看看，正好也摸摸底，让自己心里有点数。这次测试之后，是去是留，你们也都再好好想想。”

周翡看了一眼时间。

“开始吧！”

这份卷子是专门用来对学生进行筛选的，所以难度不小。

时间过得很快。宁璃写完最后一题，抬头看表，才发现自己竟是足足用了五十七分钟。

剩下的十三分钟她又将试卷检查了一遍。

周翡掐着表收卷：“交完卷子的可以走了。”

班里的学生陆陆续续交了卷。

宁璃收拾背包。

等周翡离开，教室里立刻一片哀号。

“我的天，这题量也太多了！而且好难，我第一题就蒙了！”

“我也是，本来说不会的先跳过去，回来再写。谁知道，这卷子它没给我这个机会。”

“我最后三道大题全是空白，我死定了！”

“哎，叶瓷，你写得怎么样？”坐在旁边的那个男生顺口问道。

叶瓷不由得在心里庆幸前面几天熬的夜。

“有一道填空题和最后一道没写。”

“哇，那你这肯定能过了！”那男生颇为羡慕地说道。

叶瓷抿唇笑了一下：“我也不知道，好几道有点拿不定。”

“那也很厉害了啊……”

“宁璃，你写到第几题啊？”有人问道。

宁璃单肩背包，闻言，淡淡地回了句：“写完了。”

叶瓷一口气堵在胸口。

那男生“嘶”了一声，轻轻地打了自己的嘴巴一下：“让你多嘴，非要问！”

已经和宁璃一起上了这么长时间的课了，居然还没吃够教训，非要去自取其辱！

宁璃背着包往外走。

叶瓷看着她的背影，心里那点庆幸和欢喜烟消云散。本来她以为自己写得还算可以了，可跟宁璃比起来……

她追了过去：“宁璃姐，周三就是妈妈的生日了，你想好给她准备什么生日礼物了吗？”

宁璃正沿着楼梯往下走，闻言脚步一顿，但很快便恢复如常：“没有。”

她并不是很想记起这个日子。

叶瓷却似乎没察觉到，笑着说道："按照惯例，每年的这天，我们都会去'金盛'办一场生日宴。到时候家里人，包括小姑姑他们都会来，很热闹的。"

金盛酒店是叶家的产业，属于高端酒店系列。

宁璃的表情淡淡的，眉眼间浮现几分不耐烦，似乎对这些不是很感兴趣。

"每年我都会送妈妈一幅画，小晟就不一定了，不过妈妈都很喜欢。"叶瓷打量着宁璃的神色，"今年宁璃姐你能一起回来给妈妈过生日，她肯定很高兴。"

"是吗？"宁璃的回答依旧冷淡。

叶瓷的目光闪了闪，嘴角弯起温婉的弧度："当然啊！"

此时二人已经走到了校门口。

邹华的车正停在路口拐角，黑色豪车低调而又张扬。

"要真是这样，那就太好了。"

回到房间，宁璃把背包里的东西拿出来。

看到里面夹杂的那本书，她给陆淮与发了消息："二哥，你的那本书周老师说让我还给你，你什么时候有空？我给你送过去吧！"

陆淮与似乎在忙，好一会儿都没有回。

宁璃没在意，把手机放在一旁。

自从陆淮与知道了她的月考成绩，就没有再督促她写他买的那些资料了。

宁璃就挑着做了一些。

大约过了两小时，宁璃洗漱回来，才看到陆淮与的消息。

"我这两天不在云州，书先放在你那儿吧，之后再给我也是一样的。另外，我那边还有一些类似的藏书，你要是想看，抽时间去我那儿挑就是。"

陆淮与不在云州了？

宁璃擦了擦手，坐在床上打字："好。谢谢二哥！"

盛城，机场。

"二少，您可算回来了，这一路上可还好？"

方青云接过陆淮与的行李，放到了后备厢。

陆淮与点点头，上了车："爷爷身体怎么样了？"

方青云回到车里，发动车子，驶离机场。

他看了一眼后视镜，叹气："唉，最近不太好，已经卧床好几天了。晏医生说，这次必须好好静养一段时间才行了。您是不知道，这段时间，老爷子一直念叨着您呢！”

陆淮与漫不经心地问道：“哦，没念叨我大哥？”

“这……您也知道大少爷工作性质特殊，要回来是挺难的，老爷子这次生病就没跟他说。”

陆淮与似笑非笑道：“合计着爷爷就是觉得我在云州太清闲了？”

“哎，哎，二少，您这可是误会老爷子了啊！”

“今天他又去芳里园了？”陆淮与忽然道。

方青云立刻道：“没，芳里园今天闭园……”

他的声音戛然而止。

车里陷入令人窒息的沉默。陆淮与靠在椅背上，笑了笑。

方青云咳嗽一声，打破寂静：“这……二少，这不是您太长时间没回来，老爷子太想您了吗？您可千万别说是我说漏嘴的啊！”

陆淮与懒懒地应了声：“行。”

这天接到家里的电话，说老爷子情况不太好，让他赶紧回来。后来问了大哥，说没接到消息，他心里就猜中几分了。

不过，老爷子都用出这种手段了，他觉得还是回来一趟比较好。

方青玉这才松了口气。他看了会儿，发现陆淮与时不时在看手机，好像在等什么。

“二少，您这是还有什么急事？”

陆淮与看着手机对话框，挑眉道：“没有。”

他这一趟回来得匆忙，就没来得及跟她说。结果小姑娘半点不好奇，也不问他去哪儿了。

方青云觉得陆淮与这个回答，没有什么说服力。他还是第一次看陆淮与这样。

等了会儿，陆淮与还是主动发了一句。

“我回盛城了，过几天就回去。”

宁璃钻进被窝，本来已经打算睡觉了，看到陆淮与的消息，眨了眨眼。之前倒是没听他提过，不过盛城本就是他的地盘，他回去也很正常。

而且这个点的飞机……估计是有什么急事。

那书的事本来也不着急。

她敲了几个字，发送：“我知道了，二哥，你忙你的就是。”

陆淮与把这一行字扫了好几遍。

嗯，没有问他回来有什么事，也没有问他具体什么时间回去。

方青云觉得车里的氛围不太对，二少都盯着手机看了好一会儿了，到底是看什么呢？

陆淮与想了好一会儿，正打算回，就看到宁璃第二条消息发来了。

“那我先睡了。二哥，晚安。”

陆淮与气笑了，直接把手机撂开。

“小没良心的。”

方青云浑身的雷达瞬间启动。

谁？这说谁呢？

方青云在陆家当了二十年司机，算是看着陆淮与长大的，还从没听过他跟谁用过这样的语气。

像是生气，又不是，还带着点……

方青云说不出那种感觉。正当他脑子疯狂转动，想着要如何缓解这古怪的氛围时，就见陆淮与又把手机捡了起来，认命般地打字。

“晚安。”

宁璃把手机按灭，放在了枕边，沉沉睡去。

车子一路开进了一片大院。宽阔的道路一直向前延伸，两边青松灌木林立。

此时天色已经黑透，路灯映照，树影摇曳。

车子最后开进一个独立的门院。

陆淮与下了车，很快有人来迎。

“二少回来了？”

陆淮与一边往里走，一边问道：“爷爷呢？”

“老爷子在书房呢，您现在要过去看看吗？”

陆淮与的脚步一顿：“不用，今天太晚了，就不打扰他老人家休息了，明早再说吧。”

话音刚落，就听见一道中气十足的声音从后面传来。

“你这小子，回来了也不知道先来看看老头子！”

陆淮与回头：“爷爷，晏叔不是说您这几天身体不好吗？这么晚了，您还没休息？”

陆岐山心里“咯噔”一下。哎，忘了这事了！

他握拳咳嗽一声：“是不太舒服，这不是睡不着吗？”

陆淮与静静地看着他。

陆岐山心虚地移开了视线：“那什么，好像比之前好了点。”

刚跟进来的方青云出来打圆场：“老爷子是看见二少太高兴了，人心情好了，这身体也就好了！”

“对、对，就是这样！”陆岐山觉得这说法很有道理。

陆淮与的嘴角微弯：“那敢情好，不如把大哥也请回来，这样估计您的身体能好得更快。”

陆岐山冷哼：“别提他！他这跑得比你更没影！”

“还不是上次您非要拉着他相亲？”

当时陆淮与还在云州，听说大哥是连夜跑的，直接出了个大任务，到现在都没回来。

“他都多大年纪了！”陆岐山恨铁不成钢道。

他这两个孙子，都是极出色的，可偏偏到现在，什么动静都没有！

“你可别跟你大哥一样，留着留着就成了老大难了！”

陆淮与笑起来：“这点您就不用担心了，我跟大哥不一样。”

“你最好是。”陆岐山怀疑地看了他一眼，“我怎么听说，上次许家那小丫头专程去云州见你，你都没给什么好脸色？”

提起许旖旎，陆淮与的神色淡了些。

“她是去参加程爷爷的寿宴的，和我有什么关系？”

陆岐山头疼。许旖旎到底是冲着谁去的，长了眼睛的人都看得出来。

这些年，她喜欢陆淮与早已经是公开的秘密，可惜陆淮与一直对她敬而远之。

不，不止许旖旎。这些年，他就没看陆淮与对哪个女孩上过心。

陆岐山在沙发上坐下：“旖旎挺好的，又从小和你一起长大，怎么你就不喜欢呢？”

陆淮与偏了偏头，懒散而淡漠：“喜欢我的那么多，难道我都要喜欢？”

陆岐山：“……”

他又打量了陆淮与几眼：“你在云州也待了挺久了，打算什么时候回来？”

他看陆淮与的状态比以前好了很多。

陆淮与倒了杯茶：“短时间内没这个打算。”

陆岐山看他回答得干脆，忽然想到了什么：“你上次说，陪读，就是为这个事？”

陆淮与“嗯”了一声。

陆岐山缓缓坐直了身子：“我听说那小姑娘今年才高三，而且已经被接回了叶家，你跟人家非亲非故的……”

陆淮与并不意外他会知道宁璃的身份。不过他不觉得有什么，反正早晚都是要了解的。

想起顾听澜之前打来的电话，陆岐山把剩下的话咽了回去。

想了好一会儿，他才吐出一句话：“算了，你想留在云州，也不是不行。但有一点啊，别欺负人家小姑娘！”

宁璃的身世他听说了，心里也是觉得这小姑娘挺可怜。

陆淮与要帮忙，他其实是没什么意见的，他就是怕自家孙儿心思太深。

陆淮与笑了：“这您可真是多虑了。”

他想起宁璃发来的那寥寥几个字。
谁欺负谁，还真不好说呢！

晚上，“物竞班”。
周翡还没来，教室里的氛围颇为热闹。
“今天就出小测成绩了吧？不知道我能考几分，忧伤。”
“这次的排名很重要，考得不好的，估计要被劝走了。”
“其实这也正常，每年不都是这么来的吗？参加竞赛的也不止我们一个学校的，要是在这儿都排不到前面，那真到了决赛的时候，肯定更不行啊！”
“哎，其实我已经想好了，我真不适合竞赛。上完这节课，我就退出了。”说这话的是一个身形瘦高的男生，这话一出，登时引来不少人的目光。
“真的？”
他点点头，耸了耸肩：“拼不过人家的脑子啊，这没办法。现在回去好好准备高考，估计还来得及。”
听他这么说，好几个人都沉默了下来。
能进入这里的，都是天之骄子，哪个没有点自己的小骄傲？
可竞赛就是这么残酷，永远有比自己更优秀的人存在，不管如何努力，都很难赶上。
道理大家都懂，但真正要做出理智的取舍，并不容易。
叶瓷没有凑过去说话，但也都听到了。
她皱了皱眉，不由自主地往宁璃那边看去，宁璃旁边是裴颂。正在说话的那些人，显然都清楚这两人根本没有这样的担忧，所以根本没有往那边去。
周翡拿着卷子走进来，教室里登时安静下来。
所有人的视线都集中到了他那边，紧张而忐忑地等着他公布成绩。
周翡环顾一圈：“我们班，一共三十二个人。这次的考试满分一百，上及格线的，有十一个。”
教室里安静得落针可闻。
这卷子是周翡出的，特意在最后几道题留了最多的分值，所以只要是空了的，分数绝对高不了。
昨天考完后，他们大约就已经猜到这次的分数会很惨，但结果还是比他们想的更加惨烈。
周翡将手里的卷子分为两份。
“左边这些，是及格的，右边的，是不及格的。等会儿我喊了名字的，上来领卷子。”

他拿起第一张："刘维维，不及格。"

那个瘦高的男生走过去。拿到卷子，他叹了口气，不过或许是因为之前就已经想开了，倒是没那么难受。

"张琳，不及格。"

一个短发女生走过去，看到卷子眼眶就红了，沉默地回了自己的座位。

周翡没有念他们的分数，不过是按照排名来的，所以他们也都能知道自己在班里的名次。

这其实已经够了。

周翡继续念，陆续把卷子发下去。

已经拿到卷子的神色复杂，没拿到的都在暗自祈祷，希望自己的名字能够尽量被晚一些念到。

"叶瓷。"

叶瓷的心瞬间悬了起来。

周翡把右手的卷子发完，拿起了左边的第一张。

"六十一分。"

前面那些被叫过名字的齐齐看了过来。

六十一分，及格了。这也就意味着，叶瓷在这次的小测中，拿到了第十一名的成绩。

整体来说，还算可以的了。

不少人颇为羡慕。但叶瓷自己，心头一凉。

她以为自己能上七十五分的，这个分数，和她预想的差了太多了。

而且，第十一名……跟下面那些人比起来是还行，但上面还有十个啊！

她过去拿卷子。

周翡继续。

叶瓷看着自己的卷子，除了之前那些没写的，有几道她笃定自己写对了的题目，竟然也错了。

很快，周翡手里的卷子，剩下最后两张。到这里为止，只剩下宁璃和裴颂的名字还没有被念到。

"不知道他们考多少……"

"目前最高分八十一，我估计裴颂和宁璃能上九十分！"

"那也不好说吧，这次卷子多难啊！不过我更好奇的是他们谁的分数更高。"

周翡开口："裴颂，九十四分。"

班里登时安静下来。

九十四分……比第三名高出足足十三分！

更要命的是，宁璃的成绩还没出。

她的分数岂不是更高？！

周翡环视一圈，停顿了一下才道：“宁璃，一百分。”

“……”

所有人齐刷刷地看向宁璃。

“啊……这……是人？”

“人家的脑子那才是脑子，我这是什么？”

“满分，又是满分？总考满分她难道不觉得烦吗？”

“我不知道她烦不烦，我只知道我酸了！”

周翡拍了拍黑板：“这次的分数，你们都已经知道了。今天回去之后，都再各自好好想想，明天给我答案。距离初赛没多长时间了，现在退出还来得及。”

这样的话，周翡其实已经不是第一次说了。

倒不是他不想学生们继续搞竞赛，而是他太清楚竞赛这东西，比的本就是天赋。

那些天赋不够的，他并不希望他们浪费太多时间在这上面。有那个空闲，大可去做其他事，无须在这儿虚度。

“好了，现在开始讲题。”周翡说完，很快进入课程。

叶瓷坐在自己的位子上，看着卷面上那个鲜红的六十一，再想到宁璃的分数，心里无比憋屈。

她从小就很优秀，可宁璃出现之后，她才发现，原来自己曾经引以为傲的那些优点，好像也不过如此。

一开始，她根本没把宁璃放在眼里。她的家庭、成绩和素养，都比宁璃不知道强了多少。

可现在她发现，自己才是被踩在下面的那一个。

“叶瓷，你这排名，肯定会继续搞竞赛的吧？”她旁边的男生小声问道。

叶瓷欲言又止。

其他人不清楚，但她自己知道，她这次能考及格，全是靠着这几天的努力。努力不是没有成效，可是……这样一来，她就没有时间去做其他的事情了。

英语课文她没来得及背，数学还有几张卷子没有写，生物她这两天看都没有看。

后面几个人也在低声说着什么。

“估计宁璃和裴颂就是冲着全国奖去的了，真是不能比啊……”

叶瓷抿了抿唇，勉强笑了一下：“应该会继续的吧，我觉得挺有意思的。”

宁璃往她那边看了一眼，很快又收回视线，嘴角极轻地弯了弯。

叶瓷的选择，在她的预料之中。她怎么可能愿意输给自己？

真是正好。

这天晚上，叶瓷和苏媛聊了很久关于竞赛的事情。

叶瓷坚持继续，苏媛对她在竞赛班的情况并不是十分了解，看她态度明确，也就同意了。

转眼到了周三。这天是苏媛的生日。

金盛那边一早就留了顶级的宴客厅，开始筹备生日宴。

下午最后一节课结束，叶瓷很快收拾好东西，准备前往“金盛”。

她扭头看宁璃，却见她还坐在自己的位子上，没有要走的意思。

“宁璃姐，我们该出发了。”

她走过去：“邹叔叔已经在学校外面等着我们了。”

去得晚了，怕是不好。

宁璃抬头，眼神淡漠。

叶瓷提醒道：“今天是妈妈的生日，你……不会忘了吧？”

宁璃极轻地笑了一下：“怎么会？”

这天晚上没有课，所以她们现在过去，只要跟老师打个招呼就行。

她拎起背包：“走吧！”

金盛酒店，宴会厅。

宁璃和叶瓷赶到的时候，人已经来得差不多了。站在门外，都能听到里面隐隐传来的欢声笑语。

叶瓷推开门：“爸爸、妈妈，我们来了。”

原本热闹的房间登时安静下来。

宁璃扫了一眼。叶明和苏媛都在，叶晟坐在两人中间。

除此，旁边还有一个看起来三十多岁的女人，以及一个十五六岁模样的男孩。

女人是叶明的妹妹，叶婷。她旁边的那个男孩，是她的儿子，苏沛。

她早些年嫁得好，又生了儿子，地位稳固，所以前些年很看不上苏媛。

这天会过来，纯粹是看在叶明和叶瓷的面子上。

“哟，小瓷回来了，快来坐。”

叶婷笑眯眯地冲着叶瓷招招手，仿佛没看到宁璃。

“小姑。”叶瓷一脸欢喜地走过去。

叶婷摸了摸她的头发，眼中满是慈爱：“这么长时间不见，小瓷真是出落得越来越好看了。有没有想小姑？”

“当然有啊！”叶瓷半靠在她怀里，十分亲昵的姿态，“小姑，你都好久没回来了。”

叶婷嫁到了盛城，回来的次数并不多，而且大多数都是为了叶瓷。

叶瓷从小没了母亲，叶婷对她很疼爱，一直当成是自己的女儿。

也正因如此，后来看苏媛对叶瓷还算不错的分上，才算是正式接纳了苏媛进叶家。

“来，坐小姑身边。”

叶瓷和苏沛也打了招呼，苏沛正低头玩游戏，闻言也只是飞快地抬头应了一声。

叶婷瞪了苏沛一眼，他当没看见。

他是他爸的老来子，从小娇生惯养，少爷脾气大得很。

今年上高二，成天沉迷游戏，学习的事从来没上过心。要不是家里够有钱，这会儿估计已经被学校劝退了。

这次之所以会跟着过来，是因为参与校内打架斗殴，被学校勒令回家反思一周。

叶婷就带了他过来，想让她跟叶瓷好好学学。

但叶婷越是这样，苏沛的逆反心理越强烈，见了叶瓷当然也没什么好脸色。

对他而言，叶瓷就是那个标准的别人家的孩子，他烦得很。

他这样也不是第一次了，叶瓷不怎么在意。她拉了拉叶婷的手，把话题扯开了。

叶明冲着宁璃招了招手：“宁璃，过来吧！”

这种场面，他还是很顾及自己的面子的，万事都做得十分周到的模样。

宁璃走过来，拉开一把椅子坐下。

叶婷似乎这才看到她。

“嫂子，这就是你以前那个女儿？”

房间内静了静。这话问得太过直接，也很没有必要。

但叶婷偏要如此。

宁璃眼帘微抬。叶婷正看着她，脸上带着客气的笑容，只是眼底十分陌生且冰冷，隐隐带着敌意。

她当然知道叶婷这敌意是从何而来。

这些年一直是苏媛带叶瓷，虽然后来又很快生了叶晟，但对叶瓷始终也算尽心尽力。

叶婷觉得满意，也就不和苏媛计较那么多了。

但现在，宁璃来了。她可是苏媛的亲生女儿。

叶婷自己也是做母亲的，亲生的到底是不一样。

何况宁璃和叶瓷只差了三个月。她一来，势必要让苏媛分心，那叶瓷怎么办？

把宁璃接回来之前，她就强烈反对，可叶明要面子。

宁璃尚未成年，作为亲生母亲的苏媛有义务照顾，如果放任宁璃在外面，传出去不知多难听。

一个叶家，连个小姑娘都容不下？叶婷拗不过，只能作罢。

这天看到宁璃，之前压着的情绪就都涌了上来。

苏媛尴尬不已："宁璃，还不叫人？这是你小姑。"

宁璃淡声道："我记得我爸是独生子。"

空气凝固。宁海舟，这个名字，这个人，在这里是一个绝对的禁忌。

而宁璃的这句话，说得实在是不留半点情面。

叶婷脸上的笑容更冷了几分。

果然是从十八线小城市来的，从小又没有父母管教，没有半点教养！

"宁璃。"

苏媛的声音严肃了许多："怎么说话的？！"

"我不过说一句实话，这也不行？"宁璃反问。

叶婷的厌恶已经这么明晃晃地摆在脸上，她又何必客气。

叶明皱了皱眉："好了，宁璃刚来，本来也都不熟悉，不用要求那么多。另外，今天主要是给你过生日，都坐吧！"

叶婷看了苏媛一眼："嫂子，看来以后你这还有得辛苦呢！"

这样顽劣不堪，不服管教，谁知道以后还会做出什么事情来。

苏媛难堪至极。

宁璃就那么坐着，靠在椅背上，脸上没什么表情，好似并不在意。

叶瓷的眼睛转了转，笑着道："对了，妈妈，我给你带了礼物，你要不要现在拆开看看？"

说着，她冲着旁边的服务员打了个手势。

因为不方便携带，礼物是她特意让人提前送来的。

毕竟金盛是叶家的产业，这点小事不算什么。

苏媛有了台阶，这才笑起来："好啊！"

服务员很快把礼物拿了过来。如叶瓷之前所说，是一幅画。

而且，是苏媛的肖像画。

寂静的夜晚，空荡的街道。画中的苏媛正往这边走着，似是听到了什么，抬头看来，眼中带着惊喜。

她穿着挺括得体的大衣，头发被风吹得有些凌乱，却依旧不掩精致漂亮。

色调温暖，笔触细腻。即便是隔着画，也不难看出她眼中的笑意。

苏媛看到这幅画，愣了许久，再次看向叶瓷的时候，颇为动容。

叶晟也是第一次看到这幅画，忍不住问道："姐，这是妈妈吧？但怎么和现在有点不一样？"

叶瓷抿唇一笑："这是十年前的妈妈，当然和现在不一样。"

苏媛的手缓缓从上面抚过，轻声道："想不到你还记得。"

"当然记得啊！就是这天，我离家出走，妈妈出去找了我很久呢！"

苏媛刚来的时候，叶瓷满心抵触，还偷偷跑出去。到了晚上，她一个人不认识路，害怕得很，就躲起来偷偷哭。

苏媛就在那个时候找到了她。

"也是那天开始，我才开始改口叫'妈妈'的。"叶瓷有些不好意思地开口，但那份亲昵和依赖，表露无遗。

叶婷心疼地摸了摸她的头发："小瓷真是用心，这画也是画得越来越好了。"

苏媛又看了那幅画好一会儿，才小心地收起来："谢谢小瓷，你的这份礼物，妈妈很喜欢。"

叶晟在旁边看得有点嫉妒："姐姐送这个，那我的礼物妈妈肯定看不上了。"

苏媛点了点他的额头："怎么会？你送的妈妈都喜欢啊！"

哄了几句，叶晟才轻哼了声，带着几分羡慕："喜欢是喜欢，但妈妈肯定最喜欢姐姐的！"

叶瓷看向宁璃："对了，宁璃姐，你不是也给妈妈准备了礼物吗？一起拿出来给妈妈看看吧！"

所有人都看了过来。

宁璃的视线从那幅画上移开。

叶婷其实对这个没什么兴趣。

宁璃的出身她是知道的，听说以前连生活费都要自己出去打零工赚。这样的她，能送出什么好的礼物来？

无非就是一些便宜货，或者所谓的自己手工做的小玩意罢了。

苏媛倒是有些诧异。她觉得以宁璃对自己的态度，能来就不错了，怎么还会准备礼物？

"是有两份礼物要送。"

宁璃拉开拉链，从包里拿出了一个黑色盒子。四四方方，巴掌大小，但看起来有些年头了，而且边角的位置磕破了一点。

看着实在是……寒酸。

叶明脸上看不出什么。

叶婷无声嗤笑。

叶晟看见，一脸嫌弃道："这是什么破东西？你怎么能把这种东西拿出来送人？还不如不送呢！"

叶瓷犹豫着看了一眼苏媛，发现她好像也很意外。

宁璃把盒子放在桌上，推了过去。

苏媛迟疑着拿了过来。拿在手里，她才发现这好像是一个首饰盒，但的确是很久之前的东西了。

宁璃怎么会送这个？她一边想着，一边打开了盒子。

一串珍珠项链静静地躺在里面。颗粒圆润度一般，色泽也普通，不算是什么贵重礼物。甚至在这富丽堂皇的宴会厅，显得颇为廉价，和打扮精致优雅的苏媛格格不入。

宁璃平静地开口："这是爸当初要送你的生日礼物，没来得及给，我替他送了。"

苏媛心中一颤，猛然意识到了什么，震惊地抬眸看向宁璃。

她终于想起来，这串珍珠项链，她曾经是见过的。

很多年前的某一天，她路过一家商店，看上一串珍珠项链，说什么都要买，可宁海舟哪里有钱？

那时候她已经厌倦了和宁海舟在一起的日子。破旧拥挤的筒子楼，脏乱吵闹的菜市场，都让她满心厌烦。

他们争吵起来，吵得天翻地覆。

或许是早就受够了这种生活，也或许是碰巧所有的委屈不甘在那一天爆发，她终于不愿意再忍，吵完以后，当晚她就收拾东西离开了。

而那一天，就是她的生日。也是那天晚上，宁海舟出事了。

这串项链是在车祸现场被人找到的，后来送还给了宁璃的奶奶。

奶奶去世后，就放在了宁璃这儿。

苏媛的手微微颤抖起来。

其实现在再看，这串珍珠项链真的不怎么样。当年或许她也不是真的非要它不可，它只是那场争吵的导火索，又或者只是一个离开的借口。

"下面的那个是我送的。"

苏媛这才看到，那项链下面还压着一张折纸。

她把那张纸抽出，因为过去了很久，已经泛黄。

她打开，才发现这居然是一幅素描。泛黄的纸张上，是一串圆润漂亮的珍珠，逼真至极，甚至能让人感受到珍珠上面的透亮光泽。

苏媛张了张嘴，嗓子却像是被什么堵住。

宁璃的嘴角轻轻弯了弯："你要是不喜欢，扔了就是。"

那天宁海舟和苏媛在客厅吵得厉害，宁璃被锁在卧室，歇斯底里的争吵声充斥脑海。

最后，她拿着纸笔，画下了这幅画，想要等他们吵完了，送给苏媛。

她想告诉苏媛，以后她长大了，这些她都会买给苏媛。

但苏媛没有给她这个机会。

宁璃拎起包："礼物我送到了，还有事，就不奉陪了。"

说完，她干脆利落地转身离开。

"宁璃！"苏媛下意识地喊了一声，手里的盒子掉在地上。

那张画飘摇着落下，叶晟不小心碰掉一个杯子。

"砰"的一声，杯子碎裂，里面的饮料淌出，迅速将那张纸浸透。

叶瓷看了看苏媛，俯身就要去捡。

叶晟一脸嫌弃："这什么东西？纸都脏了，姐姐别捡了。"

苏媛拉住了叶瓷，看着那张纸的眼神十分复杂。

叶婷瞟了一眼，满不在乎地冲着服务员道："把这些都收拾一下吧！"

服务员应了一声，很快行动起来。一地的狼藉被清扫，倒入了垃圾桶。

宁璃走出"金盛"，外面的天已经黑透了。

晚风拂来，已经带上了几分凉意。她把校服拉链拉好，深吸了一口气。

有些东西，或许有人视若珍宝，也会有人弃如敝屣。

早该扔了的。宁璃默默地想着。

她左右看了看，想不到有什么想去的地方，就随意选了个方向往前走。

这里是市中心，华灯初上，街道上人来人往，很热闹。

她一个人漫无目的地走着。内心好像轻松了很多，胸口却又像是压着什么，莫名地沉闷。

片刻，她给魏松哲打了个电话。

魏松哲很快接了，很惊喜。

"哟，璃姐，今天怎么有空给我打电话？"

"之前让你租的房子，租好了吗？"

"你说这个？好了啊！但我还是觉得那地方不怎么样。要不，璃姐，我再帮你找几个好点的吧，你也不缺这个钱啊，是不是？"

宁璃前段时间让他帮忙租房子，而且是指定的位置，他觉得那地方不是很可以，就想着再看看。

"不用，那个就行。我现在过去，你把钥匙给我送来吧。"

"现在？"

"你不方便？"

"这倒不是，璃姐的事我肯定方便啊！那我现在过去，你等我会儿啊！"

魏松哲很快挂了电话。

宁璃拦了一辆出租车，往那边去。

手机微博突然推送了一条新闻："国民初恋许旖旎与神秘男子约会，或恋情曝光？！"

她随意扫了一眼，一张照片跳出来。

她正要划开，忽然动作一顿。

模糊的图片上，许旖旎和一个男人站在一处。

虽然只是一道背影，宁璃还是一眼认出，那是陆淮与。

第十四章

早点回家

被拍的地点是一个地下停车场，两人站在一辆车前，陆淮与侧身靠着车门，只能看到一个挺拔的背影。

许旖旎倒是看得比较清楚，小半张脸侧了过来，一只手正将头发撩到耳后，虽然镜头模糊，但依然能看出她脸上带着笑。

下面的评论正在疯涨。

在水中玩耍嘻嘻：“啊！！！”

网友画花：“哭泣！我刚‘粉’上我女神，她居然就和别的男人谈恋爱了？”

旖旎如梦：“不信谣、不传谣，仅凭一张照片说明不了什么，坐等工作室澄清，相信旖旎！”

UPUP右：“楼上说得对，看这身打扮，这应该是私人行程吧？难道见个朋友都不行？再说了，这两人中间还隔着那么老远的距离呢，就这都能‘按头’恋爱了？”

许旖旎的粉丝很快赶来，开始控评。

宁璃再刷新一下，粉丝的评论已经被顶到了前面。

许旖旎以校园青春电影出道，是公认的“国民初恋”，一直走的是单纯人设。

如今忽然爆出恋情，她的粉丝当然受不了，路人也是大跌眼镜。

偶尔还能看到几个黑粉夹在其中。

2G冲浪A网友：“之前不是还在节目上说自己是单身，从来没有谈过恋爱吗？看看她那个笑容，懂的都懂吧？这是明晃晃的对着喜欢的人才会有的笑吧？”

安安子不睡觉KK：“小声附议，我也这么觉得。就算不是谈恋爱，关系肯定也不一般吧？”

Ofail：“难道只有我注意到这个男人有点帅吗？”

这条评论的点赞和回复量也迅速攀升。

YOUYOOU：“楼上+1。”

橘子味果冻：“楼上+手机号。虽然只是一个背影，但这后脑勺！这直角肩！这腰！还有这腿，得有两米了吧？！一分钟之内，我要得到这个男人的全部资料！”

酥糖烫嘴啊：“这是个‘素人’吧？要真是圈内的，就这条件，早就得大火了啊！跪求这位哥哥出道！”

尽管看不见脸，但那一身的清冷贵气，实在是独一家，让人移不开眼。

中间忽然跳出一个评论。

落落GHP：“都洗洗睡吧。看到他手上的那只表了吗？G家的纪念款，三千五百万元。”

楼迅速歪了。

橘子味果冻："打扰了，我不配。"

酥糖烫嘴啊："打扰了，我不配。"

YOUYOOU："打扰了，我不配。"

"吃瓜群众"一片欢腾。

宁璃扫了几眼评论，又看了一眼那张照片。

陆淮与回京，是为了许旖旎？

这张照片看不到陆淮与的神情，但从许旖旎的反应来看，应该是聊得挺高兴的。

她抿了抿唇，按灭了手机。

动星娱乐，三楼休息室。

许旖旎坐在沙发上，经纪人梅里火急火燎地冲进来。

"旖旎，这绯闻怎么回事？那男人是谁？你怎么这么不小心被拍了？"

相较于她的紧张，许旖旎却颇为放松。

"哦，没事，就是碰巧遇见了。"

梅里倒吸一口冷气："碰巧？旖旎，你知不知道这绯闻一出来，会给你的形象带来多大的打击？"

梅里仔细打量了许旖旎一圈，眼神怀疑："你跟我说实话，你是不是谈恋爱了？"

梅里从许旖旎出道，就一直带着她，对她也算了解。

能让许旖旎露出那样的笑容……她绝对是喜欢对方的！

许旖旎有些烦躁地踢开椅子："没。"

她倒是想，可追了这么多年，还是半点希望都没看见。刚才看到这新闻的时候，她心里还有点高兴。

梅里松了口气："那就好。"

只要不是真的谈恋爱，那就能解决。

一旁的助理问道："旖旎姐，要不你发个微博澄清一下吧？我看粉丝团都快疯了。"

许旖旎一下下地转着手机，没说话。

梅里忽然道："先等等，先让他们炒一炒，晚一点再澄清。"

许旖旎最近没有作品上映，只跑了几个综艺通告，正是需要曝光度的时候。

她警觉地看着许旖旎："旖旎，你确保只被拍了这一张，没有其他把柄落在狗仔手里吧？"

许旖旎很快领会了她的意思。要是其他人，她肯定会立刻澄清，但这个人是陆淮与……

她摇摇头："没有，那是今天中午的照片，我陪我爸妈吃饭，无意间碰见，就去打了个招呼。"

梅里一颗心这才算是放回了肚子里："那行，就等晚上流量大的时候吧！"

这样一来，热度有了，也能算是给粉丝一个交代，以免造成粉丝"脱粉"。

许旖旎点了点头，表示同意。

手机忽然响起来。她看了一眼，心脏猛地跳了一下。

居然是陆淮与的电话。

在这之前，他从来没有主动给她打过，这一通电话的目的……不用想也能猜到。

许旖旎站起身，走到旁边接了电话："喂，淮与？"

陆淮与清冷的声音传来："新闻已经出来十六分钟，你的声明呢？"

他的声音比寻常时候更冷几分。

许旖旎愣住。陆淮与这是……生气了？

她连忙解释道："淮与，你放心，那张照片没有拍到你的正脸，也还没人扒出你的身份……"

"七点之前，我希望看到你的澄清。如果你的工作室效率太低做不到，陆氏集团公关部可以代劳。"

陆淮与似乎没有兴趣和她说太多。实际上，要不是看在许家的面子上，他连这个电话都不会打。

许旖旎像是被人兜头浇了一盆冷水。

她就是傻子也听得出陆淮与对这件事的介怀程度，好像一秒钟都不愿和她扯上什么联系，哪怕只是一个捕风捉影的绯闻。

她看了一眼时间，距离七点只剩下五分钟了。

陆淮与这是半点情面没有留。

她咬了咬唇："你别生气，我这边会尽快处理。"

陆淮与挂了电话。

许旖旎攥着手机的手缓缓收紧。

片刻后，她点开微博。

此时，"许旖旎恋情"的词条，已经爬到了热搜榜第九。

上到第一只是时间问题。

她发了条微博。

许旖旎："难得的空闲，和爸爸妈妈一起吃饭，还偶遇了许久未见的小伙伴，开心！"

配图是一张自拍，还有一张精修的美食照，桌子上的三份餐具引人注目。

这条微博一出，迅速上了热门。

旖旎如梦：“啊啊啊，老婆来跟我解释了！老婆还是我的！”

UPUP右：“就是和家人吃个饭，碰见朋友聊了聊，大家就别脑补了吧？多多关注作品，OK？”

子不语987：“旖旎大美女独自美丽！刚才还在那儿说得有鼻子有眼的那些人，打脸了吗？不约，我们不约！”

许旖旎的微博发得快，粉丝们很快聚拢而来。

梅里看到这条微博登时惊了，猛地从沙发上站起来：“旖旎，你怎么自己发微博了？！刚才不是说好的等晚上吗？”

许旖旎烦躁道：“反正都是要澄清的，早点比晚点好。”

“你！”梅里眉头拧紧。

这么个大好的机会，就这样错过了。要是其他艺人这么不听话，她肯定是要发火的。

可许旖旎不一样。她的家世背景不一般，哪怕梅里是圈里的金牌经纪人，在她这里，也还是要客气对待，小心捧着的。

这微博已经发了，再说其他都没用了。

“算了，那就让工作室转发一下，把这个热搜顶上去吧！”

陆家。

陆淮与收了手机，眉眼清冷。

本来他正陪着老爷子下棋，就接到了公关部的电话。

陆氏集团公关部有专人负责相关事宜，陆淮与的照片一出现，他们就立刻做出了反应。

尽管陆淮与不是明星，但认识他的人并不少，而且的确已经开始有网友扒他的身份。

因为知道许家和陆家交好，下面的人也不确定自家二少是不是真的在和许旖旎谈恋爱，就先过来请示了。

陆淮与这才知道。

碰见许旖旎纯粹是凑巧，实际上他这次回京，知道的人并不多。包括许旖旎。

当时许家父母也在，他依次打了招呼，总共不超过三分钟。

没想到这就被拍了。

他看了一眼时间。

六点五十八分。距离晚自习还有两分钟。

宁璃那边始终安安静静的。绯闻爆出的时间，正好是课间时候，不知道是不是看见了。

他打了电话。

宁璃在一个小区门口下了车，魏松哲正在路边等着。

看到宁璃，他连忙走了过来：“璃姐，你今天晚上没上课？”

二中有晚自习，而且他知道宁璃最近在搞物理竞赛，所以接到宁璃电话后，他很意外。

“嗯，晚上没课。钥匙呢？”

魏松哲递过去一把钥匙：“在这儿呢！”

宁璃接过，轻轻地摩挲了一下：“谢了！”

魏松哲奇怪得很：“璃姐，你怎么非要租这里？这是个旧小区了，而且进出的人身份鱼龙混杂，哪怕是隔着一条街的另一个小区，都比这儿好啊！”

宁璃笑了笑：“没事，我觉得这儿挺好的。”

魏松哲看她坚持，也就不说什么了。

“那行吧，你高兴就行。现在要过去看看吗？”

宁璃点头：“去。”

两人往里面走。

宁璃的电话忽然响起来。她看了一眼来电显示，居然是陆淮与。

犹豫片刻，她点了接听：“喂，二哥？”

一辆车从旁边轰鸣而过。

陆淮与微微皱眉：“你不在学校？”

宁璃“嗯”了一声：“今天晚上没课，我就提前走了。二哥，是有什么事吗？”

这话问得陆淮与反而不知道要如何回了。

额头上忽然传来一道凉意，宁璃抬手摸了一下。

魏松哲回头喊了声：“璃姐，下雨了。”

陆淮与眉梢微挑，这声音听着有点熟悉。

“你和朋友在外面？”

“嗯，魏松哲，上次你见过的。”

宁璃加快步伐走了过去。

陆淮与感觉不太好。魏松哲他是有印象，毕竟是在派出所见到的，想忘记也难。

“没回家？”他以为宁璃下了课就回叶家了。

宁璃顿了一下：“还没，晚一会儿就回去。”

雨下得急了些，她抬手遮了遮。

“二哥，没事那我先挂了？”

陆淮与应了声："先躲躲雨，过会儿到家跟我说一声。"

"好。"

宁璃跟着魏松哲来到一个单元楼前。一梯两户，两人上了电梯，在九楼停下。

魏松哲指向右边："就这里。"

宁璃跟着过去，拿钥匙开门。

"房东说上一个租户是两个月前离开的，我租下来后，他已经找人打扫了一遍。不过这都过去好几天了，可能还是得收拾收拾。"

宁璃交代的事他向来做得很好。虽然他心里并不赞同宁璃把这个房子租下来，但该做的一样不落。

宁璃开门。一股尘封已久的气息传来，这地方显然是有段时间没人住了。

她走进去。

三室一厅一卫，装修很简单。

因为家具不多，更显得空间宽敞了不少。

"挺好。"宁璃把包放下，"你回去吧，我自己收拾一下就行。"

"啊？这多不合适，璃姐，我帮你啊！"

宁璃扭头看了他一眼："别多想，不是要你闲着。你今天晚上回去把之前的画稿全部整理一遍，还有我之前寄给你的那些快递，明天送到这儿来。"

魏松哲："哦。"

宁璃拉开背包，似是在找什么，又抬头看了一眼魏松哲："你怎么还没走？"

魏松哲感受到了对方深深的嫌弃。他往门口走去，跨出一步又忍不住回头："那璃姐你也早点回去啊！"

"知道。"宁璃低头，随意地应了声。

魏松哲这才离开。

这房子之前已经收拾过，且摆置的东西很少，宁璃并不需要费太多力气整理。

她坐在房间里的唯一一张椅子上，拿出了纸笔。动了几笔，她想起刚才看到的那张照片，又点开了微博。

热搜第一的词条是："许旖旎否认恋情。"

这么快？

宁璃点开，第一条就是许旖旎发的那条微博。

言辞委婉，但意思表达得很明确了。她的工作室也转发了这条，热门评论全是粉丝的表白。

她往下划了划，看到一条评论。

牛顿不姓牛嗷嗷嗷：“话说，有没有姐妹存了那张图？我看最开始的那条爆料微博怎么删了？虽然恋情是假的，但帅哥绝色是真的！哪位有存图的，麻烦私信我！”

宁璃一愣，搜索了一下最开始爆料的那条微博，发现果然已经被删除得干干净净。

不止那一条，再往下搜，所有相关图片都消失得无影无踪。

要不是许旖旎的那条微博，几乎要让人以为，从来没有过那条爆料。

求图的还不止一个，有很多人甚至已经顺藤摸瓜，找到了狗仔的微博。

下面一串求原图的。

“明人不说暗话，我看上那位小哥哥了。”

“许旖旎不许旖旎的不重要，我只要右边那半张就行。”

“交图不杀！”

宁璃：“……”

她又返回热搜榜，这才发现许旖旎的相关词条已经不见了。

“热搜怎么突然被撤？”梅里看着手机，眉头皱得紧紧的。

以许旖旎现在的热度，这条上个热搜再正常不过。

可这才挂了一会儿，就消失了。

至于前面那个“许旖旎恋情”，更是早就寻不到半点踪迹了。

“这浏览量和讨论量都这么高，热搜就是死活上不去。是谁花钱压下来的？”

梅里脑子里迅速浮现了几个猜想。

许旖旎的对家还不少，可这条有什么好压的？

要是许旖旎的作品口碑爆了，或是在综艺里有了什么“圈粉”的地方，对家花钱“防爆”很正常。

但这不就是一条绯闻吗？

想看许旖旎笑话的，估计巴不得她真的恋情曝光，人设崩塌，又怎么会做这种事？

许旖旎窝在沙发里，脸色不太好看。这是出自谁的手，一想便知。

他是真的不想和她有任何牵扯。

“梅姐，这事你就不要管了。”

梅里反应了一会儿，忽然想到了什么。

“是……是照片上那个……”

许旖旎没什么反应，显然是默认了。

梅里这才继续问道：“那你总得跟我说说，那人到底是谁啊？”

要不然连得罪了谁都不知道。

许旖旎道："陆淮与。"

梅里迅速反应过来。她带了许旖旎好一段时间了，不止一次从许旖旎的嘴里听到这个名字。

当然，她对这位的家世背景也有所耳闻，只是之前一直没有亲眼见过。

她深吸口气："怪不得。"

陆淮与什么身份，当然不会允许自己出现在这样的八卦绯闻之中。

那家爆料的媒体也真是够没眼力的，查都没查，就这么直接把消息发出去了。陆氏集团怎么可能坐视不理？

"那要这样的话……要不回头找个机会跟陆二少道个歉？"

许旖旎把手机拍在桌上："不用，他没生气。"

时间一点点过去。宁璃随意地在纸上画着什么。

手边没什么东西可用，她就用铅笔。原本有些烦乱的心情渐渐平静下来。

"咣当"一声，窗户被吹开，有雨丝飘进来。

宁璃起身过去关窗户。

夜幕下，大雨倾盆而下。屋檐和地面之上，急促的雨激起一层浅淡的白色，茫茫一片。

她把窗户关好，又在原地静静地站了好一会儿。

每年她都希望能够忘记这一天的存在，但实在是太难。

叶瓷的那幅画不断浮现在她的眼前。在她的记忆中，的确不记得那样的苏媛了。

那是叶瓷的妈妈。而她的妈妈，从多年前的那个夜晚开始，就已经永远消失了。

手机响了一声。她看了一眼，是叶瓷的消息。

"宁璃姐，切蛋糕了，我给你留了一份，回家带给你吧！"

还有一张图，是一块切好的慕斯蛋糕。

她没有理会，转而给陆淮与发了短信："二哥，我到家了。"

而后，她直接关了机。

晚上十点，苏媛一行人才回到家里。

叶瓷手里还提着打包好的那块蛋糕。她看了一眼手机："宁璃姐还是没回消息，不知道她看到了没有。我上去把蛋糕送过去吧！"

苏媛想起宁璃离开时候的背影，说道："你也忙了一天了，赶紧去洗漱休息。我去送就行。"

叶瓷点点头，把蛋糕递过来。

苏媛拿着往楼上去。站在宁璃的房间门口，她平复了一下心情，敲了敲门。

没人回应。

“宁璃？”她喊了一声。

实际上，看到宁璃送的礼物，她心里不是不动容。

可在场的还有叶明和叶婷。她只能选择这个时候过来，想着或许可以和宁璃聊聊。

等了一会儿，还是没人来开门。

叶瓷往这边看了一眼：“妈妈，是不是宁璃姐已经睡了？”

赵姨闻言，接道：“夫人，宁小姐还没回来呢！”

几人都很意外。从她离开金盛到现在，已经过去好几小时了，居然还没回来？

苏媛看了那扇门一眼：“那我等等她吧！”

话音刚落，叶瓷一脸诧异地看过来。

“妈妈，宁璃姐关机了。”

陆淮与陪着陆老爷子下完最后一盘棋，才看到宁璃的那条消息。是一小时之前发的。

他估摸着她应该还没睡，于是打算回一条。然而刚打出一个字，程西钺的电话就来了。

他接了。没等他开口，程西钺就率先问道：“陆二，你知道宁璃妹妹在哪儿吗？”

陆淮与随意道：“在家吧，怎么了？”

程西钺扶额：“叶瓷刚才给我打电话，说宁璃妹妹没回家，手机也关机了。”

陆淮与的目光渐渐冷下来：“你说什么？”

程西钺一听他这句，就知道糟了。

“你也不知道？”

陆淮与一向看小姑娘看得紧，程西钺还以为他肯定知道。可现在……

“她一个小时前给我发消息，说已经到家了。”陆淮与的目光沉冷，声音里听不出情绪。

程西钺却听得心里发毛。

这是什么情况？是宁璃妹妹出事了，还是连陆淮与也骗了？

一时间他居然分不出哪种情况更危险。

“那我派人去找。”程西钺道。

陆淮与现在在盛城，找人的事肯定要交给程西钺来处理了。

陆淮与回头看了一眼，陆老爷子已经准备去卧室休息了。

“嗯。”他没有多说什么，挂了电话。

宁璃发来的那一行字，还静静地躺在对话框。

“淮与，怎么还不睡？”陆老爷子催促道。

陆淮与拎起外套：“您好好休息，我回一趟云州。”

陆老爷子愣住，往挂钟看了一眼：“现在？”

这都快十一点了啊！

“什么事啊，这么着急？”

“是挺着急的，不过您不用担心，我去处理就是。”

难得看陆淮与这样，陆老爷子只好应了：“那让青云送你。”

陆家家教严，上下做事一贯地雷厉风行。

陆淮与步出大门，给宁璃打了电话，果然是关机。

“二少。”方青云以最快的速度开车过来，直到陆淮与上了车，他还有点没反应过来。

这大晚上的，怎么突然说走就走？

“机场。”

陆淮与一边说着，一边打了另一个电话：“邵所长吗？我想跟您打听件事。”

魏松哲正在屋里收拾东西。几个快递箱堆在一起，还有一些杂七杂八的物件，零散地摆在一处。

宁璃来云州之前的两天，就把这些东西全部快递过来了，之后一直没有来取，他几乎都要以为她忘了。

还好他家里没什么人，有空地可以把这些放下。

忽然，他的手机振动起来。

“谁啊，这个点打电话？”他一边念叨着，一边朝着屏幕扫了一眼。

陌生号。他直接挂断。

很快，那个号又打了过来。

魏松哲这才接了：“喂？”

一道有些熟悉的男人声音传来：“魏松哲吗？我是陆淮与。”

魏松哲瞬间震惊地睁大眼睛，难以置信地又看了一眼手机。

陆淮与？就那天去局子里捞璃姐，浑身上下都透着股贵气的那位？

他怎么有自己的手机号？

联想到那天派出所所长十分客气的模样，魏松哲觉得没必要问这个问题了。

他连忙道：“是我、是我，怎么了？”

陆淮与问道：“宁璃呢？跟你在一起吗？”

“璃姐？没啊！”魏松哲有点蒙，“我把她送过去之后，就直接回来了。”

陆淮与清冷的眸子微微眯起：“哪儿？”

外面的雨还是没有减小的趋势。

宁璃站在窗边，直到外面楼栋的光一盏盏地熄灭，才重新回了椅子上坐着。

一盏台灯洒落昏黄的光，勾勒出她纤细的身影。桌上散落着几张纸，上面有着不同的图案。

一开始是凌乱的线条，后来逐渐规整起来，有了具体的模样。

有厨房腐烂坏掉的水果，有摔在地上一片狼藉的碗筷，有雨夜下的一盏路灯。

无数画面从她的脑海之中闪过。有的她画得简单，有的画得细致。

她只是用铅笔，除了黑白，再无其他多余的色块。

她微微歪着身子，漫不经心地坐着，像是在宣泄某种情绪，又像只是单纯地打发无聊的时间。

直到最后一张，一张清俊完美的容颜出现在纸张之上。黑发略显凌乱，稍稍遮住锋利的眉眼，眼帘低垂，浓密纤长的睫毛根根分明，像是在谁的心上，投下一片浅淡而浓郁的影子。鼻梁高挺，嘴角微微弯起，带着几分散漫笑意。

这张脸的脸部线条流畅利落，又在下颌骨的位置敛起，冲淡了那笑意带来的温和，显得冰冷矜贵起来。

那双眼睛极幽深，似是笼着一层极淡的雾气，望不到底，就那样直直地望过来。

平静之下，是不动声色的凛冽汹涌，以及一丝极危险的攻击性。

仿佛再靠近一寸，踏足他的领域，便要被困入牢笼。

程西钺打了好几个电话。

宁璃没有回二中。因为担心事情闹大变得更麻烦，他打探消息的时候，都没有透露太多。

但宁璃那边一直没什么消息，他也跟着越来越着急。

就在他犹豫着要不要报警的时候，接到了陆淮与的电话。

“来机场，T2 航站楼 B 出口。”

程西钺还没反应过来：“啊？去机场干什么？”

陆淮与的声音冷淡：“我知道她在哪儿。”

“找到宁璃妹妹了？”程西钺先是高兴，然后猛地意识到了什么，“不对，你现在在云州？”

陆淮与看了一眼腕表：“给你二十分钟。”

夜色浓郁，下着大雨的凌晨街道空旷了许多，只偶尔有车开过，积水飞溅。

程西钺开着车，忍不住又往旁边看了一眼。

陆淮与坐在副驾驶座，神色冷淡。自从上了车，他就只报了一个地名。

程西钺想过陆淮与可能会对这件事颇为在意，但他真的打死都想不到，陆淮与居然直接订了最近的一个航班回来了！

而且看起来，好像有些不对。

“那个……既然已经确定了宁璃妹妹现在所在的地方，她那个魏什么的朋友也说是她自己要留在那儿的，那应该还是挺安全的吧？”

本来他以为陆淮与是因为担心宁璃妹妹的安危才这样，但现在他隐约觉得，好像……不止……

他已经很长时间没有感受过陆淮与这样的低气压了。

陆淮与没说话。

程西钺在心里叹了口气。

宁璃来云州也没多长时间，认识的人不多，去过的地方也很少。

她甚至很有可能到现在都还没好好地在云州逛过。这怎么一转眼，就让人帮忙租好房子了，还直接跑过去了？

车子开到一个小区门口，程西钺往外面看了一眼。

“到了，应该就是这儿吧？”

陆淮与撑伞下车。

程西钺有些担心：“要不要我跟你一起过去？”

陆淮与回头，看了他一眼。

强大的求生欲让程西钺乖乖坐了回去，打消了这份妄想。

“那个，你去、你去！有事手机联系啊！”

陆淮与转身离开。

下了大半夜的雨，地上的水已经积起来。他长腿一迈，雨水顷刻浸湿他的裤脚。

但他似乎并不在意，就那样一只手执伞，往漆黑的单元楼走去。

敲门声响起。

宁璃猛然清醒，看着手里的那幅画，眉头微微拧起。

她这些全部是随意画的，也不知道为什么，最后一张竟画了陆淮与。

她刚想把它揉成团，撞上画上的那双眼睛，又忽然一顿。最终，她拿过旁边的几张，压在上面，起身去了门口。

“魏松哲？”

这个点，除了他，她实在是想不到还会是其他人。

但这都凌晨了，他怎么又回来了？

清冷的声音从门外传来：“是我。”

宁璃登时惊了，几乎以为自己听错。

“二哥？”

她从猫眼往外看，果然看见是陆淮与。

他这会儿不是应该在盛城吗，怎么忽然就回云州了？还直接找到了这儿？

宁璃心里浮现一个荒唐的猜想。

她拉开门。

陆淮与看着出现在门后的宁璃。她身上还穿着校服，头发柔软地散落着，望过来的眼中满是惊诧。

不过，还好人是好好的。

“二哥，你怎么……”

“你手机关机了，叶家人正在找你。”陆淮与开口，声音淡淡的。

宁璃的眉头飞快地皱了一下。

她只是想清静清静，一个人待着，没想到居然闹到了陆淮与那儿。她更没想到，陆淮与居然会直接回来。

“你一个人在这儿？”他一边说，一边往里面看了一眼。

宁璃点点头。

“去收拾东西，程西钺就在下面等着。”他的语气和平时不太一样，宁璃听得出来，他这是生气了。

但是……她不想回去。

若是平时，她尚且可以忍耐，但这天，她不想。

陆淮与抬脚就走了进来：“那我帮你收拾。”

宁璃这才看到他的裤脚已经湿了。

外面还下着雨，他就这么从盛城飞回来，路上应该是半分钟都没来得及休息。

宁璃胸口像是被什么压着。眼看陆淮与往里走，她一把拉住了他的袖子。

陆淮与脚步一顿，回头看她。

宁璃觉得空气有些紧绷，但还是把话说了出来：“我今天不想回去。”

陆淮与的视线落在她拽着自己衣袖的手上。

片刻，他终于放缓了声音：“那就不回。”

宁璃松了口气，这才后知后觉地发现自己这样拽着他的袖子说话，好像不太合适。

她松开手。陆淮与继续往里走。

宁璃一愣："二哥？"

不是说不用回了吗？

陆淮与已经看到她的背包。这房子空空荡荡的，她应该是就带了这么点东西过来了。

她宁可在这样的地方将就一晚上，也不愿意回叶家？

"跟我回去。"陆淮与拎起她的背包，"云鼎风华多你一个，还是住得下的。"

说着，他余光一瞥，就看到桌上散落的几张纸。

最上面的是宁璃画的第一张，就是一些凌乱的线条。下面的隐约可以看到一星半点，好像是……画？

"这些也是你的？"他一边问，一边作势要去拿。

宁璃心头一跳，快步走过来，抢在陆淮与之前，把那一沓画收了起来。

"是我的，心情不太好，随便画画。"

陆淮与眉梢微挑，倒是也没再问，把包递了过去。

宁璃把东西都放了进去，拉好拉链。

"二哥，很晚了，还是不……"

她想说不要麻烦了，但说到一半，又觉得这话不合适。陆淮与从盛城回来，风尘仆仆，岂止是一句"麻烦"。

而且他的衣服也湿了。

陆淮与也没说话，就那么静静地看着她。

宁璃背上背包。

程西钺在车里等了好一会儿，终于看到那两人下来。他松了口气。

陆淮与打着伞，让宁璃先上了车，而后才收了伞，也一同坐在了后排。

程西钺道："我给叶家打个电话吧，就说等会儿送宁璃妹妹回去。"

"她不回去。"陆淮与淡声开口，"回云鼎风华。"

"啊？"程西钺有点意外，从后视镜看了宁璃一眼。

看起来，宁璃是和叶家人闹矛盾了？

不过这也不稀奇，叶家对她是个什么态度，明眼人都看得出来。而且这天好像还是苏媛的生日，专门在金盛办了生日宴。

他看了一眼旁边破破旧旧的楼，心里也有点不是滋味。

"行。"

二十分钟后，程西钺把人送到，就离开了。

这会儿雨小了很多，只剩下零星的几点。

来到门前，陆淮与开口："000817。"

宁璃一愣。

“叮”的一声，大门打开。

“这是这里的密码，以后你要是不想在叶家住，直接来这儿就行。”陆淮与说着，推门而入。

“一楼那边是客卧，你可以睡那间，里面配有卫生间。”

其实楼上也有，但这样估计小姑娘能更自在些。

他说完，没有再看宁璃，径自往楼上走去。

“二……”宁璃刚想开口，话到嘴边，又咽了回去。

半夜从盛城赶回来，冒着雨找到她，又把她带回来。

估计他应该也很累了。

一般人这么折腾都不一定扛得住，何况陆淮与在云州养病的这段时间，身体状态并不好，这样一来也不知道会有多大的影响。

还是……等明天再解释吧！

“那二哥，晚安。”她轻声道。

说完，她往一楼的客卧走去。

陆淮与脚步一顿，站在楼梯上回头看她。

小姑娘背着包，纤细的身影在这宽敞简洁的房间内，显得更加清冷孤寂。

他眉心微蹙，转身上了楼。

宁璃进了房间。

这别墅是陆淮与一个人在住，客卧装修的风格是一贯的简约清新，可以看出来在这之前应该没人用过。

她把背包放下。这个时候，已经早上四点。

距离天亮也没剩多长时间了，这天她还得去学校。

她脱下校服，拿在手里，看着铺得干净整洁的床有些犯难。

来的时候，她的裤脚上也溅了污水。可她来得匆忙，没有带其他的换洗衣服。

敲门声传来。她过去开门。

陆淮与正站在门外，手里拿着一沓衣服。

“这是我的，不过是新的，你先将就着穿吧。”

宁璃：“不用了吧。”

陆淮与的睡衣，就算是他没穿过的，那也是他的啊！

陆淮与看她手里还拿着校服：“那现在打电话让他们送几件过来。”

宁璃眼角一跳，连忙道：“太麻烦了，我就穿这个吧！”

这个时间点，她出现在陆淮与家，本来就很不好解释了。要是再让人送衣服过来……

陆淮与的手往前面送了送。她接过衣服，手指无意地在陆淮与的手上蹭了一下。

好冰。她心想。

现在的天气已经开始转凉，下雨的晚上尤其如此，导致陆淮与的手格外冰，像是冰块一样。

她心里像是有什么在涌动。

叶家人如何，她并不在意。但让陆淮与折腾了这么一晚上，她心里十分歉疚。

看她接了睡衣，陆淮与转身就要走。

宁璃犹豫了一下，还是开了口："对不起。"

陆淮与回身，站在门边。他侧身背着光，面容半明半暗，看不清情绪。

"对不起什么？"

宁璃的手微微收紧，深吸一口气，道："不该不打招呼就关机，让大家担心。"

"嗯，还有呢？"

还有？宁璃愣愣地抬眸，不太明确他在指什么。

"不该……不该这么麻烦西钺哥和二哥……"

陆淮与就那么静静地看着她。

"宁璃。"他开口，惯常慵懒散漫的声调变得清冷。

他们认识以来，除了最开始的那几次，后来他就喊她阿璃了。像这样连名带姓的，这还是第一次。

宁璃没有任何一刻，如此清楚地明白，陆淮与生气了。

"想不到，就好好想。"

说完，他没再说什么，抬脚上了楼。

想什么？宁璃洗完澡，走出浴室，一边擦头发，一边郁闷。

之前无论是她打架打到派出所，还是其他，他都没有生过气。

唯独这次。

宁璃的视线落在床上放着的睡衣上。这是一套纯棉的灰蓝色睡衣，标签还没拆，的确是新的。

她刚才把衣服洗了，几个小时后应该就能干。

但现在，她叹了口气，认命地拿起睡衣换上。

穿上了她才发现，这衣服实在是……太大了。袖子和裤脚都拖得长长的，她的手脚都看不见了。

宁璃勉强把手伸出来，拿着手机上了床。

开机后，跳出来一堆消息。有苏媛和叶瓷的，还有程西钺和魏松哲的。

但唯独没有陆淮与的。

对话框中的最后一句，还是她之前发的那句。

“二哥，我到家了。”

她终于意识到陆淮与为什么生气。

二楼，主卧。

陆淮与简单地冲了个澡，换了身衣服就出来了。

他来到书架前，从上面拿了一本书，坐在沙发上翻看。

落地灯温暖的光，勾勒出他的身影。

陆淮与微微垂着眸。折腾了一天，本该是极困的，但他现在没有半分睡意。

片刻，他忽然想起了什么，起身从床头柜中拿了一个档案袋出来。里面是一沓资料，最上面的一张上，印着宁璃的名字。

这是当初他让程西钺查的那些。

陆淮与又翻看起来，在看到第三张的时候，终于停下。

这是宁海舟的生平，以及当年的事故调查。

他的视线落在一个日期之上。那是宁海舟出车祸的日子，恰巧，就是这天。

他的眉心微敛。资料上写得很清楚，这一天也是苏媛的生日。

这是宁璃失去一切的日子。

陆淮与闭上眼，捏了捏鼻梁。

宁璃在床上躺了一会儿，还是睡不着，干脆起来看书。

因为是在陆淮与家，她没有再把那几张画拿出来。

然而她刚刚打开灯，拿起笔准备写的时候，台灯忽然闪了一下，灭了。

同时，整个别墅陷入黑暗。

宁璃一愣，往外面看了眼，黑漆漆的一片。

这是……停电了？

她打开手机手电筒，照亮身前的一小片空间，摸索着出了门。

果然，整个别墅都已经黑了。

大约是因为前半夜的大雨加雷电。

宁璃往楼上走去。她来到主卧门前，敲了敲门。

“二哥？”

很快，房门被人打开。

陆淮与看着门外忽然出现的宁璃，有些意外。

“怎么没睡？”

宁璃：“睡不着，我看好像是停电了？”

陆淮与点点头："是停电了，不过已经打电话给维修部了，应该很快就会来电。"

他说着，这才看清宁璃此时的模样。

她身上穿着过分宽大的睡衣，一只袖子长长地垂下来，另一只堆在手腕，露出半截举着手机的手臂。

刚刚洗过的头发柔顺地披在肩上，瓷白的小脸微微仰着，或许是因为刚刚洗完澡不久，脸颊泛着淡淡的红，桃花眼明亮而澄澈。

整个人都成了小小的一只，像是某种涉世未深的毛茸茸的小动物。

他的目光微深。这样的宁璃，看起来，实在是很好欺负。

他站在门内，一只手仍然放在门扶手上，没有要出去的意思，似乎也不打算让她进来。

"不用担心，先回去睡吧！"他道。

宁璃却没动。她停顿片刻，才道："二哥，我记得你的主卧是和小书房打通的？我能不能……在这儿睡？"

陆淮与的凤眸危险地眯起。

宁璃说出口，也才意识到自己这话好像有些不太合适。

她解释道："我……没有光，不太睡得着。"

陆淮与看了一眼她手里举着的手机。

有这个的话，应该还好吧？

倒不是他不想帮这个忙，实在是不好帮。宁璃住在他这儿，本也没什么，楼上楼下房间这么多，随便哪间给她都可以。

但唯独这个提议不可以。

这小姑娘到底知不知道，深夜黑暗中，对一个年轻男人说出这种话，意味着什么？

这是太信得过他，还是根本没把他当男人？

陆淮与道："书房只有一张小沙发，你估计睡不好。我给你找个灯罩，你用手机……"

"嘀"的一声，宁璃的手机耗尽了最后一点电量，自动关机了。

陆淮与："……"

空气寂静。

宁璃白天一直很忙，没顾上给手机充电，虽然书包里有数据线，但现在整栋别墅都停电了，一时半会儿也充不上。

陆淮与回头看了一眼茶几上的手机。

他从陆家赶回来，路上更是半点没想过电量的事。估计这会儿也是红格了，支撑不了多久。

他想了想："家里应该有蜡烛，我去找找。"说着，他转身就要往屋里去。

宁璃忽然上前一步，抓住了他的胳膊。

陆淮与的脚步一顿。

宁璃很快松开手，心下有些懊恼。

“那……麻烦二哥了。”

陆淮与垂眸，眼底划过一抹深思。

宁璃刚才抓他那一下，很急，也很用力。像是受惊迷路的小孩，慌乱地想要抓住什么。

她真的只是没有光睡不着吗？

“嗯，你先等等，我很快回来。”

他说着，往屋内连通的书房走去。

宁璃乖乖地站在门口，眼前一片漆黑，只有借着窗外隐约洒下的清浅月光，才能依稀看到前方的场景。

在这寂静的夜里，陆淮与的脚步声显得格外清晰。

她缓缓地吐出一口气。

陆淮与路过茶几，把那封文件袋收了起来。指腹从略显粗糙的牛皮纸上扫过，他神色微敛。

资料上并没有提到相关内容。

他把东西放回床头柜，又去了书房。抽屉拉开，里面是一整排整齐排列的香熏蜡烛。

这些几乎都是助眠的，他之前会用一些，但最近没用了。

他神色不动，把抽屉合上。

宁璃听到他靠近的脚步声。

“家里的蜡烛用完了。”陆淮与道。

宁璃愣怔。要这样的话……

“去客厅吧！”陆淮与忽然道。

宁璃茫然地仰脸看他：“去客厅做什么？”

“正好我也睡不着，不如聊聊。”

陆淮与说着，把门带上。

这别墅有三层，面积很大，房间也很多。

但此时此刻，最好的选择，当然是客厅。

宁璃听他这么说，松了口气。

“好。”

一楼的客厅很大，且挑高足有五米，巨大的落地窗干净透亮。一套纯黑色的沙发摆在中央，正好能看到院子里的景色。

宁璃坐在长沙发左边一角，陆淮与则是坐在边侧的单人沙发上。

两人之间隔着一段距离，但宁璃能听到他的声音，看到他的身影。

这让她渐渐安定下来。

“晚上吃饭了吗？”陆淮与忽然问道。

这是问的昨天晚上？

宁璃摇头：“没有。”

苏媛的生日宴，她把东西放下就走了，连水都没喝。后来直接和魏松哲约好去了那边，下了大雨，她就没出去了。

但也不觉得饿。

不过陆淮与怎么忽然问这个？

她心中一动，往陆淮与那边看去。

他靠在沙发上，姿态慵懒矜贵。黑暗中不太能看清他的容颜，但那完美流畅的侧脸线条，还是能看得清。

以陆淮与的手段，不难打听到昨天都发生了什么。

她解释道：“我只是心情不太好，想出来散散心。”

“所以关机了？”

“我只是不想和叶家人联系，但没想到还会打扰到你。”宁璃自觉认错。

陆淮与看着她，漫不经心地开口：“你就没想过，这么一来，联系不上你的，不止叶家人，还有我？”

听他这似乎要兴师问罪的架势，宁璃皱了皱眉：“但是二哥你在盛城，我以为你很忙，不会……”

“我很忙？”陆淮与打断她的话，“从哪看出来的？”

宁璃唇瓣动了动，声音小了点：“比如和朋友约个饭之类的……”

陆淮与的动作一顿，眼帘微抬。

小姑娘窝在沙发上，还披着条毯子，说这话的时候眸子明亮，像是想要为自己争辩一二。

但声音轻轻软软，跟猫爪挠似的。

陆淮与胸口盘踞了一天的躁郁、沉闷忽而消散了许多，取而代之的是另外一种微妙的情绪。

似是察觉到了他的视线，宁璃莫名心虚了一下，移开了目光。

片刻，陆淮与低笑一声：“原来你看到了啊！”

有些事无须多言，只一个眼神便可意会。

他知道宁璃说的什么，宁璃也一样。

宁璃把毯子收了收，整个人都蜷缩在了里面，像是一个柔软乖巧的糯米团。

其实她那句话说得没什么问题啊！

盛城是陆淮与的地盘，他的家人朋友大多在那里，在云州待了这么久，回去见见朋友，吃个饭、打个球都再正常不过。

可陆淮与接了这么一句，怎么忽然就显得不太对了呢？

“我这次回去，是陪老爷子去了。”她不说话，陆淮与便自顾自地开口，“好几个月没回去，陪着他下下棋、聊聊天，中间还一起出门吃了顿饭。至于朋友……时间太紧，倒是都没来得及见。

“本来也是临时回去的，除了陆家和你，没有其他人知道这消息。”

就连程西钺，都是在他下了飞机之后，才知道这事的。

他这番话说得慢条斯理，宁璃却越听越觉得不太对。

她呢喃了一句：“二哥的行程，不用跟我说得这么细的……”

陆淮与的嘴角弯了弯：“也没有很细。你回家，不也都跟我说了？”

宁璃：“……”

她就知道躲不过！以前怎么没发现，陆淮与这么计较？

她那就是怕麻烦他，才故意那么说的，到头来反而成了自己的把柄，被反将一军。

客厅中一片安静。

宁璃认命地开口：“我错了。”

陆淮与挑眉：“哦？”

“我不该骗你。”宁璃的声音闷闷的。

她知道这件事，陆淮与最介意的，应该就是这一点。

“以后不会了。”

“真的？”

“真的。”

宁璃伸出手，想比个发誓的手势，却发现袖子太长，她整只手都被笼进去了，只伸出一个小拳头。

她扒拉了一下，两根细白如葱的手指露出来一小截。

“我保证。”

陆淮与歪头看着她跟自己的睡衣搏斗，心下觉得好笑，也就真的笑出声了。

“发誓这么费力的话，还是算了吧！”

宁璃耳朵发热，十分窘迫。

“不怪我，主要是你……你这睡衣太大了。”

陆淮与一只手斜支着头，眼中笑意更深，敷衍又散漫地点头道：“嗯，你说得对，都怪我。”

宁璃脸上一热。她现在窝在人家的沙发上，裹着人家的毯子，穿着人家的睡衣，还怪人家的睡衣太大了……

连她自己都觉得自己有点不讲理了。

"不需要发誓。"陆淮与笑了会儿，看她一张小脸微微发红，终于大发慈悲地把这件事揭过，"你说的，我都信。"

所以，不需要发誓。

宁璃心中微震，下意识地看过去。

四目相对。

他眼角眉梢带着未曾退去的笑意，望过来的目光深邃如海，像是旋涡，带着致命的吸引力。

哪怕明知危险，却还是让人无法克制地一点点滑落，靠近。

她移开眼睛，在毯子之下的手，轻轻地按了一下心脏。

时间似乎过得很慢。

他们聊的话题很广。

陆淮与是极出色的，各方面都有涉猎，只要他想，什么样的话题他都可以接上。

他的嗓音低沉悦耳，带着股懒散矜贵的劲，在这安静的夜里，莫名带着让人安心的力量。

宁璃后来不知道什么时候睡过去了。

这次她睡得很沉，也没有做梦。

外面的天逐渐亮了，陆淮与就坐在她的对面。

她斜躺在沙发上，整个人还裹在毯子里，黑发有些凌乱地铺开。半张脸埋在毯子下，闭着眼睛，浓密卷翘的睫毛像是两把小小的扇子，黛眉舒展。

安宁又乖巧。

陆淮与就这样看了她许久，目光温柔得不可思议。

"还是个怕黑的小孩啊……"

宁璃是被一阵饭香勾醒的。她模模糊糊地睁开眼睛，第一眼就往对面的沙发看。

空空荡荡，没人。

她揉了揉眼。

"醒了？"陆淮与的声音从后面传来。

宁璃回头。

陆淮与家一楼的厨房是开放式的，陆淮与已经换了衣服，正站在中岛台后。

"去洗脸，过来准备吃饭。"

宁璃看了一眼，发现旁边的餐桌上果然已经摆上了饭菜。刚才闻到的香味，就是从那儿传来的。

“二哥，你还会做饭？”

她自认对陆淮与算是很了解的了，但也不知道他还会这个。

“会一点。”

陆淮与出身极富贵，但不是娇惯着长大的少爷。

这些基本技能，他当然是会的，只不过平常没有什么机会展露罢了。

他自己其实也没什么兴趣做饭，但这天宁璃还在。

“哦！”宁璃应了声，自己去洗漱了。

过了会儿，她再次过来，已经换好了校服。

“二哥，你的衣服……”

“坐。”

陆淮与似乎并不在意衣服的事。

“尝尝味道怎么样。”

宁璃只好坐下，往桌上扫了一眼。

三明治、蔬菜沙拉、皮蛋瘦肉粥。

他应该很少在家自己吃饭，冰箱里可用的食材也十分有限。

宁璃咬了一口三明治，眼睛微微睁大。

“好吃。”不是客气，陆淮与的手艺真的可以。

陆淮与在她对面坐下，推过来一杯牛奶。

“好吃就多吃点。”

宁璃的视线落在那杯牛奶上。她不喜欢喝牛奶。

“二哥，我可以不喝吗？”

陆淮与言简意赅：“喝牛奶可以长个。”

宁璃：“……”

她是不是听错了什么？她一米六八，怎么说也不算矮吧？

“我觉得我现在的身高还可以。”宁璃小声道。

陆淮与笑了笑：“昨天不是还嫌睡衣太大了？”

宁璃：“……”

她好不容易吐出一句：“但那本来就是你的睡衣……”

她穿上不合适，不是很正常的吗？

陆淮与若有所思地点点头。

“也是。”

该买一些她穿的放着才行了。

提到这个，宁璃又道：“对了，二哥，你的睡衣我拿回去帮你洗好再送回来吧！”

这一天一夜下来，实在是给陆淮与添了不少麻烦，正好回头把那本书也一起送过来。

陆淮与想了想家里的洗衣机和烘干机，以及定期过来的保洁阿姨。

他下颌轻点："好。"

宁璃起得有点晚，到学校的时候，早自习刚刚结束。

本来陆淮与说让她请一天假好好休息，被她婉拒了。

她是从后门进的教室。刚在座位上坐下，何晓晨看了她一眼，登时睁大眼："宁璃，你没睡好吗？"

她眼睛里泛着淡淡的血丝，看起来像是熬了夜。

宁璃摇摇头："挺好的。"

她本来是不打算睡的，最后也不知怎么就睡过去了。

这算是这些年的第一次。虽然只有一个多小时，但睡眠质量挺好。

何晓晨心疼地接过她的水杯："我帮你去打水吧，你先睡一会儿。"

宁璃正要说话，叶瓷的声音从前面传来："宁璃姐，你没事就太好了。"

宁璃眉心微凝。叶瓷看到她进来之后，就直接过来了。

何晓晨手里还拿着两个水杯，听到这话，一脸茫然。

这话……怎么好像宁璃差点出事一样的？

宁璃抬眸看她，靠在椅背上，反问："我能有什么事？"

叶瓷似是长舒一口气："昨天你一晚上没回家，我们都很担心。尤其是妈妈，在客厅等了你一晚上，早晨才回去睡。"

叶瓷说话的时候，没有刻意压低音量，加上班里人都知道她们两人关系微妙，早在叶瓷过来的时候就有不少人在关注，此时听到这话，原本喧闹的班级霎时安静了不少。

很多人往这边看来。

昨天晚上，叶瓷和宁璃是一起走的，怎么现在又说宁璃一夜未归，还让她妈妈等一晚上？

宁璃眉梢挑了挑："是吗？那还真是意外，这应该是她第一次等我吧？"

叶瓷脸上的神色有了一瞬间的僵硬。

宁璃意味不明地笑了声："还挺不习惯。"

叶瓷心生尴尬。

宁璃夜不归宿，本就是有错在先，怎么从她嘴里说出来，反而成了别人对不住她一样？

她顿了顿，似是无意地问道："听西钺哥说，你昨天是和陆……"

没等她说出陆淮与的名字，宁璃抬眸定定地看着她："你想问什么？"

叶瓷被她看得心虚起来，好像所有的心思和想法都无所遁形。

她下意识地改口："没……没什么。"

宁璃看了一眼时间，第一节课是数学，距离上课还有一分钟。

她对何晓晨道："我去办公室睡一会儿，下节课回来。"

刚从英语办公室艰难爬回来的林周扬听见这话，心态崩了。

什么人啊！要睡觉在班里睡不够，还非要去办公室？！

"这就是学霸的特权吗？"他酸溜溜地呢喃。

何晓晨同情地看了他一眼："没事，差生也有特权，你看你进英语办公室，报告都不用打的。"

林周扬："……"

眼看宁璃干脆地走人，叶瓷脸上也有些挂不住，在那儿站了一会儿，也转身回了自己的座位。

程湘湘这天也在。看叶瓷回来，她扭头看了一眼，只看见宁璃的背影。

"小瓷，你说宁璃昨天一晚上没回家？"

叶瓷点点头："算了，还好她没事。倒是你，身体怎么样了？"

一说起这个，程湘湘就恼火。可在班里，当着这么多人的面，她也不想说那么多。

输给宁璃，最后还差点从马背上摔下来，被人知道都不够丢人的。

"好得差不多了，本来也不严重。"

"那就好。"

叶瓷拿出数学书，翻开一半，却看不下去。

之前她已经听程湘湘说过，宁璃骑马赢了她，而且当时，陆淮与也在。

甚至昨天晚上，宁璃好像也是住在了陆淮与的家里。

这算什么？他们非亲非故的，陆淮与却对宁璃这样好？

宁璃去了物理老师办公室。周翡大方地把自己的位子让了出来，上课去了。

宁璃说是要睡，其实也不是很困，只趴在桌子上眯了会儿。

盛城。

许旖旎从片场出来，坐上保姆车。她从助理手里接过手机，迅速地扫了一眼。

有两个未接电话，还有一些消息，大多是来自各方制片人和导演的。

她出道主演的电影票房口碑双丰收，自己也是一炮而红，现在是圈子里炙手可热的新星。

加上许家的家世人脉，各路资源不愁，剧本和通告邀约纷至沓来。

梅里坐在前面，说道："最近递来的本子我帮你过了一遍，其中有两个挺不错的，你可以看看。"

许旖旎头也没抬地应了一声，有些心不在焉。

从昨天晚上到现在，陆淮与打完那个电话之后，再没有任何动静。

她发完微博，又专门给陆淮与发了消息道歉，可他没有回。

也不知道是不是还在生气……

许旖旎认识陆淮与许多年，他对她的态度虽然一直很冷淡，但像昨天晚上那样冷厉的，还是第一次。

她嘴上安抚梅里说他没生气，但心里明白，这次怕是真的惹到了他。

她犹豫了一会儿，干脆给陆淮与去了个电话。

陆淮与没接。

她转而又发了条信息："淮与，你今天晚上有时间吗？我想请你吃个饭，算为这次的事道歉。"

陆淮与也没有回。

许旖旎等了许久，心情逐渐焦躁起来。

她思索片刻，给陆家打了电话。

接电话的是方青云："许小姐？"

许旖旎问道："方叔好。淮与在家吗？我有点事找他，但他一直没回消息。"

方青云已经猜到了什么，心里叹了口气。

许旖旎喜欢陆淮与，这大家都知道。按理说，无论是家世、容貌，还是其他，许旖旎都很不错，和他们家二少也算般配。

可二少不喜欢，那又有什么办法？

何况，这次绯闻的事情也闹得不好看。

"许小姐，二少不在家。"

许旖旎一愣："不在？他出门了吗？"

"不是，二少昨天晚上就回云州了。"

云州？那边能有什么事，值得他这么匆忙地回去？

陆老爷子想自家孙子，还专门用了苦肉计，这才把人哄回来。

结果这才在盛城待了几天，就又回去了。不知道的，还以为云州才是他的家。

许旖旎本来想问得仔细些，但想了想，还是作罢。

"这样啊……"

"不知道许小姐找二少是为了什么事，或许我们也能帮忙？"

"谢谢方叔，不过不用了，我晚一些联系他吧！"

许旖旎挂了电话，心情没来由地更加烦躁。

梅里回头看她一眼。

能让许旖旎这么上心的，除了陆淮与，没有其他。

她虽然还没见过真人，但那天爆料的那张图，就不难看出其风姿。

何况陆淮与盛名在外，喜欢他的名媛都排了几条街了。

虽然许旖旎说陆淮与没生气，可网上的所有相关消息被人以最快的速度撤掉，连一张图都没留下。

加上许旖旎这状态……看起来实在不像是陆淮与没生气的样。哪怕许旖旎否认恋情的速度已经够快。

“旖旎，陆二少的照片已经全部撤了，应该不要紧了吧？”

许旖旎“嗯”了一声。

陆淮与代表着整个陆氏集团，任何一点有关他的风吹草动出现在新闻媒体，都可能牵动着整个陆氏集团的利益。

他谨慎严苛，本也正常。

“那他……”梅里欲言又止。

旁边的助理忍不住道：“陆二少该不会是有女朋友了吧？”

许旖旎当即皱起眉：“胡说什么？”

她的语气颇为不悦。

这个助理刚毕业，还是小女孩心性，一时心直口快，就没忍住说了这一句，没想到许旖旎这么生气。

她连忙道歉：“对不起，旖旎姐，我……我就是随口一说……”

许旖旎本就不好的心情更是糟糕。

陆淮与不混娱乐圈，虽说和许旖旎传了绯闻，但实际上连一张正脸照都没有，“吃瓜群众”也没能扒出他的身份。

整体来讲，这对他而言是没什么损失和影响的。

但他显然对这件事非常在意。

许旖旎是个聪明人，助理那番话的意思，她不是猜不出来。

陆淮与之所以这么在意，很有可能是因为……他在意别人的在意。

可也没听说他身边有什么女人啊……

许家和陆家是世交，就这她一年到头都未必能见到陆淮与几次，更不用说其他人。

忽然，她脑海中浮现出一张少女的脸孔。

旋即她又忍不住摇头。真是想太多了，一个十八岁的高三生，有什么可在意的。

“以后这件事不要提了。剧本呢？拿来我看看。”

这天晚上的“物竞班”人数少了三分之一。

周翡那张卷子实在是打击到了不少人。但这本来也是他的目的。

能拿奖的永远是极少数，大部分人并没有那个天赋，不如把时间和精力放在别的地方。

叶瓷没有走。周翡也没再说过其他的话了。

他已经让他们自己做出决定，至于结果如何，就不是他能掌控的了。

“宁璃怎么也没来？”

开始上课后，教室里的学生这才发现，宁璃也不在。

“她上次小测可是考了满分啊，要是连她都不搞竞赛了，那……”

裴颂往宁璃的座位看了一眼。

周翡听到下面的议论声，忍不住道：“想什么呢？宁璃就是请个假。”

宁璃要是不想继续了，他都不会答应。

“裴颂，这个题你来写。”

裴颂收回视线。

“璃姐，你可算来了！我等你等得好苦！”

在门口等了许久的魏松哲看见宁璃终于从电梯里出来，总算长舒一口气。

他身后堆着一大堆的快递箱子。

“你知道我为了把这些东西搬过来，费了多大的功夫吗？”

宁璃看了他一眼，走过去开门：“你是想说你那些小弟很辛苦吗？”

魏松哲：“璃姐，你就不能给我留点面子？”

宁璃推门而进：“把东西搬进来吧！”

魏松哲从善如流道：“哎！”

两人一起把七八个快递箱都搬到了屋里。

“璃姐，这里面都是你的家当吧？这也太多了。”

魏松哲挠挠头。印象中宁璃对吃穿用度都不是很讲究，而且很多东西她应该都留在临城的老房子里了，也不知道这些都是什么……

宁璃没说话。

魏松哲拉过旁边的椅子，坐下。

“哎，璃姐，昨天晚上你二哥找你，我就把这地方告诉他了，你不介意吧？”

宁璃的动作一顿。看来陆淮与过来的事，魏松哲并不知道。

“没事。”

魏松哲摸摸下巴：“我也觉得，都是自己人嘛！”

宁璃扔过去一个纸盒：“说话注意点。”

魏松哲委屈巴巴道：“怎么不注意了？要不是璃姐你把他当自己人，我也不会跟他说这么多的嘛！你看，去局子里捞人的，是不是他？半夜还在找你的，是不是他？”

宁璃淡淡地看了他一眼。

魏松哲立刻闭嘴。

过了好一会儿，他才忽然想起什么般，道："对了，璃姐，之前那个买你画的买家最近又联系我了。"

宁璃低头开箱子，把里面的东西拿出来，似乎对这事并不在意。

魏松哲道："我跟对方说暂时没有，以后有了再联系。不过说起来，璃姐，你是有挺长一段时间没出画了，得有三个月了吧？"

除了上次在"华清杯"上，宁璃帮他改了画，其余时间他都没看宁璃再动笔了。

别说那买家，他也想再看看她的画了。

宁璃的动作一顿。

不止三个月。

只昨天晚上在这儿的时候，随便拿着笔画了几张素描。

"最近比较忙，过段时间再说吧！"宁璃道。

魏松哲也不奇怪，顺嘴道："也是，璃姐你现在可是二中出了名的学霸！要稳住这第一，得花不少功夫吧？"

在他的印象里，好学生都是很刻苦的。

卷子一发，谁都不爱！

宁璃想了想："还好。只不过我最近确实有事。"

魏松哲奇怪道："啊？"

她现在把东西都从临城搬过来了，除了学习，还能忙什么？

宁璃道："我下星期六要去一趟盛城。"

魏松哲离开后，宁璃独自一人留了下来，陆续把箱子里的东西都拿了出来整理好。

其中有一部分都是书，从机械制图到天体物理，还有几个打印装订的册子。

另外，还有一个画板支架，一大堆颜料，以及一沓手稿。

她把这些东西分门别类地整理好，锁在了最里面的那一间卧室，又从背包里翻出陆淮与的那套睡衣，手洗了晾在阳台。

最后，她把手稿放入背包，回了叶家。

她留在叶家，本就还有其他打算。

宁璃回到叶家的时候，苏媛正在插花。

她昨天因为宁璃的事情折腾到很晚，直到最后接到程西钺的电话，才算罢了。可宁璃这样一声不吭就离家出走的行为，实在是让她生气，后半夜也没睡着。

苏媛上午补了个觉之后，下午又去做了脸部护理和全身SPA（水疗），整个人才算是缓过来。

听到宁璃进门的声音，她往白瓷瓶中插入最后一枝石斛兰，调整了高度和位置，这才回身。

她看着宁璃："昨天晚上你去哪儿了？"

宁璃脚步不停，往楼上去："已经知道的事，何必问我？"

叶瓷都知道她是去了陆淮与那儿，苏媛当然也知道。

苏媛本来是想心平气和地跟她好好说话的，甚至昨天看到宁璃送的礼物后，她心里还生出了几分歉疚，想要跟她道个歉。

但宁璃之后的一系列行为，却又迅速将她这些情绪打散。

生日宴直接离席不说，还直接夜不归宿了！

"宁璃！"苏媛的眉头拧起，上前几步，拦在了宁璃身前。

刚才插花好不容易调整好的心情又变得一塌糊涂。

"你不想参加生日宴，这也没什么，但跑去别人家过夜，这算怎么回事？！你才十八岁，你的家教呢？"

整个别墅内一片安静，苏媛的训斥便显得格外刺耳。

苏媛是真的恼。虽说对方是陆淮与，可这事要是传出去，外面人会怎么说？

说她苏媛连一个女儿都管教不好！

"别人家？"宁璃笑了笑，"我在云州本来就没有家，住在哪儿，不都是别人家吗？"

"你！"

"何况，我第一次夜不归宿的时候，应该是很多年以前了。这些年陆陆续续，也没少这么干，您何必这么生气？"

宁璃语调散漫，像是在说着一件与己无关的事。

苏媛被顶得噎了好一会儿。

"以前你是跟着你奶奶，她怎么管你，是她的事。但现在你既然来了这儿，就得听我的话。"

苏媛算是看出来了，来软的宁璃是不吃的，那就只能态度强硬一些。

宁璃直白道："那恐怕有点难。"

苏媛简直不知道该说什么了。

宁璃的脾气这样倔，半点不由人！

赵姨匆忙走过来打圆场："夫人、大小姐，有什么话不能坐下好好说呢？何必吵得这么厉害？大小姐，夫人这也是担心你啊，您一个人到别的男人家里，这总归是……"

宁璃看了她一眼："看来赵姨是信不过陆二少的为人？"

赵姨的脸色瞬间一僵。

陆淮与是什么人？连叶明见了都要恭敬客气地喊一声“陆二少”！她又算什么？

这话要是传到陆淮与的耳中，那……

她慌忙道：“大小姐误会了，我没有那个意思，我只是……只是……”

宁璃也不说话，就那么看着她，眼神冷淡至极。

赵姨忽然卡壳，剩下的话怎么都接不上了。

只是什么？现在这情况，指责宁璃，就是指责陆淮与！

“妈妈！”

叶晟忽然从旁边跑过来，警惕地瞪了宁璃一眼。

“她不回来就不回来，您管她那么多做什么？！”

面对叶晟，苏媛的表情缓和了许多。

她摸了摸叶晟的头：“小晟，别这么说，宁璃怎么说也是你姐姐。”

“我才没有这样的姐姐！”

叶晟的语气很冲。在他心里，从来只有叶瓷一个姐姐。

宁璃没心思看这母慈子孝的场面，转身上楼了。

苏媛刚要喊她，想起刚才的对话，又忍下。

她看向叶晟：“对了，你们老师说，这次你的数学成绩又下滑了，到底怎么回事？”

一说到这个，叶晟嚣张的气焰就下去了。

“其实那些题我都会，就是粗心才写错了！”

苏媛皱眉：“一次两次也就算了，总是这样怎么能行？你……”

“哎呀！老师在学校都已经批评过我了，怎么回家妈你也这样，你们这样我压力很大的！”

叶晟很不耐烦，一把甩开了苏媛的手。

苏媛的声音缓和了些：“好了、好了，不说了。这些你自己心里明白就行。但下次要是还考不好，就得给你请家教了，知道吗？”

叶晟心里当然是不愿意的：“还请家教干什么？让我姐辅导辅导不就行了？”

（未完待续……）